화월야사

붉은 늑대의
작은 새

上

지은이 | 잠비
펴낸이 | 권순남
펴낸곳 | 마롱
디자인 | 지안
편 집 | 이세영
마케팅 | 유소정

1판1쇄 인쇄일 | 2023년 4월 12일
1판1쇄 발행일 | 2023년 4월 26일

등록일자 | 2008년 1월 7일
등록번호 | 제310-2008-00001호

주소 | 서울시 노원구 상계 1동 1049-25 신영산업 BD 602호
대표전화 | 02-2091-0291
팩스 | 02-2091-0290
이메일 | marubooks@mayabooks.co.kr

979-11-368-2900-9 (04810)
979-11-368-2899-6 (set)

값 9,000원

* 저자와 협의하여 인지를 붙이지 않습니다.
* 잘못된 책은 교환하여 드립니다.

화월야사

붉은 늑대의 작은 새

上

잠비 지음

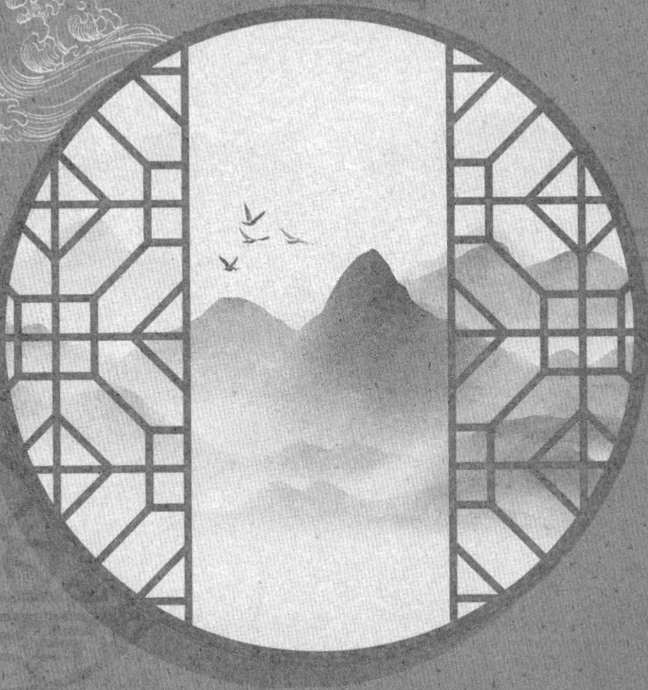

MARONG
ROMANCE STORY

차 례

1. 화월(花月)의 밤　　　　　　　7
2. 소년 궁사　　　　　　　　　31
3. 엄청나게 솜씨 좋은 사냥꾼　　55
4. 사냥꾼일 땐 여인이 아닙니다.　79
5. 사향 냄새　　　　　　　　　103
6. 힘세고 성질 사나운 짐꾼　　　125
7. 누가 아무 데서나 막 벗으래?　157
8. 빨간 누렁이　　　　　　　　187
9. 호랑이가 노는 산　　　　　　207

10. 나를 번거롭게 해라 229

11. 가락지 한 개의 대가 259

12. 오라버니 한두솔 289

13. 입장 정리 301

14. 입맞춤 321

15. 호랑이 사냥꾼, 장녹조 353

16. 보부상, 백의 정체 375

17. 또 도망가실 겁니까? 399

18. 녹조가 사라졌다 427

19. 철장! 연유립! 451

1. 화월(花月)의 밤

 그해 봄, 꽃 같은 왕비께서 회임을 하셨다. 반가운 소식에 임금께서 명하시기를.
 "죄인 일백을 석방하고, 추국은 담장 밖에서 하라!"
 경범을 저지른 죄인이 석방되고, 대궐의 담장 안에선 곤장을 치는 일조차 금하였다. 불경은 소곤거리고 경사는 크게 알렸다.
 무르익은 겨울, 시린 바람이 어둠을 얼리던 밤. 어린 왕비께선 우람하고 강녕한 왕자를 생산하셨다.
 "건강한 왕자 아기씨입니다, 전하."
 "왕비는? 무사한가?"
 "기력이 쇠하셨으나 무탈하십니다."
 "참으로 다행이군, 다행이야."

기쁜 소식이 임금에게 전해질 무렵, 가엾은 왕비는 산실에서 울고 있었다.

"이, 이럴 수가……!"

조금 전 보배로운 왕자가 태어났는데 뒤이어 또 하나가 머리를 내밀었기 때문이었다.

"또… 왕자님입니다."

울어서 벌겋게 닳아 버린 왕비의 품 안엔 하나가 아닌 두 명의 아기가 있었다.

"쌍생이라니. 이를 어쩌면 좋으냐……. 아가, 내 아가들아……."

궐 안에서 쌍생은 아니 된다. 그건 지엄한 왕실의 법도보다 더 무서운 이야기.

대대로 왕실에 태어난 쌍생은 모두 불운하게 죽는다고 했다. 서로가 서로에게 검을 꽂거나, 한날에 병을 앓아 한날에 죽거나. 누구도 왕이 되지 못했다. 그리하여 공주보다 반기지 않는 것이 쌍생이었다.

"너희 모두를 죽일 수는 없다."

왕비는 결연하게 눈물을 닦았다.

"대비마마 드십니다."

때마침 고하는 소리가 들렸다.

"안 돼!"

산모는 허둥지둥 지친 몸을 일으켰지만 대비의 비단 치마가 먼저 문지방을 넘은 후였다.

"어마마마……."

"실마 정말로 쌍생입니까?"

이미 알고 온 모양이었다. 왕자들을 내려다보는 대비의 얼굴엔 싸늘한 각오가 담겨 있었다.

"둘째는 이리 주십시오."

"안 됩니다! 어마마마, 제발요."

왕비의 품에서 빼앗듯 아기를 안아 드는 손길엔 상냥함이 없었다. 빼악빼악 아이가 우는 소리에 어미의 가슴은 찢어질 듯 아팠다.

"이리 주세요. 아이가 웁니다."

"정신을 바짝 차리세요."

"어마마마, 제발……."

"이 아이는 어미가 알아서 할 것이니, 왕비는 품 안의 장자를 돌보시면 됩니다. 장차 보위를 이을 아이가 아닙니까."

"으흐흑……."

왕비는 차마 큰 소리도 내지 못하고 눈물을 흘렸다. 동생이 우는 소리에 형 된 아이마저 따라 울었다.

"먼저 난 아이가 원자가 되는 것은 당연합니다. 눈물을 그쳐요."

"하오나… 어찌 자식을 버린단 말씀이세요."

"정신 차리라는 어미의 말, 허투루 들은 겝니까?"

"부디, 부디 살려만 주십시오."

덜덜 떨리는 어린 왕비의 가련한 손가락이 대비의 치마를 잡고 애원했다.

"그러다 두 아이를 다 잃을 수도 있어요!"

"그래도 살려야겠습니다. 소첩이 방도를 알아보았습니다. 살

수 있습니다. 제발요, 살게 해 주세요."

대비는 오래 시름하였다. 그러나 어린 왕비의 눈물에 결국 고개를 끄덕이고 말았다. 왕비는 돌려받은 아이를 소중히 끌어안았다.

"두 달입니다. 두 달 안에 방도를 마련하세요."

"그리하겠습니다."

어미 품으로 돌아온 아이는 그제야 동그란 뺨을 부풀리고 잠이 들었다. 아이의 보드라운 이마에 입을 맞춘 왕비가 힘껏 웃었다.

"너를 살리기 위해, 너를 버려야 하는구나. 아가, 이 어미를 용서하지 말거라."

이듬해. 겨울이 채 물러가기 전, 동궁의 반대편 서산에 이름 모를 전각 하나가 세워졌다. 높고 넓은 지붕엔 온통 붉은 기와를 얹어 멀리서 보면 마치 만개한 붉은 꽃밭처럼 보였다. 무척이나 처연한 아름다움이었다.

전각이 완성되던 밤은 완연한 봄이었다.

"마마, 도착하였습니다."

"벌써?"

"문을 열겠습니다."

얼굴을 가린 귀부인이 가마에서 내렸다. 품 안에 아직 어린것을 안은 왕비였다. 호위하는 이는 단 하나. 긴 검을 손에 들고 한발 물러선 건장한 무사뿐이었다.

"소신을 잡으십시오."

무사가 팔을 내밀었으나 그녀는 고개를 가로저었다. 곧 헤어져야 하는 아이의 얼굴만 하염없이 바라보았다.

"이 아이가 모두를 지킬 것입니다."

훤한 달빛이 아이의 잠든 얼굴 위에서 부서졌다.

"마마."

"강하게, 누구보다 강하게, 빠르게. 그리 자라거라. 이 어미를 원망하고, 네 형은 지켜다오."

"완벽한 위치입니다."

"잔인한 위치이지요."

"이제 동궁으로 흐르는 액은 모두 이 전각이 막아설 것입니다. 정말 괜찮으시겠습니까?"

"괜찮습니다."

"전각이 막은 액은 전각의 주인께서 받으실 터. …이 아이도 마마의 아들입니다."

호위무사의 말에 왕비는 어여삐 웃으며 눈물 한 줄기를 흘렸다.

"실은 괜찮지 않습니다."

열 달을 품는 동안 고운 것을 보고, 고운 것만 입에 넣으며 만날 날만 기다리던 아들이었다.

"살릴 수만 있다면 뭐든 할 터인데, 달리 방법을 모르겠어요."

옥 같은 얼굴에서 떨어지는 눈물이 너무나 안쓰러워 무사는 감히 손을 뻗어 왕비의 눈물을 닦았다. 목이 잘려도 시원치 않을 불경이었지만 왕비는 오히려 그 거친 손을 잡고 부탁했다.

"그대가 맡아 주세요. 내게는 부탁할 사람이 없습니다."

거절할 수도 있었다. 하지만 무사는 고민했고 이윽고 고개를 끄덕였다.

"이름을, 대군마마의 이름을 지어 주십시오."

"…결. 어미와 형제가 지은 죄를 가엾은 핏덩이가 매듭짓게 되었습니다. 그러니 그 이름도 결이라 하지요."

하필 화월(花月)의 밤이었다. 휘영청 보름달이 머리를 비추고 사방에 핀 꽃들이 흐드러진 향기를 날리던 밤. 결은 동궁보다 더 큰 전각의 유일한 주인이 되었다. 이토록 꽃이 만개한 날에 버려진 가엾은 운명의 주인이기도 했다.

"남은 생은 이 아이의 안녕을 빌며 살 것입니다."

왕비의 미소에 무사는 슬픈 고갯짓을 보냈다. 그러나 가혹한 운명은 그 작은 소원조차 허락하질 않았다.

결의 나이 열 살이 되던 해, 왕비는 먼저 명을 다했다. 왕자를 지키겠다고 맹세했던 무사마저 곧 행방을 감추었다. 하여 아이는 기어이 운명처럼 혼자가 되었다.

덧없는 시간이 흐른 후, 세상은 두 명의 왕자를 따로따로 기억했다. 희디흰 동궁의 세자 저하, 그리고 붉디붉은 서궁의 혈랑 대군.

-내놓거라. 네놈의 모가지를 내놓아.

-저리 비켜라! 이놈의 목은 내 것이야!

-싸우지 말고 사이좋게 나눠 먹으면 되지. 너는 목을 먹고 나

는 피를 먹고, 또 너는 살을 먹고, 나는 명을 먹고.

쇠를 긁는 듯 음산한 귀신들의 목소리 한가운데, 붉은 전각의 주인이 누워 있었다. 깊은 날숨이 그의 입술을 떠났다.

"기어 나오지 말라고 일렀거늘."

결은 무심히 일어나 검 자루를 손에 쥐었다. 오늘도 어김없이 잠들 수 없는 밤의 시작이다. 조용히 방문을 열자 들이치는 바람에 저고리 고름이 나부꼈다.

-어디 가? 도망가는 거야?

-피 한 방울만 주면 오늘은 물러갈게. 어때?

-도망가네. 무서워서 도망가.

귀신들은 낄낄거리며 그의 뒤를 따랐다.

스르렁, 검집에서 날 선 검이 뽑혔다. 어차피 환청일 뿐, 형체가 없는 놈들은 베어지는 법이 없었다. 그래도 공들여 휘두르는 이유는 잊기 위해서다.

결은 눈을 감고 호흡을 가다듬었다. 진기가 끓어올라 몸이 더워졌다. 물 흐르듯 공간을 가르는 날카로운 검기는 형체도 없는 망령들을 뚫고 또 뚫었다.

이윽고 아무런 소리도 들리지 않게 되었을 때 검을 거둔 그의 얼굴은 슬퍼 보였다.

"나같이 독한 거, 먹어 봐야 배앓이나 할 것을."

그러니 제발 좀, 찾아오지 말라고 부탁했잖느냐. 굵은 땀방울이 턱을 타고 떨어졌다. 오늘도 그의 검세를 버티지 못한 뒤뜰 또한 난장이었다.

"또 한 소리 듣겠군."

결은 피식 하늘을 올려다보았다. 까만 밤보다 더 깊이 검은 눈동자였다.

서산(西山) 사는 늑대야. 뻘건 털 휘날리는 늑대야.
어서 와서 창귀 머리 잡아먹어라.
지난밤 딸꾹질에 잠 못 자던 우리 아기, 오늘은 고이고이 속잠 자게.
서산(西山) 사는 늑대야. 뻘건 털 휘날리는 늑대야.
어서 와서 묘귀 발톱 자르거라.
지난밤 발발 떨며 뱅뱅 돌던 우리 색시, 오늘은 고이고이 속잠자게.

저잣거리의 아이들이 때로 뛰어다니며 부르는 노래엔 서궁의 늑대를 우러르는 마음이 담겨 있었다. 처음엔 이름 모를 누군가가 만든 노래겠지만, 바람에 꽃 향이 퍼지듯 자연히 누구나 알게 되었다.

"들었는가? 드디어 서궁 마마께서 행차하신다더군!"
"참말로? 꼬박 일 년 만인가?"

다가앉으며 묻는 사내의 입술에서 밥풀떼기 하나가 툭 튀어 나가 소반 귀퉁이에 붙었다.

"저자에 착호갑사(捉虎甲士)를 모은다며 방이 붙었더라고."

"그런다고 모일까? 말이 착호갑사지, 사냥꾼들이잖아."

사내는 튀어 나간 밥풀을 알뜰히 떼어 다시 입에 넣었다.

"호랑이를 잡기만 하면 은 한 궤짝을 주든가, 갑사를 시켜 주든가 한다며."

"갑사에 은?"

그들의 대화는 쩌렁쩌렁해서 모두에게 들렸다. 조막만 한 얼굴이 곱상한 소년도 그중 하나였다.

"어라, 이거… 돈 벌 기횐가?"

소년은 고운 눈을 반짝였다. 장사치들이 말하는 호랑이란 '그놈'이다. 인왕산 민가에서 열 명이 넘는 사람을 잡아먹었다는.

"말씀 좀 묻겠습니다."

소년은 냉큼 일어나 장사치들 사이로 얼굴을 들이밀었다.

"어이구, 깜짝이야!"

놀란 장사치가 눈을 부라려도 썩썩하게 접은 눈매가 아직 앳되었다.

"송구하지만 그곳이 어딥니까?"

"왜, 아부지가 알아 오라더냐?"

장사치의 눈이 위아래로 굴렀다.

모름지기 착호갑사가 되려면 튼튼한 골격과 무예가 기본인데 소년은 털 뽑아 놓은 닭 같았다. 맨숭맨숭 보얗다.

"아니요, 제가 하려고요."

"뭐?"

"제가 할 겁니다."

"이, 이런 미친놈!"

대뜸 험한 말을 듣고도 소년의 눈은 여전히 반짝였다. 밤톨 같은 두상은 작고, 계집처럼 팔다리는 짧고, 얼굴은 뽀얗다. 남색하는 놈들이나 침 흘리려나 싶게 낫낫한 소년의 용모를 다들 비웃었다.

정작 소년은 신경 쓰지 않았다. 그저 그들이 놀리듯 읊던 정보를 새기느라 바빴다.

'저 산속에 전각이 있다고? 아무리 궐에서 쫓겨났다지만, 그래도 대군이라며? 산 사람을 저런 데다 처박아 두다니.'

안됐지만 어쨌거나 왕족이니 돈은 있겠지? 은 한 궤짝이면 지난 수년간 모은 것의 반절도 넘는다. 소년은 골똘히 손가락을 접었다.

"…오랜만에 좀 벌겠네?"

조그만 입술 사이로 고운 치열이 드러났다. 소년, 아니 녹조(綠鳥)는 활짝 웃고 있었다.

"두고 봐, 기필코 다 모을 테니."

사냥꾼이 되려고 살던 마을을 떠난 것을 한 번도 후회한 적은 없다. 다들 여인의 몸으로 무리라고 했다. 그러나 그녀에게는 금 한 궤짝이 꼭 필요했다.

'그걸 다 모을 때까지 난 계집이 아니야.'

녹조는 바지춤의 단도를 쓸어내렸다. 철장(鐵匠)인 아버지가 벼려 준 단도를 만지면 겁이 사라지곤 했다.

"아부지……."

인왕산 범인지 뭔지 난 겁 안 나. 한 마리라도 더 잡아 없앨 수 있으면.

"…호랑이 따위 정말 싫어."

녹조는 서궁을 바라보았다. 노을에 더욱 붉어진 기와는 산이 흘린 피 같았다.

그때였다.

"자네, 정말 갈 텐가?"

누군가 그녀의 등을 건드렸다. 안면이 없던 젊은 사내였다. 낯빛은 계집 같고 말랑말랑한 흰 손은 더 계집 같은.

"뉘시오?"

웃고 있는 그에게 녹조는 미간을 찡그렸다. 이렇게 비실비실해서야 사내 노릇이나 제대로 할까? 걱정될 만큼 그는 곱디고왔다.

"그리 경계할 것 없네. 도움을 주려는 것이니."

녹조가 경계하자 그는 얼른 손사래를 쳤다.

"갈지 말지는 왜 묻소?"

사내는 고민하더니 품 안에서 무언가를 꺼냈다.

"가려면 이걸 받게."

"…생쪽매듭?"

그건 검에 다는 장식이었다. 낡긴 했어도 허술하게 만든 것이 아니었다.

"그렇게 안 보이는데, 혹시 싸울아비요?"

"그럴 리가."

"하지만 이건 검에 다는 건데?"

넘겨받아 자세히 본 매듭은 흔히 쓰이는 방식과는 조금 달랐다. 어라? 그런데 왜 눈에 익지?

"이거 분명 어디선가 봤……."

녹조가 눈을 크게 뜨자, 그는 얼른 손가락 하나를 입술에 올리고 고개를 저었다.

"쉿!"

"이거 귀한 거 아닙니까?"

"나도 어쩌다 얻은 것일세. 혹시 서궁에서 자넬 박대하면 한번 내밀어 봐. 분명 한 번은 다시 봐 줄 테니."

"일면식도 없는 제게 덥석 주셔도 됩니까?"

"싫으면 도로 내든지."

빼앗길세라 녹조는 얼른 매듭을 감췄다.

"그렇다고 줬다 뺏는 법이 어딨소?"

소탈하게 웃어 버린 그의 손바닥이 녹조의 머리꼭지로 내려앉았다.

"그럼 잘해 보게."

"정말 받아도 됩니까?"

"대신 꼭 입성하게, 서궁."

꾸벅 고개를 숙이는 녹조를 두고 사내는 곧 주막을 떠났다. 어쩐지 눈길이 떨어지질 않았다. 사내가 멀리 사라질 때까지 보고 있던 녹조는 곧 야무지게 행전을 묶고 신을 고쳐 신었다.

"그럼 이제 가 볼까? 호랑이 잡으러!"

돈도 벌고 호랑이도 잡아 복수도 하고, 망설일 사이는 없다. 녹조는 씩씩하게 주막에서 걸어 나왔다.

나른한 햇살이 엉망이 된 뒤뜰에 내려앉았다. 한쪽에 정좌하고 햇볕을 쬐는 결은 눈을 감고 있었다.
 적당히 그을려 희지 않은 살갗은 사내답고, 나른하게 늘어뜨린 손가락은 길고 마디가 굵었다. 하지만 가장 먼저 눈에 띄는 건 역시 그의 어깨였다. 숨결을 따라 들썩이는 어깨는 잘 뻗은 처마처럼 넓고 단단했다.
 "마마, 어디 계십니까? 마마?"
 누군가 부르는 소리에 결은 반대로 몸을 돌렸다.
 "또 들볶으러 오는군."
 곧 나타난 사내는 입성부터 해사했다. 넓게 펄럭이는 소매를 보아 필경 무인은 아니었다.
 "또 주무십니까?"
 사내, 선규는 결에게 가까이 가며 들릴 듯 말 듯 혀를 찼다.
 "어제도 잠을 설치셨습니까?"
 "묻지 마, 입 아파."
 "오늘은 좀 주무실 수 있을 것입니다. 용한 무당을 불러 살풀이를 했으니."
 서궁은 동궁을 지키기 위한 부적이자, 산에서 흐른 못된 기운이 동궁으로 흐르지 못하게 막고 있는 마개다. 덕분에 마개의 주인인 결은 밤마다 그 사기에 눌려 제대로 잠을 이루지 못했다.
 "밤에 못 자서 낮에 자잖아."

"이렇게 계속 버티실 수는 없습니다. 근본적인 문제를 해결 못 하고 몸이 남아나겠습니까."

"시끄럽다. 시답잖은 소리나 할 참이면 방해 말고 가라."

고집스러운 주인의 얼굴에 선규는 잠깐 입을 닫았다. 미룰 수 없는 목적이 있기에 오래 침묵하지는 않았다.

"연병장에 지원자들을 준비시켜 놓았으니 오십시오."

"싫다. 귀찮아!"

"대군!"

"소리 좀 지르지 마. 귀 안 먹었으니까."

관심 없는 듯해도 결의 눈은 이미 짙어져 있었다. 현왕의 적자이며 서궁이라 불리는 이 집의 주인. 다른 이름은 '혈랑 대군'.

지난해 겨울, 무창에서 여진을 토벌하고 돌아온 후 서궁에서 두문불출하는 비운의 왕자.

그토록 강한 결이 이기지 못하는 한 가지는 시도 때도 없이 쏟아지는 잠이었다. 액막이를 하느라 밤에 잠을 이루지 못한 탓에 낮엔 조는 일이 다반사였다.

"대군. …대군마마?"

"대군 닳는다."

결은 귀찮은 듯 귀를 막았다. 찌푸린 눈매와 고집스러운 눈동자가 피곤해 보였다.

"지원자들이 바글바글합니다. 소신의 몸이 두 개여도 어림없다니까요. 일을 벌인 당사자가 이러고 계시면 어쩝니까?"

"그러게 누가 은을 걸라더냐."

초조한 것은 신규뿐. 결의 어조는 일관되게 덤덤하고 시들했다.

"얼른 일어나십시오. 어서요!"

꿈쩍 않는 결을 선규는 급기야 발로 툭툭 찼다. 그는 감히 대군의 몸에 손도 아닌 발을 대도 무사할 수 있는 몇 안 되는 사람이었다.

"눈여겨볼 만한 인물은 있고?"

그제야 결은 귀찮은 몸을 일으켰다. 도로 주저앉을 기세였으나 일으켜만 놓으면 알아서 움직이는 주인이기에 선규는 기다렸다.

"있긴 한데… 일단 오셔서 보십시오. 좀 복잡합니다."

가타부타 친절한 설명도 없이 선규는 횅하니 먼저 가 버렸다. 결도 투덜투덜 몸을 일으켰다. 진득한 봄바람이 코끝을 지나며 수선스런 매화 향기를 남겼다.

"또 봄인가?"

하여 이리 머리가 복잡한가? 어미에게 버림을 받았던 봄. 형제에게 외면을 받았던 그 봄.

어젯밤 유독 기운이 센 사기가 지독하게 들볶더니, 그것도 다 계절 탓이다. 하긴, 그래서 저놈도 아무 말 않았던 것일 테고. 슬쩍 선규를 바라보는 결의 입술에서 낮은 한숨이 샜다.

"하여간, 여러 번 빚을 지게 하는 녀석."

아주 잠시 결의 입가에 머물렀던 미소는 곧 훈훈한 바람과 함께 흩어졌다. 연병장엔 지원자들이 득시글득시글했다.

"이게… 개미야, 사람이야?"

"그러니 제가 어찌 혼자 다 보겠습니까."

선규가 투덜거렸다.

"잘 좀 보십시오, 특히 저기 저쪽."

선규의 손가락을 따라 고개를 돌리고 결은 곧장 인상을 썼다.

"설마 저 꼬맹이?"

웅성거리는 사내들 사이 유독 눈에 띄는 놈이 있기는 했다. 주변 사내들 틈에 끼어 쪼끄만 머리통을 부산하게 두리번거리는 어린놈.

호기심 어린 눈빛을 반짝이는 어린 녀석은 몸뚱이도 너무 가늘어 흡사 계집아이 같았다. 멀리서도 선명한 붉은 입술, 한 손에 쥐어질 듯 가는 목선.

"저거 사내놈 맞아?"

"궁금하게 하는 얼굴이긴 하죠."

"중요한 건 그게 아닐 텐데?"

"뭐, 말로는 적어도 멧돼지 스무 마리, 호랑이 한 마리를 잡았다고 하니 지원 자격은 충분합니다."

"저렇게 어린 게 무슨 수로? 그걸 또 네놈은 믿었고?"

결은 먼 산을 보며 혀를 찼다. 이게 다 봄 때문이다. 장안 최고의 장사치 최선규가 이런 바보가 된 것도, 다 이 잔인한 계절 탓이다.

꼬맹이 놈은 짧은 다리로 빨빨거리며 돌아다니고 있었다. 저런 놈을 데리고 뭘 하겠다고. 호랑이는커녕 노루 새끼 한 마리인들 잡을까.

"저건 내쫓아."

"지켜보시죠. 혹시 압니까? 발군의 실력을 가졌을지?"

"발군? 저딴 비실거리는 게?"

여기저기 기웃거리는 의지는 가상하다만 저렇게 약한 몸으로는 버티지 못할 것이다. 약한 것들은 언제나 삽시간에 죽었다. 미처 지켜 줄 틈도 없이, 그럴 기회조차 주지 않고 힘없이 사라졌다.

"선규야."

"예."

"굿을 해서 이 봄을 물릴 수는 없다더냐?"

딱히 대답을 바라는 질문이 아님을 알면서도 선규는 목소리를 골랐다.

"방도를 찾아보겠습니다."

"싱거운 놈."

이후 결은 내내 연병장만 바라보았다. 그 곁에 선규도 조용히 서서 어린 지원자를 보았다. 결은 당장 내보내라고 했지만 연병장을 휘젓고 다니는 꼬맹이는 아직 해 줄 일이 있었다. 무척이나 중하고 조심스러운. 아주 오랫동안 선규가 기다려 온 일이기도 했다.

'그러니 송구합니다, 마마.'

선규는 예를 갖춰 결의 등에 허리를 숙였다. 그 일이 대군을 웃게 할지, 아니면 좌절하게 할지. 결과는 하늘만이 알겠지만 적어도 아직은 운명에 대항할 무기가 남아 있었다.

활짝 웃는 주인의 얼굴을 보고 싶다는 오래된 소원을 포기하기엔 그는 아직 젊었다.

"흐음… 저 말도 안 되는 놈은 대체 누가 보낸 놈일까?"

"적이 어디 한둘이어야 짐작이라도 해 보지요. 더 알아볼까요?"

"둬라. 그놈들도 먹고살아야지."

결은 무심하게 고개를 돌렸다.

이런 짓을 하기를 벌써 여러 날이었다. 수십 명을 탈락시켜도 곧 새로운 도전자들이 그 자리를 채웠다. 지금은 대놓고 서궁에 들어올 기회였다. 전국에 차고 넘치는 적들이 이런 호기를 놓칠 리 없다.

하지만 그들은 간과하고 있었다. 조선 땅에서 혈랑 대군 이결의 안목을 속이는 것이 과연 가능할까.

"저쪽 놈도 탈락. 가슴팍에 암기를 숨겼는데 사냥꾼일 리 없지."

결은 팔짱을 끼고 여유롭게 웃었다. 희미한 미소에 피 냄새 같은 살기가 번졌다.

"저쪽도 탈락. 저기 삐죽한 놈도 탈락."

선규가 선별한 첩자들을 하나하나 골라내던 결의 시선이 무리의 끝에 닿았다. 녀석이었다. 며칠 전 보았던 꼬맹이. 여전히 기운 넘치는 모습이 괜히 반가웠다.

"저놈이 왜 아직 여기 있지?"

"혹시 저놈도 첩자인가 해서요."

결의 입매가 삐뚜름히 뒤틀렸다. 첩자? 저런 어린애가? 덩치 큰 고래 사이에 꼬물꼬물 끼어 있는 송사리 꼴인데?

"저딴 놈이 첩자면 보낸 놈은 내 편이겠구나."

저렇게 눈에 띄는 첩자라면 안 보내느니만 못하다.

"사실 저놈 좀 희한합니다. 활을 귀신같이 쏜다니까요."

"주인이 밤마다 헛것을 본다고 너까지 따라 하느냐?"

"제 눈은 멀쩡합니다."

결은 눈썹을 들썩이는 선규의 어깨를 토닥였다. 갑자기 호랑이를 잡겠노라 벌인 일 때문에 매일 고됐다. 푸석해진 선규의 얼굴이 못내 안쓰럽긴 하지만 이건 좀 아니지.

"일단 보십쇼. 곧 시작합니다."

"뭘?"

"과녁 안 보이십니까? 활쏘기요."

"활? 화알?"

결은 소리도 없는 웃음을 허허거렸다. 이제는 기막혀 할 힘도 없다. 저딴 꼬맹이가 시위를 걸기는커녕 활을 들 힘이나 있을까? 그러나 그렇게 되물으면서도 결의 눈은 다시 그 어린놈에게 닿아 있었다.

"저놈은 또 무슨 사연이기에."

민초들의 삶이란 대개가 넉넉하지 못했다. 하루 두 끼니 입에 낟알이라도 넣으면 다행이고 그나마도 못한 이들이 수두룩이다.

"목숨을 돈으로 바꾸려느냐."

며칠 전 장거리에서 보았던 노인이 떠올랐다. 어린 손자의 손을 잡고 장이 파한 길에서 찌꺼기를 줍던 노인. 연신 침을 축이던 그 마른 입술과 연병장의 꼬맹이가 겹쳐 보였다.

'집안에 누가 병을 앓나? 아니면 돈에 팔려 갈 상태야?'

차라리 몇 푼 주어서 보내는 것이 나을 텐데. 그런다고 해도 문제가 해결되진 않겠지만.

"내기하시렵니까?"

싱글거리는 선규의 말에 결은 눈길도 돌리지 않았다.

"무슨 내기?"

"저 녀석 화살이 몇 차례나 과녁을 뚫는지 말씀입니다."

"어차피 내가 이길 것을 뭐 하러?"

"그러니 하시지요? 저는 일곱 번 이상에 이걸 걸겠습니다."

선규가 웃으며 내민 것은 작은 비단 주머니였다. 청에서 들여온 값비싼 비단으로 지은. 물론 주머니 안에는 그 비단보다 더 귀한 것이 들어 있었다.

"그걸 건다고?"

"기꺼이 걸지요."

그제야 결의 얼굴이 묘하게 반짝였다.

"비싸게 얻었다고 안 했나?"

"두 번 말하면 입 아픕니다. 이게 어떤 금창산(金瘡散)인데요? 절대 지지 않을 자신 있습니다."

"그 정도야? 저 꼬맹이가?"

"말 돌리지 마시고 대군께서도 거십시오."

"뭘 원하는데?"

선규는 의미심장하게 입꼬리를 올렸다.

"시간을 주십시오, 대군을 굴려 먹을 시간. 당분간 제 말도 좀 잘 드시고요. 탕약도 제때 드시고요."

"그깟 탕약."

"그깟이라니요. 한양 최고의 의원에게서 지은 약입니다."

선규가 발을 굴러도 결의 시선은 이미 멀리 있었다. 탕약 따위 먹으나 마나 소용도 없는 짓이다. 탕약을 먹는다고 액이 흘러오지 않으면 애당초 서궁을 지었어야 하는 이유가 없잖아.

안타까운 마음에 탕약에 신경을 쏟는 선규의 마음을 모르는 바는 아니지만, 아무리 발버둥을 쳐도 그는 액받이였다.

"어쨌든, 내기하시는 겁니다?"

선규의 재촉에 결은 굳이 대답하지 않았다. 거래는 성립이었다. 그걸 알기에 선규도 더 보채지 않았다.

둥둥! 북소리가 나고 첫 번째 사수들이 과녁 앞에 도열했다. 결은 팔짱을 끼고 나무에 기대섰다.

"녀석은 몇 번째야?"

"두 번째입니다. 놀랄 준비나 하십시오."

큰 눈을 말똥거리며 차례를 기다리는 어린 녀석은 의외로 긴장한 기색이 없어 보였다. 가만히 손가락을 푸는 모양새가 제법 침착하기까지 했다.

'어쭈?'

결은 자세를 고치고 녀석을 더 찬찬히 살폈다. 스스로 서 있는 것도 용하게 생긴 놈이 의외로 강단은 있는 모양이지?

"그 주머니나 잘 챙겨. 곧 내 손에 넘어올 거니까."

"무슨 말씀을. 내일부터 대군께 무슨 일을 시켜야 할지 저는 그게 고민입니다."

"웃기지도 않고."

"농 아닌데요?"

선규가 너스레를 떨었다.

"두고 보자."

"예, 두고 보고, 뜯어보고 다 하십쇼."

첫 순의 사수들 가운데는 눈에 띄는 자가 없었다. 그야말로 오합지졸이었다. 그리고 드디어 꼬맹이 녀석이 섞인 조가 사대로 나섰다. 앞 조가 워낙 엉망이어서 다들 기세가 등등했으나 두 사내의 관심은 꼬맹이에게만 있었다. 과녁이 준비되었다는 깃발이 올라가고 꼬맹이도 활을 들었다.

'어디, 얼마나 대단한지 볼까.'

선규가 서역에서 구해 온 금창산은 부르는 게 값인 귀한 물건이었다. 그 귀한 것을 선뜻 걸었다면 저 꼬맹이가 아주 맹탕은 아니라는 뜻인데.

휘이잉! 하필 마주 오는 바람이 불었다. 조금이라도 실수를 하면 화살은 바람을 타고 떠밀려 과녁에 닿지도 못할 것이다. 꼬맹이 녀석은 이런 악조건에도 긴장하지 않았다.

"제법이군."

녀석이 활을 대하는 자세는 유독 눈에 들었다. 곁에 선 다른 자들처럼 과녁을 향해 안달하지 않고, 정면이 아니라 뒤를 보고 숨을 고른다. 마지막으론 크게 불어낸 심호흡 하나로 시위를 걸 준비를 마쳤다.

"어려울 텐데…….."
안쓰러운 생각으로 결이 그렇게 중얼거린 찰나였다. 쐐액! 거침없이 당겨 쏜 녀석의 첫 번째 화살이 과녁을 향해 날아갔다.

2. 소년 궁사

 화살이 활을 떠난 순간 결은 저도 모르게 기댔던 몸을 일으켰다.
"하!"
 저놈 봐라? 시위를 떠난 화살이 과녁의 중앙에 박혀 있었다. 얼마나 깊이 박혔는지 꽁지깃이 아직도 세차게 떨었다. 심지어 과녁에는 꼬맹이의 화살 한 대만 꽂혀 있었다. 다른 놈들의 화살은 과녁에 닿지도 못했다.
"와."
"이야!"
 여기저기서 탄성이 터졌다. 어깨가 으쓱할 만도 한데, 녀석은 신경 쓰지 않고 차분히 두 번째 화살을 걸었다. 결은 마른침을 꼴깍 삼켰다.

'꼬맹이 주제에.'

감탄할 사이도 없이 두 번째 화살이 날아 먼저 쏜 화살의 바로 옆에 박혔다. 조금만 안쪽으로 들었다면 먼저 박힌 화살을 두 쪽으로 갈랐을지 모른다.

"옳거니!"

선규가 소리치며 펄쩍거렸다. 결은 아무 소리도 내지 못했다. 입술에 희미한 미소가 감돌았다. 완력이 약해 활시위를 더 뒤로 당기지 못하는 것이 흠이지만, 녀석은 마치 바람이 다니는 길이라도 보는 듯 완벽한 때에 화살을 놓아 결점을 상쇄시켰다.

결은 긴장으로 말라 버린 입술에 침을 바르며 목을 뺐다.

"물건이군."

아직 여덟의 화살이 남아 있기에 속단하기는 이르다. 그러나 세 번째, 네 번째 화살이 날아간 후 결의 생각은 바뀌었다. 한 치의 빈틈도 없이 모두 과녁의 중앙에 모여 있는 녀석의 화살은 우연이 아니었다. 분명 실력이었다. 결은 저도 모르게 앞으로 걸어 나가 꼬맹이의 과녁을 응시했다.

"하나가 아쉽군."

녀석의 화살이 과녁의 중앙을 뚫은 수는 아홉이었다. 아쉽게 마지막 하나가 뒤로 날아가 과녁 뒤 나무에 박혀 버렸다. 하지만 그걸 빼고도 이 안에 녀석보다 기술이 좋은 놈은 없었다. 아니, 어쩌면 조선 땅을 이 잡듯 뒤져도 몇 명 찾지 못할 실력이었다.

"나이가 몇이라고?"

"스물하고도 하나를 더 먹었답니다. 마음에 드십니까?"

"…어디서 배웠을까? 저놈."

결이 물었을 때 사대 위의 꼬맹이는 아쉬운 결과에 실망하며 제 손바닥을 들여다보고 있었다.

"글쎄요. 궁금하십니까?"

결은 고개를 끄덕였다. 궁금했다. 선규의 대답이 늦다고 느껴질 만큼. 신체적 조건이 저토록 열악한데 믿지 못할 성과였다.

"어지간히 수련해서는 저런 실력이 나올 수 없어."

녀석은 분명 제 실력에 자신이 있었다. 스스로에 대한 긍지가 멀리서도 선명하게 우러났다.

그때, 문득 꼬맹이와 눈이 마주쳤다. 거리도 멀고 또 아주 잠깐이었지만 느껴졌다. 맑고 청명한 거짓 없는 눈동자.

"선규야. 저 아이, 혹시 내가 전에 본 적 있었던가?"

"그럴 리가요."

차분한 선규의 대답에도 결은 눈을 뗄 수가 없었다. 뭐지? 어쩐지 낯익어서 심장이 뛰었다. 꼬맹이는 곧 사대에서 내려섰다. 결은 그 작은 체구가 보이지 않을 때까지 녀석의 그림자를 쫓았다.

바쁘게 사라지는 녹조와 그런 녹조를 바라보는 결을 번갈아 살피며 선규는 보일 듯 말 듯 웃었다.

"제가 보기엔 대군의 자세와 닮은 것 같습니다."

"나와?"

"목표물을 뒤에 두었다가 갑자기 앞으로 당겨 쏘잖습니까, 저 아이. 그런 식으로 활을 다루는 이를 대군 이외엔 보지 못했습니다."

그랬던가? 그래서 낯이 익었나?

"일단 저놈 다시 보게 선별해 놔."

문득 가까이서 만나 보고 싶다는 생각이 들어 결은 무작정 언덕을 내달렸다.

"갑자기 어디 가십니까?"

선규의 목소리는 귀에 들어오지 않았다. 꼬맹이가 완전히 없어지기 전에 잡고 싶은 생각뿐이었다. 선규는 빙그레 웃으며 다급하게 달리는 결의 등을 바라보았다.

"급하셨군. 이러다간 호랑이가 아니라 용을 잡겠네."

고작 호랑이 한 마리를 잡으려고 벌인 일이 점점 규모가 커지고 있었다. 그래도 상관없었다.

"대군을 웃게 할 수만 있다면요."

그게 뭐든 피에 젖은 혈랑을 편안하게 만들 수 있다면 말이다. 오래전에 결이 그렇게 묘한 질문을 한 적이 있었다.

'어째서 너 정도의 녀석이 여기서 내 수발을 들고 있지? 네놈의 재력이면 나라도 씹어 먹을 텐데?'

그땐 그 질문에 답을 하지 못했다.

"그땐 확신이 없었으니까요. 하지만 지금은 있습니다, 대군마마."

결을 보는 선규의 눈빛은 친우나 수하가 아니라 형제 같았다. 그런데 한참이나 내려갔던 결이 갑자기 맹렬한 속도로 다시 올라왔다.

"어찌 다시 오십니까?"

마중하듯 걸어 나간 선규에게 결은 척하니 손을 내밀었다.

"내놔."

"뭘요?"

"금창산."

"예? 제가 이겼잖습니까?"

선규는 펄쩍 뛰며 어깨를 움츠렸다.

"그래도 내놔."

"안 됩니다. 귀한 것이라니까요."

결은 악착같이 손을 뺃었다. 매일 책이나 읽고 돈이나 세느라 손마디가 말랑말랑한 선규에게서 금창산을 빼앗기란 어린애 손에서 조약돌 뺏기보다 쉬웠다.

"이런 법이 어디 있습니까?"

"어허, 주인에게 말버릇하고는?"

"제가 이겼잖아요."

"네 것이 내 것이고, 내 것은 내 것이지."

기어이 주머니를 손에 쥔 결은 다시 엄청난 속도로 언덕을 내려갔다. 그 뒤에서 선규는 흐뭇하게 웃었다.

"이런, 곧 들키겠네."

그 꼬맹이가 사내가 아니란 것을 알면 어떤 반응을 보일지. 가녀린 여인의 몸으로 어떤 사내들보다 더 정교한 화살을 날리는 그녀를 혈랑 대군은 과연 어찌 처리할까?

"궁금해도 참아야겠지."

따라가면 재밌는 구경을 하겠지만, 목숨은 하나니까. 대군이 날뛰는 동안엔 근처에 얼씬도 하지 않는 것이 현명하다.

"괜히 혈랑이라는 별칭이 붙었을까."

평상시엔 약 먹은 병아리처럼 졸다가도 한번 미치면 더러워지는 주인이었다.

"이번엔 미안합니다, 녹조 낭자."

선규는 능청능청 웃는 얼굴로 꼬리를 뺐다.

"아야! 왜 화살은 열 개씩 쏘는 건데."

상처 난 손을 개울에 넣고 녹조는 한숨을 내쉬었다. 봄이 한창이었지만 그늘 아래쪽 개울엔 지난겨울의 여운이 남아 있었다. 차가운 물결이 상처를 쓸고 아릿한 냉기를 입혔다.

"망한 것 같아요, 아버지."

녹조는 시무룩해서 볼멘소리를 냈다. 활을 쏘는 법은 아비에게 배웠다. 사내에 비해 완력이 약한 녹조를 위해 아비가 직접 만들어 준 활은, 다른 것에 비하면 작고 가벼웠다.

그래도 일정 개수를 넘기면 손가락에 상처를 남겼다. 아무리 연습하고 굳은살이 생겨도 마찬가지였다.

"치사하게. 사내들 손은 거죽이라도 달라?"

조금만 더 튼튼해 주면 얼마나 좋아. 눈치 없이 이런 날에도 왜

말썽이난 말이다. 물에서 꺼낸 손은 처참했다. 피가 씻겨 나가자 상처가 더욱 도드라졌다. 사나흘은 다시 시위를 잡기 글렀다.

"이래서야 좋은 활이 있어도 무용지물이잖아."

물기를 털어 내고 일어나려는데 낯선 목소리가 끼어들었다.

"깍지를 다른 것으로 바꿔 봐. 깍지가 헐거우면 멀쩡한 손가락도 잡아먹히니."

녹조는 반사적으로 물러섰다.

'어?'

아까 언덕에서 본 자다. 눈이 마주쳤던 그자! 누구지? 시험장에선 본 적 없는데?

"누구시오?"

의심하며 물러서는 녹조에게 결은 싹싹하게 대답했다.

"보면 모르나? 비슷한 처지지. 그건 그렇고 활 솜씨가 대단하더군."

신분을 밝힐까 하다가 얼결에 얼버무렸다. 어차피 알게 될 일이지만, 혈랑보다는 지원자 쪽이 다가서기 더 쉬울 테니까.

"시험장에선 못 보던 얼굴인데?"

"워낙 나서는 성격이 아니라."

결이 저도 모르게 빙그레 웃었다. 가까이서 보니 녀석은 더 어려 보였다. 동그란 토끼 같은 눈도 그렇고 조그만 턱 위, 도톰한 입술은 더 그랬다. 역시 나이가 스물이 넘는다는 말은 거짓이 분명하렷다.

'많이 쳐줘도 열다섯?'

다가선 만큼 물러나는 녀석의 눈엔 경계심이 가득했다. 사방이 덫인 것을 눈치챈 여우 같았다.

"나서는 성격이 아닌데, 초면에 깍지를 바꿔라 마라 참견을 한단 말입니까?"

"그게… 누가 다치고 그러는 것도 못 보는 성격이라. 안 되나?"

"거참, 불편한 성격이네. 나서는 건 싫은데, 오지랖은 많고!"

녹조는 눈을 흘기며 결을 지나쳤다. 계집인 것을 굳이 감추고 싶지는 않지만, 지금 들키면 지원 자격마저 박탈당할지 모른다.

'적어도 뽑힐 때까진 얽히지 말자.'

그런 속마음도 모르고 결이 녹조의 팔뚝을 잡아챘다.

"그 상처, 내가 봐주지."

"오지랖이 부족해서 의원 흉내도 내시오?"

녹조는 다급히 잡힌 팔을 뺐다. 그러자 결은 허리에 맸던 주머니를 통째로 내밀었다.

"자, 서역에서 얻은 금창산이야. 이 정도면 참견해도 될 것 같은데? 확인하겠나?"

"남의 주머닐 왜 뒤진답니까? 그쪽이 그렇다면 그런 거지, 뭐."

"호오, 그냥 믿겠다?"

"그럼 거짓말이었소?"

결은 고개를 저으며 슬쩍 입술을 물었다. 꼬박꼬박 말대답하는 꼬맹이가 귀여워서 실없이 웃음이 났다. 매끈한 턱엔 수염이 자란 흔적이 없었다. 활 좀 쐈다고 다친 것만 봐도 단련 덜 된 어린애였다.

그런데 어린 사내놈들이 다 이런가? 깜박이는 속눈썹은 너무 길고, 살갗은 분칠한 여인네처럼 분이 오른 듯 뽀얗다. 불만을 가득 문 입술은 심지어 맛있어 보였다.

'맛있어 보여? 입술이?'

찰나의 의심은 곧 확신도 주었다. 결은 단박에 손을 뻗어 다시금 녹조의 팔목을 낚아챘다.

"왜 이러시오!"

반항하며 어깨를 비트는 그녀를 제압하는 것은 선규에게서 주머니를 뺏는 일보다 더 쉬웠다.

"너, 좀 이상하구나?"

결은 매끈한 작은 턱을 손가락으로 받쳐 올렸다. 복잡한 감정이 어우러진 까만 눈동자가 그를 쏘아보았다.

"놔요! 손 치우란 말입니다!"

"설마… 계집이냐?"

순간 녀석이 눈을 크게 떴다. 불그름히 상기된 얼굴에 곤혹감이 스쳤다.

"…무, 무슨 말인지 나는 도통."

"그럼 그렇지."

"이, 이보시오. 넘겨짚지 말고."

"대체 여긴 어떻게 들어왔지?"

"…그야 대문으로요."

"이제야 말이 되네."

스물 넘은 녀석이 왜 이렇게 어려 보였는지, 살갗이 고작 화살 몇 발에 벗겨진 것도 말이다. 수염은 계집이라 나지 않는 것이고, 손목은 사내가 아니니 매가리가 없고.

"그래, 사내놈의 입술이 맛있어 보일 리가 있나."

"뭐라고요?"

"그 와중에 귀는 또 밝군."

한순간 머리통이 미쳤다고 생각했는데 그의 머리와 눈은 지극히 정상이었다.

"놔요. 아프다고!"

팔목을 비트는 그녀를 결은 더 단단히 옭아맸다. 최선규 이놈은 진짜 눈깔을 딴 데 빼놓은 건가? 어떻게 계집과 사내도 구분 못 해? 그가 씩씩 콧김을 뿜던 그때였다.

"계집이 안 된다는 조건은 없었습니다."

"뭐?"

"저자에 붙어 있는 방 말씀입니다. 없었다고요."

"그딴 걸 굳이 써 넣을 필요가 있었을까?"

결은 발버둥 치는 녹조를 근처의 나무 기둥에 쿵 밀어 가뒀다.

"으윽!"

세게 부딪혀 아팠는지 눈두덩을 찡그리는 중에도 가시 돋은 눈동자가 그를 쏘아보았다. 드세다. 드센 계집은 정말 딱 질색인데. 쫄랑쫄랑 바른말을 하며 지지 않으려는 계집은 더더욱 질색이다.

"왜 필요 없습니까? 있어야 했습니다. 다른 조건은 다 있었잖아요?"

"시끄럽다."

"산저(山猪)는 몇 마리를 잡아야 하는지, 수노루랑 느렁이는 얼마나 잡아야 하는지, 나이는 얼마나 먹어야 하는지."

"그 조건은 되신다는 건가?"

"됩니다."

기가 차서 결은 그냥 크게 웃었다. 활 쏘는 재주가 아무리 쓸 만하다 해도 범을 잡는 데 여인이라니.

대번에 누군가의 얼굴이 떠올랐다. 천지 분간도 못 하고 날뛰다가 죽어 버린 멍청한 누구. 지켜 주겠다는 약속을 지킬 사이도 없이 불에 타서 죽어 버린 어떤 계집아이가 말이다.

"웃기는 소리. 네놈에겐 가당치 않은 조건이야."

"참입니다. 그리고 설사 그걸 못 믿는다 해도, 그쪽한테는 날 이렇게 할 자격이 없소."

"과연 그럴까? 내가 누군 줄 알고?"

"댁이 누군데!"

그는 분명 스스로를 지원자라 했다. 그럼 다를 것 없잖아. 그는 사내고 저는 여인인 것 외엔? 이리 험하게 다뤄져야 할 이유는 없다.

"이곳 주인이다."

"뭐요?"

"못 알아들어? 서궁이 내 것이란 말이다."

갑자기 이게 무슨 똥개 소리?

"…이보십시오. 아무리 급해도 그런 거짓말은 하는 것이 아닙니다."

당황하는 녹조를 향해 결은 보란 듯 천천히 흰 이를 드러냈다.

"방은 잘 읽었는데 나머진 못 들었나 보지?"

"……?"

"예를 들어 혈랑이 어찌 생긴 놈인지, 성깔은 어떤지 같은 거."

낯빛이 파리해진 그녀를 보며 결은 승리의 미소를 지었다. 그래. 이딴 손으로 뭘 할 수 있을까? 이딴 연약한 손으로. 일부러 거칠게 손을 잡아서 상처를 누르자 고통에 찬 신음이 터졌다.

"아흑!"

"고작 활 열 번도 못 쏘는 약해 빠진 손이다. 괜히 거치적거리지 말고 좋은 말로 할 때 꺼져."

냉랭한 결의 음성이 녹조를 내쳤다.

"할 수 있으면요?"

"뭐?"

기가 찬 듯 헛웃음을 치는 결에게서 녹조는 사납게 손을 뺐다. 물러남과 동시에 화살을 거는 손속이 빨랐다.

"제가 할 수 있으면 어찌 됩니까?"

생살이 벗겨진 손가락들이 고통으로 아우성쳤다. 녹조는 이를 악물었다. 이까짓 거, 무시당하는 거에 비하면 아무렇지 않다.

"뭐 하는 짓이지?"

"계집의 손으로 뭘 할 수 있는지 보여 드리죠."

결은 서늘하게 가슴을 폈다. 어차피 허풍일 터. 왕족에게 활을 쏘는 골빈 놈이 있을 리가.

"날 쏘면 반역이다."

"겁먹고 움직이지나 마십시오. 가만있으면 죽진 않을 테니."

그녀는 신랄하게 비웃으며 한껏 당긴 시위를 놓아 버렸다. 정확한 방향으로 바람을 탄 화살이 곧장 결의 가슴을 향했다.

"……!"

결은 숨을 멈췄다. 피하기엔 거리가 너무 가까웠다.

피잉- 소름 끼치는 파열음이 귀를 스친 순간, 화살은 이미 건너편 나무에 박혀 있었다. 힘차게 떨고 있는 화살 깃에 뭔가가 매달려 있었다. 알아보는 건 어렵지 않았다. 조금 전까지 달고 있었던 옷고름이니까.

활짝 벌어진 앞섶이 헛헛했다. 결은 조신한 여인네들처럼 화들짝 앞섶을 모아 쥐고 이를 갈았다.

"너!"

"한 번 더 할까요?"

자신만만한 목소리 아래 늘어진 손에서 핏방울이 뚝뚝 떨어졌다. 섶에 붙어 있던 옷고름을 화살 한 발로 떼어 버리다니. 순간의 집중력, 정교한 기술과 담력. 그중 하나라도 없다면 가능하지 않은 일이었다.

'있었군, 왕족에게 활을 쏘는 미친놈이.'

아니… 년인가.

"죽고 싶으냐?"

"오래 살 겁니다!"

"감히 내게 화살을 겨누고 살아남겠다고?"

"그런 겁박 수도 없이 들었지만 살아 있네요. 이런 실력을 거저 얻은 건 아니라서요."

그래. 어떤 놈이 덤벼도 지지 않을 자신 있다. 누구보다 빠르게 달리고 더 정교하게 활을 쏠 자신도 있다. 그러니까 사실이 아닌 말에 지레 겁먹고 물러날 이유는 없다.

약속했잖아. 어떻게든 금을 다 모으기로.

"그래서 그냥 보내셨다고요?"

"보냈다."

입을 쩍 벌린 선규의 초조함을 결은 애써 외면했다.

"왜? 대체 왜요?"

선규는 머리를 싸잡고 방 안을 횡으로 축으로 마구 걸어 다녔다.

"정신 사납다. 그만해."

"소신의 정신인들 온전하겠습니까?"

"이미 내쫓은 걸 어쩌라고."

"밖의 상황이 저 지경인데 그냥 보내시면 어쩌라고요!"

"뭐, 어찌 되겠지."

결은 뚱한 얼굴을 창밖으로 돌렸다. 계집 주제에 활 들었다고 설치는 꼴은 그만큼 봤으면 충분하다.

"그냥 더 뽑아."

"대군께선 늘 입으로 다 하시잖습니까! 똥은 제가 다 닦습니다."

"어허, 상스럽게."

"더는 못 해 먹겠습니다."

선규는 울듯이 바닥에 주저앉았다. 녹조를 내쫓은 후에도 응시자들의 시험은 계속되었지만 선별된 자는 손에 꼽았다. 그나마도 녹조에 비하면 조족지혈이었다.

"아무리 찾아도 그만한 실력자가 없습니다. 아시잖아요."

모든 화살을 중앙에 몰아서 박던 그 박력. 실수로 놓친 한 발은 심지어 응시자 중 가장 멀리까지 날아갔다. 호랑이를 덮치는 급박한 상황에서 실력은 떼어 놓을 수 없는 부분. 정교함에 기술까지 완벽한 그녀를 대체할 자는 없었다.

"활은 내가 쏘면 되지."

"아무리 혈랑이어도 호랑입니다. 적어도 다섯의 궁수는 필요하고요. 초짜도 아니고 왜 고집이십니까?"

"그럼 잡지 말든가."

"대군!"

참다못한 선규가 쩌렁쩌렁 지르는 고함을 흘려들으며 결은 창밖을 보았다.

'계집의 손으로 뭘 할 수 있는지 보여 드리죠.'
'겁먹고 움직이지나 마십시오. 가만있으면 죽진 않을 테니.'
'이런 실력을 거저 얻은 건 아니라서요.'

또박또박 짚어 주던 녹조의 말이 틀리지 않아서 더더욱 머릿속이 어지러웠다. 수백 번 손이 찢어지고 또 찢어져도 포기하지 않은 결과일 것이다. 그 노력까지 부인할 수는 없기에 가슴이 뜨끔했다.

옷고름만 떼어 나무에 박아 버린 귀신같은 솜씨는 분명 살아생전 다시 구경할 수 없을 만큼의 진기였다. 무엇보다 스스로를 믿으며 강하게 빛나던 그 눈동자가 거슬렸다.

감히 왕족에게 활을 쏘고 그런 눈이라니.

'쳇! 겁도 없는 놈.'

한때는 결도 그녀처럼 무모한 간절함에 허덕였었다. 하지만 그 고통에 대한 대답은 늘 하나였다.

'세자를 지켜다오. 너만이 할 수 있단다.'
'저도 형님과 어머니 곁에서 살면 안 돼요?'
'네 의무는 왕실을 지키는 것이야. 어리광 부리지 말거라.'
'어째서요? 저는 어머니의 아들이 아닙니까?'
'먼저 의무를 이행하거라. 그래야 네가 살아.'

돌아가시기 전에도 어머니는 세자를 지켜 달라는 당부뿐이었다.

'빌어먹을······.'

멀미가 나도록 피를 흘려도 여전히 남아 있는 그 지독한 제약. 채찍을 쥔 자의 앞에서 약자의 절실함이란 건 아무런 소용 가치가 없다.

"대군마마."

"듣고 있다."

"이제 방법은 하나뿐입니다."

"말해."

"차라리 저하께 착호갑사들을 보내 달라 청하십시오."

여태 실없이 웃기만 하던 결의 표정이 싸늘하게 바뀐 것은 그 순간이었다.

"최선규!"

"송구합니다."

선규는 고개를 숙였다. 머리 위로 낮은 한숨이 떨어졌다.

결이 조금 더 능동적인 태도를 가졌으면 하여 일부러 뱉은 말이었다. 하지만 이런 식으로 쓰는 약은 늘 너무 큰 부작용을 가져왔다.

어느덧 명자(名字)가 무기가 되고, 존재가 사기(士氣)가 되는 사내. 누가 뭐래도 결은 조선에서 가장 강한 사내였다. 하나 퀄이라는 명목 앞에선 표정조차 감추지 못하고 무너졌다. 처절하고 안쓰러워 손을 뻗을 수도 없도록 나약하게 휩쓸렸다.

"소인의 마음이 절실하다는 것은 알아주십시오. 지금은 망자의 손이라도 빌려야 할 때입니다."

"그만해."

"하니, 가서 그 아일 데려오십시오. 어디 있는지 아시잖아요."

결은 고집스럽게 고개를 틀었다. 알지. 분명 들었으니까.

결의 옷고름을 뜯은 후 그녀는 더욱 기세등등했다. 피가 흥건한 손을 쥐고 뭐든 할 수 있다고 강짜를 부렸다. 결국 시끄러운 몸뚱이를 직접 들고 나가 서궁 밖에 내동댕이쳤다.

 화가 난 만큼 힘껏 던졌는데 바닥에 나뒹굴 줄 알았던 그녀는 또 결의 예상을 빗나갔다. 순간적인 반동으로 어깨를 굽히고 몸을 굴리더니 다음 순간 발딱 일어난 것이다.

 '하! 날다람쥐 같은 놈.'

 군더더기 없이 훌륭한 낙법에 감탄하지 않을 수 없었다. 결은 더욱 궁금해졌다. 스스로 익혔을 리는 없고, 대체 누가 가르쳤을까?

 '그런 건 어디서 배웠느냐?'
 '말씀드리면 받아 주십니까?'
 '어림없는 소리. 썩 꺼져!'
 '송첨교 앞 주막에 머무르고 있습니다. 주모의 코 옆에 왕사마귀가 붙었습니다. 혹시 궁금해서 잠이 안 오면 찾아오십시오. 예?'

 물론 절대 그럴 일은 없을 거였다. 선규가 이렇게 안달복달하지 않았다면.

 "가서 데려오실 거지요? 예?"
 "사내가 아니야. 여인이라고. 그딴 꼬맹이를 밖에 있는 자들이 인정하겠어?"

 결의 변명에 선규는 꿍꿍이가 그득한 눈으로 고개를 기울였다.
 "그거야 방법이 있습니다."
 "무슨 방법!"

"아무도 그 아이의 정체를 모르면 되지 않겠습니까?"

"하! 이런 미친놈."

어이가 없는 선규의 제안에 결이 욕을 뱉은 그 순간, 화제의 중심인 녹조는 쫓기고 있었다.

"너 이년, 거기 안 서! 잡기만 하면 요절을 낸다!"

험한 고함 소리 여럿이 골목 안을 쩌렁쩌렁하게 울렸다.

"끈질기게 따라오네. 이씨, 이제 어쩌지?"

다시 찢어진 오른손에서 피가 흘렀다. 정신없이 달아나는 중에도 녹조는 바닥에 떨어진 피의 흔적을 지웠다.

"막다른 길이면 끝장인데."

소매를 끌어 잡고 손바닥의 상처를 누르며 그녀는 초조하게 입술을 씹었다.

사건의 시작은 한 시진 전, 주막에서부터였다. 그때, 그녀는 주막 구석방을 굴러다니며 혈랑의 옷고름을 뜯은 것을 후회하고 있었다.

"성질머리 죽이고 좀 참을걸. 대군이라잖아. 그런데 그걸 왜 들이받니, 왜."

얌전히 엎드려도 부족한데 활을 쏘고 도발했다. 그런데 어떤 실성한 놈이 뽑아 줄까. 아무리 돈이 광에 차고 넘쳐도 계집에게 흘릴 돈은 없는 것이 현실이었다. 빈 벽에 쿵쿵 머리를 박으며 녹조는 입술을 잘근거렸다.

그런데 그때였다.

"이보오, 안에 있나? 좀 나와 보지?"

방문 밖에서 들리는 소리에 녹조는 날렵한 턱을 돌렸다. 걸쭉한 사내의 목소리. 주모는 아니다.

"흐음……."

눈썹이 미간으로 몰렸다. 그녀가 여기 머무는 것을 아는 이는 주모와 혈랑뿐이었다. 일부러 문을 두드려 불러낼 사람은 당연히 없다. 녹조는 한쪽에 세워 두었던 활을 조용히 집어 들었다.

"귀찮아지면 안 되는데."

혈랑의 목소리라면 기억하고 있었다. 그 까칠하고 재수 없는 목소리를 어찌 잊을까? 문밖의 목소리가 대군이 보낸 심부름꾼일 가능성도 버리는 게 좋을 것 같았다.

'그 난리를 치고 왔는데.'

녹조는 숨죽여 문을 노려보았다. 여인의 몸으로 조선 팔도를 떠도는 것은 생각보다 더 쉬운 일이 아니라서 이런 경우는 조심만이 답이다.

"누구요?"

대답을 하며 화살을 꺼내 시위에 걸었다. 슬쩍 걸었는데 벌써 손가락이 시큰했다.

"안에 있었네? 문 좀 열어 보시오. 통성명이나 좀 합시다."

"생각 없소. 가시오."

"그러지 말고. 문 좀 열라니까."

"글쎄, 생각 없다잖소."

재차 거절을 해도 그들은 물러나지 않았다. 급기야 저들끼리 낄낄거리기 시작했다.

'두 명? 아니, 세 명 이상.'

녹조가 반응을 보이지 않을수록 그들은 더 대담해졌다.

"방을 혼자 쓰고 있다 들었는데? 웬만하면 같이 쓰는 건 어떻소."

"다른 것도 덤으로 풀면 좋고."

"예끼, 이 사람아. 사낸지 계집인지 확인은 해야지? 어찌 허리춤부터 풀어, 풀기를."

'하아, 또야?'

녹조는 건조한 한숨을 내쉬었다. 한두 번 겪는 일은 아니었다. 아무리 사내의 복장을 하고, 날 선 무기를 들고 다녀도 간혹 눈썰미 좋은 자들은 그냥 지나치지 않았다.

대부분 장난으로 끝나지만 아주 가끔씩은 치졸하고 끈질겼다. 꼴에 사내랍시고 바지부터 벗고 덤비는데, 누가 더 우위에 있는지 가르쳐 주기 전에는 포기를 하지 않았다.

"그냥 꺼져. 좋은 말로 할 때."

팽팽해진 시위의 붕붕거림을 들으며 녹조는 발로 문을 찼다. 강하게 보여야 한다. 약해 보이면 더 덤비는 것이 짐승의 습성이었다. 그러나 문이 활짝 열린 순간 그녀는 입술을 깨물었다. 계획을 수정해야 했다.

"쳇!"

방문 밖에서도 화살 두 대가 겨누어져 있었다.

'하? 사냥꾼이었어?'

도합 넷. 이미 술을 한잔 걸쳤는지 모두 얼굴이 불그스름했다.

"망했네."

녹조는 핏기가 가시도록 입술을 당겨 물었다. 상황이 좋지 않았다. 손이 멀쩡하면 모를까 상처 때문에 둔해져서 연사가 힘들었다. 저쪽은 이미 화살이 둘. 퇴로가 없는 방 안으로 몰리면 끝장이다.

"봐, 계집이지? 양반도 아닌데 혼자서 방을 쓰는 덴 다 이유가 있다니까?"

"이야, 정말이네?"

가운데서 자랑스럽게 떠벌리는 놈은 어젯밤 방으로 돌아올 때 주막의 입구에서 마주쳤던 자였다. 오지랖 가득한 눈으로 사람을 빤히 보기에 서둘러 자리를 피했는데, 그때 눈치챘나?

'일단 뚫고 나가야 하는데……'

녹조는 화살촉으로 방향을 재며 틈을 보았다. 같은 사냥꾼이니 습관처럼 알고 있을 것이다. 퇴로가 없는 방으로 몰아넣는 것이 사냥하기엔 가장 쉬운 방법이라는 걸. 일단 몰아서 문을 닫아 버린 다음엔 안에서 어떤 비명이 들려도 밖에선 아무도 신경 쓰지 않을 테니까.

놈들은 그녀가 계집이라는 것을 눈으로 확인하려 들 것이고, 그다음은 뻔했다.

"무슨 생각을 그리하시나?"

"설마 우릴 다 제치고 빠져나갈 생각?"

창백해진 그녀를 두고 놈들은 한껏 이죽거렸다. 내일 아침 주막 뒷산에서 시신으로 발견되면 그나마 다행이고, 발가벗겨져 발견되면 더럽게 죽은 것이고.

'어쩌지. 방법을 생각해 내야 해.'

활줄을 당겨 잡은 손에 힘을 주며 녹조는 눈동자를 굴렸다. 써 볼 방법은 하나다. 가운데 놈 하나를 쏴서 맞히고 그 틈에 출구를 뚫는 것. 그럼 저쪽에서도 화살이 날아오겠지만 급소만 피한다면…….

손가락의 상처는 점점 더 욱신거렸다. 망설일 시간이 없다.

'손만 안 다쳤으면 이런 놈들 일도 아닌데.'

손자(孫子)께서 그러셨다. 질질 끌면 패망한다고! 방법을 정했다면 망설이지 말자. 녹조는 결심한 듯 방향을 잿다. 그러고는 가장 시끄럽던 놈을 향해 화살을 날렸다.

3. 엄청나게 솜씨 좋은 사냥꾼

"일단 데려오십시오. 나중 일은 나중에 생각하시고요."
"잘 생각해라, 선규야. 뒷일 감당할 수 있을지."
 결은 닫히려는 대문을 잡고 버텼다. 그런 그를 자근자근 밖으로 밀어내는 선규는 단호했다.
"고양이께서 쥐 생각하시는 겁니까? 언제 대군께서 뒷일 따위를 걱정하셨다고요?"
"이제부터 좀 하마. 한다니까?"
"입에 침이나 바르시고 거짓말하십쇼. 어차피 궂은일은 다 제 몫이 아닙니까?"
"어젯밤에 한숨도 자지 못했다. 불쌍하지도 않으냐."
"다녀오시면 탕약을 올리지요."

"어허! 네 이놈! 정말 이러기냐?"
"엄포를 놓으셔도 소용없습니다. 제가 대군을 모신 것이 하루 이틀입니까? 뒷수발에도 이골이 났으니 염려 놓으십시오."
"선규야아."
급기야 앙탈까지 부리며 결은 어깨로 문을 버텼다.
"대군께서 안 가시면 제가 갈까요?"
"진심이냐?"
"대신 저 안에 모아 놓은 자들은 대군께서 관리하시는 겁니다."
"오늘은 끝났잖아?"
"끝나긴요? 아직 화살 조가 서른이나 남았고, 힘겨루기를 할 자들도 그만큼 있습니다. 대군께서 다 선별하셔서 떨어뜨릴 놈들 알아서 내보내신다 하시면 제가 가지요."
"…독한 놈!"
결국 체념한 듯 결이 손에 힘을 뺀 순간 대문은 쿵 닫혔다.
"다녀오십시오. 서두르면 해 지기 전에 돌아오실 수 있을 겁니다."
"매정한 놈."
입으론 투덜거려도 결의 시선은 이미 산 아래 좁은 길을 보고 있었다. 던져진 상황에서도 낙법을 치던 그 꼬맹이를 생각하면 아주 내키지 않는 길은 아니었다.
"오랜만에 내려가는군."
말 한 마리도 겨우 지나갈까? 협소한 길은 워낙에 깊어 낮에도 해가 잘 들지 않았다. 족히 수백 령은 되어 보이는 고목들이 수

문장처럼 지키고, 안으로 들어설수록 깊어져서 종종 나그네들을 그 안에 가두기 일쑤였다.

"저 길을 뚫고 올라왔으니 여간내기는 아닌데."

사실 서궁으로 지원자들을 부른 것, 그 자체가 지원자들에겐 첫 번째 시험이었다. 어느 정도 길을 볼 줄 아는 놈들이 아니면 도착하지도 못할 테니까. 결은 한번 심호흡을 하고 빠르게 산 아래로 내달렸다.

"귀찮은 꼬맹이 놈. 데려왔는데 별거 없기만 해 봐라."

얼마 지나지 않아 도착한 주막은 한산했다. 마침 주모도 뛰어나오는 중이었다. 듣던 대로 코 옆에 커다란 사마귀가 붙어 있었다.

'코 옆에 왕사마귀가 붙은 주모가 있는 주막이요.'

간절하게 소리치던 꼬맹이가 떠올라 피식 웃었다.
"이보게, 여기 쪼그맣고……."
"저쪽입니다."

아직 설명이 끝나지도 않았는데 손가락으로 뒤꼍을 가리킨 주모는 부리나케 밖으로 나가 버렸다. 꼭 도망치는 사람처럼.

그러고 보니 수상했다. 해질녘인데 손님이 하나도 없는 한산한 주막이라니.

"설마……."

결은 웃던 입술을 굳히고 뒤꼍으로 달렸다. 뒤꼍엔 방문이 활짝 열린 방 하나뿐이었다. 방 안은 난장판이고 화살 맞은 사내 하나가 그 앞에 뒹굴었다.

"대체 뭐 하는 놈이냐, 너."

심각한 상황을 짐작케 하는 광경에 결은 이를 갈았다. 어지러운 사방을 둘러보니 방향은 금방 정해졌다.

"저쪽이군!"

유독 망가져 엉망이 된 담장을 결은 훌쩍 뛰어넘었다.

"저하, 경화 대군께서 드셨습니다."

문이 열리자 세자 백은 읽고 있던 책을 덮었다. 어차피 눈에 들어오지도 않던 글이었다. 경화 대군이 머리를 숙이고 걸어 들어왔다.

"그간 강녕하셨습니까, 저하."

"백부께서 마음 써 주신 덕분에요."

진심이 없는 인사. 두 눈과 입술은 웃어도 온기라고는 없었다.

"그래, 어인 일이십니까? 또 그 녀석이 무슨 사고라도 쳤습니까?"

책을 다시 여는 백의 손길이 미약하게 떨렸다. 그걸 놓치지 않은 경화 대군은 굳이 냉소를 감추지 않았다. 구겨진 옷 주름을 펴는 손길이 거만했다.

서궁의 결과 달리 심약하고 배짱도 없는 세자는 쉬운 인물이었다. 들판의 허수아비처럼 한없이 가벼워서 이젠 무료할 지경이었다.

"그저 서궁에 있는 조카가 걱정되어 왔습니다, 저하."

"녀석이 사고를 쳤다는 말씀이시군요."

"정확히는 아직 그 전입니다."

백은 한숨을 감췄다. 백부 경화 대군 이서덕은 무서운 사람이었다. 수많은 종친을 뒤에 업고 궐 안의 세력을 장악한 진짜 실세.

심약한 전하께서는 이서덕의 드잡이를 오래 버티지 못하셨다. 와병을 핑계 삼아 대리청정을 명하시고 온양에 머무신 지 벌써 1년. 늙은 너구리들은 아직 젊은 세자를 섬기지 않았다. 그리고 그 중심엔 이서덕이 있었다.

"그 전이라……."

"인왕산의 호랑이를 잡겠다며 사냥꾼들을 모은다더군요."

백은 가만히 고개를 들었다. 모를 리가 없다. 이미 떠들썩한 이야기니까.

"민가를 습격한다고 소문이 자자한 놈입니다. 그런데 저하."

그 순간 백은 주먹을 꾹 쥐었다. 올 것이 왔구나. 그러나 이서덕은 여유로웠다. 마치 서안 아래 백의 손이 어떤 형태인지 다 안다는 얼굴로.

"아시겠지만 그리 두어서는 안 됩니다. 서궁이 나서기 전에 먼저 착호군을 내리시지요. 그래야 왕실의 면이 섭니다."

"하지만 결이가……."

"아우보다 나은 형이 되셔야지요. 더는 서궁의 위상이 높아지게 두어서는 아니 되십니다."

그 아이가 살아 있기 때문입니까? 죽었어야 하는 쌍생의 한쪽이 살아 있는 것이 그리도 불안하십니까? 차마 묻지 못할 질문을 세자는 속으로 삼켰다.

모두 서궁에 결이 살아 있어서 어머니께서 단명하셨다고 했다. 그 아이를 살려 놓은 업보 때문에 전하께서도 시름시름 나약한 것이라 했다.

"착호군을 보내지요."

"예, 옳은 선택을 하셨습니다."

"나머지는 백부께서 알아서 해 주십시오. 다만, 결이 그 아이가 상하지 않게……."

"알고 있습니다. 저하께는 하나뿐인 혈육이 아닙니까. 제게도 소중한 조카입니다."

백은 맥없이 고개를 끄덕였다. 그는 힘없는 형이었다. 하나뿐인 혈육조차 제대로 지키지 못하는 무력한 국본이었다.

'여기서 나가거라.'

'어머니, 어머니!'

'뭣들 하느냐, 저 아일 밖으로 내치지 않고.'

'어머니, 제발요. 저도 여기 있게 해 주세요. 서궁은 너무 무섭습니다. 귀신이 나옵니다.'

'문을 닫아라.'

'어머니, 어머니!'

어린 동생이 끌려 나가는 동안 백은 덜덜 떨기만 했다. 세자이고 국본이라도 동생을 들이려면 대신 서궁으로 쫓겨나야 한다는 어머니의 말씀에 겁을 먹었다. 우는 소리가 새지 못하게 상궁이 입을 막았다. 그 품에 안겨서 처절한 아우를 지켜봤다.

어머니께서 돌아가시던 날, 결은 비를 맞고 내내 밖에 서 있었다. 흉액을 품은 놈을 안에 들일 수 없다는 전하의 명이셨다. 그날 결은 기어이 빗속에서 혼절을 하였다. 궁인들이 결을 거적에 싸서 옮기는 동안 백은 내내 눈을 돌릴 수가 없었다. 가슴에서 뭔가가 끓어서.

이후 십 년. 결은 살아남았고 누구보다 강해졌다. 아직도 붙어 있는 그의 목숨은 여전히 조정 대신들에게 눈엣가시이자 유일한 대적이었다.

'결아.'
'명하신 대로 적을 쳤으니 남쪽의 오랑캐는 심려치 않으셔도 되겠습니다, 세자 저하.'
'다쳤느냐? 어디 상한 곳은 없느냐?'
'없습니다.'

아주 오래전, 언제였는지 기억조차 나지 않던 한때엔 형제가 다정하게 서로의 이름을 불렀던 적이 있었다.
'결아.' 하고 부르면 얼른 달려와 대답하며 방글방글 웃던.

'예, 백이 형님.'

달려와 손을 잡아 주던 아우는 이제 그의 곁에 없었다. 서궁에 버려진 겯처럼 그 역시 이 동궁 안에서 혼자였다.

"아이 씨, 끈질긴 놈들."
골목으로 도망친 녹조의 상황은 급박했다. 다행히 한 놈을 쓰러뜨리고 도망치긴 했는데 놈들의 일행이 멀지 않은 곳에서 기다리고 있었을 줄이야.
"저년 잡아!"
동패가 활을 맞고 넘어가자, 놈들은 곧 열 명도 넘는 나머지 일행을 불러들였다. 아무리 녹조가 뛰어나도 혼자선 감당이 안 되는 인원이었다.
"거기 서라, 이년!"
"잡히기만 해 봐. 요절을 낸다."
좁은 골목길을 이리저리 뛰며 녹조는 놈들을 따돌릴 기회를 엿보았지만 여의치 않았다. 설상가상 다시 활을 잡은 바람에 손이 터져서 피가 났다. 임시방편으로 소매를 당겨 지혈을 시도했지만 흐르는 피의 양이 너무 많았다.
"이러다가 잡히겠어."
놈들은 그녀를 포기할 생각이 없었다. 오만한 무리일수록 결속이 좋은 법. 녹조가 쏜 화살이 하필 그 벌통을 건드린 참이라 독이 오를 대로 올라 있었다.

"하아, 뭐가 이렇게 복잡해."

갈라진 길 앞에서 녹조는 발을 멈췄다. 잘못하여 막다른 길이라도 만나면 큰일이니 신중해야 하는데 여유는 별로 없었다.

"어디야? 어느 쪽이냐고."

한쪽 길은 상대적으로 넓고 또 다른 한쪽은 좁은 길. 좁은 길은 끝이 막혀 있을 확률이 높다. 넓은 길일 확률은 비교적 낮지만 놈들도 알고 있을 테고.

"그래도 선택해야 해."

흐르는 땀을 소매로 닦으며 고민하던 녹조는 결심한 듯 좁은 길로 들어섰다. 막다른 길이 나오면 낭패지만 적어도 따라오는 놈들의 수는 줄일 수 있지 않을까. 길이 갈라지면 놈들도 무리를 나누어야 할 것이고, 그럼 나중에 맞닥뜨린다 해도 승산이 생긴다.

"흙!"

선택한 길로 들어서기 전, 녹조는 무릎을 굽혀 바닥의 흙을 한 줌 쓸어 쥐었다. 그러고는 거기에 침을 뱉어 골목 초입에 선 나무줄기에 발랐다.

위급할 때 같은 마을 출신의 친구와 사용하던 표식이었다. 부스스, 충분하게 젖지 못한 흙은 금세 부서져 내렸다. 한 번 더 침을 이기려다 녹조는 손을 내렸다.

"하긴, 이걸 누가 본다고."

차라리 이럴 시간에 뛰자.

그녀가 사라진 후 얼마 지나지 않아 뒤를 따라온 놈들도 거기 나타났다.

"에잇, 길이 또 갈렸잖아?"

"어쩔 수 없지. 나눠서 찾고 신호하세."

선두의 말에 다들 알았다며 목에 건 각적(角笛)을 꺼내 흔들었다. 하얗고 반질반질한 것이, 꽤 값이 나가는 고급품이었다. 놈들이 그저 그런 일반 사냥꾼은 아니라는 뜻이었다. 무리가 나뉘었어도 각적을 지녔다면 상황은 완전히 달라진다. 각적의 신호는 멀리서도 잘 들리니까.

"헉, 허억."

녹조는 기어이 막다른 길에 닿아 있었다. 들어온 길을 제외한 나머지 삼면이 모두 높은 담이었다.

"막혔잖아."

턱까지 닿은 숨소리가 위태롭게 골목을 울렸다. 되돌아 나가는 것도 늦었다.

"여기 이쪽!"

"그쪽은 막다른 골목인데?"

두런거리는 놈들의 목소리가 아주 가까이 있었다.

"칫!"

급한 대로 종아리에 걸어 두었던 단검을 빼 들었을 때 놈들이 골목으로 접어들었다.

"하하, 찾았다. 이년."

"쥐방울만 한 년이 잘도 뛰는구나. 뭐 해? 어서 신호해."

어떻게든 싸울 생각인 녹조가 놈들에게는 우습게 보일 뿐이었다. 각적이 울리고 놈들은 빠르게 모였다.

"저년, 버틸 모양인데?"

"그래 봐야 계집애 혼자서 어쩌겠어?"

그때였다. 다른 방도를 찾아내지 못한 녹조가 피가 나도록 입술을 물고 단검을 고쳐 쥐었을 때, 익숙하고 까칠한 목소리가 머리 위에서 그녀를 불렀다.

"어이, 꼬맹이. 지금 엄청 난감해 보이네?"

"어어?"

녹조는 퍼뜩 고개를 들고 눈을 크게 떴다. 높은 담장 위에 결이 쪼그리고 앉아 있었다. 손에는 무기도 없었고 아주 조금은 숨이 가쁜 듯 보였지만, 이런 순간엔 염라대왕을 만나도 반가울 것 같았다.

웃고 있는 눈, 비아냥거림을 담은 입술. 하지만 위기의 순간에 만난 아는 얼굴은 서궁에서 봤을 때보다 갑절은 잘나 보였다.

"도와줄까, 쥐방울?"

쥐방울이라는데 귓구멍이 실성한 건가? 목소리가 근사하게 울렸다. 녹조는 고개를 끄덕이며 그를 향해 힘껏 손을 뻗었다.

"도와줘요, 혈……."

"쉿. 그 이름은 부르지 마."

결은 다급하게 녹조를 말렸다. 이런 곳에서 혈랑이라 불리는 것은 사양이다.

"넵!"

녹조는 화들짝 입을 틀어막았다. 대군인 게 들통나면 안 되는 건가?

결은 빙그레 웃었다. 순진한 얼굴을 보니 한번 놀려 주고 싶어졌다.

"물론 공짜로는 안 되고."

"에에에에?"

금세 실망과 절망으로 범벅이 된 녹조의 눈은 붕어 같았다. 놀라서 깜박이는 것도 잊은 듯 둥그런 것이 똑같다. 결은 박장대소하며 목을 젖혔다.

"그 얼굴, 옷고름 값이라 쳐주지."

맛있게 먹으려던 누룽지를 뺏긴 어린애? 다 잡은 물고기를 놓친 낚시꾼? 굳이 비교하자면 그것들과 비슷했다. 하지만 눈앞에서 본 생생한 표정 변화는 단언컨대 그런 식상한 것들보다 훨씬 더 재미있었다.

도대체 이 짧은 찰나에 몇 번이나 변하는 건지. 살았다는 기대감에 반짝였다가 시무룩했다가 또 지금은 화를 냈다.

"사람 생사가 달려 있는데 장난질입니까?"

버럭 소리를 지르는 녹조에게 결은 그제야 손을 뻗었다.

"잡아 주마. 뛰어 봐."

거만하게 내민 손, 내려다보며 웃는 얼굴에 속이 끓었지만 일단 녹조는 차분히 높이를 쟀다. 그러고는 고개를 흔들었다.

"너무 높아요."

"그래도 뛰어 봐. 손만 닿으면 어떻게든 끌어 올려 줄 테니."

"그럼, 해 볼게요."

고개를 끄덕인 녹조는 힘껏 제자리에서 뛰어올랐다. 담이 생각보다 높아서 어림도 없었다. 한 번, 두 번. 세 번째 시도도 마찬가지였다. 담은 높고 거기 올라앉은 결의 손은 더 높았다. 그녀가 도망칠까 긴장하던 놈들도 몇 번이나 거듭된 실패에 곧 여유를 찾고 실실거렸다.

"저기까지 뛰는 건 무리라니까 그러네. 그러지 말고 이리 와. 우리가 살살 놀아 줄 테니."

"시끄러워, 더러운 놈들아."

녹조는 냅다 소리를 질렀다.

"기똥차게 놀아 준다니까? 얌전히 말만 잘 들으면."

끝까지 음험한 속내를 감추지 않는 그들의 농지거리에 녹조는 점점 결심이 굳었다.

'어쩔 수 없지. 쇳덩이를 버리자!'

강해지고 싶어서 그녀는 행전에 쇠를 넣어 다녔다. 아버지와의 훈련으로 배운 것인데 사냥을 할 때조차 빼 본 적이 없었다. 결심과 동시에 신속하게 쇳덩이를 빼낸 그녀는 다시 손을 내밀었다.

"이번엔 더 높이 뛸 테니까 꼭 잡아 줘요."

그때 누군가 녹조가 떨어뜨린 물건을 알아보고 눈을 크게 떴다.

"저게 뭐야? 쇠, 쇳덩이?"

"뭐? 쇳덩이?"

놈이 놀라서 크게 외친 그 순간, 녹조는 다시 뛰어올랐다. 무거움을 벗은 발은 지금껏 뛴 것 중 가장 높이까지 닿았다.

"잡아 줘요."

힘껏 뻗은 그녀의 손을 결은 단번에 잡아 위로 끌어 올렸다. 반동과 함께 공중으로 거의 날아오른 그녀는 가벼웠다. 마치 작은 새 같았다.

"위험해."

혹여 다시 아래로 떨어지지 않도록 결은 녹조의 허리를 감아 품으로 끌어당겼다. 알고 있었다. 그녀가 여인이라는 걸. 그런데도 품에 안으니 달랐다.

'뭐가 이리 쪼끄매?'

털썩 뒤로 주저앉으며 결은 그녀를 안은 팔에 힘을 주었다. 헐떡이는 숨결. 자연스럽게 스친 시선. 마주 보고 짓는 미소가 어색하지 않았다.

"와, 우리가 해냈어요."

"그, 그래."

"약 오르지, 이놈들아!"

흥분된 목소리를 들으며 결은 그녀가 버리고 온 쇳덩이들을 내려다보았다.

"하!"

볼수록 어이가 없어서 헛웃음이 났다. 대체 저런 걸 어떻게 달고 뛴 거야, 이딴 허약한 팔다리로? 설마 서궁에서 활을 쏘고 대련을 했을 때도 달고 있었던 건가?

"너 정체가 뭐야?"

황당함에 눈이 커진 그의 질문에 녹조는 환한 미소를 지었다.

"살았습니다. 덕분에."

"너 뭐냐니까?"

"이제 좀 궁금하십니까?"

"야, 인마!"

"장녹조라 합니다. 엄청나게 솜씨 좋은 사냥꾼이죠."

"녹…조?"

이제야 알게 된 그녀의 이름은 하필 결의 아픈 기억 하나를 깊숙이 건드렸다. 오래전에 잊고 묻어야 했던 작은 계집아이와의 기억. 기어이 지키지 못했던 큰 상처. 잊었다고 스스로 세뇌하면 잊을 수 있을 줄 알았다. 다행인 건 그나마 그들의 얼굴이 더는 기억이 나지 않는 거다. 미소도 웃음소리도.

다만 그들이 거기 있었다는 사실만, 결국 지키지 못했다는 그 사실만 끊임없이 되새김질되었다.

"표정이 왜 그러십니까?"

팔을 건드리는 손길에 오랜 기억에서 빠져나와 결은 고개를 저었다.

"별거 아니야."

"뭐가 아닌데요?"

"그냥 다 아니야."

결은 잠시 눈앞의 녹조를 응시하다가 머리를 털었다.

'설마 같은 아이일 리가 없잖은가.'

흔한 이름은 아니지만 결이 알고 있는 아이는 이미 오래전에 죽어 버렸다. 시신조차 확인하지 못하게 화마에 휩싸여서. 하나의 잿덩이가 되었다.

"그럼 이것 좀 놓아주시지요."

결은 어깨를 밀어내는 녹조를 화들짝 품에서 꺼내 놓았다.

"난들 좋아서 널 안았겠느냐?"

"그런 말은 안 했는데요? 왜요? 좋으셨습니까?"

뭐 이런 놈이 다 있지? 부끄러운 줄도 모르고 잘도 저런 대답을. 대꾸를 해야겠는데 입이 철썩 붙었다. 눈길이 자꾸만 흘끔흘끔 그녀를 향했다.

'장녹조라 합니다. 엄청나게 솜씨 좋은 사냥꾼이죠.'

그저 같은 이름일 뿐이다. 의미도 재미도 없는 우연이다.

"싱거운 소리 말고 일단 여기서 빠져나가자."

"어찌 나가죠?"

"지금부터 찾아봐야지."

생각을 비우듯 머리를 털어 낸 그의 눈빛은 점점 매서워졌다. 상황이 완전히 역전된 것은 아니지만 일단 한숨은 돌린 터. 제법 강단 있다 해도 녹조는 사내가 아니었다.

"그런데 고작 이딴 꼬맹이 하나를 잡겠다고."

놈들의 수는 열이 넘고, 손에는 챙겨 온 무기까지 들려 있었다. 아주 조금 화가 났다. 저들의 짓이 꼭 서궁을 향하는 적들의 시선과 닮아서.

"네놈들, 여기까지 하고 그만 돌아가라."

"웃기는 소리. 거기 그 계집년 이리 내놓고, 네놈이나 썩 물러가거라."

가장 앞에 있던 놈이 소리쳤다.

'계집?'

결은 한숨을 쉬며 녹조를 보았다. 사내인 척 그리 뻗대더니.

"벌써 들킨 거냐?"

"일부러 그랬겠습니까?"

변명하는 그녀의 얼굴이 말갛다. 하긴, 애초에 이걸 못 알아보는 게 더 이상한 거 아닌가. 얼굴은 조막만 하고 사내답지 않게 허연 데다가 팔이며 다리며 이리 부실한데.

"쯧."

선규 놈이 안달하여 오긴 왔는데 이렇게 시끄럽고 쪼그만 녀석이 정말 도움이 될까.

"그래도 그렇지, 그새를 못 참고……."

"저들이 먼저 덤볐습니다."

"그래서 이 꼴인가?"

결은 그녀의 작은 턱을 단번에 잡아 쥐고 이리저리 돌렸다. 얼굴이 엉망이었다. 그리고 내내 신경이 쓰이던 손은 온통 피투성이다. 상처 난 손으로 저놈들을 상대한 건가?

"머리는 봉두난발이고, 얼굴은 흙투성이고."

"좀 굴러서요."

입성은 지저분하고 옥신각신하다가 맞았는지 입술 끝도 터져 피가 말라 있었다. 뺨에 남은 푸른 멍은 점점 꺼멓게 변하고, 한

마디로 엉망진창이었다. 그런데도 그 와중에 살아 빛나는 눈동자가 결을 똑바로 올려다보았다.

"심히 다친 덴 없고?"

"이 정도는 상관없습니다. 저는 사냥꾼이니까요. 사냥꾼일 땐 여인이 아닙니다."

찰나도 망설이지 않는 대답이었다. 목적이 있는 삶. 그녀가 살아가고 있는 길엔 결에게는 마모된 그것이 있었다. 결은 저도 모르게 눈을 비비고 다시 떴다.

그녀의 꼬락서니는 딱 상거지였다. 그런데 눈이 미쳤다. 그 순간의 녹조가 잘 차려입은 어떤 여인보다 귀하게 보였다. 가슴이 두근거릴 만큼.

"하!"

진심으로 허탈한 웃음이 났다. 하긴, 선규나 저나 사지육신 멀쩡한 사내놈들이 독수공방만 몇 년째인가. 이 정도면 눈이 아니라 더한 것도 미칠 법하지.

"뭘 그리 빤히 보십니까?"

"뭐?"

"몰골 엉망인 거 아니까, 그만 좀 보시라고요."

"창피한 것은 아느냐?"

결은 어물쩍 얼굴을 돌렸다. 이상하다. 왜 낯짝이 이렇게 화끈거리지? 마음에도 없는 허술한 변명은 또 뭐고.

"겉이 다르다고, 속까지 다를까. 여인은 여인이고 사내는 사내인걸."

"제 한 몸은 제가 지킬 수 있었습니다."

"참도 그랬겠다."

녹조는 어쩐지 분한 표정으로 주먹을 쥐었다.

저리 힘을 주면 상처가 아플 텐데? 결은 그런 생각을 하며 그녀의 흐트러진 머리카락 속으로 손을 집어넣었다. 그러고는 거의 무용지물이 된 머리끈을 찾아 내밀었다.

"머리나 정리하거라. 엉망이다."

"됐습니다."

사납게 그것을 채 간 녹조가 고집을 부렸다.

"이깟 머리가 뭐라고."

사내로 태어났으면 이런 수모는 없었을 텐데. 동생에게도 아버지에게도 걱정거리가 아닐 수 있었다. 더 빨리 돈을 모았을 것이고, 그리고…….

"이씨, 한심해."

울음이 터질 것 같아 얼른 입술을 깨물었다. 시간이 오래 지났고, 이제 덤덤하다고 생각했는데 때때로 예기치 못한 순간에 떠올리고 만다. 반드시 금을 모아야 하는 그 이유가.

"정리해. 살다 보면 어쩔 수 없는 일도 있는 법이다. 게다가 사내든 여인이든 눈앞은 보여야 할 것 아니야."

불친절한 목소리 뒤로 다정하지 못한 손바닥이 그녀의 머리꼭지에 닿았다. 거칠지도 부드럽지도 않은 그 손은 딱 한 번 그녀를 쓰다듬어 주었을 뿐이다. 하지만 마치 커다란 위로를 받은 것처럼 결국 눈물이 왈칵 쏟아졌다.

"아, 우는 거 정말 딱 질색인데."

"쯧."

팔뚝에 눈언저리를 묻고 고개를 숙인 그녀를 결은 슬쩍 제 어깨 뒤로 감췄다.

"눈물이란 것이 참는다고 참아지는 게 아니다."

"그래도 싫다구요."

아무리 참고 발버둥을 쳐도 안 되는 게 있다는 것을 누구보다 잘 아는 결이었다. 어떤 사연이 있어 여인의 몸으로 이런 길을 걷게 되었는지 모르지만 분명 이런 곳에서, 그것도 잘 알지도 못하는 사내 앞에서 울고 싶지는 않았을 것이다.

"쪼끄만 게 고집은."

흐느끼는 소리를 내지 않으려고 끅끅거리는 그녀에게서 시선을 뗀 결은 대신 아래 있는 놈들에게 말을 걸었다. 실은 아까부터 자꾸만 눈에 거슬리는 것이 있었다.

"네놈들, 혹시 착호갑사냐?"

"뭐?"

그저 가벼운 질문이었을 뿐인데 급하게 숨을 들이켜는 아래 놈들이 주고받는 시선은 심상치 않았다. 더러 눈치 빠른 놈들은 꺼내 놓았던 각적을 서둘러 감추기도 했다.

"아예 자랑을 하는군. 멍청한 놈들."

하나같이 반질반질 질이 좋고 손때가 탄 각적은 정예군이나 지닐 법한 물건이었다.

'동궁께서 몸이 달으셨나 보군. 아니면 대전께서 조급하셨나?

그도 아니면 충심이 과한 자들?'

절로 쓴웃음이 지어졌다. 짚이는 곳이 많은 것도 슬프다. 왜 다들 나 하나를 어찌 못해 안달일까?

놈들은 아무런 대답도 하지 않았지만 사냥꾼의 복장을 하고, 비싼 각적까지 들고 있다면 더 물어볼 필요도 없었다. 인왕산의 호랑이를 잡겠다고 서궁이 선포를 하였으니 누구든 손을 써야 했겠지. 서궁에 공을 빼앗기는 것이 죽기보다 싫은 놈들은 널렸으니까.

상관없다. 어차피 무료한 머리가 다른 생각을 하지 못하게 하려고 벌였던 일. 그깟 호랑이야 누가 잡아도 그만인걸.

"이쯤에서 끝내라. 이 아이는 내가 데려갈 테니."

"웃기는 소리 말랬지. 내 동료에게 활을 쏜 계집이다."

"뭐야? 당신들이 먼저……!"

"쉿. 넌 입 다물고 있어."

울음을 그쳤는지 놈들의 말에 항변하려는 녹조의 입을 막기 위해 결은 덥석 그녀의 머리통을 끌어안았다.

"으읍, 놓으시오."

"시끄러. 가만히 좀 있어 봐."

상황이야 보지 않아도 뻔했다. 호랑이를 잡으러 나선 길이라 잔뜩 흥분들 하였을 텐데, 하필 사내 복장을 한 계집을 보았으니 그냥 두었겠는가.

"놔요. 숨 막……!"

"사내 망신시키는 놈들 얘긴 귀담아들을 필요 없어."

놈들이 한 짓을 보면 비 오는 날에 먼지가 나도록 쥐어 패고 싶었지만 그랬다간 정말 피를 볼지도 모를 일이다. 시끄러워지면 누가 더 몰려올 것이고, 그럼 신분을 들킬 위험도 커지고…….

"낮잠도 못 자고 오늘은 정말 졸린데."

성격 같아선 대충 쓸어버리고 싶지만 선규의 잔소리가 기억나 버렸다.

'뭐든 시작을 하시려거든, 나중에 아무 말 못 하게 입도 막아 놓고 끝내십시오. 죽이진 마시고 살살.'

"대체 안 죽이고 살살 무슨 수로 입을 막으란 거야?"

살살 주둥이만 패?

"그냥 물러나 주면 안 될까? 안 그러면 너희들 입을 일일이 막아야 하는데 되게 번거롭거든."

"웃기는 소리. 지금 거기 올라앉아 있다고 안심하는 모양인데, 당장 그 계집을 내놓지 않으면 그쪽 목숨도 보장 못 해."

놈들은 고집스럽게 엄포를 놓았다.

"포기 안 하겠다?"

"잔말 말고 어서 내놓으라니까."

"뭐, 그럼 할 수 없지."

결은 머리를 긁적였다. 아무리 타일러도 먹히지 않는다면 남은 방법은 하나뿐이다. 삼십육계 줄행랑.

결은 옆구리에 끼고 있던 녹조의 머리통을 더 꽉 끌어안았다.

그러고는 그녀가 뭐라 항변을 하기도 전에 반대쪽 담장 아래로 훌쩍 뛰어내려 버렸다.
"으읍. 숨, 숨 막혀……!"
"가자."
"이, 이거 놓고오!"
신호도 없이 이러는 법이 어디 있어. 당황했지만 녹조는 반사적으로 담장을 박차며 그의 행동에 맞췄다.
"도망간다, 쏴!"

4. 사냥꾼일 땐 여인이 아닙니다

 눈앞에서 목표물을 놓친 놈들은 마구 활을 쐈다. 바람 소리와 함께 화살이 머리 위를 스쳤다.
 "이크!"
 화살이 날아오자 결의 팔은 곧장 녹조의 등을 감쌌다.
 "괜찮으니 놓으십쇼."
 "까불지 말고 머리나 숙여. 또 날아온다."
 결은 그녀의 머리를 꾹 눌렀다. 하지만 누가 자신을 대신해 화살을 맞아 주는 것이 녹조는 전혀 고맙지 않았다.
 "글쎄, 내 몸은 내가 알아서 한다니까요."
 이보다 더한 위험도 스스로 해결해 왔던 녹조였다. 그저 계집이라는 이유로 어린 동생보다 더 보호받는 이런 상황이 싫어서 떠나온 마을인데.

녹조는 제 등을 두른 결의 손을 억지로 빼내어 잡았다. 그리고 그대로 뿌리치려는데 순간 그 손이 시선을 잡아끌었다.

'흙?'

흙이었다. 결의 손끝, 정확히는 검지 손톱 끝에 약간의 흙이 묻어 까슬했다.

'뭐야, 이 사내?'

녹조는 복잡해진 눈으로 결을 올려다보았다.

"이쪽으로 가자."

다행히 그는 근방의 지리에 익숙했다. 손을 뿌리치는 것도 잊은 채 이끌리다가 걸음을 멈췄을 땐, 놈들의 추격 소리는 들리지 않았다.

"겨우 따돌린 모양이네."

결은 달려온 길을 되돌아보고 있었다. 그리고 녹조는 그 옆얼굴을 보았다.

"어떻게 알고 거기 계셨습니까?"

"응?"

"아까 말입니다. 어찌 알고 그 담 위에 계셨냐는 말씀입니다."

"그야 당연히 너를 따라왔지."

"저를 찾아다니셨습니까?"

녹조는 자꾸만 시선으로 결의 손을 더듬었다. 녹조의 시선을 의식하며 결은 피식 웃었다.

'어쭈, 겨우 요 정도 묻은 걸 봤어?'

눈썰미도 좋고, 제법 여러 번 놀라게 하는 꼬맹이였다. 결은 흙 묻은 손으로 그녀의 머리통을 쓸어내렸다.

"아마도."

난장판이었던 주막의 구석방. 그 방의 주인이 녹조일 것이란 확신은 없었다. 그냥 막연히 무슨 일이 생겼구나 생각했고, 무작정 달려 나왔다.

갈라지는 길마다, 돌아서는 모퉁이마다 희미하게 남아 있는 마른 흙의 표식을 보았을 때도 별것 아니라 생각을 돌렸다. 어린아이의 장난일 수도 있고, 어쩌다 생긴 우연일 수도 있었다. 겨우 막다른 길에 이르렀을 때, 거기서 궁지에 몰린 녹조를 보았을 때에야, 숨도 쉬지 않고 그 표식을 따라 달려왔다는 것을 알았다.

죽었을까 겁이 났다. 과거의 누구처럼, 딱 한 걸음이 늦어서 지키지 못했을까 봐.

"그게 네 녀석이 남긴 표식인 줄은 몰랐다."

"그건 아무나 알 수 있는 게 아닌데?"

녹조의 눈빛은 여전히 흔들렸다. 그건 단 한 명의 친구만 알아볼 수 있는 표식이었다. 같은 마을에서 자라서가 아니라, 그게 그 친구라서 알 수 있는 것. 그런데 그걸 그렇게 단번에 알아 버렸다고? 이 사내가?

"아아, 눈에 잘 띄지는 않더군."

"그런데 어떻게?"

"잘 달라붙지도 않는 마른 흙으로 표식을 남길 정도라면 얼마나 간절해야 하는 건가 싶어서."

"…간절함이 보였다고요?"

"내 지병이다. 그냥 지나치질 못해. 아는 놈의 간절함은 더더욱."

"아는 놈?"

"너."

결은 싱그럽게 웃었다. 오랜만이었다. 이렇게 많이 웃은 날은. 무척이나, 무척이나 마음이 편안했다. 조금 놀란 녹조의 눈도, 엉망이 된 그녀도, 이런 가벼운 사건도 좋았다. 선규의 등쌀에 밀려 나왔다는 것을 잊을 만큼.

한동안 말없이 섰던 녹조가 갑자기 걸음을 옮기기에 따라붙으며 물었다.

"어딜 가느냐?"

"주막에 짐 가지러 갑니다. 다른 건 몰라도 동생이 준 부적은 찾아야 하거든요. 서궁엔 그 후에 가시죠."

"네놈이 서궁에는 왜?"

"왜 어울리지도 않는 내숭이십니까. 저를 찾아 다니셨다면서요?"

"그래서 뭐?"

"데려가려고 오신 거잖아요. 그러게, 처음부터 내쫓질 마시지."

야멸치게 걸어가는 그녀의 어깨 위로 마구 흐른 머리카락이 바람을 탔다. 꼴은 엉망인데 그래도 여인이라고 은은한 향기가 났다.

"너, 아까 이름이 뭐라고 했지?"

알면서도 하는 질문이었다. 그녀가 스승님의 딸이 아니라는 것을 다시 확인하기 위한.

"아까 말씀드렸잖아요. 장녹조라고."

"그렇군. 장…녹조라는 거지?"

"장씨 성 가진 사람 처음 보십니까?"

결이 이름을 곱씹으며 자리에 서 있는 동안 그녀는 씩씩하게 계속 걸었다. 망연히 그 모습을 바라보다가 결이 갑자기 소리쳤다.

"어이, 장녹조."

걸음을 멈춘 그녀가 몸을 돌렸다.

"그만 부르고 좀 오십쇼."

헝클어진 머리, 꾀죄죄한 얼굴. 감히 왕족에게 눈썹을 찡그리는 고얀 녀석. 하지만 그녀는 부르면 돌아보고, 스스로 걸을 수도 있고. 그리고 무엇보다 저렇게 숨을 쉬며 살아 있다.

"얼른 오시라니까?"

"…죽지 마라, 넌."

"예? 뭐라 하셨습니까? 잘 안 들리는데?"

귓가에 손을 대고 녹조가 고개를 기울였다. 결은 대답하는 대신 천천히 그녀를 향해 발을 뗴었다.

드센 계집이 싫었다. 드센 아이들은 대개 고집 세고 말도 안 듣는다. 사람을 걱정하게 해 놓고 시도 때도 없이 웃어서 싫었다. 웃는 얼굴이 바보같이 해맑아서 싫었다. 그렇게 저 혼자 날뛰다가 어느 날 쥐도 새도 모르게 죽는 것은 제일 싫었다.

그렇게 해서 지켜지는 기분은 정말 더러우니까.

"뭐라 하셨냐니까요?"

되묻는 그녀에게 결은 천천히 다가섰다. 호흡이 들릴 만큼 가까워졌는데도 멈추지 않는다. 어쩐지 어색해져서 어깨를 움츠리는 녹조의 팔을 가볍게 잡아당겼다.

"왜, 왜요?"

그는 대답 대신 그녀의 손에서 머리끈을 도로 가져왔다. 그러고는 녹조의 몸을 돌려세웠다.

"그 손으로 뭘 하겠어. 더 엉망이 되겠지."

투박한 손길이 녹조의 머리카락을 조심히 모아 잡았다.

"하여간 오, 오지랖 넓은 거 아십니까?"

"안다."

녹조는 어깨를 움츠리고 있었다. 한숨이 나올 만큼 가느다란 목덜미에 공연히 눈길이 갔다.

"네가 겁쟁이였으면 좋겠다."

담담하게 속삭이는 그의 목소리는 언뜻 슬프게 들렸다. 어울리지 않게 애잔한 것도 같고. 가슴이 뛰어서 녹조는 괜히 뒤를 돌아볼 수가 없었다.

"사냥꾼더러 겁쟁이가 되라고요?"

"빨리 가자. 늦으면 선규한테 잔소리 듣는다."

정리된 머리카락을 놓은 결의 손이 스치듯 귓불에 닿았다. 순간보다 더 짧은 찰나에도 체온이 고스란히 느껴졌다. 녹조는 홧홧해진 얼굴을 반대로 돌렸다.

"잘 가는 사람을 잡은 게 누군데."

이번엔 그가 앞서 걸었다. 볼멘소리 하던 녹조가 얼른 따라와 그 곁에 나란히 섰다. 결은 흘끔 그녀를 돌아보았다.

혼자 도망치느라 체력이 다한 모양이었다. 짧은 다리로 너른 보폭을 따라오려 애를 쓰는 바람에 드세진 숨결이 힘겨운 소리를 냈다. 결은 그녀를 위해 보폭을 줄였다. 평생 누굴 배려해 본 적이 없었는데 정말 유난한 날이었다.

"누구한테 배웠느냐? 행전에 쇠를 넣고 그런 건?"

"아버지요."

"아버지?"

"열 살 무렵부터 익혔습니다. 활 쏘는 법, 산에서 길 찾는 법, 은신하는 법, 사냥해서 배곯지 않는 법, 불 피운 자리를 치우는 법."

아비에게 배운 것들을 나열하는 그녀의 얼굴 위로 아주 잠깐 묘한 표정이 스쳤다.

"아주 호되게 배웠습니다."

아버지는 때때로 누구보다 엄한 스승이었다. 엄하다기보다 필사적이었다는 말이 맞을까.

"보통은 옷 짓는 법을 가르치지 않나, 딸에겐?"

"보통의 딸이 아니었나 봅니다. 제가… 워낙 사내놈 같았거든요."

"하긴."

"아버진 대장장이십니다. 제 활도 직접 만들어 주셨어요. 남동생도 하나 있습니다. 천방지축인데, 이름은 수로라 합니다."

"그런 건 안 물었다만."

"그냥 들으세요. 어차피 가는 내내 달리 할 일도 없잖습니까. 앞으로 당분간 계속 볼 텐데 제 신상을 아셔서 나쁠 것 없고, 또 애먼 생각도 안 나고."

싱긋 웃는 그녀의 얼굴로 늦은 노을이 내려앉았다.

노을 때문인가, 울음을 그친 눈언저리가 붉어 보이는 건? 말간 살갗이 안쓰러운 것도, 쓸어 주고 싶은 이 마음도.

"마을 뒷산에 큰 동굴이 하나 있는데, 거기서 이끼를 많이 가져오곤 했습니다. 집에 검댕이라고 염소 한 마리가 있었는데 녀석이 그걸 좋아했거든요."

"염소가 이낄 먹어?"

"잘 먹으니 가져왔죠."

"이끼 먹는 염소라."

누구를 위한 처방인지 모르겠으나 효과가 있는 것도 같았다.

"한 날은 수로가 검댕이를 따라 한답시고 이끼를 주워 먹었는데……."

확실히 그녀가 두서없이 떠드는 동안엔 잡생각은 나지 않았다.

'나쁘지 않군.'

선규 말고도 시끄러운 놈이 하나 더 생기겠지만.

"…짐승이나 먹는 걸 사람이 먹었으니 빤하지요. 그날 밤에 수로가 배탈이 제대로 나서는……."

꾀꾀로 고개를 돌려서 재잘거리는 그녀의 옆모습을 내려다보았다. 가족 이야기를 할 때면 눈동자가 더 반짝반짝 빛났다. 부러웠다. 누군가를 설명하며 이토록 열을 다할 수 있다는 것이.

'사냥꾼일 땐 여인이 아닙니다.'

주저 없이 대답할 신념이 있다는 것이.

　　　　　　　　◁

　인왕산 자락 깊은 곳에 자리 잡은 마을 위로 붉은 그림자가 내려앉았다. 산중의 마을이라도 규모가 작지 않았지만 지금은 거의 비어 있었다.
"그래서 오늘은 뭘 좀 찾았고?"
"찾은 것도 아니고, 못 찾은 것도 아니고요."
"그게 무슨 말인가?"
　키가 큰 사내 하나, 막 얼굴에서 핏기가 가신 어린 청년 하나가 마을 한복판 주막에 앉았다. 그 곁에 선 주모는 나이가 많았다.
　대답하는 것은 주로 어린 청년이었다. 성격이 느긋한 건지, 어수룩한 것인지 말이 좀 느릿느릿했다.
"배고파요."
"내 정신 좀 봐. 기다리게."
　얼른 부엌으로 뛰어 들어갔던 주모는 얼마 후 개다리소반을 들고 나왔다. 따라서 일어난 청년이 그녀를 대신해 상을 받았다. 훈김이 모락모락 올라오는 밥과 마른 나물 두어 가지. 국물도 없는 상이 너무 단출해도 그들은 묵묵히 수저를 들었다. 호랑이가 나오는 버려진 마을에서 이만큼이라도 차려 내는 건 수월

한 것이 아니다.

"많이들 드시게. 부족하면 더 내어 줄 수 있으니."

다시 그들 곁으로 다가앉은 주모가 거칠어진 손을 이리저리 주물렀다.

"이제 주모도 그만 짐 싸시오."

묵묵히 밥을 입에 넣던 사내가 말했다.

"이보게, 변 서방. 왜 또 그런 말을 해. 내 듣기론 서궁에서 착호갑사들을……."

"혈랑이라고 별수 있겠소? 난 기대 안 해. 이러다 물려 죽는 거지, 뭐."

다들 변 서방의 거친 언사에 아무런 답도 하지 않았다. 이 마을에서만 벌써 호랑이가 물어 간 사람이 열을 넘었다. 그런데 아무도 그놈의 흔적을 보지 못했다. 하다못해 똥이라도, 발자국이라도 있어야 하는데 전혀 없었다.

"아무리 혈랑이라도 호랑이가 보여야 잡지. 보이지도 않는 걸 어찌 잡겠난 말요."

그의 목소리는 점점 거칠어졌다. 그 곁에서 청년은 조용히 밥을 씹었다. 그릇이 빌 때까지 쉬지 않던 움직임이 멈춘 건 산등성에서 새들이 날아올랐을 때였다. 멍하게 눈을 들어 새를 보고 있는 청년의 등을 변 서방이 툭 건드렸다.

"다 먹었으면 가자."

"예, 아버지."

청년은 느릿느릿 일어나 평상을 내려왔다. 말뿐 아니라 행동도 느린 것이 어찌 보면 조금 답답했다. 그동안 변 서방은 주막 여기저기를 돌았다. 무너지는 울타리는 없는지 살피고는 먼저 사립문 밖으로 나섰다.

"변목이 너, 빨리빨리 안 하냐?"

"예, 가요, 아버지."

부리나케 대답하고 서두르던 청년은 아비에게 가지 않았다. 대신 주모에게 되돌아 왔다.

"이거요."

"이거 술띠 아니냐?"

"그게 뭔데요?"

"목이 너, 이거 어디서 났니?"

"저어기요."

목이는 손끝으로 새가 날아올랐던 산등성이를 가리켰다.

"값나가 보이기에, 가, 가져왔어요. 파, 팔면 돈이 되려나 싶어서."

그가 내민 것은 붉은 술띠였다. 관직에 있는 양반네들 도포 위에 묶어 매는 것이다. 그런 것이 왜 하필 그런 곳에 있었을까? 아무도 가지 않는 그 산에? 더럽도 타지 않고 빛깔도 잃지 않은 술띠는 주름진 주모의 손바닥 위에서 어울리지 않게 해사했다.

변 서방은 믿지 않는다고 역정을 내지만, 이제 이 마을을 구제할 사람은 혈랑밖에 없었다. 이 이상 사람이 죽어 나가면 정말 죽은 마을이 될 테니.

"아이고, 천지신명님."

모두 떠나 적적해진 마당에 서서 주모는 술띠를 쥔 손을 하나로 모았다. 이미 굽은 등을 숙여 소원을 비는 눈가에 눈물이 맺혔다.
"서궁 마마께서 빨리 오시게 좀 해 주십시오. 살고 싶습니다. 비나이다. 비나이다."

※

"여기 적힌 것들만 다 사 오시면 됩니다."
"글 읽을 줄 모르는데요?"
"저자에 붙은 방을 읽고 지원하셨잖습니까? 느렁이와 산저의 수를 정확히 짚으셨다고, 대군께서 그러시던데요?"
산뜻하게 웃는 선규의 얼굴에서 시선을 틀며 녹조는 입술을 말았다. 그날 일이라면 똑똑히 기억하고 있었다. 하지만 한낱 사냥꾼이 글을 읽는다는 걸 들켜서 좋을 리가.
녹조는 태연하게 시침을 뗐다.
"저자에서 주위들은 겁니다."
"아하, 저런."
선규는 못내 아쉬워했다. 진심인지는 모르겠지만. 능글능글 웃으며 꼬박꼬박 존대하는 그가 믿을 만한 사람인지 녹조는 판단이 서지 않았다.
'갑자기 무슨 심부름이람.'
결의 손에 이끌려 다시 이곳으로 돌아왔을 때도 선규는 사람 좋게 말했었다.

'최선을 다해서 감춰 드리겠습니다. 낭자의 정체.'

이제껏 그녀가 겪었던 사내들과 다른 반응이었다.
"곤란하군요."
"뭐가요?"
"하면 다른 사람을 보내야겠는데… 그럼 낭자가 저걸 피하게 해 드릴 방도가 없어서."

선규는 손가락을 들어 연병장을 가리켰다. 연병장에는 본격적인 호랑이 사냥 전 합을 맞춰 보기 위해 사냥꾼들이 훈련을 준비하고 있었다. 문제는 그 훈련의 방법이었다. 모두 속바지 하나만 남기고 옷을 몽땅 벗어 던진 채였다.
"괜찮으시겠습니까?"
"맙소사."
입을 벌린 녹조는 선규가 뻗은 손가락을 덥석 잡았다.
"가겠습니다. 심부름 가게 해 주세요!"
"하지만 글을……."
"어떻게든 처리하겠습니다. 제발요. 보내 주세요."
녹조는 금방이라도 울 것 같았다. 고개를 끄덕이며 선규는 승자의 미소를 지었다. 그 대단한 혈랑도 조련한 선규였다. 녹조 정도야 우습다.
"이것들만 구해 오면 됩니까?"
"셈을 치를 필요 없이 무원상단의 최선규가 달라 하였다, 그리 말씀하시고 가져오십시오."

"그럴게요. 그런데 저건 언제 끝날까요?"

불안한 얼굴로 훈련하는 사내들을 돌아보는 녹조의 볼록한 뺨이 귀여웠다. 선규는 그녀의 머리 위로 손을 올렸으나 끝내 쓰다듬지는 못했다. 불안한 눈이 초조하게 그와 연병장을 오가는 것을 부드럽게 지켜보았을 뿐이다.

"거기 목록에 상화지(霜花紙) 보이시지요? 그건 근방에선 구할 수가 없어 멀리 다녀오셔야 합니다. 아마도 낭자께서 돌아오실 즈엔 다 끝나 있지 않겠습니까?"

그 말에 녹조는 곧 밝아졌다.

"그리고 무거울 테니 짐꾼을 하나 붙여 드리겠습니다."

"짐꾼요?"

"저자에 가시거든 우선 화피전(樺皮廛)에 들르십시오. 짐꾼을 거기서 기다리라 했습니다. 성질은 좀 사나우나 힘은 좋으니 걱정 말고 짐을 맡기시면 됩니다."

"예. 그럼 다녀오겠습니다."

선규의 배려가 고마워 녹조는 씩씩하게 웃으며 허리를 굽혔다. 그때 선규가 무언가를 또 내밀었다. 속이 실하게 찬 전낭이었다.

"받으십시오. 거마비입니다."

"이렇게 많이요?"

"배곯지 마십시오. 시장하시거든 좋은 것으로 챙겨 드시고."

"와, 선규 나리, 통이 크시네요."

"한 통 하지요. 그럼, 다녀오십시오."

마다할 리 없는 그녀가 주머니를 챙기자 선규는 길을 비켜섰다.

"다녀오겠습니다."

나는 듯이 가볍게 달려 나가는 녹조를 보는 선규의 눈엔 알 수 없는 꿍꿍이가 가득했다.

"그나저나 그 고약한 짐꾼께서 고분고분 말을 잘 들으셔야 할 텐데."

녹조는 활기찬 장거리 한가운데를 빠르게 걸었다.

"와, 역시 한양인가?"

지전, 면피전. 연죽전, 장거리엔 그야말로 없는 것이 없었다.

"우리 수로가 좋아하는 게 많네."

떠오르는 동그란 얼굴에 시큰했다. 하필 그때 오누이로 보이는 소년과 소녀가 녹조의 눈앞으로 빠르게 앞서갔다.

"누이, 저기로 가 봅시다."

"어디?"

"저기 분전이요."

녹조의 눈길이 그들을 따라 분전에서 멈췄다. 소년이 누이에게 이것저것을 권하며 뭐라 말을 하니 누이가 까르르 웃는다.

"사이좋네."

녹조는 홀린 듯 분전으로 다가가 소년이 누이에게 권했던 붉은 댕기를 만져 보았다. 질이 썩 좋지는 않아도 아기자기한 흰 꽃수가 놓인 것이 무척 고왔다.

"그걸로 하시겠수?"

녹조가 만지작거리자 주인 여자가 얼른 물었다.

"얼만데요?"

"1문만 주시오."

선규가 경비라며 내준 주머니를 생각하면 사지 못할 것도 없었다. 하지만 녹조는 결국 고개를 살래살래 저었다.

"아닙니다."

"그럼 이리 내슈. 살 것도 아니면서."

핀잔을 들어도 내려놓지 못하는 녹조의 손에서 주인 여자는 사납게 댕기를 빼앗았다.

"미, 미안하오. 너무 고와서."

"장사 방해하지 말고 저리 좀 물러나시고."

녹조는 겸연쩍은 얼굴로 얼른 분전에서 돌아섰다. 한창 사람이 북적일 시간이라 화피전은 금세 눈에 띄지 않았다. 사람들에 밀리고 이리저리 피해서 겨우 도착했을 때, 그녀는 이미 온몸이 노곤했다.

"어서 오십쇼."

"주인이시오? 말씀 좀 물읍시다."

"살살 무십쇼, 안 아프게."

분전 주인과의 일로 의기소침해진 녹조에게 주인 남자는 웃기지도 않는 농을 건넸다. 덕분에 기분이 나아진 녹조는 기꺼이 웃어 주었다.

"서궁의 최선규 나리께서 보내서 왔습니다."

"아아, 무원상단 어른 말씀입니까?"

"아십니까?"

"당연합지요. 그분을 모르면 어디 한양 땅에서 장사를 하겠소?"

주인 남자는 서글서글 웃었다. 선규가 그리 유명했다는 것을 몰랐던 녹조만 멀뚱해졌다.

"안 그래도 전갈을 받고 기다리고 있었습니다. 예서 잠깐 기다리십시오."

주인 남자가 안으로 들어간 후 홀로 남은 녹조는 그제야 짐꾼이 기억났다. 사위를 둘러봐도 사람이라곤 그녀가 전부였다.

"분명 여기 있다고 했는데, 물어봐야 하나."

땀이 송골송골 맺힌 이마를 닦고 있을 때였다. 머리 위로 불쑥 그림자가 생기고 누군가 앞을 막아섰다.

"여기서 뭐 하는 거지, 꼬맹이?"

"어, 어어?"

녹조는 눈이 동그래져서 절대로 여기 있을 리가 없는 사내를 올려다보았다.

"대군?"

안에서 새는 바가지 밖에서도 샌다고, 성깔 사납게 찡그린 표정이 멀끔한 인물을 망쳤다.

"왜 여기 계십니까?"

"내가 먼저 물었거든?"

결은 눈을 가늘게 떴다. 선규 녀석이 갑자기 급하다며 싹싹 빌고 부탁을 할 때 알아차렸어야 했다. 귀찮은 일을 떠맡기려는 수

작임을 말이다.

"훈련은요?"

"그것도 내가 할 말이고."

"저는 심부름을 왔습니다. 분명 여기에서 짐꾼이 기다릴 것이라 했는데 아무리 보아도 짐꾼이 없…….."

녹조는 말을 하다 말고 겸을 빤히 올려다보았다. 에이, 설마?

'성질은 좀 사나우나 힘은 좋으니 걱정 말고 짐을 맡기시면 됩니다.'

성질은 사납고, 힘은 좋고.

…아무리 그래도 대군을 짐꾼으로? 그런 것이 가당키나 해?

"설마 선규 나리 부탁으로 오셨습니까?"

"아마."

"짐꾼으로요?"

"…빌어먹을 놈."

그는 시인도 부인도 하지 않았다. 그러나 나직하게 뱉은 욕설로도 충분했다.

"이걸 저 혼자요?"

화피전 주인이 내준 것은 두 팔로도 끌어안을 수 없을 만큼의 염료였다. 무게도 양도 엄청나서 녹조 혼자서는 어림도 없었다.

결은 그 많은 짐을 당연하다는 듯 녹조에게 떠넘겼다.

"왜? 못해?"

"너무 많잖습니까."

"계집, 사내 구별 말라며? 나한테 활을 쏠 때 그랬잖느냐? 다 할 수 있다고?"

비아냥거리는 결의 머리통을 노려보며 녹조는 주먹을 불끈 쥐었다.

'저걸 그냥 한 대 갈겨?'

계집이라서 못하는 게 아니라, 짐이 지나치게 많았다. 이래서야 짐꾼을 보내 준들 무슨 소용인가. 이렇게 부아나 돋울 거면. 대군이고 나발이고 궁둥이를 팍 걷어차고 싶었지만, 녹조는 살살 웃었다.

"제가 언제 못 한다고 했습니까? 조금만 도와주십시오. 큰 짐은 제가 들 테니, 저쪽의 작은……"

"싫다."

결은 빙글거리며 그녀를 내려다보았다. 조그만 주먹을 쥐고 부글거리는 화를 참는 것이 빤히 보였다. 차마 반박하지 못하는 토끼 눈. 바락바락 대들던 주둥이가 비위를 맞추려 살랑거리는 것을 보니 묘하게 기분이 좋았다.

'역시 놀리는 재미가 있어.'

결은 일부러 녹조의 눈앞에 바짝 얼굴을 들이댔다.

"그래서 못 하겠다?"

화들짝 놀라서 뒤로 펄쩍 도망간 쪼끄만 귀가 빨갛게 익었다.

"그러니까, 조금만 도와주시면."

"한 사람 몫을 할 수 없다면 나가야지. 서궁에서."

"사람이 치사하게. 정말 뒤끝 장난 아니십니다."

결국엔 참지 못하고 대드는 녹조의 머리 위에 결이 짐 덩어리 하나를 척 올렸다.

"바짝 잘 들고 따라오너라. 허리 나간다."

더 보고 있다간 폭소할 것 같아서 결은 등을 돌렸다. 뭐, 얼마 못 가 포기하거나 살려 달라고 빌 것이다. 그러면 적당히 놀리다가 짐을 받아 줄 생각이었다. 그런데 한참을 걸어도 감감무소식이었다.

그가 돌아봤을 때 녹조는 시뻘건 얼굴로 비틀거리며 걷고 있었다. 그 많은 짐을 하나도 빠짐없이 다 들고.

"하! 저 독한 놈."

한 발을 내딛는 것도 힘겨워 보이는데 결이 서 있는 곳까지 오는 동안 그녀는 단 한 번도 앓는 소리를 하지 않았다. 보다 못한 결이 손을 내밀었다.

"이리 내거라, 그 옆의 큰 짐."

"돼, 됐습니다. 제가 합니다."

"이리 내라니까."

"한 사람 몫 하라면서요!"

녹조는 끙끙거리며 기어이 길 끝까지 혼자 걸었다.

"고집은……."

결은 눈매를 찡그렸다. 분명 조금 전까지는 기분이 아주 좋았는데 갑자기 짜증이 솟구쳤다. 일부러 보란 듯 빠르게 그녀를 앞

지르고 물었다.

"이다음은 어디로 가는데?"

"염교 건너 지전입니다. 꽤 멀다는데 혼자 갈까요?"

끙끙거리는 그녀의 목소리는 안쓰럽기까지 했다. 허리는 앞으로 휘고 손가락들은 터질 듯 하얗게 바래고. 결은 일부러 시선을 피했다. 도움을 거절한 건 저쪽이다.

"힘드냐?"

"멀쩡해 보이십니까?"

짜증스럽게 대답하자 두꺼운 눈썹이 꿈틀거렸다.

"어쭈, 대들어?"

"말 시키지 마십시오, 대답할 힘도 없습니다."

"잘됐네. 활줄도 다 당기지 못하는 팔, 이참에 힘 좀 길러."

"이잇, 정말 못돼 처먹은 거 아십니까? 아무리 대군… 읍!"

"쉿! 그렇게 부르지 말라니까."

강짜를 부리려는 그녀의 입을 덥석 막아 놓고 결은 곧 후회했다. 말랑말랑한 입술이 손바닥에 닿았다. 한 손에 들어오는 작은 얼굴도. 이럴 때마다 녀석이 실은 여인이라는 것이 상기됐다.

"어쭈? 또 어딜 노려봐!"

결은 입을 막은 손을 푸는 대신 힘껏 꿀밤을 놓고 혼자 척척 걸어갔다.

울상이 된 녹조는 얻어맞은 머리를 문질렀다.

"차라리 따라오질 말지."

지전까지 몽니를 부리며 따라올 것을 생각하니 앞이 캄캄했다.

"빨리 안 와?"

"가요. 간다구!"

결이 또 신경질을 부리기 전에 녹조는 얼른 짐을 챙겨 들었다. 그렇게 힘겹게, 힘겹게 얼마나 걸었을까. 장거리가 거의 끝날 즘, 저만치 골목 안에서 어린 사내아이 하나가 그들 쪽으로 달음박질을 쳐 왔다.

"어어?"

자꾸만 뒤를 돌아보며 달리는 꼴이 저러다 넘어지지 싶었는데, 아니나 다를까 기어이 돌부리에 걸려 비틀거렸다.

"조심!"

녹조가 소리를 치기 전에 결이 아이를 잽싸게 감싸 잡았다.

"이 녀석아, 넘어진다. 어딜 그렇게 급하게 가느냐?"

조그만 녀석은 우물쭈물 입술을 움직이다 결의 손길을 뿌리쳤다.

"그쪽이 알 거 없어."

"이런 버르장머리 없는 놈!"

도와주고 외려 욕을 먹다니. 어이가 없어서 혀를 차는 사이 아이는 벌써 다른 골목으로 사라져 보이지 않았다.

"그건 뭡니까?"

허탈하게 서 있는 결에게 녹조가 다가섰다. 아이가 넘어지며 떨어뜨린 것을 결이 주워 들었기 때문이었다.

"전낭."

"그 애 건가?"

"이걸 어쩌나?"

주머니를 이리저리 만져 보던 결이 난감한 표정을 했다. 주인이 잽싸게 사라졌으니 찾아 줄 길이 막막했다.

"아무래도 그 아이 것은 아닌 모양인데요?"

"무슨 소리야?"

"저기 보십쇼. 방금 아이가 나온 골목."

녹조가 턱으로 가리킨 골목은 아까부터 수상쩍게 수선스러웠다.

"신경 쓰지 마. 괜히 귀찮은 일에 휘말린다."

"그럼 전낭은요?"

"잃은 놈이 운 나쁜 것이지."

결은 당연히 소란을 피해 갈 생각이었다. 그리고 당연히 녹조의 생각은 달랐다.

"운이 나쁜 것이 아니면요?"

"내 알 바 아니야."

"누군가에게는 간절한 것일 수도 있습니다."

"그래서?"

"저는 알아야겠습니다."

결이 미처 말릴 사이도 없이 녹조는 들고 있던 짐을 내려놓았다. 그러고는 두 팔을 척척 걷어 올리며 골목으로 씩씩하게 걸어갔다.

"짐은? 어이, 장녹조!"

"거기서 얌전히 기다리십시오."

"내가 왜 짐을 맡아? 너 거기 안 서?"

5. 사향 냄새

 다투는 목소리는 작지 않아서 골목 밖까지 훤히 들렸다. 오지랖 넓은 녹조는 이미 골목으로 접어들고 있었다.
 "이래서야 정말 짐꾼 신세잖아."
 결은 바닥에서 뒹굴고 있는 짐들을 천천히 정리해서 들었다. 녹조가 두 팔로도 간신히 안았던 것인데 그는 한 손만으로도 거뜬했다.
 "제법 무겁네. 하여간 선규 놈."
 녹조를 밖으로 보내려고 일부러 만든 심부름일 텐데, 굳이 이렇게까지 무겁게 할 필요가 있나. 결이 의외의 무게에 놀라고 있을 때 녹조의 쪼끄만 그림자는 완전히 골목으로 사라져 버렸다.
 "저 똥멍충이."

저자에서 붙은 시비엔 끼어들지 않는 것이 암묵적인 원칙이었다. 누군가 일방적으로 당하는 듯 보여도 알고 보면 수많은 이해관계가 얽혀 생긴 문제가 대부분이었다. 돈이 걸린 문제면 더더욱.

그런데 간혹 그게 잘 제어가 안 되는 놈들이 있다. 괜한 의협심에 불타 앞뒤 분간도 못 하는 놈들. 딱 녹조 같은.

"그냥 버릴까?"

결은 한참이나 망부석처럼 서서 녹조를 챙길지 버릴지 고민했다. 결국 그가 짜증을 내며 향한 곳은 그녀가 사라진 골목이었다.

"귀찮아. 정말 너무 귀찮아."

골목 안쪽엔 한 무리의 사내들과 고운 비단옷을 입은 처녀 하나가 대치하고 있었다. 한눈에 보아도 사내들 쪽이 처녀를 겁박하고 있는 모양새였다. 결의 짐작대로 녹조는 정확하게 그들의 사이에 끼어 있었다.

"도와주십시오."

처녀가 녹조의 팔을 잡고 바르르 떨었다. 쓰개치마로 얼굴을 가린 것이 양반댁의 규수 같은데, 애석하게도 봉변을 당하고 있던 모양이었다.

"무슨 일입니까?"

"저들이 제 물건을 돌려주지 않습니다. 도와주세요. 중한 것입니다."

처녀는 금방이라도 눈물을 떨어뜨릴 듯 울먹였다. 녹조는 금세 그녀의 처지에 동화되었다. 처녀에게서 풍기는 질 좋은 사향의 냄새가 좁은 골목을 짙게 채웠다.

"동생이 어제부터 앓고 있어서 의원께 약을 받으러 가던 길이었습니다."

"의원에게 가던 길이라고요?"

녹조가 그렇게 되물었을 때였다.

"그 물건이 혹시 이거요?"

마침 골목 안으로 들어선 결이 느슨하게 끼어들었다. 골목 안 모두의 시선이 결에게 모였다. 울먹이던 처녀도 마찬가지였다.

"어, 그건?"

"낭자 것이요?"

처녀가 반색을 하며 고개를 끄덕였다.

"예, 제 것입니다."

"다행히 주인은 찾았군."

전낭이 원주인에게 돌아가면 왈짜들이야 대충 흩어 버리면 그만이다. 그럼 아주 귀찮은 상황까지는 피할 수 있었다.

역시. 조금 전 그 버르장머리 없던 아이는 왈짜들과 동패였던 모양이었다. 아이를 데리고 다니며 수작질을 부리고 그 틈에 물건을 빼앗는 건 이제 놀랄 일도 아니니.

"저 멍청이 때문에 이게 뭐 하는 짓이야."

결은 혀를 차며 골목 한쪽에 염료들을 내려놓았다. 왈짜들이 행패를 부릴 경우를 대비한 것이었다. 그런데 녹조가 또다시 어깃장을 놓았다.

"그거 좀 이상한데요?"

"넌 좀 빠지지? 지금도 충분히 귀찮으니까."
"하지만 맞아떨어지지 않잖습니까!"
"뭐가! 뭐가 안 맞아!"

어제도 밤새 귀신들이 보채는 바람에 한숨도 잠들지 못한 그였다. 그냥 빨리 처리하고 싶었다. 빨리, 빨리 염교인지 뭔지 그 다리를 넘어서 종이를 받고 서궁으로 돌아가 부족한 잠을 채우고 싶었단 말이다.

"이상한데?"

그런 속내를 알 리 없는 녹조는 자꾸만 눈을 가늘게 떴다. 눈동자가 바쁘게 울먹이는 처녀와 왈짜들을 오갔다. 그러더니 제 팔에 매달린 처녀의 손을 가만히 뿌리치고 말했다.

"아무래도 큰 실수를 할 뻔했습니다."

녹조는 타박타박 결에게 걸어가 그 손에 들린 전낭을 받아 들었다.

"이건 이쪽이 아니라 저쪽의 물건이니까요."
"저쪽이라니?"
"저기 아가씨가 아니라 저 사내들의 것이오."

전낭에 제법 큰돈이 들었다는 것은 이미 무게로 알고 있었다. 그래서 결의 표정은 지금 몹시 좋지 않았다.

"아닙니다. 제 것이에요."

처녀도 다시 울먹였다. 그러는 동안에도 왈짜들은 내내 말이 없었다. 돌이켜 보면 그들은 녹조와 결이 등장한 순간부터 지금까지 별다른 표현을 하지 않고 있었다. 녹조는 태연하게 그들의 편에 섰다.

"이게 아가씨의 것일 리가 없습니다."

"제 것이라니까요. 믿어 주세요."

"비단옷을 입을 고운 아가씨에게 이런 낡은 전낭은 아무래도 어울리지 않는걸요? 오히려 저쪽 사내들 것이라면 앞뒤가 맞죠."

녹조의 설명에 처녀는 눈에 띄게 당황한 얼굴이었다.

"급히, 급히 나오느라 청지기의 것을 빌려 그렇습니다. 제 것이 맞으니 이리 주시어요."

"정말이오?"

"정말이고말고요."

쓰개치마를 슬쩍 내린 처녀의 낯은 수려하지는 않아도 말갛고 선해 보였다. 굳이 거짓말을 할 것 같지는 않았다. 그래도 녹조는 손에서 전낭을 놓지 않았다. 괜히 사내들 쪽을 넌지시 보며 그들의 행색과 낯을 살폈다.

아무리 보아도 그들의 것이 맞는데 어째서인지 사내들은 전낭의 소유권을 주장하지 않았다. 그렇다고 도망도 치지 않고 이도 저도 못 하고 서서는 얼굴을 가리느라 급급했다.

"이리 주십시오, 은인님."

가만가만 다가온 처녀는 손을 뻗어 녹조의 손에 있는 전낭의 꼭지를 잡았다. 녹조가 쥔 손을 풀면 그대로 그녀의 손으로 넘어갈 것이었다.

"미안하지만 그럴 수 없겠습니다."

녹조는 전낭을 놓는 대신 처녀의 손을 밀어냈다. 한 걸음 물러난 얼굴이 몹시 차가웠다.

"이제 알겠습니다. 당신 추노꾼입니까? 아니면 거간꾼인가?"

"예? 저 말씀이십니까? 그게 무슨 말씀이시어요."

처녀가 당황했는지 낯을 붉혔다. 멀쩡한 처녀인데 추노니 거간이니 하는 말을 들은 것이 못내 창피한 얼굴이었다.

"대체 무슨 소리냐?"

보다 못한 결도 거들었다. 그래도 녹조는 꿈쩍하지 않았다.

"사냅니다, 이 여인."

"뭐?"

"사향 냄새가 너무 진해서 조금 이상하다 했습니다. 동생이 앓고 있어서 급히 나오느라 청지기의 전낭을 빌렸다는 아가씨가 향낭을 챙길 정신은 있었겠습니까?"

정말 화가 났는지 녹조는 한번 호흡을 끊었다.

"보통, 사향이란 말입니다. 여염집의 규수들도 쓰지만 의외로 제 몸내를 가리고 싶은 사내들도 많이 쓰거든."

녹조는 슬그머니 뒤로 물러섰다. 행여 뺏길세라 전낭도 품에 쏙 집어넣었다. 상황이 돌아가는 모양을 보고 있던 결도 녹조의 곁으로 자리를 옮겼다.

"허튼수작 말고 보내 줄 때 가시오. 물건은 제 주인에게 돌려줄 것입니다."

붉으락푸르락 오르내리는 낯빛을 감추지 못하며 처녀는 쓰개치마를 확 벗어 던졌다. 처녀의 목소리는 온데간데없고 갈갈한 사내의 음성이 거칠게 녹조를 위협했다.

"누가 누굴 봐준다는 거야. 당장 이리 내놓지 못해?"

놈이 그러거나 말거나 녹조는 한쪽에 움츠리고 있던 사내들을 향해 걸었다. 그러고는 들고 있던 주머니를 돌려주었다.

"무슨 사연인지 모르지만, 어서 가십시오. 다시 저런 놈에게 잡히지 말고."

"고맙습니다, 도령."

"한양 밖으로 가십시오. 여긴 너무 위험하니까. 아무도 믿지 마시고. 절대로 여곽 같은 곳에서 머무르지 마시고."

자세한 설명이나 하소연을 덧붙이지 않았지만 사내들의 눈동자는 너 나 할 것 없이 흔들리고 있었다. 그리고 그건 결도 마찬가지였다.

"칫, 아프네."

입 안쪽의 살이 아팠다. 또박또박 제 할 말을 하며 녹조가 상황을 바로잡는 동안 저도 모르게 입술 살을 씹고 있었던 모양이다. 문득 그것을 깨달았을 땐 이미 피가 나고 있었다. 씹힌 살도 아프고, 제대로 한 대를 맞은 듯 가슴 안쪽도 얼얼했다.

"뭐 하는 짓이야? 그놈들은 도망친 노비라고! 지금 네놈이 국법을 어기겠다는 거야?"

정체를 들켜 버린 추노꾼 사내가 치마를 벗어서 던지고 녹조에게 덤볐다. 비단 치마 아래 입은 것은 어이없게도 가죽을 덧대서 기워 입은 바지였다. 아마도 그게 사향 주머니를 달아야 했던 이유였겠지.

"국법을 어기긴 그쪽도 마찬가지잖소."

달려드는 놈을 보며 녹조는 받아칠 자세를 취했다. 그러나 놈의 주먹은 그녀에게 닿기도 전에 저만치 내팽개쳐졌다.

결이 먼저 손을 쓴 것이었다. 결은 천천히 그러나 확실한 걸음을 내어 녹조와 놈의 사이를 가로막았다.

"거기까지만 해라."

"네놈은 또 뭐야? 둘이 동패다 이거야?"

"못된 놈."

"뭐?"

"그쯤 하라 했잖으냐."

결의 목소리는 깊숙하게 낮아져 있었다.

놈도 눈치가 있는지 아랫입술을 말아 깨물었다. 지금 덤벼도 상대가 되지 않을 테니까.

"그냥 갈 테니 보내 주쇼."

결은 곧 고개를 끄덕였고 사내도 순순히 발길을 돌렸다. 추노꾼이 사라지자 결은 남은 사내들에게로 몸을 돌렸다.

"네놈들, 어디 갈 곳은 있느냐?"

그의 말에 아무도 대답을 하지 못했다. 돌려받은 전낭에 든 돈은 그들이 가진 전부였다. 도망친 노비들이 머무는 산중 마을이 있다는 추노꾼의 말에 속아 모두 빼앗길 뻔했던 차였다.

"갈 곳이 없다면 무원상단으로 가거라."

"그럴 수는 없습니다."

놀란 사내들 사이에서 가장 나이 든 사내가 앞으로 나섰다.

"저희는 모두 도망친 노비입니다. 은혜는 감사하나 공연히 나리께 해를 끼칠 수도 있습니다."

그 말에 결이 콧방귀를 뀌었다.

"누가 감히 나에게 해를 끼쳐."

"나, 나리?"

결은 당황한 그들에게 성그레 웃었다. 순간 등줄기를 지나는 꽤 괜찮은 기분. 정말 아무것도 가진 것이 없는 자들에게 희미한 빛줄기가 되어 준다는 것은 이런 기분이었나.

"가서 상단의 행수에게 내가 보냈다고 하거라. 그럼 너희들을 챙겨 줄 것이니."

"누구시라 말씀을 올리면 되겠습니까?"

조심스럽게 살길을 찾으려는 그들에게 결은 바짝 허리를 숙였다. 그러고는 속삭였다.

"서산의 혈랑."

그건 정말 작은 목소리였다. 그러나 거기 모여 있는 사내들에 겐 충분히 큰 목소리이기도 했다.

"쉿!"

놀라서 바닥에 엎드린 사내들을 두고 걸어간 결은 골목 어귀에 두었던 짐을 챙겨 들었다.

"미안한데, 가는 길에 심부름 하나 해 주겠느냐?"

"마, 말씀만 하십시오."

"내가 너무 팔이 아파서 말이야. 이것 좀 거기 행수 놈에게 전해 주겠어?"

결은 웃으며 들고 왔던 짐을 떠넘겼다. 그들이 상단으로 갈 것이란 믿음이 없다면 하지 못했을 행동이었다.

"반드시 전해 올리겠습니다."

약속을 받아 낸 결은 시원하게 몸을 돌렸다. 아직도 땅에 머리를 조아린 사내들 곁에서 녹조가 머뭇거리자 크게 소리를 쳐 그녀를 불렀다.

"장녹조! 너 빨리 안 오면 해 진다."

"가요."

낭랑한 대답과 함께 등 뒤로 그녀가 달려오는 소리가 들렸다. 그것도 꽤 나쁘지 않았다. 누군가와 동행하는 길.

언제나 방에 앉아서 이래라저래라 잔소리만 하는 선규에게서는 느끼지 못했던 감정이었다. 옆을 보니 어느새 녹조가 옆을 걷고 있었다.

"쪼오끔 멋있었습니다."

"응?"

"아까요. 저는 당연히 대군께서 저들을 외면하시리라 생각했거든요."

"오해하지 마. 짐이 귀찮아서 그런 거야."

뻣뻣하게 고개를 드는 결의 목덜미는 조금 붉어져 있었다. 이런 식의 칭찬이 익숙하지 않은 탓이었다.

"혹 선규 나리 말씀입니다. 혼인은 하셨습니까?"

생각지도 못한 질문이라 결은 급히 발을 세웠다.

"그건 왜?"

"그냥요. 상단을 가진 분이면 세상을 많이 돌아다니셨겠지요?

재력도 있고?"

홍조가 가득 피어나 발그레한 얼굴. 이 녀석이 선규의 혼인 여부를 물으며 얼굴을 붉힐 이유가 뭔가?

"너 왜 어깨를 배배 꼬고 그러냐?"

"제, 제가 언제요?"

"턱이 완전히 돌아가서 저쪽 어깨에 붙게 생겼는데?"

"에에이, 무슨요."

이유 없이 기분이 나빴다. 선규를 떠올리며 빨개진 그녀의 얼굴도. 자꾸만 더듬고 느려지는 대답도.

"혼인했어."

"…가, 가짓불."

"했다니까. 애도 셋이야."

결은 괜히 먼 곳을 보며 이맛살을 구겼다. 뜬금없이 여인네처럼 구는 녹조 때문에 이유 없이 심사가 뒤틀렸다.

"송구합니다. 실패했습니다."

"뭐라?"

"살려 주십시오, 어르신!"

바닥에 엎드린 사내의 등 위로 벼루가 날아왔다. 낯익은 얼굴. 추노꾼이었다.

"쓸모없는 놈!"

"송구합니다. 다시 한번 기회를 주시면 기필코 잡아 대령하겠습니다."

다행히 벼루는 사내의 등에 맞지 않고 바닥에 먹물을 뿌렸다. 튀어 오른 먹물이 사내의 뺨을 흥건하게 적셨다. 사내는 차마 그걸 닦아 낼 엄두도 내지 못했다.

"다시? 다시라고? 네놈이 입힌 손해가 얼마인지 아느냐? 지금도 손이 부족하거늘 그 많은 놈을 놓쳐?"

"반드시 가서 잡아 오겠습니다. 어르신, 그러니 제발 기회를 주십시오."

"기회는 아무 때나 오는 것이 아니니라."

"어르신!"

"너는 내가 준 기회를 두 번이나 놓쳤어."

서릿발 같은 목소리의 주인은 손에 묻은 먹물을 사내의 등에 닦았다. 그러고는 상석으로 돌아가 설렁줄을 잡아당겼다. 방문 밖에 연결된 쇠 방울이 요란한 소리를 내더니 곧 누군가가 소리 없이 안으로 들어왔다.

체격은 작으나 마치 그림자처럼 날렵한 움직임이었다.

"부르셨습니까? 마님."

"달아난 놈이 모두 몇이지?"

"일곱입니다."

"이제 여덟이다. 여기 한 놈 있으니."

"처리하겠습니다."

주인의 말에 그림자는 곧 바닥에 엎드린 놈의 뒷덜미를 잡았다.

"어르신, 어르신⋯ 이번엔 잘할 수 있습니다. 제발 한 번만 더 기회를 주십시오. 어르신, 어르⋯ 윽!"

시끄럽게 발버둥을 치던 사내는 이내 거친 손길에 늘어졌다.

"비는 수는 어찌할까요?"

"하는 수 없지 않으냐? 부족하면 채워야지."

"차질 없이 이행하겠습니다."

머뭇거리지 않는 그림자의 대답은 마른 가지를 얼리는 겨울바람처럼 아무 감정이 없었다. 그러나 오히려 그것이 주인의 마음에 꼭 들었다.

"곧 배가 떠난다. 그러니 수확에 지장이 있어서는 안 될 것이야."

"알고 있습니다."

"그래그래. 하나같이 쓸데라곤 없는 놈들뿐인데, 그나마 네가 있어 참으로 다행이다."

길이 멀 것이라 하더니 정말 멀었다. 염교를 건넌 것이 해거름이었는데 아직 지전은커녕 지전이 있을 만한 마을도 보이지 않았다.

"길을 잘못 든 것이 아닐까요?"

이미 해가 져서 앞은 하나도 보이지 않았다. 두 사람 모두 밤눈이 밝기에 망정이지, 하마터면 산중에 갇혀 버렸을지도 모를 일이었다.

"안 되겠다. 좀 쉬어 가자."

"예? 여기서요?"

"아니. 저기서."

결이 손으로 가리킨 곳엔 낮은 개울이 흘렀다. 잠시 쉬거나 불을 피우기엔 알맞은 장소였다.

"그럼 제가 마른 가지를 모아 갈 테니 가서 좀 앉아 계십시오."

"보이는 곳에서 주워 와."

"설마 저 걱정하시는 겁니까?"

"아니, 내 걱정. 짐승이라도 나오면 네가 잡아야 할 것 아니야."

칫! 그럼 그렇지. 녹조는 웃는 둥 마는 둥 고개를 흔들었다. 휘적휘적 먼저 걸어가서 개울가 큰 나무 아래 자리를 잡은 결이 손을 저었다.

"뭐 해? 빨리빨리. 추워지잖아."

"예, 예."

부러 결이 그렇게 말하지 않아도 가까운 곳에서 땔감을 주울 생각이었다. 그런데 하지 말라면 은근히 더 하고 싶은 못된 심보랄까. 일부러 조금 떨어진 곳까지 가서 한 아름 나무를 주워 돌아와 보니, 이미 결이 불을 피워 놓고 그녀를 기다리고 있었다.

"가까이 있으랬지?"

"불도 피울 줄 아십니까?"

"너 대체 나를 뭘로 본 게냐?"

"말 안 하렵니다."

녹조는 결과 자신의 사이에 주워 온 땔감들을 쏟아 놓았다.

"배고프다."

그러고 보니 서궁에서 조식을 챙겨 먹은 후론 입에 뭔가를 넣은 기억이 없다.

"모처럼 이런 것도 받았는데 쓸모가 없네요."

선규가 쓰라고 건네준 전낭을 만지작거리며 녹조는 무릎을 끌어안았다. 결이 미리 불을 피워 놓지 않았으면 한기에 떨었을 것이다. 산길을 헤매며 움직이다가 한 곳에 멈추니 삽시간에 한기가 몰려왔다.

그때였다. 갑자기 자리에서 일어난 결이 머리통만 한 돌 하나를 챙기더니 곧바로 개울로 걸어갔다.

첨벙! 그대로 개울에 던져진 돌이 요란한 소리를 내고 얼마 지나지 않아 작은 물고기들이 둥둥 떠올랐다.

"뭐 하느냐? 건져 오지 않고?"

"예?"

"내가 들어가서 건져 오리?"

"아!"

그제야 허둥지둥 일어난 녹조가 바지를 걸어 올렸다. 배를 뒤집고 떠 있는 물고기를 건지는 것은 어렵지 않았다. 두 사람은 건져 온 물고기를 구워 적당히 허기를 면했다.

모닥불 옆에는 녹조가 벗어 놓은 버선과 신이 놓여 있었다. 바보같이 바지만 걷고 신과 버선을 그대로 신고 물에 들어간 결과였다.

하얀 발가락을 꼼지락꼼지락 말리며 불을 보는 그녀를 결이 바라보았다.

"아까 낮에 말이다."

"낮에요?"

"낮에 그놈이 추노꾼인 것은 어찌 알았느냐?"

"그냥 감이죠, 뭐."

"말하기 싫은 게로군."

결의 짐작이 틀리지 않아서 녹조는 아무런 대답도 하지 않았다.

그녀 역시 누군가에게 쫓기던 때가 있었다. 지금의 마을에서 정착하기 전에. 몇 번이나 목숨을 잃을 뻔했는지 다 꼽아 보라면 불가능했다. 그들은 잔인하고 끈질기게 뒤를 쫓았다.

굳이 떠올리기 싫은 기억이었다. 아까 그 추노꾼에게서 사향 냄새를 맡았을 때, 어쩌면… 하고 생각했었다. 오래전 그때도 그처럼 사향을 달고 스산하게 웃던 사내가 있었기 때문이다.

어렸을 때의 일인데 어제처럼 생생했다. 그자의 짐승 같던 그 눈이.

"먼저 주무십시오. 제가 번을 서겠습니다."

땔감 하나를 불에 던져 넣은 녹조가 쾌활하게 권했다.

"정 원한다면."

결은 순순히 몸을 돌려 누웠다. 어차피 눈을 감으면 사기들이 괴롭힐 터라 잠들진 못하겠지만, 그래도 일러두었다.

"한 시진 후에 깨워라."

"예?"

"명이다."

"아, 예."

너무 가라앉은 그녀의 단답이 마음에 들지 않아 잠시 뒤를 돌아보면서도 결은 더 입을 열지 않았다. 녹조는 괜히 한번 모닥불을 헤집었다. 작은 불씨가 바람을 타고 날아가 하필 그녀가 벗어놓은 버선에 앉았다.

"앗!"

잽싸게 주워 불씨를 털고 조금은 덜 마른 버선을 그냥 발에 끼워 넣었다. 차가웠다. 덜 마른 버선처럼 덜 아문 과거의 기억이 아직 아프다.

-뭐야, 이렇게 마음대로 자리를 바꿔도 되는 거야?

-그런다고 우리가 널 못 찾을까.

-오늘은 어디부터 먹어 줄까? 손가락? 발가락? 아니면 오늘도 눈부터?

결은 몸을 뒤척였다. 그들의 목소리가 들리기 시작하면 그 뒤론 정말로 현실인 것 같은 고통이 따라왔다. 손가락을 물리고, 발가락을 물리고 눈이 파이는 고통도 수없이 겪었다.

바싹 말라서 나뭇가지 같은 손가락으로 깊숙이 눈을 찌를 때면 차마 비명을 지르지 않을 수 없었다.

"으윽!"

버둥버둥 손을 들어 눈을 덮어 저항했다. 그러나 언제나 그랬듯 그의 저항은 소용이 없었다. 그들은 무엇이든 통과했고, 원한다면 배 속을 뚫어 안에 든 것도 마구 빼내 갔다.

모든 것이 쉬웠다.

"그만, 제발 좀!"

매번 눈을 먼저 노리는 건, 잠에서 깨지 못하게 하려는 수작이었다. 결이 잠에서 깨고 주변에 아무도 없다는 것을 자각하는 순간이야말로 그들이 맥을 못 추고 스러지는 순간이기 때문이었다. 그래서 결은 어떻게든 가장 먼저 눈을 뜨려고 애썼다.

"저리 가. 비키란 말이다."

팔을 휘젓고, 다리를 차고 온몸을 비틀어 그들을 떼어 내고 나면 마지막 순간에야 잠에서 깰 수 있었다.

-그러지 말고 더 놀지.

-그래, 재미있잖아. 왜? 너는 재미없어?

-피 좀 더 흘려 봐. 우린 아직 목마르단 말이야. 인색하게 굴지 말고. 응?

귀에서 낄낄거리는 웃음소리는 평소보다 컸다. 빌어먹을. 정말로 선규가 주는 탕약을 대충 먹어서 그런 건가. 매일 반복되는 익숙한 고통을 흘리며 결은 몸부림을 쳤.

그런데 그때였다. 누군가가 그의 어깨를 살며시 건드렸다.

"이보십시오."

액은 아니다. 그들의 손엔 이만한 온기가 없으니까. 그의 어깨를 흔들어 주는 손길은 무척이나 조심스럽고 따스했다. 결은 그 손길에 정신을 집중했다. 곧이어 들리는 목소리에도 집중했다.

"괜찮으십니까?"

녹조? 장녹조. 다시 불러 봐. 제발 다시 한번 더 나를 불러. 결이 고통 속에서 그렇게 애원했을 때였다.

"대군 나리, 눈 좀 떠 봐요."

바로 그 순간, 결은 마치 물속에서 질식하던 사람처럼 급하게 눈을 떴다. 깊은 물에 가라앉은 듯 무겁던 몸이 빠르게 수면으로 떠올랐다.

"하악, 하악!"

당장이라도 끊어질 것 같은 가는 호흡이 틈 없이 새어 나왔다. 그녀가 소매를 뻗어 눈가를 조심히 훔쳐 냈다.

"무슨 험한 꿈이라도 꾸셨습니까? 그렇다고 다 큰 사내가 눈물을 이리 흘리십니까."

몰랐다. 울었다는 걸.

결은 살기 위해 지푸라기를 잡듯이 녹조의 손을 잡았다. 손가락에서 손가락으로 전해지는 온기, 손바닥에서 손바닥으로 전해지는 미약한 온기를 찾아 허덕였다.

"부족해."

"예?"

"부족해."

녹조가 당황할 사이도 없이 결은 팔을 뻗었다. 손보다 더 확실한 온기를 찾아 그녀의 몸을 끌어안았다.

"아무래도 꿈 따위가 아닌 것 같단 말이다."

"대, 대군 나리."

"꿈이 아니야. 저것들은."

그는 두려워하고 있었다. 두 팔을 힘껏 둘러도 부족하리만큼 커다란 어깨를 바들바들 떨었다. 녹조는 가만히 그의 어깨와 등을 안아 주었다.

"이제 괜찮습니다."

"네가 어찌 아느냐?"

"제가 누굽니까? 솜씨가 엄청 좋은 사냥꾼이잖아요. 근방엔 아무것도 없습니다. 우리 둘뿐인걸요."

"너를 어찌 믿어?"

"믿기 싫으면 믿는 척을 해 보십시오. 때로는 스스로의 의지가 어려운 문제의 해답이 될 수도 있습니다."

토닥토닥 등을 두드려 주는 손길에 의지해서 결은 녹조의 어깨에 이마를 얹었다. 아까 옷이 젖은 탓인가. 약간의 물 냄새, 그리고 그 너머에 있는 온유한 체향이 묻어났다.

조금씩 몸의 떨림이 가라앉았다. 마치 오래전 그때 같았다.

'두렵습니다, 스승님.'
'두려워 마십시오, 대군마마. 모든 것은 마음먹기에 달려 있는 것입니다. 두렵게 여기시면 두려운 것이고, 가벼이 여기시면 가벼워지지요.'

스승님이 돌아가신 후론 그 누구도 그의 두려움을 달래 주지 못했다. 대신 결은 익숙해지는 방법을 선택했다. 스승님은 가볍게 여기라 하셨지만 그의 힘으론 쉽지 않은 과제였다.

"제가 봐 드렸습니다."

"뭘?"

"한 시진 훌쩍 넘었고, 이제 대군께서 번을 서실 차례인데. 제가 봐 드린다고요."

"고마워하랴?"

"그냥 좀 더 주무십시오. 딱 한 시진만 더."

"아니, 잠은 되었다."

"그럼 눈만 감아 보세요. 어서요."

녹조의 채근을 꼭 들어 줄 필요는 없었다. 그러나 결은 고분고분 눈을 감았다. 어쨌든 오늘은 그녀 덕분에 놈들을 빨리 떨쳐 냈으니. 조그만 손이 다가와 어깨 위를 다독거렸다. 기분이 나쁘지 않았다.

"홍조 어린 그 뺨 고와라. 둥근 달이 그대 눈썹에 어렸네. 항아의 실타래……."

"뭐냐, 그건?"

"노래요. 어릴 적에 어머니께서 들려주신 것입니다. 하지 말까요?"

"…아니."

"그럼 노래 계속합니다?"

"손도."

"예?"

"어깨."

눈을 감은 채 더듬더듬 그녀의 손을 찾은 결이 제 어깨에 그 손을 올렸다.

"의외로 어리광이 심하시구나?"

"어허!"

"합니다. 해요."

피식 웃어 버린 녹조는 결의 어깨를 두드렸다. 수로도 유독 좋아하던 것이었다.

"홍조 어린 그 뺨 고와라. 둥근 달이 그대 눈썹에 어렸네. 항아의 실타래 풀어서 강으로 가는 다리를 만들까. 그대 너무 멀어서 실이 닿지 않을까 걱정이어라……."

딱히 잘 부르는 노래는 아니었다. 아니, 전혀 그런 편이 아니었다. 그런데도 자꾸만 귀가 기울여졌다. 도닥이는 손길에 의지하게 되었다. 그리고 잠이 왔다.

6. 힘세고 성질 사나운 짐꾼

 다시 잠든 것을 깨닫고 화들짝 놀라 눈을 떴을 때는 이미 날이 밝아 있었다. 미약한 불씨만 남은 모닥불에선 흰 연기가 피어오르고, 결은 아직 녹조의 무릎을 베고 누워 있었다. 몸이 개운하다는 것을 느낀 그는 순간 번쩍 정신이 들었다.
"설마?"
 다시 잠들었다는 사실도 믿을 수 없는데, 심지어 자는 동안 사특한 그것들의 목소리에 방해받지 않았다는 것을 깨달아 버렸다. 처음이었다. 스승이 떠난 이후론.
"설마 이 녀석 때문에?"
 결은 누운 채 잠든 녹조의 얼굴을 올려다보았다. 조금 벌어진 입술 사이로 간결한 숨을 내쉬며, 그녀는 깊이 잠들어 있었다. 조막만 한 어깨로 기울어진 곤한 턱, 선명하게 짙은 속눈썹.

 모르는 얼굴도 아닌데 그녀에게 붙은 시선이 떨어지질 않았다. 어깨를 도닥여 주던 손길이 기억났다. 지독하게 못 부르던 노래도.

 "너는 그것들보다 더한 요물인가? 아니면 어젯밤 그저 지독히 운이 좋았던 건가."

 결은 가만히 손을 뻗어 녹조의 속눈썹을 건드렸다. 어린 강아지의 배내털처럼 기분 좋은 부드러움이 손가락 끝에 감겨 왔다.

 "으응."

 꼼틀꼼틀 입술을 들썩이며 그녀가 잠에서 깨려고 기지개를 켰다. 결은 재빨리 손을 거두고 다시 눈을 감았다. 차라리 벌떡 일어났어야 했다고 후회했을 때는 이미 늦어 있었다.

 "아우, 다리야."

 밤새 그의 머리를 얹었던 다리가 아픈지 녹조가 작은 목소리로 앓는 소리를 낸 다음이었으니까.

 '하! 그냥 빨리 일어났어야 했는데.'

 결은 더 꼭 눈을 감았다. 잠이 덜 깬 목소리가 다시 들려왔다. 그리고 아주 조심스러운 손길이 이마에 닿았다.

 "잘 자네. 다행이야. 열도 없고. 입 다물고 자니까 사람이 좀 달라 보이는 것도 같고. 성질만 좀 덜 부리면 인물도 제법 훤한데 말이야."

 "내가 인물은 좀 하지."

 "이익!"

 갑자기 들린 대답에 소스라치게 놀란 녹조는 마치 벌레를 털어

내듯 결의 머리를 제 다리에서 밀어냈다. 그 탓에 땅바닥에 머리를 박은 결이 사나운 눈으로 그녀를 노려보았다.

"뭐 하는 짓이냐?"

"그, 그러게 왜 음흉스럽게."

"음흉? 자는 사람을 놓고 얼굴을 품평한 건 누구더라?"

"깼으면 일어나실 일이지, 왜 자는 척을 하고 그러십니까?"

"안 깼어. 누가 허락도 없이 얼굴을 만지작거리기 전까진 잘 자고 있었다."

녹조는 입술을 안으로 말아 물었다. 간밤에 다시 잠들기 전 그는 울어서 벌건 얼굴을 하고 있었다. 혹시 열이 나는 건가 만져 보았더니 미열이 있기에 지금도 확인한 것인데. 그러나 굳이 그것까지 이야기할 필요는 없을 것 같았다.

"뭘 그리 빤히 보느냐?"

"좀 괜찮으십니까?"

"뭐가?"

"아니, 어제요. 막 울면서 저한테……."

"장녹조!"

"왜 갑자기 이름은 부르십니까?"

"혹시나 해서 하는 말인데, 이승에서 빨리 하직하는 게 소원이 아니면 그 입! 다무는 게 좋을 것이다."

이런 걸 두고 물에 빠진 사람 건져 냈더니 보따리 내놓으라 하더라, 이러는 건가? 울면서 파고들기에 안아 주고 달래 주고 무릎까지 내주며 재워 놨더니 난데없이 겁박이나 하고.

"역시……."

"역시?"

"어른들 말씀은 하나 틀린 것이 없습니다. 잘난 사내는 인물값을 한다더니. 아이고, 다리야."

녹조는 팔다리를 뻗으며 앓는 소리를 냈다. 온전히 누워서 자도 한뎃잠을 자면 몸이 쑤시는데, 사내의 머리를 얹고 불편하게 앉아서 지새웠더니 여기저기가 아팠다. 뭐라도 잡고 일어나려고 주위를 두리번거리는 그녀의 앞에 손바닥이 불쑥 내밀어졌다.

"잡아라."

녹조는 그 손을 툭 하고 밀어냈다. 자는 거 건드렸다고 짜증을 부릴 땐 언제고?

"됐습니다. 까짓것 혼자 일어… 으아아."

투덜거리며 고집을 부리던 녹조는 다음 순간에 탄탄한 어딘가에 얼굴을 박고 작은 비명을 질렀다. 결의 품이었다. 허리를 감은 강한 팔이 아주 바싹 그녀를 끌어당겼다. 너무 가까웠다. 숨소리라도 엉킬 듯이.

"너."

"…예?"

잘나고 무심한 얼굴이 그녀를 내려다보며 물었다.

"걸을 수는 있겠느냐?"

"아마도요."

녹조는 고개를 끄덕였다. 이상하게도 아주 조금 얼굴이 뜨거워졌다. 그래도 아주 싸가지는 아닌가? 걱정해 주는 것을 보면?

그런데, 그 순간 몸이 휙 뒤로 밀려났다.
"그럼 됐다."
"예?"
"바깥에서 잠을 설쳤더니 너무 곤해 나는 더 못 걷겠거든. 종이는 너 혼자 가서 찾아오너라."
"저 혼자요?"
여전히 무심한 얼굴이 그녀를 향해 눈을 끔뻑였다.
"왜? 못 하겠어? 그럼 같이 돌아가서 훈련을 마저 하면 되겠네."
마지막에 아주 조금 솟아오른 결의 입꼬리를 똑똑히 본 녹조는 분노했다. 명백한 놀림이었다.

'성질은 좀 사나우나 힘은 좋으니 걱정 말고 짐을 맡기시면 됩니다.'

이게 어딜 봐서 좀 사나운 거야?
좀! 이라는 건 정말 조그만 티에나 붙이는 말이다. 다른 놈보다 조금 작은 망아지 같은 거. 다른 떡보다 조금 작은 떡 같은 거. 생선을 두 마리 사니까 덤으로 피라미 한 마리 정도 얹어 주는 그런 거. 녹조는 콧구멍에 힘을 주고 두 손을 걷어붙였다.
"누가 못 한다고 했습니까? 저 혼자서 다 할 테니까, 가십쇼."
"그래."
"정말 가십쇼?"
"간다."
결은 산뜻하게 몸을 돌렸다. 휘적휘적 걸어 내려가는 그 등을 꽤 한참이나 보고 있어도 절대 뒤를 돌아보지 않았다. 녹조도 미련 없이 몸을 돌렸다.

"하라면 못 할 줄 알고?"

녹조는 주먹을 불끈 쥐었다. 핏덩이로 남은 수로를 동냥젖 먹여 키워 놓은 것도 그녀고, 웬만한 마을 놈들보다 더 벌이가 좋은 것도 그녀다.

'할 거야. 내가 혼자 다 할 거야. 이 나쁜 대군 놈아!'

"그렇게 걱정이 되면 다시 가 보시든가요?"

"누가 걱정을 한다고 그래?"

"그럼 제가 들은 건 뭡니까? 방금 땅이 꺼지는 한숨 소릴 들은 것 같은데?"

선규는 바쁘게 장부를 들썩이며 이마로 웃었다. 심부름은 같이 보냈는데, 녹조는 어디다 버리고 혼자 털렁털렁 들어오더니 결은 선규가 일하는 사랑채에 벌렁 누워 있었다.

"한숨은 또 누가……."

말꼬리를 흐리며 일어난 결은 이번엔 창턱에 걸터앉았다. 고개는 여전히 바깥에 두고 있었다.

"그럼 좀 주무십시오. 어제도 못 주무셨을 것 아닙니까?"

"안 졸려."

그 짧은 대답에 선규가 장부에서 얼굴을 들었다. 지금 분명 졸

립지 않다는 말을 들은 것 같은데?

"예? 대군마마! 지금 뭐라고 하셨습니까?"

"선규야."

"예, 대군."

선규는 마른침을 꿀꺽 삼켰다. 뭔지는 몰라도 지금부터 아주 중요한 이야기를 들을 수 있을 것 같은 기분이었다. 그런데 한참이나 뜸을 들이던 결은 그냥 입을 다무는 쪽을 택한 것 같았다.

"…아니다. 볼일 봐라."

"왜요? 하시던 말씀 마저 하시죠?"

"별거 아니야."

방 안에 두었던 다리를 창밖으로 내보내던 결이 그대로 훌쩍 뛰어내리자 선규는 자리를 박차고 일어섰다.

"어디 가십니까?"

대답은 또 없었다. 휘휘 손을 휘젓고 달려간 결은 어느새 멀쩡한 문을 두고 또 담을 넘고 있었다.

"뭐지? 뭔가 있는데?"

선규는 웃을락 말락 입꼬리를 쏘삭거렸다. 누가 봐도 수상한 결의 행동 뒤엔 어쩐지 녹조가 끼어 있을 것 같았다.

"바라던 일이었지만, 이렇게 효과가 좋을 줄은 몰랐는걸?"

"어휴, 그 아씨 불쌍해서 어쩐대?"

앞치마에 손을 쓱쓱 닦으며 나선 주모는 이어 혀를 크게 찼다.
"어쩌겠어. 그 집에 불려 갔으니 이제 둘 중 하나지."
"어찌어찌 둘인데?"
"뻔하지? 두둑이 받고 물러나 살든가, 아니면 팔려 가서 기생이 되든가."

주막의 한가운데. 널평상에 앉은 사내는 포졸인 듯했다. 주모와 나누는 그들의 대화는 간결했지만 내용은 충실했다. 녹조는 한쪽 구석에 앉아 국밥을 후루룩 뜨며 귀를 기울였다. 뜨거운 국물이 목구멍으로 내려가며 배 속을 단단히 데웠다.

"둘 다 기구하다, 기구해."
주모가 다시 말을 이었다.
"듣자 하니 다른 수가 없었겠더라고."
"그건 또 왜?"

포졸은 아무래도 젊은 주모에게 마음이 있는 모양이었다. 그녀가 바짝 다가서며 묻자 얼굴이 벌게져서는 넙죽 대답을 했다.
"어린 아가씨 혼자서 둘이나 되는 동생들을 어찌 챙기겠는가? 삯바느질이니 뭐니 닥치는 대로 했나 보더라고."
"그런데?"
"그걸로 되겠어? 그래도 양반이라고 동생들은 서당에도 보내는 모양이던데, 어림도 없지."
"아이고, 아이고, 그래서 몸을 팔았구나."
"쉿! 입조심해, 이 사람아. 누가 들으면 어쩌려고?"
포졸이 얼른 나서서 주모의 입을 막았다.

"그 댁이 보통 댁이야? 왕족이야, 이 사람아."

"알아. 나도 모르게 화가 나서 그랬지."

주모가 살살 웃으며 포졸을 달랬다. 은근히 손을 둘러 그녀의 엉덩이에 가져다 댄 포졸이 물었다.

"그래서? 어떠신가? 오늘은 봉놋방 좀 데워 놓나?"

"으흥, 하여간 주책이야."

주모도 싫지 않은 듯 포졸의 어깨를 잡고 이리저리 고개를 꼬던 그때.

"이크, 저기 지나가네."

"어디? 어디?"

사립문 밖을 향하는 포졸의 손길을 따라 녹조도 얼른 고개를 뺐다. 머리를 기다랗게 땋아 내린 규수가 걸어가고 있었다. 품에 안은 보퉁이는 아마도 포졸이 말한 그 바느질감일 것이다. 지친 기색이 만연한 얼굴이었다.

"아이고, 곱던 얼굴이 삭았네, 삭았어."

주모가 들릴 듯 말 듯 혀를 찼다. 녹조도 가는 한숨을 내쉬었다. 국밥을 먹는 동안 들은 이야기에 따르면 걸어가는 규수는 최근 누군가에게 정절을 팔았다. 동생들을 먹여 살릴 돈이 필요해서였다.

그녀의 몸을 산 이는 권세가의 사내라 다들 알면서도 쉬쉬하는 것 같은데, 아마도 이런 일이 이미 한두 번은 아닌 듯했다.

"하여간 있는 놈들이란."

녹조는 작게 중얼거리며 그릇에 남은 국물을 끝까지 마셨다.

배 속은 든든해도 마음 한구석이 싸하게 빈 것 같았다.

상 위에 밥값을 놓고 자리에서 일어나려는데 눈에 익은 한 사내가 주막 안으로 성큼성큼 걸어 들어왔다. 녹조를 발견하고 눈을 위아래로 부라리는 결이었다.

"야, 장녹조!"

"곤하다며 도망간 분이 엄청 팔팔하십니다?"

미간을 모으며 녹조는 한쪽에 두었던 종이 뭉치를 들어 올렸다. 어찌나 무거운지 저절로 잇새에서 끙 소리가 났다.

"종이는?"

뻔히 지금 챙기고 있는 걸 보면서 묻는 건 일부러 약 오르라는 건가? 그가 올 때를 맞춰 이상한 이야길 들어 버린 기분이었다. 가난한 처지에서 벗어나려고 왕족에게 끌려가 몸을 팔았다는 가엾은 규수의 지친 얼굴이 생각났다. 그리고 지금 눈앞에 있는 뻔뻔한 이자 역시 왕족이라는 것이 떠올랐다.

"얼굴은 또 왜 이래? 어디서 긁혔느냐? 피가……."

턱을 건드리는 결의 손을 녹조는 차갑게 피했다.

"별것 아닙니다."

"삐쳤구나? 혼자 보내서?"

녹조는 빤히 결을 올려다보았다. 상관없을까, 이 사내도? 다른 이의 삶이 어찌 망가져도 내 욕심을 채울 수 있다면 아무렇지 않을 수 있는 사람인가?

'아버지!'

'어서 가거라, 녹조야. 뒤돌아보지 말고 가.'
'싫어요. 혼자 안 갈래요. 어머니는요, 아버지는요?'

예쁜 곡선으로 휘어 있던 지붕이 불타올랐다.
이제야 처음으로, 이제야 드디어 혼자 올라갈 수 있게 되었는데.

'가자, 녹조야! 어서 내 손 잡아.'

어머니가 아닌 강씨 부인의 손을 잡고 녹조는 끌려가듯 도망쳐야 했다.

'걱정 마라, 아가. 돌아오실 거야. 강한 분이잖니, 영감께선.'

그날 밤 녹조의 집을 집어삼킨 화마는 그저 장난삼아 누군가가 던진 돌이었다. 돌에 맞은 개구리 따위 몇 마리가 죽어 나가도 아무런 상관 없는, 어떤 나쁜 놈이 던진 돌.

저녁이 되자 비가 많이 쏟아졌다. 서궁의 붉은 기와들을 흠뻑 적시고도 내내 개지 않는 하늘은 정오가 될 때까지 뿌연 먹색이었다.

녹조는 방 안에 앉아 씩씩거리고 있었다.

"아오, 늑댄지 똥갠지 꼴도 보기 싫어."

호랑이를 잡는 일이 장난이 아닌 것은 모두 알았다. 훈련이 불가피하단 것도 받아들였다. 역시나 쉽지 않았고 숙련된 자들도 오후쯤이면 픽픽 쓰러질 정도였다.

"칫! 대군이면 다야? 혈랑이면 다냐고?"

하지만 문제는 그 고된 훈련이 아니었다. 바로 서궁의 주인, 대군 이결. 그 잘난 혈랑의 요상한 짓거리 탓이다.

"심부름하던 날에 내가 알아봤지. 성질 오락가락하는 거."

오늘 아침에도 훈련이 있었다. 사람들은 지친 몸을 이끌고 연병장으로 모였다. 빗방울이 더디게 떨어지기 시작할 무렵 사람들은 연병장을 달리기 시작했다. 한 바퀴, 두 바퀴, 체력이 약한 자들이 먼저 떨어져 나갔다. 녹조는 남은 자들과 함께 열 바퀴를 채웠다.

'아, 정말 죽겠다.'

땅바닥에 주저앉아 헐떡이고 있는데 그가 갑자기 그늘에서 벌떡 일어나 부산하게 뭔가를 챙겼다. 화려한 매화 무늬가 있는 그릇이었다. 결은 그걸 들고 녹조에게 똑바로 걸어왔.

'마셔라.'
'뭡니까?'
'보면 몰라? 물! 특별히 얼음 하나 넣었다. 아주 비싼 거.'

'물이요?'

'얼른. 지금 딱 시원하다니까?'

갑작스러운 과잉 친절이라 녹조는 다른 사람들의 눈치를 살피지 않을 수가 없었다. 다들 고되게 같이 뛰었는데, 혼자만 특별한 대우를 받는 것처럼 보이고 싶지 않았다. 안 그래도 혼자만 심부름을 다녀온 이후 다들 시선이 곱지 않은데.

'그, 그런 걸 왜 저를 주십니까?'

'그냥.'

눈알을 이리저리 굴리다가 녹조는 물그릇을 밀어내고 자리에서 일어났다.

'됐습니다. 귀한 건 대군께서 드십시오. 저는 다른 사람들과 마시면 됩니다.'

한번 거절을 했으면 대충 눈치를 채면 좀 좋아? 그녀의 바람은 아랑곳없이 그는 끝까지 녹조의 뒤를 따라왔다.

'그냥 이거 마시지? 이놈 저놈 다 마시는 저런 거보다 낫잖아.'

순간 모든 이놈 저놈들의 시선이 그에게 쏠렸다. 아니, 그와 함께 있던 녹조에게도 쏠렸다. 뭐라도 잿더미가 되기 전엔 꺼지지 않을 듯 이글거리는 눈빛이었다.
"그런 걸 주려면 좀 조용히 따로 불러서 주든가."
그렇게 일을 저질러 놓고 혼자서 홀랑 또 그렇게 사라지면, 남아 있는 사람의 입장은 어찌 되느냔 말이다.
아무튼 그 후의 훈련은 망했다. 완전히 망해 버렸다. 그 은근한 따돌림이라니. 녹조는 아무와도 조를 이루지 못해, 내내 혼자서 활을 쏘고 혼자 땅바닥을 굴렀다.
훈련이 거의 끝날 즈음엔 비도 많이 왔다. 다들 비를 맞아서 꼴이 엉망이었는데 비단옷을 입고 나타난 결이 그들을 비웃었다.

'아이씨! 깜짝이야. 거지 패라도 들어온 줄 알았네.'

그 순간 녹조는 들고 있던 활에 화살을 걸까 생각했다. 건들건들 웃으며 지나가는 그의 머리통이라도 맞히면 기분이 좀 나아지지 않을까? 그런 위험한 상상을 했다.
"그게 할 말이야? 어? 비 오는 날 고되게 훈련한 사람들에게 걸인 패라니, 그게 할 말이냐고? 아악, 짜증 나는 놈."
두꺼운 이불을 끌어 덮고 옆으로 누워 녹조는 마구 발길질을 했다. 다행히도 그녀의 한숨을 옆에서 들어 주는 사람이 있었다.
"워워, 그러다가 또 벽에 머리 박는다."
"너는 짜증 안 나? 같이 봤잖아."
산에서 만났다면 충분히 곰으로 착각했을 법한 덩치를 가진 그의 이름은 한두솔. 녹조와 같은 마을 출신의 사냥꾼이었다.

서궁으로 오기 전 녹조는 두솔에게 소식을 남겼었다. 좋은 기회가 있으니 서궁으로 오라고.

결의 도움으로 겨우 위기를 모면하던 그날. 함께 이곳으로 돌아왔을 때, 두솔은 뜻밖에도 연병장 한가운데서 포효하고 있었다. 함께 있던 경쟁자들을 다 물리치고 혼자 멀쩡하게 서서는 가슴팍을 두드리며 날뛰는 두솔의 모습은 한 마리 곰 같았다.

"뭐, 나는 힘쓰는 쪽이니까. 궁사들 훈련은 제대로 못 봤어."

두솔은 머리를 긁적이며 느리게 웃었다. 그러다가 정색을 하고 물었다.

"정 그렇게 마음에 안 들면, 그냥 때려치울래?"

"어떻게 그래. 은 한 궤짝이 걸렸는데."

"그깟 은이야 다른 데서 벌면 되지. 너한텐 이 오라비가 있잖아."

"그걸 언제 다 벌어? 몇 년째 벌었어도 아직 그거 반도 못 채웠어. 그리고 두솔이 너! 자꾸 나 어린애 취급하지 마. 어차피 한 살 차이밖에 안 나잖아."

"일 년하고 석 달이나 먼저거든. 오라버니라고 불러 주면 어디가 덧이라도 나냐?"

녹조의 말투가 아무리 쌩해도 두솔은 사람 좋은 얼굴을 하고 허허 웃었다. 사내다운 우람한 몸, 얼굴에 남은 자잘한 흉터. 두솔은 누구의 눈에도 강한 사냥꾼처럼 보일 사내였다. 녹조는 언제나 그게 제일 부러웠다. 그가 가진 강함이.

"오라비는 무슨? 간지럽게. 한두솔은 한두솔이지, 콜록콜록."

"어, 기침 또 하네? 정말 고뿔이 온 것 아니야?"

종일 비를 맞고 굴렀으니 어쩌면 당연한 결과였다.

"이깟 고뿔 뭐가 대수라고. 나가기나 해. 옮기 싫으면."

"오구오구, 오라버니 감모 들까 걱정하는 거야? 그래도 내 걱정해 주는 건 우리 녹조뿐이라니까."

"손은 좀 치우고. 나가라고, 제발."

녹조는 화를 내며 두솔의 손을 제 머리에서 치웠다.

"그래, 알았어. 알았으니까 성질 좀 부리지 마."

두솔의 눈엔 아쉬움이 가득했다. 어떤 땐 너무 안쓰러운 어린 누이처럼 보였다가, 또 어떤 땐 가슴을 후끈하게 하는 여인으로. 녹조는 두솔에게 그런 의미였다. 반드시 지키고 싶고 또 언젠가는 반려로 맞고 싶은 단 하나의 사람.

"나가, 얼른."

"알았어. 나가 있을게. 필요한 거 있으면 불러. 바로 앞에서 훈련하고 있을 테니."

"아직 비 오는데?"

"내가 너 같은 약골이냐? 걱정 말고 잠이나 자든지."

"응."

웃고 있는 두솔에게 녹조는 그제야 얌전히 고개를 끄덕였다. 겉으로는 툴툴거리고 대들어도 그녀에게 두솔은 고마운 사람이었다. 한결같이 곁을 지켜 준.

"녹조야."

"응?"

"가끔은 좀 약해도 괜찮아. 조금 허술해도 너한테 손가락질할 사람 없어."

녹조는 고개를 끄덕였다.

"알아."

그런 점을 염려한 적은 한 번도 없었다. 다만 숨이 차게 헐떡이기라도 해야 조금이라도 마음의 짐이 비워지는 것 같았다.

"알면 좀 내려와. 무슨 일이 있어도 너랑 수로는 내가 지킬 거니까. 나만 믿어."

"칫."

"좀 고맙냐? 감동이야?"

"응. 쥐 새끼 발톱만큼."

농을 건네며 녹조는 듬직한 두솔의 어깨에 머리를 기댔다. 따뜻하다. 크고 단단하고 강하고. 그녀 하나쯤 돌봐 주는 건 두솔에겐 그다지 어려운 일이 아닐지도 몰랐다.

그래도 싫었다. 돌봐 줘야 하는 존재가 되는 건. 지켜야 하는 존재가 되고, 그래서 또 누가 희생되면 남은 자는 영원히 아플 뿐이었다. 전혀 고맙지 않다.

"어떤 쥐 새끼 발톱이 그리 크냐."

"바보, 한두솔."

"오냐, 오냐."

그의 두꺼운 손바닥이 다시 머리를 쓰다듬었다. 지금 그가 어떤 생각을 하고 있는지 이제는 묻지 않아도 알아 버리는 녹조였다.

'내가 지킬 거야, 우리 누이는.'

호랑이에게 팔이 잘린 수로가 다시는 입 밖으로 꺼내지 않는 그 말이 언제부턴가 두솔의 몫이 되어 있다는 것.
"정말 왕 바보 한두솔."
"이게, 오라비더러 자꾸 바보래."
"고마워. 대신 두솔이 넌 내가 지켜 줄게!"
"알아, 인마!"
"그럼, 이제 우울 끝."

진한 한숨을 끝으로 녹조는 그의 어깨에서 머리를 들어 올렸다. 그녀의 예쁜 입술이 웃는 것을 보며 두솔은 고개를 끄덕였다.
"장하다, 우리 녹조."

언젠가, 언젠가는 녹조가 이런 사내 옷을 벗어 버리고 온전히 여인이 되는 날이 올 것이다. 그땐 꼭 그 곁에 자신이 서 있고 싶었다. 지금처럼 곁다리가 아닌 그녀의 사내로서.

그러나 지금은 그저 녹조가 아무런 생각도 하지 않길 바랐다. 마치 죄인처럼 수로만 보고 있는 그녀가 웃었으면 싶었다.
"비가 저렇게 오는데, 정말 나가서 훈련할 거야?"

꼬물꼬물 움직여서 방문을 활짝 열어 버린 녹조가 두솔을 돌아보며 물었다. 그러나 두솔의 대답은 아까와 같았다.
"해야지. 그래야 호랑이도 잡고, 돈도 벌지. 그래야 우리 마을 최고의 사냥꾼답지 않겠어?"

녹조가 즉시 반박했다.

"무슨 소리야. 최고는 나지. 내가 마을에 가져다 둔 산돼지 못 봤어? 집채만 한 거?"

"야, 그게 집이면 내가 잡은 건 산이다."

"세상에 산만 한 돼지가 어딨어?"

"그럼 집만 한 건 있고?"

눈이 마주쳤다. 어깨가 들썩이고 다급하게 입술을 물고, 그러고도 결국 참지 못해 터진 웃음은 꽤 오랫동안 이어졌다.

"웃으니 좋네."

다시 한번 그녀를 쓰다듬고 싶었지만 두솔은 그저 속으로 한숨을 삼켰다. 그럼 되었다고 생각했다. 녹조가 웃고, 그 곁에 자신이 있다면. 녹조가 울 때도 곁에 있어 줄 수만 있다면.

그럼 당분간은 더 욕심부리지 않을 수 있었다.

"수로야, 낚시 가자."

사립문 밖에서 들리는 소리에 수로는 단박에 고개를 내밀었다.

"어디로 갈 거요?"

"뒷산 개울. 거기서 지난번에도 팔뚝 같은 물고기 잡았다."

"그럼 가겠소. 잠깐 기다리오."

친구들을 밖에 세워 놓은 채 문을 닫았던 수로는 금세 다시 밖으로 나왔다. 한손에 야무지게 낚싯대도 챙겨 들었다.

"이야, 그거 너희 아부지가 만들어 주신 거냐?"

반짝반짝하게 표면을 닦아 낸 대나무 낚싯대는 아이들이 들고 있는 것보다 한두 뼘은 더 길었다. 손잡이에 튼튼한 쇠가 달려 있기 때문이었다.

"당연하지 않소. 우리 아부진 마을 제일의 철장인데."

어깨에 힘이 들어간 수로가 으스대자 아이들이 까르르 웃었다.

"그런 게 있으면 팔이 하나밖에 없어도 큰 거 잡겠다."

한 아이가 웃으며 말했다.

"그래서?"

순간 싸늘하게 가라앉은 수로의 표정에 다른 아이들도 우물쭈물 눈치를 보았다.

"미안해, 수로야. 너 놀리려고 한 말은 아니야."

실언한 아이가 바로 사과했다. 눈썹을 누그러뜨린 아이의 얼굴에서 진심이 느껴졌다. 수로도 알고 있었다. 마을 안 사람들 누구도 그게 수로의 잘못이 아니란 것을 알고 있으니까.

"나도 아오."

"진짜 미안해."

"그만 됐소. 낚시나 하러 갑시다. 이러다가 물고기들이 다 도망가겠소."

"그, 그래. 얼른 가자."

보고 있던 아이들이 재빨리 개입하자 금세 웃음꽃이 피었다. 아이들을 따라 뒷산으로 뛰며 수로는 빈 한쪽 팔을 내려다보았다.

호랑이가 먹어 버린 팔이었다.

그날, 마을에 호랑이가 들어왔었다.

그 전달 홍수로 무너졌던 목책을 손보는 것이 조금 늦어졌었는데, 놈은 그 틈으로 교활한 머리를 들이밀었다. 마을의 사내들은 늘 그렇듯, 여인과 아이들을 먼저 은신처에 숨겼다. 그런데 아무리 찾아도 녹조가 없었다.

"녹조가 없어요."

"뭐?"

"아침에 뒷산으로 토끼 덫을 보러 나갔었는데, 아직 안 왔나?"

두솔의 말에 녹조 아버지 연 씨가 단박에 일어섰다. 이미 활을 챙겨 든 채였다. 수로는 구석에 앉아 그 모습을 빤히 지켜보았다.

"같이 가세."

힘 좀 쓴다는 어른들이 연 씨를 따라 일어섰다. 거기에 두솔도 끼어 있었다. 그래서 몰랐다. 누이가 없다는 사실에 놀라 당황하고 있던 수로가 혼자 빠져나갔다는 것을.

다행히도 영리한 녹조는 호랑이를 피해 잘 숨어 있었다. 뒷산에서 가장 큰 나무 위에 올라가서 아래를 지켜보며 호랑이가 마을에서 나가기를 기다리고 있었다고 했다.

하지만 불행히도 마음에 드는 먹이를 구하지 못한 호랑이는 계속해서 마을을 맴돌았다. 그리고 드디어 보았던 것이다. 물어 가기 딱 좋은 어린 사내아이가 홀로 빈 마을을 뛰어다니는 것을.

언덕에서 내려오던 일행이 수로를 발견했을 땐, 호랑이도 역시 수로를 노리던 참이었다. 놈은 눈을 빛내며 단박에 수로에게 달려들었다.

"안 돼, 수로야!"

짐승의 커다란 숨소리, 달려오는 발소리. 당황한 수로가 도망도 치지 못하는 사이 가까이 다가온 번뜩이는 어금니는 손쉽게 수로의 어깨를 물어뜯었다.

"아아악!"

비명을 지르며 보았다. 달려오려는 누이를 말리는 아버지와 화살을 겨누고 있는 두솔이 형의 모습.

아아, 누이는 무사하구나. 순간적인 안도감에 정신을 잃고 다시 정신을 차렸을 때, 사람들은 모두 걱정스러운 얼굴로 수로를 보고 있었다.

"정신 드냐, 수로야?"

"누이는? 우리 누이는요?"

눈을 뜬 수로는 가장 먼저 녹조를 찾았고 그 소식에 달려온 녹조의 얼굴은 엉망이었다.

"난 사내잖아. 괜찮아, 울지 마. 울지 마, 누이."

"수로야, 미안해. 수로야, 네 팔, 네 팔이……."

그날 수로는 팔 하나를 잃었다.

"얼굴이 그게 뭐야? 누가 우리 누이 얼굴 이렇게 만들었는데? 다 혼내 줄게. 누이를 울게 하면 내가 다 혼내 줄 거야."

"수로야."

"울지 마. 울면 더 못생겨져."

그날부터였다. 수로가 이상한 말투로 어른의 흉내를 내기 시작한 건. 어떻게 해서든 빨리 자라서 녹조를 울리고 싶지 않다고 했다.

"두솔 형."

"수로야!"

"형이 우리 누이 좀 말려 주오."

"녹조? 녹조가 왜?"

"말려 주오, 좀."

울먹이며 두솔을 찾아간 수로의 부탁은 사냥꾼이 되겠다는 녹조의 결심을 말려 달라는 것이었다.

"누구한테 이상한 소리를 들은 것 같소. 서역인가? 하는 나라에 팔을 만드는 사람이 있다고 말이요."

"팔?"

"그게 금이 많이 든다 하오. 그래서 누이는 사냥꾼이 되겠다고 자꾸 고집을 부린단 말이요."

울먹이는 수로의 부탁에 달려간 두솔의 만류는 녹조를 막지 못했다. 기어이 이듬해 마을을 떠나더니, 정말로 돈을 벌어서 보내기 시작한 것이다.

"야, 장수로. 무슨 생각 해. 찌가 움직이잖아."

"뭐?"

"물었다고, 물고기!"

"아차!"

수로는 서둘러 낚싯대를 위로 들어 올렸다. 적잖이 살집이 오른 물고기가 퍼덕거리며 사방으로 물방울을 튕겼다.

"와아, 잡았다."

"오늘도 수로가 제일 먼저야."

"지난번에 잡은 놈보다 더 커."

힘차게 퍼덕이는 물고기와 친구들의 칭찬을 들으며 수로는 코끝을 움직였다.

"아부지께 자랑해야겠소."

조금씩 웃음이 났다. 팔을 잃은 건 어쩔 수 없다고 생각했다. 오히려 그때 그 호랑이 놈이 누이가 아니라 제게 달려들어 다행이었다. 수로는 시큰해지는 코밑을 억세게 문질렀다.

"강해질 거요, 나는."

할 수 있다. 팔 하나 없는 게 무슨 대수라고. 조금 더딜지는 몰라도, 언젠가는 내가 이 손으로 우리 누이를 지킬 거니까.

비는 사흘을 내리 내렸다. 어쩐 일인지 대군의 닦달이 없어서 훈련도 비와 함께 사흘을 쉬었다. 녹조는 여전히 고뿔로 고생하고 있었다. 운신하지 못할 정도는 아니지만 가끔은 열이 올라 맹한 얼굴을 하고 서궁 안을 돌아다녔다.

저자에선 그사이 임금께서 보내신 착호군이 인왕산에서 철수했다는 소식이 돌았다. 각고의 노력 끝에 호랑이 두 마리를 잡았지만 그걸로 끝. 정작 잡아야 할 산군은 흔적도 없었다고 했다.

산군이라는 놈은 착호군들이 철수한 날 비웃듯이 나타나 또다시 사람을 물어 갔다. 그러고는 다시 흔적도 없이 사라졌다.

"그놈은 이미 미물이 아니라니까."

"맞어. 분명 어디서 다 보고 있었던 게 틀림없어."

정말 귀신이 곡을 할 노릇이었다. 어째서 흔한 터럭이나 똥 한 덩어리도 없는지. 신출귀몰한 놈이었다. 일이 그리되자 인왕산 인근 지역엔 낮에도 사람의 그림자를 찾을 수가 없었다. 저자엔 또다시 메아리처럼 서궁을 바라는 노래가 울려 퍼졌다.

서산(西山) 사는 늑대야. 뻘건 털 휘날리는 늑대야.
어서 와서 창귀 머리 잡아먹어라.
지난밤 딸깍질에 잠 못 자던 우리 아기, 오늘은 고이고이 속잠 자게.

그러나 정작 서궁은 움직이지 않았다. 그럴수록 백성들은 혈랑께서 언제 호랑이를 잡으러 떠나실지, 그 날짜만 헤아렸다.

"이제 시작하시죠?"

"뭘?"

"이러다 근자의 백성들이 다 물려 죽겠습니다."

보다 못한 선규가 나섰다. 그래도 결의 대답은 심드렁했다.

"대체 언제까지 좌시하실 참입니까?"

"내가 그래 보여?"

"아닙니까?"

"맞아."

"대구운!"

"작게 말해도 다 들린다니까. 이 방에 너랑 나밖에 없잖냐."

결은 아예 창턱에 발을 얹고 비스듬히 눈을 감았다. 낯빛이 별로 좋지 않았다. 여지없이 어젯밤에도 사기에 시달리느라 잠을 이루지 못한 탓이었다.

녹조의 무릎에서 방해 없이 잠을 잔 이후, 그는 틈만 나면 그녀를 살폈다. 그날의 일이 우연이었는지, 아니면 정말 그녀에게 어떤 기운이라도 있는 건지 알고 싶었다.

'장녹조. 장녹조라.'

하필 그 아이의 이름을 가진 여인. 혹시 이름 때문인가.

"대군, 저 좀 보십시오."

다시 상념에 빠져들려는데, 여지없이 선규가 산통을 깼다.

"선규야."

"예."

"너 안 바쁘냐?"

선규는 아침나절 비가 그치기가 무섭게 찾아왔다. 이유는 하나였다. 아랫것들이 이미 떠들고 다니는 그 소식이 선규의 귀에도 들어갔기 때문이다. 사람이 또 물려 갔다는.

초조하게 구르는 선규의 발바닥은 꺼멓게 지저분했다. 아마도 소식을 듣고 맨발로 여기까지 뛰어왔을 것이다.

"하여간 물러 빠진 놈."

 선규는 사람들이 죽는 것을 싫어했다. 힘이 없어서 제대로 대응도 하지 못하는 이들의 죽음엔 더 민감했다. 조급하게 구는 그 마음에 어떤 상처가 있는지 알기에 아무 말 하지 않고 있지만, 결은 이대로 항복하고 싶지 않았다.

 백성들의 원성이 지금보다 더 높아지면 궐에선 하는 수 없이 서궁에 손을 벌릴 것이다. 결은 그때를 기다리고 있었다. 제발 이제 좀 나서 달라는 구원 요청을.

"저들은 다 준비가 되었습니다. 그깟 착호군보다 수배는 강한 자들입니다."

"알아. 숨어 있는 짐승을 찾는 데 저들보다 더 뛰어난 자들은 없지. 그래도 아직이야."

"왜요?"

 답답해하는 선규에게 결은 또 웃어 보였다. 그게 조르는 심정을 더 애타게 했다.

"왜요오?"

"나도 어쩔 수 없는 그 집안 핏줄인가 봐."

"무슨 말씀이십니까?"

"수가 틀렸나? 아무런 득도 없이 공으로 대신 액을 맞아 주긴 싫어. 찔릴 때 찔리고 베일 때 베이더라도 말이야. 우리도 남는 게 있어야 하지 않겠어?"

"그래서 뭘 남기시려고요?"

"글쎄."

결은 고개를 저었다.

뭘 남기고 싶은 건지. 백성들의 신임도 얻었고, 어지간한 적들의 도발에 꿈쩍하지 않는 힘도 있었다. 그런데 어째서 자꾸만 어미젖을 조르는 애처럼 울고만 싶은 걸까.

"대군."

"칭찬이라도 듣고 싶은가 보지."

"예?"

"한 번이라도 말이다."

뜻밖의 진심에 선규는 입을 다물었다. 아무렇지 않은 얼굴로 창밖을 보고 있지만 수십 번, 수만 번 후벼진 결의 가슴 안은 이미 너덜너덜했다. 그리고 그걸 누구보다 잘 알고 있는 것은 선규였다.

그래서 선규도 물러날 수 없었다. 아직 결에게는 말하지 않았지만, 이서덕의 움직임도 슬슬 본격적이었다. 그를 견제하고 이쪽도 준비를 하려면 의심 없이 밖으로 나다닐 시끄러운 이유가 필요했다.

호랑이 사냥 같은 시끌벅적한. 그 소란함에 엎드려 당분간 적의 눈을 교란할 작정이었다.

"그럼 더 움직이셔야죠."

"사당패처럼 춤이라도 출까?"

"그래야 적어도 돌아봐 주니까요. 궐 안의 높은 시선들은."

틀린 말이 아니라서 결은 웃음이 났다. 이제껏 목숨을 유지하고 살아남을 수 있었던 이유 역시 일맥상통하니까.

"딱 열흘만 더 두고 보자."

"닷새 드리겠습니다."

"나랑 흥정하자는 게냐?"

"감히 제가 어찌 주인과 흥정을 하겠습니까? 다만."

"다만, 뭐?"

"본업이 장사치인지라, 잇속을 따지지 않을 수는 없어서요."

선규의 말에 결이 눈을 가늘게 떴다. 이 고얀 놈. 그냥 좀 기다리자는데 잇속?

"하루 세끼 고기반찬을 먹이고, 잠자리 제공에 입성까지 책임지고 있습니다. 다, 제가 번 돈으로요."

"그거 얼마나 한다고?"

"선별한 사냥꾼은 모두 스물. 그들을 보살필 하인들도 열이나 충원했습니다. 하나같이 장정들이라 어찌나 먹어대는지, 사흘에 돼지 한 마리는 거뜬하게 먹어 치웁니다."

"사흘에 한 마리?"

"자, 그렇다면 돼지 한 마리가 얼마냐?"

선규가 소매 속에서 산판(算板)을 꺼낸 순간 결은 다급하게 입을 막았다. 산판을 꺼낸 이후의 선규는 절대로 이길 수 없는 상대가 되기 때문이었다.

"알았다! 그럼 여드레!"

"닷새!"

"이레!"

선규는 어림없다는 듯 입술에 미소를 띠었다.

"돼지만 먹느냐? 그건 또 아니거든요. 쌀이며 부식이며 그것까지 계산하면……."

"알았다. 닷새!"

"나흘!"

"차라리 다 그만두랴? 나와 흥정할 생각 말아라. 네 주인은 나야."

"알겠습니다. 그럼 닷새. 그 후엔 움직이셔야 합니다."

"끝까지 고얀 놈. 꼭 그렇게……."

결은 깊이 한숨을 쉬었다. 결국 아무런 대가도 없이 선규가 처음부터 원했던 닷새를 챙겼다는 것은 나중에야 깨달았다.

"누가 장사치 아니랄까 봐. 짜다, 이놈아."

흐뭇한 얼굴로 산판을 다시 넣는 선규에게 뭐라 뒷말을 붙이려던 차였다. 멀리 창밖, 가파른 언덕을 달려 올라가는 작은 인영이 결의 시선을 빼앗았다.

"녹조 낭자?"

선규도 보았는지 창가로 다가섰다.

"어딜 또 빨빨거리고 가는 거야, 저 녀석? 어쩐 일로 옆에 곰도 없고."

"아침에도 기침하던데요? 아직 고뿔도 낫지 않았는데 말입니다."

결은 인상을 찡그렸다. 그녀가 요 며칠 조금 앓고 있다는 건 그도 알고 있는 사실이었다. 다행히도 두솔인지 뭔지 하는 곰이 옆에 붙어 살핀다기에 귀찮은 일은 덜었지만.

"하여간 손 많이 가."

그들의 시선에도 불구하고 작고 날렵한 그림자는 울창한 숲으로 금세 숨어들었다.

"어어?"

하필 서궁의 영역 중 가장 험한 지형이 널린 곳이었다.

"저러다가 길을 잃는 것 아닐까요?"

선규의 한숨을 들으며 결은 옆에 두었던 검을 챙겨 서둘러 몸을 일으켰다.

"어디 가십니까? 아직 비가 오는데?"

"저거 따라간다."

저거란 빤했다. 위험 지역으로 사라진 녹조를 말함이니.

"곧 해가 집니다."

"석반은 준비하지 마라. 저 녀석 다시 데려다 놓고 잠시 어디 좀 다녀올 거야."

"하던 이야기는 마무리하셔야죠."

"알아서 해."

결은 대답을 하는 둥 마는 둥, 겉옷까지 챙기더니 이내 훌쩍 창을 뛰어넘었다.

"정말 제가 알아서 합니다? 지금 그렇게 말씀하셨습니다? 예?"

"그래. 그러라고."

얼버무린 대답으로 기회 삼으려고 선규가 끝까지 물었다. 하지만 그마저 들었는지 못 들었는지, 결은 이미 건너편으로 보이는 언덕을 향해 전력 질주하고 있었다.

'알아야겠다. 너로 인해 생겼던 그날의 이적, 그 이유.'

7. 누가 아무 데서나 막 벗으래?

 선규를 떼어 내고 달려온 결은 조용히 녹조의 뒤를 따랐다. 그녀가 사정거리에 들어온 이후부터는 스스로 기척도 없애면서, 따라가는 것을 눈치채지 못하게 공을 들였다.
 "어딜 가는 거야? 곧 해도 지는데."
 서궁 안에, 녹조가 여인이라는 것을 알고 있는 사람은 넷뿐이었다. 어릴 적부터 알고 지냈다던 두솔, 선규, 결과 녹조 자신.
 다행히도 결과 선규가 싸고 감춘 덕에 다른 사냥꾼들은 전혀 눈치채지 못한 모양이었다.
 "하지만 저래서야 오래 못 버티겠어."
 결은 속으로 혀를 찼다. 이미 알고 있어서 그런 걸까? 눈을 반쯤 감고 보아도 그녀는 여인이었다. 손목하며 발목하며, 목덜미는 또 어떻고. 아주 가끔은 꽤 예쁘게 보이기도 하는 얼굴.
"들키는 건 시간문제지."
서궁으로 데려온 이후, 녹조의 안위는 결의 책임이었다.

'당연히 대군께서 낭자를 보호하셔야죠. 제가 무슨 힘이 있겠습니까?'
'선규, 너 인마!'
'아무리 혈랑이라도 들키면 곤란해지지 않겠습니까? 사내들 하는 일에 여인을 끼웠으니?'
'그러니까, 네놈이 저지른 일이잖아?'
'어이쿠, 무서운 말씀 마십쇼. 소생은 제안만 드렸지요. 직접 가서 데려오신 건 대군입니다. 안 그렇습니까, 녹조 낭자?'
'나더러 어쩌라고?'
'어쩌긴요. 딱 붙어 계십쇼. 무슨 일이 생길 것 같으면 잽싸게 막으시고.'

생글생글 웃으며 책임을 떠넘기던 그놈에게 녹조가 얼마나 적극적으로 동참했는지는 떠올려 봐야 머리만 아팠다.
"대체 어딜 가는 거냐?"
겁도 없이 그녀는 자꾸만 깊은 숲속으로 들어서고 있었다. 가끔 걸음을 멈추고 기침을 토하는 어깨가 작아서 눈길이 갔다.
"몸도 성치 않은 녀석이."
표정과 달리 그녀를 따르는 결의 발은 여전히 부지런했다. 빽빽하게 자란 나무 사이로 하늘을 확인했다. 산속에선 해가 더 빨리 지는 법이다. 사냥꾼인 그녀가 모르지 않을 텐데, 점점 더 빨리 걷는 그녀는 발길을 돌릴 생각이 없어 보였다.

"이러다 진짜 해가 질 것 같은데, 무기도 없이."

그녀의 손에는 작은 보퉁이 하나가 전부이고, 늘 지니고 다니던 활도 없었다. 방향을 보니 목적지는 정상인가?

"이대로 쭉 가면 온통 바위 봉우리뿐인데."

실은 며칠 전 혹 그녀가 간자(間者)인 건 아닐까 하는 생각을 했었다. 궐에서 붙였거나, 아니면 궐을 위해 일하는 자들이 자신들의 충심을 증명하기 위해 붙인. 그러나 그렇게 보기엔 그녀는 너무 허술하고 빈틈이 많았다.

'그거 피해망상입니다, 대군. 아무나 의심하는 습관 좀 고치십쇼.'
'수상하지 않아? 저 정도의 실력자가 갑자기 나타난 게?'
'글쎄, 제가 다 알아봤다니까요.'

선규 놈의 잔소리가 들리는 것 같았다. 하긴 간자라기엔 너무 눈에 띄는 외모지. 그건 결도 알고 있었다. 그저 답답해서 해 본 소리일 뿐. 그녀는 단 한 번도 주위를 두리번거리거나, 누가 따라오는지 확인하지 않았다.

'간자의 걸음이 저렇게 당당할 리 없지.'

그래도 만약을 대비해 결은 검을 단단히 고쳐 쥐었다. 조금이라도 수상한 짓을 하면 보퉁이부터 베어 버릴 생각이었다. 그러나 그런 결의 생각은 녹조가 산마루에 이르렀을 때 눈석임처럼 사라지고 말았다.

'치마?'

따라오며 내내 궁금했던 보퉁이에서 그녀가 여인네들의 옷을 꺼내 들었을 때 말이다. 질 좋은 옷감으로 지은 것은 아니지만, 수수하고 단아한 색으로 지은 옷은 분명 치마저고리였다.

널따란 바위가 있는 곳에 이르자 녹조는 거침없이 입고 온 것을 벗어 던지고 가져온 옷으로 갈아입었다. 작고 하얀 어깨가 여과 없이 달빛에 드러났을 때, 결은 재빨리 시선을 다른 곳으로 돌렸다.

"저 녀석, 아무 데서나 훌렁훌렁······."

시선을 돌려도 뿌옇고 하얀 그림자가 남아 있는 것 같았다. 당황하는 결의 심정을 알 리 없는 녹조는 주섬주섬 손가락으로 빗질을 해서 얌전히 머리까지 내려 묶었다. 그러고는 작은 한숨을 내쉬었다.

"이제 준비 다 했다."

혼자서 중얼거리는 그녀를 다시 돌아보았을 때, 녹조는 서쪽을 향해 반듯이 서 있었다.

'뭘 하려는 거지?'

의문은 길지 않았다. 조심히 치마를 잡고 선 그녀가 서쪽을 향해 절을 했기 때문이다. 한 번, 그리고 또 한 번. 산 사람을 위한 인사가 아니었다. 이승에 없는 사람에게 갖추는 예다.

자세히 보니 조악하긴 해도 작은 도깨그릇에 마른 떡도 올렸다. 인사를 마친 후에는 그녀는 한참이나 같은 방향을 보며 서 있었다.

'공연한 것을 보았군.'

결은 조용히 발길을 돌렸다. 보아선 안 될 것을 본 것 같아 마음이 착잡했다. 그런데 그때였다. 미동 없이 서 있던 그녀가 갑자기 그를 불러 세웠다.

"다 보셨으면 그만 나오셔도 됩니다."

"……?"

결은 우뚝 발을 멈췄다. 그녀는 아직 등을 돌리고 서 있었다. 산에 오르는 사이 해는 이미 지고, 뿌옇게 별무리가 번진 밤이었다. 하늘 아래 외롭게 선 그녀를 혼자 두고 가는 것이 그다지 내키지 않았고, 그래서 아주 잠시 머뭇거렸을 뿐인데. 기척을 느꼈나? 결은 최대한 담담하게 돌아서며 물었다.

"언제부터 알았는데?"

"얼마 안 됐습니다. 소리가 났거든요."

"그런데도 천연덕스럽게 할 일을 다 했단 말이야? 보고 있는 걸 알면서?"

"오히려 안심했습니다. 그냥 보고만 있는 것을 보니, 나쁜 놈은 아닌가 보다 싶었죠."

"나쁜 놈?"

"아니시잖아요? 뭘 새삼 발끈하십니까?"

녹조는 그제야 몸을 돌리며 방긋 웃었다. 급히 닦은 눈물 자국이 지금 나온 별빛에 잠깐 반짝거렸다. 몰래 흘린 눈물을 들키고 싶지 않을 것 같아 결은 얼른 시선을 비꼈다.

"정말 나쁜 놈이었으면 어쩌려고? 무슨 사냥꾼이 이렇게 경계심이 없어……."

"여차하면 도망치면 되죠."

그녀는 고개를 숙이며 부스스 웃었다. 뽀얀 달빛이 더욱 뽀얀 목덜미로 내려앉았다.

"그런데 대군, 혹시 다 보셨습니까?"

"어?"

"다 보셨냐고요."

결은 확 얼굴을 붉혔다.

"그야, 어쩔 수 없지. 그, 그렇게 막 벗어 버리는데 어떻게 못 보겠느냐."

정말 서둘러 둘러대야 했다. 아무리 그녀가 대찬 사냥꾼이라도 사내에게 속살을 들킨 것까지 아무렇지 않을 수는 없을 테니. 아니나 다를까 그의 변명을 듣고 있는 녹조의 눈동자가 불안하게 흔들렸다.

"예?"

"다 벗기 전에 고개 돌렸어."

"지, 지금 무슨 말씀 하시는 겁니까? 설마 옷 벗는 걸 보셨다고요?"

그 순간 결은 정말 진한 식은땀이 등을 타고 내려가는 것을 느꼈다.

"고, 고개 돌렸다니까!"

"저는 우는 것을 들켰을까 봐 여쭌 건데요? 자꾸만 대군께 우는 모습을 들켜서, 민망해서."

손가락으로 얼굴에 남은 눈물 자국을 가리키는 녹조의 턱이 산마루에 자란 풀꽃처럼 경악으로 발발 떨렸다.
"…야, 너는 그걸 왜 이제 말하느냐?"
"정말 보셨습니까?"
"다는 못 봤어. 다는."
"어쨌든 봤다는 거잖아요?"
"그러게 누가 그렇게 막 벗으래?"
"벗는다고 다 봐요?"
양팔로 가슴을 끌어안은 녹조는 한껏 억울한 표정이었다.
"그럼 어쩌겠느냐? 네 녀석이 갑자기 옷을 벗어서 나도 당황했다."
결은 새빨개진 얼굴을 반대쪽으로 돌렸다. 내내 사내처럼 굴던 그녀의 홍조 어린 여인 흉내에 가슴이 요상하게 쿵쿵거렸다. 되새기지 않으려고 했는데 떠오른다. 달빛 아래 희고 가는 어깨, 사내들 옷에 가려졌던 보윰한 가슴 언덕이 숨 쉴 때마다 오르내리던 것도, 얼굴보다 더 엷던 살갗의 색도. 가슴속이 사당패 꽹과리 소리처럼 시끄러웠다.
"아, 정말 미치겠네."
두 사람은 서로 반대편을 바라보고 서서 한참이나 말을 건네지 않았다. 그렇게 얼마나 서 있었을까. 흥분으로 솟았던 호흡이 어느 정도 가라앉았을 때 결이 물었다.
"그런데 저건 뭐야? 혹 누구의 기일이냐?"
"어머니요."

대답도 안 할까 봐 잔뜩 걱정을 했는데 뜻밖에도 순순한 대답이 들렸다. 대답을 들으니 화가 났다.

"그럼 언질을 주든지, 아니면 한두솔이라도 챙겨 올 것이지. 들키면 어쩌려고 혼자 여길 와?"

"들키기 전에 알아서 이렇게 보호해 주시잖아요. 그런데 정말 옷 갈아입는 거 다 보셨습니까?"

"그만하거라. 다 못 봤어. 정말이야."

"불안하지만 믿어 드릴게요, 오늘은."

오늘은 믿어 준다는 게 무슨 뜻일까? 어머니 기일이라서? 결이 빤히 보는 것을 아는지 모르는지 녹조는 치맛단을 발로 차며 자꾸 웃었다.

치마를 입혀 놓은 탓이 분명했다. 그렇지 않고서는 설명이 되지 않는 너무 고운 미소였다.

"점입가경이군."

결은 입술을 씹으며 애꿎은 바위에 툭 검 끝을 부딪쳤.

아무래도 눈이 또 미쳤나 보다. 덩달아 가슴도 미쳤다.

"살려 주십시오, 제발."

엎드려 빌고 있는 사내의 손은 거죽뿐이었다. 심하게 갈라진 손톱엔 마른 피가 검게 뭉쳐 있었고, 딱할 정도로 몸을 떨었다.

"입 다물어."

그 사내를 내려다보는 또 다른 사내. 검은 옷을 입은 그는 마치 짐승이나 벌레를 보듯 경멸이 가득한 눈을 하고 있었다.

"그럼, 나만 넣어 주십시오. 저 어린것들은 아무것도 모릅니다. 제발, 나리."

사내는 거의 엎드려 빌고 있었다. 그러나 그를 내려다보는 검은 옷은 대답조차 하지 않았다.

"나리, 제발. 제발."

주위를 둘러보면 그와 같이 바짝 마른 사내들이 많았다. 아니, 아니다. 그중에는 어린 여인도, 나이 든 여인도 적지 않게 섞여 있었다.

"이봐, 조 씨. 시끄러우니까 빨리 기어."

검은 옷이 스산하게 중얼거렸다. 사내는 비척비척 자리에서 일어나 꺼멓게 입을 벌린 동굴을 향해 걸었다. 벌써 여러 명의 목숨을 잡아먹은 동굴의 바깥쪽엔 안에서 파낸 것으로 보이는 흙과 돌이 가득 쌓여 있었다.

"아부지!"

걸어 들어가는 사내의 뒤로 어린 소녀의 목소리가 애처롭게 들렸다. 사내는 뒤를 돌아보지 않았다. 자신이 돌아보면 딸아이의 안전이 보장되지 않는다는 것을 알고 있었다.

"아부지이!"

소녀의 목소리가 점점 멀어질 즘, 사내는 이미 동굴 안으로 들어서 있었다. 혼자는 아니었다. 함께 선별되어 들어온 사내들이 여럿이었다. 모두 자신들이 여기서 죽을 것을 알고 있는 듯했다.

'살고 싶으면 뭐든 찾아와.'

 검은 옷이 말하는 것은 은돌이었다. 사사로이 은을 채굴하고 있는 것이다. 사내는 입술을 물어 흐려지려는 정신을 되돌렸다.
 노비가 되기 이전, 그는 관아의 말단 병졸이었다. 글을 읽을 줄은 몰라도 아무나 은을 캐서는 안 된다는 것쯤은 알고 있었다.
 '죽어선 안 돼. 어떻게든 여기서 나가서 사실을 알려야 해.'

 결은 사방에 내려앉은 어둠을 핑계 삼아 그녀에게서 강제로 눈길을 비켰다.
 "일부러 널 따라온 게 아니라 우연히 방향이……."
 "상관없습니다. 사실은 조금 고맙기도 하고요."
 "뭐?"
 "생전에 제 걱정을 많이 하셨다고 합니다. 제 어머니요. 험한 세상에 저 혼자 남게 될까 봐 내내 전전긍긍, 돌아가시는 그날까지 제 걱정만 하셨대요. 그런데 오늘은 이렇게 같이 있는 것을 보셨을 것이 아닙니까."
 "아비와 동생이 있는데 네 녀석이 왜 혼자야?"
 "그랬죠. 그러게… 말입니다."
 그녀의 대답은 바위산의 바람 소리에 묻혀 제대로 들리지 않았다. 무슨 생각을 하는지 한숨을 내쉬는 어깨가 자꾸만 들썩였다.

얇은 옷감으로 된 저 저고리 안에 얼마나 작은 어깨가 들었는지 결은 이제 알고 있었다. 사내보다 나은 활을 쏘는 저 팔이 얼마나 가는지. 아무도 없는 곳에서야 우는 그녀가 실은 아주 씩씩하지는 않다는 것도.

"그래도 고맙습니다, 오늘은."

"실없는 소리."

대충 묶어 놓은 머리카락이 가닥가닥 날았다. 치맛단 아래 작은 발, 그만큼 작은 손. 처음엔 치마를 입은 그녀가 낯설었는데, 어쩌면 이것이 그녀의 본래 모습이었다. 오히려 어울리지 않는 건 산 아래 두고 온 무기들이었다.

해가 진 산꼭대기엔 바람이 많이 불었다. 조금씩 더 거세게 들이쳐서는 그녀의 치마를 크게 쥐고 흔들었다. 아무리 다시 넘겨도 어김없이 헝클어지는 머리를 잡고 선 그녀는 위태로워 보였다.

"위험하니까, 좀 안쪽으로 들어서는 게 좋겠다."

"괜찮습니다, 여긴."

그녀가 웃으며 대답했을 때였다. 유난히 큰 바람이 그들의 머리 뒤에서 불어 닥쳤다. 펄럭이던 녹조의 치마가 연의 날개처럼 바람을 흠뻑 머금었다. 금방이라도 바람에 쏠려 떨어질 것처럼 그녀의 몸이 벼랑 끝으로 밀리며 휘청거렸다.

"어어!"

그녀의 비명이 들리기 전, 화들짝 놀란 결이 다급하게 검을 내던지고 크게 걸음을 떼었다.

"조심해!"

중턱까지 돌이 많은 산이었다. 거기서 떨어졌다간 뼈도 추리지 못하게 될 것이 자명했다. 그러나 그가 닿기도 전에 이미 스스로 몸을 세운 그녀는 허둥거리는 결의 모습이 그저 우스웠던 모양이다.

허리께를 움켜쥐고 소리 내어 웃었다.

"웃어?"

걸음을 멈춘 결이 눈을 부라렸다.

"제가 떨어지기라도 할까 봐 걱정하셨습니까?"

"당연하잖아."

"생각해 보니 매일 그러셨네요. 이제 알겠어요. 다들 훈련하는 동안에도 내내 제 걱정 하시느라 거기 앉아 계셨던 건가요?"

"무슨 소리야, 그건 또?"

결은 시침을 뗐지만 녹조는 거의 확신하고 있었다. 겉으론 많이도 툴툴거리는 이 사내가 실은 상당히 성실하단 사실을. 자신을 염려하는 그를 위해 녹조는 벼랑 끝에서 조금 물러섰다.

"자요, 이리 들어섰으니 염려 놓으십시오."

"누가 염려를 했다고?"

"또 발뺌. 방금 걱정했다 해 놓고."

실은 먼저 섰던 자리도 그리 위험하지 않았다. 아무리 바람이 세다고 해도 사람을 밀어 떨어뜨릴 정도는 아니었고, 그리 위태롭지도 않았다. 그깟 바람 좀 불었다고 득달같이 잔소리를 하는 그가 정말 고마웠다.

그래도 웃어 버린 건, 그의 행동이 우스워서가 아니라 이제 정말 알 것 같아서였다. 마음을 감추는 법이 참 서툰 사람이었다.

"자꾸 웃지 마라. 나 왕족이야!"

"그놈의 왕족 타령. 누가 아니랍니까?"

결이 짜증을 내는 동안 녹조는 차분차분 그에게 다가왔다. 그를 조금 지나쳐 걸어, 거의 던지다시피 했던 결의 검을 주워서 내밀었다.

"자요, 받으세요."

아직 불고 있는 바람이 그녀의 치마를 펄럭였다. 그 바람에 밀려 그녀가 비틀거린다. 거슬렸다.

"거참, 귀찮게 구네."

결은 녹조가 내민 검을 챙기는 대신 그녀의 허리를 잡아 안으로 끌어당겼다. 가볍게 딸려 오는 몸은 어이가 없을 만큼 쉽게 들렸다.

"아앗."

갑작스러움에 놀라서 그의 어깨에 턱을 얹었던 녹조가 화들짝 그의 가슴을 밀었다.

"제발 좀 가만히 있어."

"괜찮습니다."

"그 입도 좀 다물고."

결은 기어이 녹조를 안쪽으로 돌려 넣었다. 그러고는 제 몸으로 바람을 막은 다음에야 그녀의 허리를 놓아주었다. 온통 붉어진 녹조의 얼굴에서 머리카락이 제멋대로 바람을 탔다. 결은 그 가닥을 가만히 잡아서 귀 뒤로 넘겼다. 얌전히 그의 손길을 받던 까만 눈동자가 수줍게 내리깔렸다.

"불안해, 너."

불안해서 가만히 있을 수가 없었다. 어째서 계집아이들은 모두 이렇게 위태위태한 짓만 골라 하는 걸까? 아무리 사내의 흉내를 내도 그녀들은 사내가 될 수 없다.

고작 바람에도 휘청거리는 몸으로 뭘 하겠다고, 대체. 마음을 놓을 수가 없어서 귀찮기만 하고.

"고맙습니다."

"알면 좀 귀찮게 하지 마."

결은 여전히 바람이 지나는 길을 가르고 서 있었다. 그러면서 괜히 퉁명스러운 대답이었다.

정말 알다가도 모를 사람. 녹조가 본 결은 그랬다. 때때로 다정해서 가슴을 뛰게 하다가도, 이렇게 일순간에 차갑게 변해서는 보이지도 않는 벽을 만든다. 하지만 이제 그 속내도 알 것 같았다.

"일부러 미운 짓을 하시는 거죠?"

"뭐?"

"다른 사람들이 다 뒤에서 대군의 흉을 보는 건 알고 계십니까?"

"상관없다."

"제가 그동안 여기저기에서 일을 많이 해 봤는데, 여기만 한 곳은 없었습니다. 삼시 세 끼 고기반찬이 밥상에 올라오고, 조금이라도 상처가 나면 따박따박 약사발도 들어오고, 대군께서 직접 이렇게 따라와 호위를 해 주시고."

"그딴 거 나는 모르는 일이야. 그리고 너 따라온 거 아니라니까?"

녹조가 종알거리는 동안 결은 내내 딴청을 부렸다. 선규가 따라다니라고 닦달을 하니까 그런 거지, 자의로 그녀를 따라온 건 아니다. 들키면 난처하기 때문이지, 정말 그녀를 걱정해서가 아니다.

"자꾸 고맙다고 하지 마라. 오해도 하지 마."

"사냥꾼들이 아무리 짐승을 많이 잡아도 그걸 제 입에 넣을 수 있는 이는 손에 꼽습니다."

"입 좀 다물지?"

"다들 집에 있을 처자식을 생각하며, 주머니에 말려 놓은 누룽지나 불려 먹고, 이로 녹여 먹고 하거든요. 사실 여기 와서 저는 호사입니다. 어디서 그리 좋은 방에 좋은 옷에 고기반찬을 먹여 주고 돈도 벌게 해 준답니까."

"그러니까 그거 벌고 싶으면, 다른 놈들에게 들키지 않게 알아서 좀 잘……."

"화내는 것 말고는 모르는 거죠? 그렇게 안 하면 들킬까 봐."

"그만하라니까."

"뭐가 그렇게 겁나는데요?"

녹조는 진심으로 물었다. 고된 훈련이 이어지는 동안 다들 쓰러지지 않고 버틸 수 있었던 건, 잘 먹었기 때문이었다. 결이 이유도 없이 부리는 심술만 아니면 불만을 가질 것이 전혀 없었다.

"저들이 대군을 좋아하면 왜 안 됩니까?"

"옷이나 갈아입거라. 여기서 밤을 보낼 것이 아니면."

결은 도망치듯 몸을 돌렸다. 등 뒤에서 녹조가 한숨 쉬는 소리가 들려왔다.
"어휴, 고집불통. 꼭 어린애 같습니다."
"시끄럽다."
"같이 놀아 달라고 칭얼거리는 어린애요."
"옷 안 갈아입어? 놓고 가?"
결은 사납게 발길을 돌렸다.
'그걸 누가 몰라? 그들의 신임을 얻으면 일을 하기가 얼마나 수월해지는지, 그걸 모르는 바보천치가 있겠는가 말이다.'
하지만 주변에 사람을 만들어서는 안 된다. 정을 주고, 신임을 얻고, 함께 즐겁고, 그런 일들은 결국 그들을 위험하게 만들 뿐이었다. 그러니 호랑이 잡는 일만 끝나면 다 보내야 한다.
"빌어먹을."
높은 곳에 계신 분과 그분을 모시는 자들의 투기는 상대를 가리지 않으니까. 그분들은 하나뿐인 대군이 처절하게 외롭기를 바랐다. 팔을 뜯어내고, 다리를 잘라 내고 외롭게 목만 남은 몸뚱이로 화살을 맞으라고 요구하지.
'보내지 않으면, 다음 화살은 녹조 너의 등에 꽂힐 수도 있어.'
잊을 수 없는 그날에 그 자그마한 계집아이가 그리 덧없이 죽어 버린 것처럼. 그딴 걸 다시 보느니 차라리 외로운 것이 낫다.
"가시죠? 저는 준비됐습니다."
상념을 깨는 녹조의 목소리에 결은 씹고 있던 입술을 놓았다. 어느새 반쪽짜리 사내의 모습으로 되돌아온 그녀가 손에 보통이를 들고 그를 기다리고 있었다.

이제껏 보았던 익숙한 모습이다. 그런데, 그런데도 달라 보였다. 위태로운 얼굴로 벼랑 앞에 서서 울던 여인일 때의 그녀보다 지금의 녹조가 더욱 사람을 불안하게 했다. 저렇게 입혀 놔도 이제는 전혀 사내로 보이지가 않았다.

결은 빠르게 그녀의 곁을 스치며 보퉁이를 빼앗아 들었다. 그러고는 되돌아갈 길을 잡았다.

"발아래를 조심하거라."

"걱정 마세요. 저 사냥꾼입니다."

"혹 위험하다 싶으면 지체 말고 불러. 멀리 떨어지지 않을 테니."

"이 정도 산을 타는 일에는 이골이……."

"까불지 말고 말 들어. 네 녀석이 얼마나 날쌘지는 나도 알아. 그래도 지금은 너 혼자가 아니지 않느냐. 이럴 땐 조금은 의지해도 괜찮아."

까만 밤, 달이 내뿜은 연약한 빛은 나무가 만든 그림자 아래서는 효력이 없었다. 상대가 달라서일까? 조금쯤은 그에 대해 알아서?

조심하란 잔소리 정도는 늘 두솔에게 듣던 것인데, 어째선지 녹조는 얼굴이 달아오르는 것을 느꼈다. 주위가 어두워서 그에게 표정이 보이지 않는 것이 정말 다행이란 생각마저 들었다.

"그리고 이 산을 나보다 더 잘 아는 자는 없으니까."

"걱정 말라니까 그러시네, 정말."

들릴 듯 말 듯 중얼거리며 녹조는 한 발을 내밀었다. 그보다 더 조심히 발을 디뎠던 적이 있었던가 싶을 만큼 최선을 다해 조심했었던 것 같다.

한참을 그렇게 산에서 내려오는 동안, 그는 늘 세 걸음 안에 서 있었다. 멀리 떨어지지 않겠다는 자신의 말을 지키며 녹조가 다가오면 그제야 한 걸음, 또 가까워지고서야 한 걸음을 움직였다.

생각 없이 오르느라 조그만 호롱 하나도 챙기지 못해 산은 정말 어두웠다. 그런 산을, 결은 정말 보이는 것처럼 걸어갔다.

"잠깐 거기 서 있어."

"여기요? 왜요?"

"이맘때는 이 아래가 온통 독초야. 스치면 부어오르지."

"그럼 뛰어넘으면……."

뛰어넘겠다는 그녀의 말이 채 끝나기도 전에 결은 녹조의 곁으로 되돌아갔다. 그리고 정말 무심하게 손을 내밀었다.

"잡아. 이쪽으로 당길 테니 뛰거라."

그녀는 잠시 망설였지만 곧 그가 내민 손가락에 제 손을 얹었다. 손가락이 마주 스친 순간, 강하게 그 끝을 잡은 결이 그녀의 몸을 힘껏 당겨 제 옆에 내려놓았다.

"확실히 디뎠느냐?"

"예, 디뎠어요."

"그럼 됐어."

긴장으로 몰아쉬는 호흡 소리가 풀벌레 소리보다 크게 들렸다. 아직 잡힌 손끝이 뜨겁다. 어깨에 닿았던 뺨이 조금 떨어졌다가 다시 닿기를 반복했다. 짧게 닿고 오래 떨어지고, 더 짧게 닿았다가 이내 멀어졌다.

"그럼, 이제 저 먼저 갈까요?"

녹조가 몸을 돌려 틈을 만들려고 할 때, 결은 저도 모르게 손을 뻗어 그녀의 턱을 잡았다. 멀어지는 것이 싫었던 것 같았다. 아니, 싫었다.

"또 왜요?"

그녀가 물었다. 결은 말없이 녹조의 까만 눈동자를 응시했다.

"어째서 이렇게 똑같지?"

"뭐가요?"

너무 씩씩해서 불안한 것까지 닮았다. 하지만 그 아이와 여기 장녹조는 너무나 다른 사람이었다. 그래서 겁이 났다. 자꾸만 그 아이의 흔적을 지우는 그녀가. 그녀에게 가는 시선을 잡을 방법이 없는 자신이.

'제가 대군마마의 얼굴에 상처를 내서 대군마마가 장가를 못 가게 됐으니, 제가 시집갈게요.'

아련해지는 그 아이의 목소리가 머릿속을 울렸다. 너무 어려서 아무것도 몰랐던 과거의 어린 정혼자. 피어 보지도 못했던 작은 꽃.

'미친놈.'

결은 머리를 털며 잡았던 녹조의 턱을 놓았다. 잊으면 안 돼.

그 애가 어떻게 죽었는데.
"아무것도 아니야."
"뭔데요? 할 말 있으면 하시죠?"
"제발, 좀 조용히 가자."
"와, 먼저 말 시킨 게 누군데?"

 높지 않은 산이지만 워낙 인적이 없고 험한 탓에 밤은 금세 깊어졌다. 설상가상 그쳤던 비가 다시 쏟아지기 시작했다. 앞서던 결도 하는 수 없이 걸음을 멈췄다.
"잠시 비를 피해야겠다."
"어디서요?"
"따라오너라."
 덥석 팔뚝을 잡고 당기는 그에게 이끌려 녹조는 한참을 딸려갔다.
'아깐 손을 잡더니.'
 무슨 이유인지 몰라도 말수가 적어진 결은 그녀에게서 떨어져 걸었다. 그렇다고 간격을 멀리하지는 않았지만 확실하게 느껴질 만큼의 거리감이었다.
 그렇게 도착한 동굴은 비교적 안이 넓었다. 안쪽엔 마른 나뭇가지도 잔뜩 쌓여 있었다. 마치 일부러 준비해 놓은 것처럼 말이다.
"대군께서 가져다 놓은 겁니까?"
 서슴지 않고 물어보는 녹조를 한쪽으로 비켜 세우고, 결은 부산하게 나무를 날랐다.

"불이나 피워."

"자주 갇혔었나 보네요. 장작까지 준비해 둘 정도면?"

"불!"

"하고 있잖습니까, 지금."

녹조는 삐죽거리며 장작더미 앞에 쪼그려 앉았다.

터벅터벅 동굴의 입구로 걸어간 결은 비를 보고 있었다. 어쩐지 슬퍼 보이는 등이었다. 비는 그칠 생각이 없는지 정신없이 내렸다. 시간이 지날수록 더 거세지는 것이, 동굴 안에서 밤을 보내야 할 것 같았다.

녹조가 애써서 피워 낸 모닥불은 다행히도 훨훨 탔다. 오른편엔 결이, 그 반대편엔 녹조가 앉아 긴 불쏘시개로 빨간 불씨를 뒤적였다.

"배고프다. 여기 요기할 것은 없습니까?"

"그런 걸 뒀다간 짐승이 꼬이지. 너, 사냥꾼이 그런 것도 몰라?"

"누가 모른답니까? 너무 배가 고프니까 그렇죠."

녹조는 배를 움켜 안았다. 생각해 보면 둘 다 저녁도 못 먹고 산을 쏘다니는 바람에 몹시 허기진 상태였다. 그러다가 문득 떠올랐다.

"아! 있다."

갑작스러운 호들갑에 돌아본 결의 시선을 받으며, 녹조는 들고 다니던 보퉁이를 뒤적였다. 그 안에서 꺼낸 것은 마른 떡 덩어리였다. 분명 아까 산 위에서 보았던 그것이다.

"이거라도 구울까요?"

헤실헤실 웃는 그녀의 손에서 결은 얼른 떡을 건네받았다.
"그런 게 있었으면 진즉에 꺼냈어야지."
"저도 지금 생각났습니다."
반기는 건지 화를 내는 건지. 아까부터 자꾸만 뭐라도 말을 붙이면 언성을 높이는 그였다. 일순 서운했지만 녹조는 떡을 나무 꼬챙이에 끼웠다.

적당하게 타오르는 불길 속에서 금세 노릇노릇 익은 마른 떡은 둘이 먹기엔 부족한 양이었다. 그래도 내내 아우성치는 허기를 면할 정도는 되었다.

"앗, 뜨거!"
떡이 익기를 기다렸던 녹조가 먼저 크게 한입을 베어 물었다. 타닥타닥 타오르는 불꽃이 그녀의 흰 얼굴에 일렁거리는 그림자를 만들었다.

다람쥐처럼 볼록해진 볼로 열심히 떡을 씹는다. 그 모습에 결은 피식 웃음이 났다.
"어쩌다가 여인의 몸으로 사냥을 하게 됐느냐?"
"특별한 사유는 없습니다. 그냥 돈을 벌려고요."
"벌어서 뭐 하게?"
말랑말랑하게 잘 익은 쪽을 골라 또 한 입을 베어 문 그녀가 대답 대신 물었다.
"혹시, 대군께선 타국에 가 보신 적이 있습니까?"
"타국? 어디?"
어느새 조그맣게 남은 떡을 입 안에 다 넣은 후 녹조는 꼬챙이를 모닥불로 던져 넣었다. 입 안에서 떡을 우물거리느라 결의 질문에 답은 하지 못했다. 그녀보다 먼저 떡을 해치운 결이 다시 말문을 텄다.

"국경이 닿아 있는 곳엔 거의 다 갔었지."

"…타국엔 머리터럭이 노란 사람들도 있다는데, 그 말이 참말인가요?"

"본 적 없느냐?"

"예. 제가 살던 곳은 워낙 산골이라서. 정말 그런 사람들이 있습니까?"

"눈동자는 퍼렇고, 피부는 창백하고. 또 어떤 자들은 온통 꺼멓지."

"아아, 정말 있구나."

결에겐 새삼스러운 일이 아니었지만, 녹조는 분명 굉장히 기뻐하는 듯 보였다.

"다행이다. 사실이어서."

손뼉을 마주치고 얼굴을 상기시키며 눈동자를 빛냈다. 그 순간 결은 다시 입술을 씹었다. 모닥불 탓인가? 순수한 호기심으로 반짝이는 녹조의 표정에 가슴 한쪽이 울렁거렸다.

'이게 왜 이렇게 자꾸.'

지끈거리는 왼쪽 가슴에 손바닥을 올려 꾹 눌렀다. 그래도 멈추지 않았다. 눈에 병이 난 것도, 가슴에 병이 난 것도 아니다. 불안하고 불온한 감정. 그녀를 보고 있을 때만 느껴지는 위험한 고동 소리.

대체 이 아이의 무엇이 이 속을 건드리는 걸까.

"보고 싶으냐? 그자들을?"

"그보다는, 만나고 싶습니다."

"말도 통하지 않을 텐데 만나서 뭘 하게?"

"우리 수로를 낫게 해 달라고 부탁하려고요."

들떠서 반짝거리는 그녀의 얼굴에 일순 내려앉은 수심이 붉은 모닥불에 금세 지워져 갔다.

"수로? 네 아우?"

"예. 아프거든요, 저 때문에."

다시 골라 든 불쏘시개로 애꿎은 모닥불만 헤집는 그녀는 애써 입꼬리를 올렸다. 묻지 않아도 알 수 있었다. 울지 않기 위해 필사적이라는 걸. 결은 그녀를 위해 잠시 아무것도 묻지 않기로 했다. 그저 속으로 헤아렸다.

'그것이 너의 절실함이로구나.'

사람에겐 본능적으로 저와 비슷한 처지의 사람을 알아보는 신묘한 힘이 있다고 한다.

그녀가 어깨에 진 짐 덩어리는 어쩌면 그와 닮아 있었다. 그것이 스스로 가진 의지이든 혹은 타인의 의지이든 상관없이, 혼자 감당하고 있다는 것만은 같았다.

'그래서인가?'

그 동질감 때문에 자꾸만 장녹조가 눈에 밟히는 건가? 달아나려 해도 달아날 수 없는 그의 절실함처럼, 그녀는 그 안에 갇혀 있는 듯 보였다.

조롱(鳥籠)에 갇힌 새처럼 정해진 공간을 맴돈다. 바보같이 매일 아침 공들여 노래하지. 아무도 모르는 슬픔을 마치 기쁨처럼 교묘히.

꼭 서궁에 갇힌 자신 같았다.

"목이냐?"

"예. 저, 저예요. 괜찮으세요?"

종종걸음으로 걸어간 목이가 툇마루에 엉덩이를 걸치자 곧 방문이 열렸다. 안에서 얼굴을 내민 늙은 주모는 한 손을 방문 밖 마루에 짚고 힘없이 고개를 끄덕였다.

"이까짓 감모 가지고. 괜찮다."

"오늘은 우리 끼니 거, 걱정하지 마시래요. 아부지가 그리 전하라 하셨어요."

"어쩌려고? 사내들끼리?"

목이는 썩썩하게 귀 뒤를 긁었다.

"산에서 토끼 한 마리 자, 잡아 왔어요. 이따가 구워서 좀 가져다 드릴게요."

"아이고, 아직 그런 짐승이 산에 남아 있더냐?"

뜻밖의 소식에 반색하는 그녀를 목이는 아래로 내려다보았다. 눈매가 일순 위로 솟았다가 다시 느슨하게 늘어졌다.

"그러게요. 호랑이 때문에 다 도망간 줄 알았는데."

"나는 됐으니 고기는 가져오지 마라."

"에이, 왜요?"

"이가 늙어서 줘도 못 씹으니 걱정 말고 배들 채워."

"아주 작게 잘라 올까요?"

"글쎄, 됐대도!"

주모가 주름진 손을 흔들며 재차 거절하자 목이도 하는 수 없이 물러섰다. 자리에서 일어나 엉덩이를 털며 말했다.

"그럼, 밤에 울타리 손보러 하, 한 번 더 올게요."

"고맙구먼."

"저 가요. 문 꼭 닫고, 해 지면 밖에 나오지 마세요."

"알았네, 알았어."

웃어 주는 주모의 방문을 목이는 부러 제 손으로 닫았다. 그러고 나서도 한참이나 주막 여기저기를 살피고 사립문 밖으로 나섰다. 하늘을 올려다보니 아직 해가 질 때까지는 여유가 좀 있었다. 토끼는 아버지께서 굽는다 하셨고 장작은 아침에 미리 다 패 두었다. 더더욱 서두를 필요도 없었다.

"그럼, 잠깐 다녀올까."

집으로 가는 길은 오른쪽이지만 목이는 왼쪽으로 방향을 돌렸다. 대부분의 사람이 빠져나간 마을은 아직 낮인데도 을씨년스러웠다.

하지만 목이는 익숙하게 골목으로 접어들었다. 골목을 타고 흐르는 바람 속에서 희미하게 밥 짓는 냄새가 났다.

"이쪽으로 가면 연시 누이네 집이지."

연시는 마을에 남은 유일한 처녀아이였다. 작년 이맘때인가? 혼인할 뻔했었는데, 호랑이가 나타나 신랑 될 이를 물어 가서 혼기를 놓쳤다. 하여 아직 홀로 할머니를 모시고 사는 그녀를 목이는 한때 꽤 좋아했었다.

"빠, 빨리 마을에서 도망가야 하는데 말이야."

연시가 아직 마을에 남아 있는 이유는 다리가 불편한 할머니 때문이었다. 목이는 연시가 아직 마을에 있는 것이 늘 불만이었다.

몇 번인가 모퉁이를 돌아서자, 아담하고 작은 초가가 나타났다. 대문도 따로 없는 마당으로 서슴없이 걸어 들어가 목이는 연시를 불렀다.

"누이, 연시 누이."

"목이니?"

연시는 방이 아니라 뒷마당에서 나타났다. 빼어나게 고운 용모는 아니어도 박색은 아닌 얼굴이 동글동글 순했다. 특히 입매가 선명하고 아주 예뻤다.

"밥 지어?"

"응. 실은 마지막 남은 곡식이야."

"우리 집에 와. 오늘 사, 산에서 토끼 잡았어."

"오늘은 괜찮아. 다음에 정말 먹을 것이 떨어지면 그때 갈게."

배시시 웃는 연시의 뺨은 언젠가 주워 왔던 술띠처럼 붉게 고왔다. 목이는 코를 찡그려 작은 주름을 만들었다. 때때로 뭔가에 집중할 때만 보이는 그의 버릇이었다.

"있잖아, 누이. 그냥 마을에서 나가면 안 돼?"

"그럼 우리 할머닌. 난 안 가."

연시가 슬프게 고개를 저었다.

"어차피 할매는 나이도 마, 많잖아. 살 만큼 살았는데, 뭐."

"야, 변목이!"

순간 툭 튀어나온 진심에 놀란 연시의 두 눈이 동그래졌다가 이내 사나워졌다.

"너 어떻게 그런 말을 해?"

"틀린 말도 아닌걸."

"듣기 싫어. 그런 말 하려거든 다신 오지 마."

"다들 버리고 갔잖아. 서, 석삼이네도 그 뒤에 견돌이네도 노인네는 버리고 갔어. 그런데 누이라고 못 할 게 뭐야."

목이의 말투는 답답할 정도로 느렸고 가끔 더듬기까지 했다. 하지만 끝내 하고 싶은 말을 다 하고서야 입을 다물 만큼 집요했다.

"그만하라니까!"

연시가 바락 소리를 질렀다. 방 안에 누워 계신 할머니가 지금 그 말을 들었을까 화가 났다. 그래도 목이는 멈추지 않았다.

"나갈 수 있을 때 나가. 호랑이가 다시 오기 전에."

"너나 가. 다신 오지 마."

"…토끼 고기 가져다줄게."

"필요 없어. 굶어 죽어도 너한텐 손 안 벌려. 그러니까 가."

연시는 악을 쓰며 목이를 마당에서 밀어냈다. 눈물이 후둑후

둑 떨어졌다. 곁에서 듬직하게 그녀를 지켜 주던 사내가 그리웠다. 그깟 호랑이 잡지 말고 그냥 산에서 내려가자고 아무리 말을 해도 소용없던 사내.

'걱정 마, 연시야. 내가 꼭 호랑이 잡아서 가죽으로 신 삼아 줄 테니까. 기다려.'
'그러지 말고 나랑 내려가. 응?'
'다녀와서 혼인해. 그럼 그때부턴 마음 놓고 각시라고 불러야지. 내 각시 연시야.'

그렇게 그녀를 달래 놓던 사내는 끝끝내 산에서 내려오지 못했다. 같이 갔던 사람들 말이, 호랑이가 물어 갔다는데 정작 그 호랑이를 봤다는 이는 아무도 없었다.
"멍청이."
그녀의 손에 떠밀린 목이의 느린 걸음을 노려보던 연시는 눈물을 훔치며 몸을 돌렸다.
그녀가 집 안으로 들어가자 목이가 걸음을 멈췄다. 천천히, 아주 천천히 몸을 돌려 뒤를 돌아보는 눈빛이 몹시 차가웠다. 기어이 해가 졌다.
"어라? 비 오네."
갑자기 떨어지는 빗방울을 무심하게 닦아 내고 목이는 한참이나 연시의 집을 바라보았다. 방 안에 불이 밝혀지고 두 사람의 그림자가 움직이는 것이 보였다.

"그냥 나가지, 좀."

8. 빨간 누렁이

"우리 수로, 저 때문에 팔을 잃었습니다. 호랑이가 떼어 갔거든요."

그녀가 그렇게 툭 말했을 때 하필 모닥불에서 빨간 불씨 하나가 피어 날아올랐다. 결은 날아오른 불씨가 공중에서 빛을 잃을 때까지 녹조를 보고 있었다. 내려앉은 눈꺼풀을, 숱 많은 속눈썹을, 불티처럼 흔들리는 눈동자를.

아주 슬픈 느낌이 들었다. 꼭 과거의 자신을 보는 듯 서글픈 동질감.

"그래서 호랑이를 잡고 싶은 거냐?"

그녀는 두 손을 활짝 펴서 휘휘 저었다.

"오해 마세요. 복수나 하려고 여기 지원한 것은 아닙니다."

"그럼 왜?"

"돈을 벌려고요. 호랑이도 잡으면 더 좋고요."

"벌어서 뭐 하게?"

"돈을 벌어서 머리털이 노란 사람에게 갈 거예요. 그 사람들은 잃은 팔도 고칠 수 있다고 하니까."

그녀는 동생을 고칠 수 있다고 믿고 있었다. 하지만 이미 떨어진 팔이 어떻게 다시 붙을까?

결은 입매를 비틀었다. 부러진 인생은 아무리 의술이 뛰어난 의원도 붙일 수 없는 것. 바보 같은 시간을 희생하고 있는 그녀가 답답했다.

"소용없어."

"예?"

"떨어진 팔을 붙일 방법은 없다고."

부러 더 단호하게 말했는데 그녀는 웃었다. 웃고 싶지 않은 것이 빤히 티가 나는데 입술만 겨우 움직이며 고집을 부렸다.

"다들 그렇게 말합니다. 하지만 저는 믿어요."

차라리 아프다고 울고 떼를 쓰면 비웃어 줄 수 있다. 저렇게 애처롭게 웃어 버리면 할 말이 없다. 그냥 화가 났다.

"누가 그런 말도 안 되는 말을 했는지 모르겠지만 그런 의술은 어디에도 없어."

"가 보지 않고 누가 압니까?"

"안 가 봐도 안다니까, 글쎄!"

안 되는 일은 졸라도 해결될 수 없었다. 가능하지 않은 건 믿는다고 해도 결국 처참한 결과를 낳는다. 정해진 것은 정해진 대로 굴러가야 운명이 어긋나 비틀리는 일도 없는 것이다. 그걸 억지로 되돌리려 하면 희생되는 것은 꼭 가장 힘없고 가엾은 것이었다. 녹조의 어린 동생처럼.

결은 짜증스럽게 장작을 뒤집었다.

"하여간 멍청해서는."

자연히 떠오르는 하얀 얼굴 하나가 또 가슴을 뒤집었다. 하긴 그 아이와의 첫 만남도 그리 유하진 못했었다. 그래서 그렇게 덧없이 가 버렸나?

'아, 안녕하십니까, 대군마마.'
'누가 인사 같은 거 받고 싶댔느냐. 저리 가거라.'

'와아, 뛰었다. 저는 다리가 짧아서 안 되겠지요?'
'어, 안 돼.'
'히잉, 너무해.'
'그러니까 혼자 놀아. 자꾸 따라다니지 말고.'

날아오를 기회도 없었던 조그만 새. 아무리 구박을 해도 뒤를 졸졸 따라다니며 귀찮게 하던. 그래서 아주 가끔은 귀엽게도 보였던 아이였다.

'그건 진짜냐?'

'어떤 거 말씀이시옵니까?'

'그거, 네 눈에 달린 속눈썹 말이야. 엄청 길잖아. 나비도 앉겠어.'

'우와, 정말 나비가 앉을까요?'

'그걸 내가 어찌 알아?'

'꼭 말씀해 주시어요, 혹시 나비가 앉으면요. 눈 위에 앉으면 저는 볼 수 없잖아요.'

'그, 그래.'

바보 같은 부탁에 고개를 끄덕이면 그 아인 더 바보 같은 얼굴로 웃었다. 결에게 웃어 주는 몇 안 되는 사람 중 하나였다. 아니, 어쩌면 가장 진심으로 웃었던 유일한 아이였을지도 모른다.

그 안락함과 따스함에 취해서 몰랐다. 저주받은 자신의 인생에 그 같은 따사로움은 허용되지 않는다는 것을.

화마가 삼켜 버린 스승님의 장원 앞에서 결은 그저 서럽게 우는 것밖에 아무것도 할 수가 없었다. 붉은 혀를 날름거리며 그 안에 든 사람들을 태워 버린 불길은 새벽을 넘겨 날이 밝고서야 겨우 사그라들었다.

그날 잿더미를 뒤집으며 맡았던 냄새를 결은 머리로 기억했다. 구역질이 넘어올 정도로 달큰한 탄내 속에서 하나둘 꺼내지던 시신들은 나무토막과 다르지 않았었다.

'이번 것은 아이의 시신 같은데요. 확인하시렵니까?'

'아니. 되었다.'

그 안에서 유달리 조그만 시신을 발견한 순간 결은 속절없이 무너져 버리고 말았었다. 그렇게 울 줄 안다는 사실을 몰랐다. 목 놓아 울고 난 다음엔 온몸을 두드려 맞은 것처럼 앓는다는 것도 그때 알았다.

아직 어린아이에게 찾아온 첫 번째 자괴감이었다.

그날 밤 앓고 있는 결에게 누군가 찾아왔다. 자객이었다. 조용히 방문을 열고 들어와 그의 머리맡에 앉았던 괴한의 말에 결은 스승과 그 아이가 그렇게 죽어야만 했던 이유를 알게 되었다.

'조용히 지내시라, 그리 전하라 하십니다.'

'누가 보냈느냐?'

'알려 하시지 마십시오. 굳이 이렇게 목숨을 연장해 드리는 연유를 소인은 모르겠지만, 대군께선 아실 것이라 하셨습니다.'

'누가 보냈느냐 물었다.'

'서궁에 계십시오, 대군마마. 또다시 누군가를 잃고 싶지 않다면 여기서 의무를 다하시면 됩니다. 알량한 인연에 기울어지지 마시랍니다.'

'네 이놈!'

'그럼. 다시 뵙는 일이 없기를 바랍니다, 대군마마.'

그날 이후, 결은 주변에 아무도 들이지 않았다. 그의 곁에 머물러도 괜찮은 건, 스스로를 지킬 힘이 있는 선규뿐이었다. 또다시 누군가가 자신의 눈앞에서 쓰러지는 꼴을 보지 않기 위해 사람을 내쳤다.

그런데 장녹조가 나타났다. 자꾸만 시선에 걸리고 마음에서 소리가 나게 하는 사람이.

하필 이름마저 그 아이와 같았다. 그 아이처럼 해맑고 씩씩하고 당차고. 가능하지 않은 일에 매달리느라 정작 중요한 것은 보지 못하는 바보 같은 이 여인 때문에, 그녀를 보고 있느라 하루가 너무 짧았다.

"서역에는 신묘한 의술이 있다고 해요. 잘린 팔도 감쪽같이 붙여 준다니까."

"멍청한 소리!"

"이보십쇼, 멍청이라니. 말씀이 심하십니다."

"그건 아집이야. 잘린 팔을 다시 붙일 방법? 웃기는 소리. 그건 너도 알 텐데? 아닌가?"

신랄한 결의 말이 서운한 녹조는 단박에 눈을 홉떴다.

"있습니다. 있다니까요? 있어야 한단 말입니다!"

"없어, 그딴 건."

결은 또 단박에 그녀의 반박을 잘랐다. 허튼 희원이다. 어차피 끝도 없고, 이루어질 수도 없는 바람 따위에 발목 잡힌 사람은 저 하나로 족했다.

"아닙니다. 할 수 있어요. 제가 분명 들었습니다. 서역엔 그게 가능한 자들이 있다고 분명 제 귀로 똑똑히……."

"멍청한 소리. 설령 그게 가능하다 해도 네 아우가 진정으로 그걸 원한다 하더냐? 누이가 이렇게 사내로 살며 저를 위해 팔도를 누비는 것을 녀석이 고마워하더냔 말이야."

녹조는 금방이라도 항변할 듯 입술 안쪽을 씹었다. 하지만 어떤 답도 골라 낼 수가 없었다.

"수로는……."

그 녀석이라면, 당연히……. 누구보다 누이를 좋아하는 동생이었다. 핏줄이 이어지지 않은 것을 알았을 때도, 녀석의 이 빠진 웃음은 한결같았다. 하지만 그래서 더 포기할 수가 없는걸. 도저히 그게 안 되는걸.

"뭘 아신다고 오지랖을 부리십니까? 당연히, 당연히 우리 수로는 저를 믿고 있습니다."

좀 더 빨리 대답했어야 하는데, 너무 늦어 버린 답은 억지로 짜낸 변명 같았다.

"그 말이 참이라면, 네 아우는 너보다 더한 멍청이다."

"대군!"

"불 꺼지잖아. 나무나 더 넣어."

"정말 못돼 먹었습니다, 대군은. 사람이 인정머리도 없고, 심술이 뒤룩뒤룩 걸렸습니다."

"그만해."

"그만 안 할 겁니다. 아까 한 말 다 취숩니다. 고맙다는 말도 모두 다요."

"야, 너. 정말?"

"마음에 안 들면 내일이라도 내쫓으십쇼! 나가 줄 테니까."

녹조는 보란 듯 신경질적으로 모닥불에 나무를 던져 넣었다. 험한 손속에 튕긴 재와 연기가 고스란히 결을 향해 불었다. 대변에 기침을 토하며 결이 자리에서 일어났다.

"야, 좀 살살."

"멍청이라 몰라서 그럽니다. 멍청이가 뭘 안답니까?"

"하!"

녹조의 행패는 계속 이어졌다. 연기는 바람을 타고 결에게 자꾸만 날아갔다.

"적당히 하라니까!"

손부채질로 연기를 날려 보아도 이미 동굴 안은 연기로 가득했다. 참지 못하고 모닥불을 빙 돌아 온 결이 녹조의 멱살을 쥐어 올렸다. 조그만 몸뚱이가 너무 쉽게 덜렁 들렸다.

"너 정말, 죽고 싶지?"

"아니요. 살고 싶습니다. 세상에 죽고 싶은 사람이 어디 있습니까? 그래야 우리 수로 팔도 고치고, 은도, 금도 벌죠."

"그럼 그만 입 다물어!"

"지렁이도 밟으면 허리를 꺾고, 쥐도 궁지에 몰리면 살쾡이에게 달려드는 법입니다. 하물며 저는 사람이거든요?"

"그래서, 왕족에게 까불어도 된다는 거야? 목숨이 두 개냔 말이다."

"왕족? 그딴 게 뭔데요? 그딴 게 사람 목숨보다 귀합니까?"

"뭐?"

"사람은 불행히도 마음 아파할 줄 압니다. 가슴이라는 게 달려서. 설사 그게 저를 위한 조언이었어도, 그렇게 세게 찌르면 죽을지도 모르는데."

그녀는 눈이 빨갛게 충혈됐는데도 용케 울지 않았다. 하지만 충분했다. 쓰러지도록 아파 본 사람만이 아는 고통이 그 안에 있었다. 몰라서 모르는 것이 아니라, 알면서도 고집을 부리는 것이 아니라, 그렇게 믿어야만 살아갈 용기가 생겨서. 그래서 다른 방법이 없는 사람의 눈.

"그게 아니라 난……."

"아플 줄 뻔히 알면서 일부러 더욱 쑤시는 건 너무 고약한 짓입니다. 배울 만큼 배운 양반이 정말… 치사하게."

"나는……."

"이거나 놓으십쇼. 제 목을 부러뜨리실 셈이십니까?"

원망하는 그녀의 눈동자엔 그제야 약간의 습기가 맺혔다. 방울방울 커진 뜨스한 눈물이 결의 손등으로 뚝 떨어졌다.

"아아, 정말 이게 뭐야."

녹조는 어금니를 물고 결의 손을 밀어냈다. 수로의 팔을 고쳐주겠다 결심한 이후 누군가의 앞에서 울어 본 적이 없었다. 그런데 어째서인지, 이 사내의 앞에서만 벌써 두 번째였다. 다스릴 수 없는 눈물을 들켜 버린 게. 여태 초연했던 마음이 가차 없이 허물어졌다.

"놔요. 제발 놓아주십시오."

기어이 떨려 나온 연약한 목소리가 그녀의 입술을 떠난 순간이었다. 짧디짧은 시간. 그녀의 힘없는 부탁에 결은 마땅히 놓아야 할 손을 놓지 못했다. 오히려 녹조의 허리에 팔을 감고, 당긴 몸을 바투 끌어안았다.

"그게 싫다. 네놈이 신경 쓰여."

눈물에 담긴 속눈썹이 들렸다. 온통 젖은 눈동자가 그를 올려다보았다.

"지금 뭐 하는 겁니까?"

"나도 모르겠다."

"대군."

"그냥 너 때문이라 평계하련다."

결은 바짝 놀란 녹조의 턱을 당겨 올렸다. 그러고는 울먹이는 입술을 외울 듯이 바라보았다.

"놓으십시오."

"싫다."

고였다가 흘러내린 눈물이 턱으로 떨어졌다. 커다랗게 벌어진 눈동자에 가득한 일렁거림이 신경 쓰였다. 녹조가 은근하고 강하게 그를 밀고 있었지만 결은 끝까지 그녀의 허리를 놓지 않았다.

괜한 관심, 지나친 간섭. 알면서도 두 팔이 고집을 부렸다.

"…아픕니다."

옥죄어 오는 사내의 팔뚝에 매달려 녹조는 여릿한 신음성을 뱉었다. 그의 입술이 너무 가까이 있었다. 뺨과 목덜미로 여과 없이 떨어지는 사내의 숨결에 심장이 날뛰었다.

"이제 좀, 놓아주……."

밀어내는 그녀의 입술을 결은 집요하게 바라보았다. 고통을 뱉으며 벌어지는 것을, 젖은 아랫입술을 윗니가 잡아 무는 것을. 그러다가 다시 놓고 굳게 다물어 버리는 것도 다.

"다 울었느냐?"

"신경 끄십쇼."

결은 버둥거리는 그녀의 뺨에서 눈물 한 움큼을 닦아 내었다. 덜 식은 온기가 손가락 끝을 적셨다. 울리고 싶은 마음은 없었다. 감정이 앞서서 소리를 질렀지만, 울라는 것은 아니었는데.

오히려 달래고 싶었었다. 그러지 말라고, 그런 바보 같은 짓 하지 말라고. 나처럼 어리석지 말라고.

"갑갑하니 좀……."

가슴을 밀치는 그녀를 다시 당겨서 훌쩍거림이 멎을 때까지 품어 안았다. 들려서는 안 되는 고동 소리가 가슴에서 계속 울렸.

이제 인정하자 싶었다. 알고 있었지만 외면하던 마음. 장녹조 때문에 들리는 소리. 괜한 간섭을 끊지 못하는 이유.

"울음을 그치기 전엔 안 돼."

희한하게도 그녀는 그 말에 다시 울음을 터뜨렸다. 눈물은 폭우처럼 쏟아지는데 차마 소리를 내지 못하고 안으로만 숨을 쉬었다.

"참지 마라. 곪는다."

결은 그녀를 다독이며 가는 등으로 더 힘껏 팔을 둘렀다. 늘 이런 식으로 결도 혼자 울었다. 어머니를 잃고, 스승님을 잃고, 그 아이를 지키지 못했을 때, 혼자서 뭐든 참는 법을 배웠다.

지금 녹조처럼.

선규가 서둘러 준 덕분에 호랑이를 잡으러 떠날 준비는 착착 진행되고 있었다. 더는 훈련이 없어서 사냥꾼들은 모두 편히 숙소에서 굴렀다. 녹조도 마찬가지였다.

죽은 듯이 안에서 잠을 자다가 끼니때가 되면 그제야 기어 나와 밥을 먹고 다시 기어 들어가길 반복했다. 유난한 점이 있다면 그 모든 과정에 반드시 한두솔을 끼워 넣었다는 것이었다.

"무슨 일 있었어?"

"아니."

"그런데 얼굴 꼴이 왜 그래?"

"내가 뭐?"

한껏 밥그릇에 처박고 있던 얼굴을 든 녹조가 맹한 눈으로 두솔을 보았다.

"어휴, 난장판이네."

두솔이 저도 모르게 눈썹을 구겼다. 병든 병아리? 아니, 햇살 아래 지렁이? 그녀의 얼굴은 그것보다 더 늘어진 상태였다. 머리는 산발이고 눈 밑은 산그늘처럼 꺼멓고 버석버석 마른 입술은 여기저기 째져서 피가 났다.

"눈 뜨고 소세는 한 거냐?"

"아니, 그럴 정신이 없었어. 왜?"

"아니야. 밥 먹어. 얼른 먹어."

괜히 건드렸다간 어딘가 부러지거나 화사하게 폭발이라도 할 것 같아서 두솔은 능숙하게 녹조를 달랬다.

"싱거운 한두솔."

다행히도 덥석 고기반찬을 집어 입으로 욱여넣는 그녀는 외관이 지저분한 것을 빼면 일단 별생각이 없어 보였다. 두솔도 밥 한 술을 크게 떴다.

그때였다.

"어, 대군마마. 무슨 일이십니까?"

입구에 앉았던 누군가가 곁을 발견하고 큰 소리로 인사를 붙였다.

"대군?"

훈련도 끝났는데 왜 또? 두솔이 인상을 쓰며 고개를 드는 것과 동시에 옆에 있던 녹조의 작은 손이 다급하게 그의 옆구리를 붙잡았다.

"두솔아!"

"응?"

"쉿! 큰소리 내지 마."

"그건 또 왜?"

"나 좀 살려 줘!"

어제 또 오늘, 시종일관 늘어졌던 그녀였다. 이렇게 기민하게 움직이는 것을 보지 못한 것도 그만큼 되었다. 언제 밥 수저를 던졌는지 그녀는 두솔의 허리께에 납작 엎드려 있었다.

"뭔 소리야?"

"묻지 마. 그냥 좀 해 줘."

"거참."

급기야 두 손을 들어 싹싹 빌기까지 하던 그녀의 낯빛은 평소보다 하얗게 바래 있었다. 두솔은 입구에서 서성이는 대군과 녹조를 번갈아 흘끔거렸다. 이래서야 바보 천치가 아닌 다음에야 모를 수가 있나.

"대군 때문에 숨는 거야?"

"그냥 좀. 빨리."

녹조의 재촉에 두솔은 혀를 차며 저고리를 벗었다. 그러고는 그대로 녹조의 머리 위에 뒤집어씌웠다.

"무슨 짓을 했는지 모르겠지만 옜다, 이거라도 써."

"응."

녹조는 기다렸다는 듯 두솔의 저고리를 낚아채고 그 안에 웅크렸다. 물론 그런다고 사람이 완전히 감춰지지는 않았다. 다만 녹조가 너무 간절해 보여서 맞춰 주는 시늉이라도 한 것뿐이다.

어쨌거나 그런 흉내도 곧 소용없어질 것 같았다. 그녀가 하는 요상한 짓을 다 보고 있던 결이 두솔을 향해 걸어왔다.

"한두솔!"

"예, 대군."

두솔은 저도 모르게 발치의 녹조를 흘끔거렸다. 당연히 결의 시선도 그를 따라왔다.

"옆에 그 보퉁이는 장녹조인가?"

"아마도요. 그런데 또 아니기도 합니다."

장난 같은 대답이라 화가 날 법도 한데 결은 단지 빤히 보고 있을 뿐이었다. 꽤 난감한 표정으로.

산에서 내려온 이후 녹조는 내내 그를 피하고 있었다. 처소로 찾아가면 옷을 갈아입는다며 문 열지 말라고 내쫓고, 이렇게 식사할 때 찾으면 또 귀신같이 내빼고 없었다. 그리고 오늘은 어김없이 한두솔의 그늘에 숨었고 말이다.

결은 두솔에게 비키라고 눈짓했다. 그러고는 녹조의 앞에 자세를 낮춰 앉았다.

"장녹조!"

그녀는 미동이 없었다.

"어쭈? 감히 내가 부르는데 대답 안 해?"

약간 엄포를 놓아도 마찬가지였다. 다만 두솔의 저고리 밖으로 조금 나온 손가락이 움찔 주먹을 쥐었을 뿐이다. 어찌나 세게 쥐었는지 마디가 하얗게 바랬다. 그걸 본 결이 작게 한숨을 내쉬었다.

"이, 고집불통!"

눈이라도 마주해야, 얼굴이라도 보여 주어야 울린 것을 사죄하든 뭘 하든 할 텐데. 이렇게 피해 버리면 기다리는 것 외엔 방도가 없었다.

"하는 수 없군."

일단 안심시키기 위해 일어나는 시늉까지 하며 결은 발소리를 냈다. 그러나 실은 소리 없이 되돌아와 같은 자리에 앉아 있었다.

아니나 다를까, 포기하는 척을 하니 그제야 덮어쓴 저고리가 들썩 움직였다. 그 안에서 그녀가 빼족 숨구멍을 트고 두솔을 불렀다.

"한두솔!"

"왜?"

두솔이 눈치 있게 맞춰 대답했다.

"그 인간 갔어?"

"누, 누구?"

"빨간 누렁이."

풉! 순간 웃음을 참는 소리가 드문드문 들렸다. 빨간 누렁이라니. 누렁이는 누런색이라서 누렁인데. 빨간 누렁이는 어떻게 생겨 먹은 건가. 세상이 다 아는 그 늑대를 한순간에 개로 만든 그녀였다.

"그래서? 갔어?"

"어, 어."

두솔의 확답을 받은 후에야 녹조는 머리에서 저고리를 벗었다.

"답답해 죽을 뻔했…네."

그리고 보았다. 바로 그녀의 눈앞에 앉아 있는 결의 웃는 얼굴을.

"오랜만이군, 장녹조."

"어, 어째서?"

당황하여 말이 끊겨 나왔다. 분명 갔다고 했는데 왜 아직 여기 있지? 원망스러운 눈으로 두솔을 보았지만 그는 이미 내빼고 난 후였다.

"일단 일어나라."

아직 바닥에 주저앉은 녹조의 팔을 잡은 결이 그녀를 일으켜

세웠다.

"왜 나를 피하느냐?"

"안 피했습니다."

"눈도 깜짝 안 하고 거짓말을 하시겠다?"

"거짓말 아닌데요. 피한 적 없습니다. 그저……."

"그저?"

"불편할 것 같아서요."

아래로 내려뜬 눈, 그만큼 숙인 머리. 헝클어진 머리카락 위로 결의 한숨이 낮게 지나갔다.

"왜? 무엇이 불편한데? 일전에 내 품……."

"으악!"

다급하게 악을 써서 결의 입을 막은 녹조가 입술을 바득 깨물었다.

"실성하셨습니까? 여기 보는 눈이 몇인데?"

"아!"

결은 자신의 성급함을 빠르게 뉘우쳤다. 일단은 토라진 것을 달래야 한다는 생각에 무작정 따라다니다가 겨우 대면하니 본론부터 튀어나왔다.

이곳에서 녹조는 사내였다. 우는 그녀를 끌어안아 달랬다, 그딴 말을 꺼냈다간 그가 남색이 되거나, 녹조가 정체를 들키거나 둘 중 하나다.

"그럼 따라 나와."

"그것도 싫습니다."

"뭐?"

눈이 커지는 결을 보며 녹조는 필사적으로 밥그릇을 끌어안았다.

"아직, 아직 밥을 다 안 먹었습니다. 밥 먹을 때는 개도 안 건드리는 법입니다."

"그릇은 비었는데?"

"차, 찬이 너무 좋아서 한 그릇 더 먹을 건데요? 아니, 두 그릇 더 먹을 겁니다."

결을 돌려보낼 핑계를 찾느라 녹조의 눈동자는 바쁘게 여기저기로 굴렀다. 그들을 향한 다른 이들의 호기심도 무럭무럭 자라나고 있었다. 여기서 계속 소득 없는 실랑이를 벌이는 건 위험했다.

"오냐, 알았다."

"예?"

"알았다고. 안 건드릴 테니 많이 먹어라."

결은 녹조의 머리에 손을 얹었다. 엉망으로 헝클어진 데다 감지 않아서 떡이 된 머리를 아무렇지 않게 쓰다듬으며 물었다.

"두 그릇이랬지?"

"그, 그랬죠."

"다 먹고 나오너라. 나는 밖에 있겠다."

그가 머리를 쓰다듬는 사이 움츠러든 녹조의 목은 어깨를 파고 들어갈 기세였다. 결의 손이 떠난 후에도 여전했다. 놀란 자라처럼 겁먹은 모양으로 녹조는 결의 뒷모습을 멀거니 보았다. 그러다가 결의 모습이 보이지 않게 되자 부리나케 뒤편의 창문 앞으로 달려갔다.

"어! 그리 나가면 안 되는데? 그 아랜 온통 도깨비 풀이라고."

"상관없소!"

누군가 걱정하며 만류하는 소리를 들었지만 녹조는 개의치 않았다. 지금은 결의 시야로부터 도망치는 일이 더 급했다.

창틀에 야무지게 엉덩이를 얹은 그녀는 미련 없이 창밖으로 몸을 날렸다. 창 아래는 정말 도깨비 풀이 천지였다. 하필 정확히 그 한가운데로 떨어지며 녹조는 비명을 삼켰다.

"앗, 따가워!"

온몸과 머리에 주렁주렁 도깨비바늘을 달고 거의 기어 나왔을 때, 위험을 무릅쓴 소득도 없이 녹조의 앞에는 또다시 결이 서 있었다.

"이럴 줄 알았지."

"대, 대군!"

차마 입을 떼지 못하는 그녀의 앞에 앉은 결이 눈길을 맞췄다. 진하게 내려앉은 눈동자 속에 약간의 서운함이 비쳤다.

"그리도 떠올리기 싫으냐?"

"그, 그게 아니라."

변명하기 위해 입을 열어 봐도 그 뒷말을 이을 수가 없었다. 녹조가 그를 피하는 첫 번째 이유는 그날 밤에 보인 추태 때문이었다. 하지만 그게 다는 아니었다. 그냥 묘하게 그의 얼굴을 보면 얼굴이 뜨거워져 버리는 이상한 현상 때문이었다.

"그만 보십쇼. 제 꼴이 흉한 거 저도 압니다."

녹조는 팔을 들어 얼굴을 감추려 했다. 결의 손이 그걸 막지 않았다면 말이다.

"피가 나는군."

괜히 더 퍼덕거리는 통에 드러난 그녀의 뺨엔 날카로운 풀에 긁힌 상처가 있었다. 결의 눈매가 가늘어졌다.

"별거 아닙니다."

"세상에 별것 아닌 상처는 없어. 다 뜨겁고 아프지. 소득도 없이 다치지 마라."

결은 상처 위를 정말 조심스럽게 쓸었다. 방울방울 새어 나온 피를 손끝으로 닦아 무심히 제 옷자락에 문질렀다. 깨끗한 흰 비단에 얼룩으로 남은 붉은 피는 유독 선명했다.

"이야긴 나중에 하자."

그가 그대로 일어나 등을 돌리고, 또 한참을 걸어가 버릴 때까지 녹조는 아무런 말도 하지 못했다.

"어라?"

이상하다. 숨이 차지 않은데 가슴속에서 고동이 너무 크게 울렸다. 전력으로 산에 올랐을 때보다 더 빠르게 쿵쿵거렸다.

9. 호랑이가 노는 산

 다음 날 아침. 선규가 빙글거리며 녹조를 찾아왔다.
 "선규 나리!"
 "심부름이 필요한 때 같아서요. 서궁 밖으로 나서 보시겠습니까?"
 마다할 이유가 없었다. 물에 빠진 사람이 지푸라기에 매달리듯 녹조는 맨발로 뛰어나가 선규의 앞에서 두 손을 모았다.
 "제발 나가게 해 주세요."
 어찌나 반가운지 궁둥이에 꼬리가 달렸다면 열심히 흔들 수도 있을 것 같았다.
 내용은 간단했다. 선규의 상단에 새로 들어온 물품이 있는데, 그걸 주문한 사람에게 가져다주기만 하면 되는 일이다. 심지어 무겁지도 않았다. 한 손에 가뿐하게 들리는 보퉁이 하나가 끝이었으니까.

"하룻길은 넘을 겁니다. 다녀오시면 바로 범 사냥을 시작할 테지만, 대군께서도 잠시 자릴 비우셨으니 너무 서두르지 않아도 됩니다."

"대군께서요?"

뜻밖의 소식에 눈이 커진 그녀에게 선규는 자상하게 웃어 주었다.

"예. 워낙 기복이 심한 분이라 자주 있는 일이니까요."

"아아."

녹조는 고개를 끄덕였지만 개운하진 않았다. 밤새 생각이 났었다. 그의 흰 옷자락에 남았던 피가.

'그리도 떠올리기 싫으냐?'

'세상에 별것 아닌 상처는 없어. 다 뜨겁고 아프지. 소득도 없이 다치지 마라.'

의미심장하게 말하던 그의 눈이.

설마 그 일 때문에 상심해서 집을 나가거나 한 건 아니겠지? 아직 대화 중이었다는 사실을 까맣게 잊고 상념에 빠져든 녹조의 눈앞으로 선규가 불쑥 얼굴을 들이밀었다.

"녹조 낭자?"

"…아! 예."

"그 물건 말입니다. 꽤 중한 물건이니 도중에 열어 보시거나 하면 절대 안 됩니다."

"에이, 남의 것을 제가 왜 열어 본답니까."

"물론 낭자께서 남의 것을 탐할 인물이 아닌 것은 알지만, 장사치의 기본은 신용이거든요. 잘못되면 저는 타격이 큽니다."

"걱정 마십쇼. 옆도 뒤도 돌아보지 않고 얼른 전달하겠습니다."

"그럼 믿겠습니다. 그리고 이것."

지난번처럼 선규가 내민 작은 전낭을 녹조는 기꺼이 챙겨 품에 넣었다.

날이 좋았다. 구름이 한가롭고 바람은 고즈넉했다. 무거운 머리를 털어 낼 만큼의 가벼운 일거리와 함께 길을 나서기엔 더없이 좋은 날이었다. 갑자기 변덕이 나서 집을 비웠다는 빨간 누렁이의 소식을 들어 버려서 싱숭생숭해지기 전까지는 더할 나위 없이 좋았다.

가는 바람이 지나간 자리로 나뭇잎 몇 장이 새살새살 떨어졌다. 오늘따라 여유로운 바람이었다. 전조 없이 밀려온 바람에 간혹 잎사귀가 떨어지면 그 사이로 첨예한 검날이 춤을 추듯 곡선을 그어 내렸다.

비단 곡선만은 아니었다. 힘차게 일직으로 뻗는 검날이 오차 없이 노린 곳에 꽂힐 때마다 키 큰 검사의 젖은 머리에선 땀방울이 떨어졌다.

"아차차!"

 막 뻗은 검이 낙하하는 잎을 뚫으려던 순간 결은 재빠르게 날을 회수했다. 덕분에 잘리지 않고 무사히 바닥에 닿은 나뭇잎은 계절을 닮아 깊은 녹색이었다.

"일찍 떨어진 것도 서러운데 한 번 더 죽일 뻔했구나."

 싱긋 웃은 결은 부러 옆으로 한 걸음을 옮겨 다시 검을 뻗었다. 진지해진 눈동자가 무서우리만큼 짙었다. 해사했던 햇살이 서쪽으로 얼마간을 내려앉을 때까지 그는 수련을 멈추지 않았다. 온몸이 이미 땀으로 흠뻑 젖어 있었다.

"하아, 하아……."

 한계까지 몰아 댄 거칠어진 호흡이 쉽게 진정되지 않을 즈음에야 결은 한쪽에 검을 내려놓았다. 그러고는 한쪽에 흐르는 개울로 저벅저벅 걸어 들어갔다.

 고작 종아리까지 차는 얕은 개울이지만 타는 목을 축이고 땀을 씻어 내기엔 충분했다. 아예 개울 한가운데 눕듯이 앉아 지친 눈으로 하늘을 보았다. 붉어진 서쪽 하늘에 그의 별호 같은 담하가 서서히 번졌다.

"내일쯤엔 돌아갈까."

 곧 범 사냥이 시작되면 또 누군가를 베어야 할지 모른다. 아니, 아마도 반드시 그리되겠지. 잡아야 하는 것이 그저 호랑이뿐이라면 얼마나 좋을까. 사람을 잡아먹고 해를 끼치는 짐승을 잡는 일처럼 간단하고 명료한 답이라면 말이다. 하지만 걸리는 일이 생겨 버렸다.

'보내 주신 도망 노비들 말씀입니다.'

'도망 노비?'

'기억 안 나십니까? 일전에 장 낭자와 저자에서 구해 준 이들 말씀입니다. 대군께서 제 상단으로 보내셨잖아요.'

'아아!'

'실은 그들 중 하나가 좀 걸리는 이야길 했습니다.'

'뭔데?'

'사실 그동안 이상해서 알아보던 참이었습니다. 도망친 노비가 어째서 버젓이 운종가에서 잡힌 것인지 말입니다.'

'머리 아프니까 결론만 말해.'

'도망치기 전에 은을 캤다 합니다.'

'…뭐?'

'은광 말씀입니다.'

'아아, 빌어먹을.'

'알아보니 아무래도 경화 대군과 관련이 있는 것 같습니다. 그러니……'

'알았다.'

'대군!'

'좀 더 알아봐. 확실하지 않으면 무엇도 시작할 수 없어. 나는 며칠만 좀 수련을 다녀오마.'

가능한 한 다시는 엮이고 싶지 않은 이름이었다. 작금 대전마마의 형이 되는 자, 경화 대군 이서덕.

장자였던 그가 아우인 전하께 보위를 물려주어야만 했던 이유는 당시의 좌상 신 대감과 함께 은광을 수소문했기 때문이었다.

"은이라……."

 보위를 내준 이후 기괴한 짓을 일삼으며 그저 한량으로 남은 그의 본모습이 얼마나 어두운 빛을 띠는지 아는 이는 몇 되지 않았다.

"이번엔 좀 간 크게 일을 벌이셨군."

 개울가에 두고 온 검이 애처롭게 늦은 햇살을 받았다. 그의 마음만큼이나 혹사되어 온 검은 어릴 적 스승에게 받은 것이었다.

"이럴 땐 어찌해야 하겠습니까? 스승님."

 결은 머리까지 개울에 담그고 눈을 감았다. 서늘한 물결이 뺨을 스치며 달아오른 머리를 식혀 주는 것 같았다. 더는 숨을 참을 수 없을 때까지 물속에 머리를 넣었다가 꺼냈을 때 하늘은 더 붉어져 있었다.

 그제야 젖은 몸을 일으켰다. 물이 뚝뚝 떨어지는 소매를 털고 밖으로 나서려던 때였다. 챙그랑. 잘 세워 두었던 검이 갑자기 바닥으로 기울어지며 날 선 소리를 냈다.

 고개를 돌린 결은 이내 난감한 표정으로 얼굴을 쓸어내렸다. 몸집이 큰 산저(山猪) 한 마리가 개울 밖에서 콧김을 뿜고 있었다.

"이런, 낭패를 보았나."

 그에게 멧돼지 한 마리쯤은 과히 어려운 일은 아니었다. 문제는 검이 물 밖에 있고, 그는 온통 젖어 몸이 무겁다는 것이었다. 조금씩 물속으로 발을 담그며 전진해 오는 짐승을 본 결은 몸을 구부려 돌멩이를 주웠다.

"승산이 앙상하군."

웃고 있어도 여유라곤 없었다. 돌진하는 멧돼지는 그만큼 빨랐다. 결은 손안에 든 돌을 둘리며 기회를 엿보았다.

막 팔을 들어 첫 번째 돌을 던지려던 그 순간.

"안 돼. 던지지 마세요!"

앙칼진 목소리가 그의 행동을 막았다. 이어 날아온 화살 한 대가 멧돼지의 바로 앞에 박히고 놀란 짐승이 방향을 틀었다가 다시 달려들었다. 화살은 다시 날아와 놈의 앞을 막았다.

"뛰어요. 지금! 오른쪽!"

생각하고 젤 여유는 없었다. 결은 목소리의 지시에 따라 무작정 다리를 들어 올렸다. 머뭇거리던 놈이 따라서 달리는 기척이 느껴졌다.

마구 튀어 오르는 물방울. 짐승이 내는 거센 호흡 소리.

어김없이 날아온 화살이 놈의 진행을 막고, 또 막고 그렇게 얼마나 반복을 했을까. 숨이 목구멍의 끝까지 차올랐을 때, 결은 활을 들고 눈앞으로 나타난 녹조를 마주할 수 있었다.

"자, 장녹조?"

"대군마마?"

놀라기는 피차 마찬가지였다. 얌전히 서궁에 있어야 할 그녀가 어째서 활을 들고 이곳에 있는지.

변덕을 부려 가출했다는 대군이 왜 산저와 대치하고 있었는지 순간 너무 궁금해도 지금은 우선 몸을 피하는 것이 먼저였다.

"일단 손!"

녹조가 내민 손바닥을 결은 지체 없이 잡았다.

"가자!"

그들은 멧돼지를 피해 근처의 나무 위의 굵은 가지 위로 올랐다. 녹조의 허리에 감고 있던 팔을 천천히 풀어낸 결이 조금 뒤로 물러나 앉자 가지가 휘청하고 움직였다.

"여기서 뭘 하느냐?"

"제가 묻고 싶은 말입니다. 선규 나리께서 심부름해 달라 하시기에 왔는데."

"왔는데 내가 있었다?"

"멧돼지 발에 밟히기 일보 직전."

"저딴 놈 정도는 나 혼자 해결할 수 있었어."

결의 말에 녹조는 순순히 고개를 끄덕였다.

"알아요."

"알아? 그런데 끼어들었다고?"

다시금 녹조의 머리는 대수롭지 않다는 듯 움직였다. 그는 혈랑이라는 별호를 가진 사내였다. 달려오는 산저를 침착하게 바라보던 그 시선과 행동. 그건 겁을 먹은 자의 모습이 아니었다.

무기가 없어도 그는 여유가 있었다. 그러니 그녀가 나서지 않았다면 분명 들고 있던 돌멩이로 산저의 숨통을 끊었을 것이다. 그래서 막아섰다.

"죽이면 안 되거든요, 저놈은."

녹조는 아직 나무 아래를 씩씩거리며 돌아다니는 멧돼지의 등을 턱으로 가리켰다.

"사람에게 덤비는 짐승이다. 죽이지 못할 게 뭐야."

"새끼가 있어요."

"새끼?"

"낳은 지 얼마 되지 않았습니다. 그러니 지금 저놈을 죽이면 새끼들도 다 죽어요."

녹조가 나무 아래로 턱짓할 때, 한참을 서성이던 멧돼지는 그제야 포기를 했는지 몸을 돌리고 있었다. 바쁘게 한 방향으로 뛰는 네 다리가 쿵쿵 땅을 울렸다.

"아마도 아까 그 개울 근처에 새끼가 있었겠죠. 그래서 덤볐을 겁니다. 새끼를 해치기 전에 쫓아내려고요."

"그래서 돌을 못 던지게 막은 것이냐? 저놈이 죽을까 봐?"

"어미를 잃은 새끼는 너무 쉽게 딴 놈의 먹이가 되니까요."

그 말을 끝으로 녹조는 가볍게 나무에서 뛰어내렸다. 작은 발로 가지를 박차기 전 그녀의 얼굴에 내린 뜻 모를 슬픔이 있었다. 그걸 읽어 버린 결도 곧이어 뛰어내렸다.

"자요, 여기 물건 전달입니다."

그녀가 내민 작은 보퉁이를 결은 얼른 받아 들었다.

"얼마나 귀하고 급한 물건인지는 모르겠지만, 저는 전달했으니 돌아가겠습니다."

"기다려라."

"왜요?"

찡그리는 그녀의 팔을 잡고 결은 위를 올려다보았다. 이미 어둑해진 하늘은 나무 그늘 아래라 더 어둡게 느껴졌다.

"해가 졌잖느냐."

"상관없습니다. 밤길을 걷는 것쯤 물 마시기보다 쉬우니까."

"그게 아니라, 나 말이다. 아까 그 개울에 내 짐을 모두 남겨 놓았는데, 그놈이 다시 달려들면 어쩌라고."

녹조는 머리를 한쪽으로 기울였다. 눈을 깜박이며 뭔가를 생각하던 입술 끝이 고운 곡선을 그렸다.

"아하. 그래서 겁이 나십니까?"

"누가 겁이 났다고 그래?"

"겁나서 저더러 같이 가 달라는 거 아닙니까?"

"다시 덤비면 이번엔 그놈을 죽일 것 같아 그런다. 상관없다면 가거라."

사람의 흔적을 보았으니 멧돼지는 이미 새끼들을 다른 곳으로 옮겼을 것이다. 다시 되돌아올 가능성은 없었다. 하지만 녹조는 결의 손을 뿌리치지 못했다.

"손이 엄청 많이 가는 양반입니다, 대군은 참!"

"피차일반이다."

앞서 걷는 녹조의 뒤를 결은 얼른 따라붙었다. 걸을 때마다 흔들리는 그의 소매에서 아직도 간간이 물이 떨어졌다.

"놈에게 새끼가 있다는 건 어찌 알았느냐?"

"솜씨 좋은 사냥꾼입니다, 저."

"그래서, 어찌 알았는데?"

거의 그녀의 걸음을 따라잡았을 즘 묻자 녹조는 조금 어깨를 추켜올렸다.

"아무리 앞뒤 분간 못하는 짐승이지만 가만히 있는 사람에게 덤비겠습니까?"

"응?"

"더구나 물속에 계셨잖아요. 둔해 보여도 멧돼지는 예민한 짐승입니다. 사람이 있다는 것을 알았다면 가까이 오지 않았을걸요?"

말이 길어지자 그녀는 잠시 숨을 골랐다. 천천히 한 걸음을 앞으로, 그러고는 다시 입을 열었다.

"그런데도 굳이 덤벼들었다면 답은 하나뿐입니다. 위협이 된다고 판단했을 때."

어느새 나온 별이 밤하늘에 총총했다. 다시 앞서기 시작한 녹조의 등을 보며 결은 숨결처럼 읊조렸다.

"그래서 너도 나를 피하는 건가? 내가 네게 위협이 되어서?"

너무 작은 그 소리는 아마도 녹조에게 닿지 않은 모양이었다. 점점 더 멀어지는 그녀를 따라 결은 부지런히 발을 놓았다.

"왜 이런 곳에서 혼자 수련을 하십니까? 서궁의 연병장은 이보다 훨씬 넓은데요?"

개울가에 함께 불을 피우고 자리를 잡았을 때 녹조가 물었다.

"그럼 들키니까."

"예?"

"버젓이 적들이 보는 앞에서 발톱을 갈고 있을 수는 없잖아."

"적들?"

모르겠다는 얼굴을 한 그녀에게 결은 마른 육포 하나를 건네주었다. 선규가 전하라는 보퉁이 속에 들어 있던 것이었다.

"예전에 말이다. 선규가 새끼를 밴 개 한 마리를 서궁에 들여 놓은 적이 있었다."

"뜬금없이 개요?"

"그 개는 새끼를 무려 다섯 마리나 낳았지. 그중 무녀리로 나온 놈이 유독 약했다."

녹조는 결이 건넨 육포를 조금씩 이로 뜯어 씹으며 귀를 기울였다.

"나중 나온 놈들은 월등하게 건강했다. 한 달쯤 지나니 차이가 더 커졌다. 그래서 어찌 되었는지 아느냐? 알겠구나, 너는 사냥꾼이니."

녹조는 한숨을 쉬며 고개를 끄덕였다. 나중 나온 놈들이 먼저 나온 무녀리를 배척하고 괴롭혔을 것이다. 약한 존재란 그런 것이니까. 강한 놈들의 발아래서 울 수밖에 없는 존재. 발버둥을 쳐도 결국 밟히는 디딤돌이다.

"그래서 발톱을 갈고 계십니까? 무녀리가 되기 싫어서?"

"다 먹었느냐? 부족하면 더 먹어라."

대답 대신 결은 육포를 더 내밀었다. 손을 뻗어 그것을 받으며 녹조는 결의 얼굴을 빤히 보았다. 문득 처음 주막에서 서궁 이야기를 들었을 때가 떠올랐다. 장사치들이 서산을 가리키며 그곳에 서궁이 있다고 했을 때 말도 안 된다며 발끈하자, 그들이 그랬다.

'이 녀석아! 궐에서 쫓겨난 대군이 어디 버젓이 사람 사는 곳에서 살겠냐? 저런 데 숨어 살지.'

쫓겨난 대군이라는 말은 그런 뜻이었던가? 힘없고 약해서 밀려난? 살기 위해 발버둥을 쳐야 하는?

겉보기엔 시름이 없어 보이는데, 이런 식으로 얼마나 더 많은 날을 숨어서 자신을 갈아 왔을까. 얼마큼 숨을 참았을까.

집에서 자신을 기다리고 있을 수로와 아버지의 얼굴이 차례로 떠올랐다. 육포를 내려놓은 녹조는 두 팔로 무릎을 끌어안았다. 그러곤 무심결에 중얼거렸다.

"어렸을 때 집에 큰불이 났었습니다."

모닥불에 장작 하나를 더 던져 넣던 결이 멈칫 그녀를 돌아보았다.

"불?"

방금 던진 장작에 불티와 재가 날아올랐다. 그날처럼. 스승님과 그 가족들을 모두 앗아간 화마의 그날처럼.

설마 이 아이가 기억하는 그 불길이? 몸을 돌려서 다시 물으려는데 녹조가 먼저 입을 열었다.

"산불이었습니다. 그러니까 그게… 마을 뒷산에 산, 산불이 났는데 그게 집을 덮쳤거든요."

결은 초조하게 끓었던 마음을 가라앉혔다. 산불이라면 전혀 다르다.

"산…불이라고?"

"흔한 일이지요. 산속에 있는 마을에서는요."

"큰일을 겪었구나."

결은 다시 장작 하나를 더 던져 넣었다. 하필 그래서 보지 못했다. 어째서인지 가슴을 쓸어내리며 안도하는 듯 가는 한숨을 쉬는 녹조를.

"그때 어머니를 잃었느냐?"

"예."

홀로 어머니의 기일을 지키던 녹조가 울던 것을 기억하고 있었다. 어린 딸이 홀로 남을까 걱정했다는 말도.

"하여 저는 여덟 살 이전의 기억이 없습니다."

뜻밖의 고백이었다. 어떤 대답을 해야 할지 몰라 망설이는 사이 녹조가 말을 이었다.

"아버지께선 그 불과 함께 제 기억도 타 버린 것 같다고 하셨습니다. 그러니 애써 기억하려 하지 말라고요."

"지금도 기억 못 하는 건가?"

녹조는 고개를 끄덕였다. 기억의 끝은 늘 불길 속으로 달려 들어가던 아버지의 모습이었다. 어머니를 구해 올 테니 걱정 말고 도망치라던 아버지의 그 절박한 표정.

"어렸을 땐 기억하려고 고집을 부리다가 앓아누운 적도 많았습니다. 그러다가 어느 날 포기했어요."

"왜?"

"어느 날인가 아버지께서 취해서 돌아오셨는데… 그러셨거든요. 제가 기억하지 않길 바란다고. 제 기억이 아버지와 수로까지 힘들게 한다고."

잠시 멈췄던 녹조의 고백은 불쑥 다시 이어졌다.

"고작 어릴 적, 팔 년의 기억인걸요. 없이도 잘 살아왔습니다."

웃고 있는 그녀의 곁으로 결은 천천히 다가갔다. 그러고는 이유 없이 주억거리는 그녀의 머리에 손을 얹어 꾹꾹 쓰다듬었다.
"애썼다, 장녹조."
가장 아픈 것은 자신의 상처라고 생각했다. 나는 고작 손가락을 베였고 남은 팔이 잘렸어도, 커다란 그 상처보다 내 손가락이 더 아픈 것을 당연하게 여겼다.
그런데 이유도 명확하지 않은 이 아이의 슬픔에 왜 가슴 언저리가 아플까. 그깟 팔 년, 그가 버텨 온 이십 년 넘은 세월에 비하면 어린애 주먹처럼 작은데, 같이 아파해 주고 싶었다.
어깨를 마주한 두 사람은 한참이나 말없이 앉아 있었다.
얼마 후 문득 고개를 돌렸을 때, 녹조는 까닥까닥 졸고 있었다. 휘청하고 옆으로 기울어지는 붉은 뺨 아래로 결은 얼른 어깨를 받쳤다. 기다렸다는 듯 의지해 오는 작은 몸뚱어리는 역시나 하나도 버겁지 않았다. 결은 조심히 장작 하나를 더 던져 넣었다.
"오늘은 내가 너의 밤을 지켜 주마."
밤이 아무리 길어도 어차피 나는 잠들지 못할 테니.

고요하던 산마루에서 갑자기 푸르르 새들이 날아올랐다. 목이는 뾰족하게 깎아 내던 나무창을 들고 일어나 사립문 근처로 걸었다.
"뭐가 나타났나?"

새들이 저렇게 한꺼번에 날아오르는 건 산속의 마을에선 흔한 일이다. 하지만 요즘 그의 마을에서는 그리 흔한 일이 아니었다. 호랑이가 노는 산. 작은 짐승들은 이미 겁을 먹고 멀리 도망갔고 인적마저 드물어 새를 쫓을 일이 없기 때문이었다.

"무슨 일이냐?"

하라는 일은 안 하고 멀거니 산을 보고 있는 목이를 변 서방이 불러 세웠다.

"아무것도요. 새가 갑자기 날아서."

헐렁하게 웃고 뛰어와 마루에 앉은 목이의 손이 다시 느릿느릿 창끝을 다듬어 갔다. 호랑이는 아닐 것이다. 새들은 겁먹은 것 같지만, 그럴 리가 없지.

하지만 아무리 마음을 다잡으려 해도 칼날이 자꾸만 나뭇결을 밀어내지 못하고 미끄러졌다. 그때, 다리를 끌고 들어온 천 서방이 사립문 안에서 멈춰 섰다. 숨을 몰아쉬는 것이 서둘러 온 듯했다.

"여기들 있었네. 어여 와 보게들. 호랑이를 잡겠다고 드디어 왔어."

"드디어 누가 왔단 거요?"

목이를 재촉하고 있던 변 서방이 뚱하게 물었다. 나라님이 보내 주신 착호갑사들도 못 잡은 산군인데, 웬만한 놈들은 어림도 없다.

짚이는 곳은 있었다. 서산! 그래도 전혀 반갑지 않았다. 호랑이 밥이나 대 줄 뿐이지. 그러나 그런 아비와 달리 깎던 창을 멀찍이 내려놓은 목이의 눈빛은 호기심으로 반짝이고 있었다.
"정말요?"
"지금 내 눈으로 확인하고 오는 길이야."
"시답잖은 소리. 얼마나 버티겠어? 곧 도망치겠지."
"그러지 말고 가 봐요, 아버지. 혹시 모르잖아요."
"글쎄, 소용없대도?"
목이의 말에 변 서방은 혀를 차면서도 손을 내밀어 천 서방의 팔을 잡아 부축했다. 천 서방이 봤다는 그들은 벌써 주막에 모여 있었다. 모두 사냥꾼 복장을 한 사내들이었다.
'사냥꾼을 모았다더니.'
하나같이 체격이 크고 강해 보였지만 그건 지난번의 착호군도 다르지 않았었다. 갑사들이 왔다는 말에 얼마나 안심했었던가? 이번엔 정말 잡아 줄 것이라고 말이다.
"저기들 오네."
마당으로 들어서는 변 서방 일행을 보자 주모가 반색하며 뛰어나와 변 서방의 손을 잡았다. 무슨 일이 있었는지 눈물이 글썽했다. 그런 주모를 본 변 서방이 단박에 그녀의 몸을 제 뒤로 감싸며 인상을 구겼다.
"당신들 뭐요?"
서슬 퍼런 그의 고함에 저들끼리 두런거리고 서 있던 사냥꾼들도 몸을 돌려 그들을 보았다. 이윽고 한 사내가 무리에서 떨어져 조용히 걸어 나왔다.
수려한 외모에 유난히 어깨가 넓은 사내였다. 붉은 여우 털로 장식된 반비를 차려입은 그는 한눈에 보아도 귀하게 자란 태가 났다.

"쳇, 돈 많은 도련님이 호승심이라도 부리러 왔나?"

변 서방은 주모의 팔을 놓고 그를 향해 척척 걸어갔다. 외양으로 풍기는 기운은 사내가 누구인지를 충분히 드러냈다. 그렇다 해도, 그게 뭐! 사람들은 모두 가족을 잃고 슬픔에 젖어 있었다. 소문의 대군이라고 다를까?

괜한 희망을 줘 놓고 한밤중에 꽁무니를 뺄 요량이면 차라리 지금 당장 내쫓아 버리는 게 낫다.

"그대가 이곳의 촌장인가?"

다가오는 변 서방에게 결이 물었다.

"촌장? 여긴 그딴 거 없소. 다 죽어 나간 마당에 그게 무슨 소용이야."

"하긴."

"당신들도 어설프게 공이나 세울 요량으로 왔으면 지금 나가시오. 괜한 목숨 희생하기 싫으면!"

결은 피식 미소를 지었다.

"공? 누가 그딴 게 필요하대? 그런 건 이미 차고 넘쳐."

"……?"

"난 그냥 호랑이 잡으러 왔는데? 엄청나게 지독한 놈이 여기 있다기에."

"무슨 수로?"

화를 내는 변 서방의 성난 눈썹과 주변에 선 마을 사람들을 결은 삐뚜름히 보았다. 사냥꾼들이 왔다는 소식에 달려 나온 사람들의 수는 대략 열댓 명 남짓.

'이렇게 큰 마을에 고작 저 정도뿐인가.'

나머진 다 죽었거나 마을을 떠났다는 뜻일 터다.

과연, 가까운 산줄기엔 이미 묘가 많았다. 새로 만든 것들이 대부분이라 아직 풀도 나지 않은 붉은 묘였다.

"촌장이 없다면 일단 그대가 나를 좀 도와야겠다."

"내가 왜?"

"여기 있는 사람들이라도 살려야 할 것 아닌가? 그래서 남아 있는 거 아니야?"

"대, 댁이 누군데? 나한테 이래라저래라요?"

변 서방은 고집스럽게 주먹을 쥐었다. 처음엔 다들 그랬다. 그 딴 호랑이 잡아 버리면 그만이라고. 하지만 이젠 그런 희망은 거의 닳아 버리고 거친 밑바닥만 남았다. 뻗대는 변 서방을 보다 못한 선규가 슬쩍 다가갔다.

"다 알고 있는 것 같은데 말조심하시오. 우리 대군께서 성질이 좀 더럽소."

"쳇!"

짧게 한숨을 쉰 변 서방이 순순히 물었다.

"정말 서궁의 혈랑이십니까?"

"그게 뭐가 중요해, 호랑이 잡는 게 중요하지. 그래서 도울 건가, 말 건가?"

"그게, 가능하겠습니까? 그놈 잡겠다고 덤빈 것이 나리님들이 처음이 아닙니다. 다들 포기하고……."

"그야, 그들은 내가 아니니까."

"하지만 아무리 그래도."

"짐승은 짐승이 잡아야지."

싱긋 웃는 결의 미소는 같은 사내가 보기에도 너무 반반해서 혈랑이라는 험한 별호가 어울리지 않았다.

또 한 차례, 푸르르. 산머리 어딘가에서 새가 날아올랐다. 바람이 부는 몰 언저리의 나무들이 한 방향으로 머리를 기울이고 누웠다가 일어나길 반복했다.

'오늘 유난히 새가 소란스럽네.'

목이는 주막집 사립문 앞에 서서 그 모양을 나른히 바라보았다. 홀아비가 된 지 오래인 천 서방 아저씨에게서 나는 땀내가 늘 그렇듯 코를 찔러 왔다.

지금 아버지와 입씨름을 하는 사내는 뭔가 달라 보이긴 했다. 일단 넘치는 자신감이 그랬다.

'그래도 그놈은 못 잡아.'

속으론 그리 생각해도 입 밖으로 내진 않았다. 사냥꾼들이 약해서가 아니라 그 호랑이 놈이 너무 강하기 때문이다. 사람들의 눈이 아버지와 낯선 사내에게 쏠려 있었다. 다들 간절해 보였다.

'그렇게 속고도 또 속으려고. 하여간 바보들이야.'

목이는 속으로 차분하게 웃었다. 어차피 그놈은 못 잡는다. 나라님이 와도 소용없을걸? 차라리 여기에서 떠나는 편이 훨씬 나은데, 이깟 마을이 뭐라고 다들 이러는 건지. 버텨 봐야 호랑이의 밥이 될 것을.

"목이야!"

"예, 아버지."

"이리 오너라."

변 서방의 부름에 목이는 잡고 있던 천 서방의 팔을 조심히 놓고 털레털레 달려갔다. 어느새 공손해진 변 서방이 달려온 목이의 머리를 꾸욱 눌렀다.

"인사드려라. 서산의 대군마마시다."

"대군?"

깜짝 놀라 다시 고개를 들었지만 목이는 사내의 얼굴을 끝까지 보지 못했다. 아비의 손이 더 세게 뒤통수를 눌렀기 때문이었다.

"제 아들입니다. 어릴 때 잘 먹이질 못해서 그런지 말을 좀 더듬고 행동이 좀 느립니다. 그래도 이 근방을 제일 잘 아는 놈입니다."

아들을 소개하는 중에도 아비는 계속 머리를 눌렀다. 이미 깊이 숙였는데도 한참이나 더 눌린 다음에야 목이는 고개를 들고 곁을 볼 수 있었다.

'이 사람이 혈랑?'

서산의 붉은 늑대 이야기라면 그도 알고 있었다. 하도 시끄럽게 노래를 불러 대기에 이런저런 상상들도 해 봤었다. 머리에 뿔이 달렸다거나, 눈에서 불을 뿜는 상상.

그러나 눈앞의 이 사내는 상상 속의 용모와는 달랐다. 이제껏 봤던 사냥꾼들에 비해 훨씬 강해 보이기는 하지만, 그게 무슨 소용이람. 어차피.

'이 사람도 곧 죽을걸.'

10. 나를 번거롭게 해라

"이럴 거면 차라리 그냥 다 관두지?"
불만 가득한 두솔의 투덜거림에 녹조는 반박하지 않았다.
"제발 좀, 그냥 가만히 등만 빌려주면 안 돼?"
"너 하는 짓이 우습잖아. 이렇게 등에 붙어서 어떻게 호랑이를 잡아?"
"나도 알아. 어이없는 거."
널찍한 두솔의 등 뒤에 숨어서 녹조는 이마를 쿵쿵 찧었다. 어쩌자고 대군에게 집이 불에 탔다는 말을 꺼냈을까? 그나마 산불이라고 둘러대긴 했지만, 결국엔 기억이 없다는 말까지 미주알고주알.
"하아."

처음이었다. 과거의 조각을 꺼낸 건. 이제껏 누구에게도 한 적 없는데.

'애썼다, 장녹조.'

답지 않게 장난기 없던 목소리와 머리를 쓰다듬던 큰 손이 재삼재사 떠올랐다. 머릿속이 번잡해 죽을 지경이었다.
밤새 빌렸던 너른 어깨에서 눈을 뗐을 때 그는 녹조의 얼굴을 빤히 보고 있었다. 피했어야 하는데. 그 눈을 빤히 바라보다가 멍청하게 물었다.

'뭘 그리 빤히 보십니까? 왜요? 또 끌어안기라도 하시게요?'
'하랴?'

빙그레 웃어 버리던 그 눈매, 사내치곤 길고 예쁘던 속눈썹.
"으아악!"
또다시 떠오른 기억에 녹조는 외마디 비명을 질렀다.
"깜짝이야, 왜 이래?"
화들짝 놀란 두솔이 펄쩍 몸을 틀었다. 녹조는 얼른 두솔의 등을 단단히 붙잡았다.
"묻지 마. 움직이지도 마."
멀리서 마을 촌장과 이야기를 하고 있던 결의 시선이 반듯하게 그녀를 향해 쏘아졌다. 아직 멀쩡하게 볼 자신이 없는데.

"으악, 이쪽 보잖아."

녹조는 다시 두솔의 등을 잡고 매달렸다.

"인마, 내가 네 녀석 방패냐?"

"좀 해 줘, 오늘은 좀."

한숨을 거푸 내쉬는 두솔의 두꺼운 팔뚝을 방벽 삼아 녹조는 곁을 홀끔거렸다. 이제야 아주 조금 실감이 났다. 그가 어떤 사내인지. 어떤 위치에 있는 사내인지.

"두솔아."

"왜?"

"원래 키가 저리 컸었나?"

"뭐? 누구?"

"대군 말이야."

그녀의 말에 두솔의 눈매가 삐뚜름 기울어졌다. 녹조가 여인이라는 사실을 감추기 위해 대군이 자주 붙어 있다는 것은 알고 있었다.

하지만 기분이 썩 좋지 않았다. 녹조를 바라보는 대군의 눈동자에 깃든 온도와 그를 보는 녹조의 호기심. 그게 적잖이 두솔의 심기를 건드렸다.

"너 요즘 대군 얘기 많이 한다?"

"내가?"

"지금도 대군 때문에 내 뒤에 숨은 거잖아. 뭐야? 대체 무슨 일인데? 저치가 너더러 여인 하래?"

"무, 무슨 말이야, 그게."

녹조는 펄쩍 뛰었지만 그녀의 두 뺨에 발그레 올라온 붉은 기운만으로도 대답은 충분했다. 어느 쪽에서 불어온 춘풍인지는 상관없다. 다만 그것이 녹조를 흔들고 있다면 그건 참고 넘길 수 없는 문제였다.

"야, 연녹조!"

"미쳤어? 장녹조라고 해야지! 누가 들으면 어쩌려고."

"그만두자."

"뭘?"

"호랑이고 은이고 그만두자고. 수로 팔 고칠 돈은 내가 벌게. 그러니까 지금이라도 돌아가자고. 우리 마을로."

돌아선 두솔의 표정은 진지했다.

"대군의 키가 큰지 작은지 그딴 거 알 게 뭐야. 난 너 때문에 여기 온 거야. 호랑이도 관심 없어."

"어디 담벼락에 머리라도 박았니? 갑자기 왜 횡설수설이야?"

"이런 상황에도 넌 나를 안 보는구나?"

즉흥적으로 한 말이 아니었다. 내내 그녀를 보고 있었기에 알수 있는 직감이고, 그래서 꺼낼 수 있는 용기였다. 하지만 녹조에게 그 용기는 지나가는 개소리만도 못한 듯했다. 그녀의 안중은 내내 한 사람만 살피고 있었다.

"마음대로 해라."

두솔은 팔에 매달린 작은 손을 걷어 내고 성큼성큼 그 자리를 벗어났다.

"어디 가?"

"오줌 싸러. 궁금하면 따라오든가."

바지춤을 잡고 흔들기까지 하는 두솔을 녹조는 질색하며 째려보았다. 그나마도 오래가지 못하고 방향을 틀었다.

"칫!"

녹조는 습관처럼 눈을 돌려 결을 보았다. 그 뒤에서 두솔이 입술을 깨물었다. 끈기 있게 기다리면 언젠가 돌아봐 줄 마음일 거라 생각했다.

하지만, 역시 개는 집 안에서 살고 쥐는 도랑에 사는 것이 맞는 건가? 상대가 너무 먼 곳을 보고 있어도, 그래도 접어지지 않는 마음이면 그때는 어째야 하는 거지?

"너, 이 마을 지리를 잘 안다고?"

"예. 누, 눈을 가, 감고도 뛰어다닐 수 있습니다."

목이는 세차게 고개를 끄덕였다. 어차피 잡을 수 있는 호랑이는 아니다. 대군인지, 혈랑인지 곧 꼬리를 말겠지. 그러면 연시 누이도 다른 생각을 품을 수 있다. 마을에서 나가고 싶어질지 모를 일이다.

"잘됐군. 그럼 저기 보이는 저 샌님을 따라가서 사람들을 좀 돕거라."

목은 결의 손가락을 따라 시선을 돌렸다. 대군의 손가락 끝에는 같이 온 사냥꾼들과는 다른 해사한 한 사내가 있었다.

"저, 저기 고운 비단옷 입은 나리 말씀이지요?"

느리지만 확실한 목이의 표현에 결은 짧게 웃었다. 이런 산중의 마을에 오면서 굳이 알록달록한 비단옷을 차려입은 선규는 무리 중 단연 해사했기 때문이었다.

"오냐, 맞다."

"저, 정말 제가 해, 해도 됩니까?"

고개를 끄덕이는 결에게 목이 다시 한번 확인을 했다. 나이가 얼추 찼어도 이곳 사람들은 모두 그를 반병신 취급했다. 말이 느리고 행동도 몹시 느리기 때문이었다.

하여 안면이 있는 사람들과는 살갑게 지내지만, 그 외의 사람들과는 눈을 마주치는 것도 드물었다. 그간 숱한 사냥꾼들이 왔어도, 당연히 그에게 뭔가를 맡긴 건 처음이다.

"네가 여길 제일 잘 안다며? 아니야?"

"맞습니다. 여, 여기서 나고 자랐거든요."

"그럼 어서 가라. 지금부터 이 주막을 중심으로 마을 사람들을 모두 모아야 하거든. 호랑이를 잡을 때까지 당분간은 한데 모여 있어야 해."

"예, 아, 알겠습니다."

어차피 호랑이는 나오지 않는다. 다른 사람들은 몰라도 목이는 그것을 알고 있었다. 그래서 왜 굳이 마을 사람들을 한데 모아야 하는지 그 이유도 이해가 되질 않았다.

"그런데 말입니다, 대군 나리."

"왜? 할 말 있느냐?"

"그것이⋯⋯."

적당한 말을 찾느라 고개를 돌리다가 보았다. 연시 누이가 구경꾼들 사이에 서 있는 것을. 괜스레 어깨가 펴졌다.

"아, 아무것도 아닙니다. 다녀오겠습니다."

목이는 고개를 흔들며 선규를 향해 뛰어갔다. 아직 연시가 거기 서서 구경을 하고 있는지 몇 번이나 확인하면서. 목이가 멀어지자 결은 기다리던 변 서방에게 돌아섰다.

"자, 그럼 자네는 나와 함께 그간 흔적을 발견한 곳부터 돌아볼까?"

"곧 해가 지는데 우리 둘만요?"

변 서방은 대번에 겁먹은 얼굴로 눈매를 벌렸다.

"아니, 한 놈 더."

변 서방을 세워 두고 결은 보폭을 크게 벌려 멀찍이 서 있던 녹조에게 다가갔다. 그러고는 그녀의 뒷목을 덥석 잡아서 질질 끌어당겼다.

"여기 이 쪼끄만 놈까지. 합이 셋!"

"으앗, 말로 하십쇼. 말로."

녹조의 비명이 들리자 멀리 선규의 옆에 서 있던 한두솔 놈이 이쪽을 보며 인상을 썼다.

금방이라도 뛰어와 녹조를 채 갈 것처럼 콧구멍을 벌름거리는 놈을 보며 결은 히죽 웃었다. 보란 듯 그녀의 목을 팔로 감아 옆구리에 챙겨서는 몸을 돌려 버렸다.

"자, 그럼 자네가 앞장서게."

"이 조그만 양반이랑, 이렇게 셋이요?"

"이리 보여도, 이 녀석 제법 강한 궁사거든. 웬만한 장정 셋보다 낫지."

변 서방은 영 못 미더운 표정으로 녹조를 훑었으나 혈랑의 명을 거부할 수는 없었다.

"이쪽입니다. 따라오십시오."

변 서방이 순순히 앞서서 길을 잡는 동안 결은 착실하게 녹조를 챙겨 그 뒤를 따랐다.

"놓으십쇼. 숨 막힌다고요."

"싫다, 이놈아. 그러게 누가 살금살금 나를 피해 다니라더냐?"

결은 오히려 더 세게 그녀를 휘어 감고 척척 걸었다. 산속의 동굴에서 그녀를 화나게 했던 그날, 거칠게 품어 안고 마음을 내비쳐 버린 그 이후, 몇 번이나 기회를 보았다.

그날의 일은 분명 우발적이었지만, 그게 다는 아니었다. 해명하고 싶은데 눈길조차 주지 않던 그녀였다. 그런데 그 이후 또다시 기회가 왔다. 멧돼지와 선규가 만들어 준 기회였다.

그간 들은 적 없는 속 이야기까지 꺼내기에 이제는 조금 다가서도 되겠구나 했는데, 착각이었다. 아침이 밝자 녹조는 또다시 도망쳤으니까.

둔한 강아지가 제 꼬리를 잡으려고 맴을 돌듯이, 진전되는 것은 없고 내내 제자리였다.

"피한 거 아닙니다."

"시끄럽다."

"정말이에요. 정말이라고요."

"곱게 따라오련? 아니면 등에 멜까?"

"흡!"

화들짝 입을 다무는 녹조의 커다란 눈을 결은 즐겁게 내려다보았다. 그녀를 보면 과거가 떠올랐다. 소중한 사람을 맥없이 잃어야 했던 힘없는 자신이. 그래서 늘 주춤거렸던 것도 사실이었다. 그러나 요 며칠 자꾸만 피하는 녹조를 찾아다니며 마음은 커지고 주춤거림은 확신이 되었다.

마지막으로 한 번만 더 누군가를 욕심내 보자고. 그런데 이 녀석이 어찌나 내빼는지.

'날다람쥐 같은 놈.'

오직 저놈. 한두솔의 옆에서 놈의 보호를 받으며 보란 듯 둘이서만 붙어 다녔다. 그럴 때마다 마치 뭐라도 된 것처럼 그녀를 옆에 끼고 다니던 두솔의 비웃음을 생각하면 다시 부아가 올랐다.

"알았으니 일단 놓으세요. 왜 늘 목부터 잡는 건데요."

버둥거리는 것까지 멈춘 녹조의 목에서 결은 팔을 풀었다. 팔에 눌려 정말 숨이 막혔는지 붉게 상기된 얼굴에서 까만 눈동자가 깜박거렸다.

맑은 눈이었다. 보고 있는 사람의 얼굴이 고스란히 비치는. 그래서 자꾸만 그 시선에 멈추게 된다. 포기하지 못하게 된다.

"미안하다. 아프게 하려던 건 아닌데."

헝클어진 녹조의 머리카락을 걷어 주며 결은 다정하게 목소리를 낮췄다.

"너 같은 어떤 녀석이 있었다. 어물거리다가 지키지 못했지."
"그게 누군지는 몰라도, 제 몸은 제가 스스로 지킬 수 있습니다."
"어련할까."

결은 한 번 더 그녀의 머리카락을 쓸었다. 알고 있었다. 아무리 비슷하다 해도 그녀는 그날의 작은 새가 아니다. 그 아이는 죽었고, 다시는 만날 수 없다. 그런데도 아무런 연관도 없는 녹조에게 자꾸만 그 앨 이어 붙였다.

그저 예쁘게 웃을 수 있도록 지켜 주고 싶은 마음이 전부였는데, 그 마음마저 타 버리고 나니 더는 자신이 없었다.

하지만 비슷한 구석을 찾으려 할 때마다 녹조가 그를 일깨웠다. 녹조는 녹조일 뿐 그 아이가 아니라는 사실을. 어쩌면 여기 장녹조에게 품은 마음 역시 연민일지도 몰랐다. 자신처럼 다른 이의 인생을 책임지고 있는 삶이 비슷해서 느끼는 연민.

하지만 그땐 미처 뛸 기회도 없었던 심장이 지금은 자꾸만 뛰었다. 너무 거침이 없어서 두려울 만큼 세찬 고동을 울린다. 그러니 겁내지 말고 조금 더 알아보고 싶었다.

"네가 옆에서 깐죽거리질 않으니 무료하더군."
"까, 깐죽? 무료?"
"늘 얼쩡거리던 녀석이 없으니까, 허전하기도 하고."
"지금 사죄하시는 겁니까?"

결은 눈을 깜박이며 한숨을 쉬는 녹조의 동그란 머리를 찬찬히 쓸어내렸다. 보들보들한 촉감이 흡족하게 손바닥을 간질였다.

"그날 일은 내가 잘못했다."

"예?"

"다시는 허락 없이 그러지 않으마. 그러니 용서해다오. 그리고 이제부터는 가능한 한 잘해 주마."

녹조는 입술을 삐죽거렸다. 사실 그 동굴에서의 행동에 대해 사죄를 받을 생각은 없었다. 그래서 막막했다. 진심이 느껴지는 결의 사죄에 무슨 답을 어떻게 해야 하는 건지.

그때 결이 녹조의 귓가로 허리를 숙였다.

"그러니까 당분간은 내 옆에서 번거롭게 굴어라. 그럼 내가 널 지켜 줄 테니."

그저 두 눈을 깜박거리는 녹조의 옆에서 결은 초조하게 턱을 긁었다.

"무슨 답이라도 좀 해 보지?"

"그러니까 번거롭다는 건 어수선하다, 귀찮다, 뭐 그런 거죠?"

"으응?"

"그러니까, 제가 없으면 심심하고."

"그래."

"그래서 번거롭지만 제가 대군의 눈앞에서 얼쩡거렸으면 좋겠다, 이 말씀이시죠?"

"뭐, 조금 다르긴 하지만 비슷하다. 가능한 한 내 옆에······."

결은 될 수 있는 한 얼굴을 찡그리지 않기 위해 노력했다. 거듭 이어지는 그녀의 질문은 어째 조금씩 어긋나는 느낌이지만 그래도 뜻은 통했을 것이라 여겼다. 그런데 그때 녹조가 갑자기 이마를 탁 치더니 배시시 웃었다.

"이제 알겠습니다."

"뭘 말이냐?"

"나 참, 결국 심심하니 놀아 달라는 말 아닙니까? 간단한 말을 뭐 그렇게 거창하게 싸매십니까."

전혀 다른 방향으로 가 버린 녹조의 해석에 결은 입을 벌렸다.

"…이 녀석아! 그게 아니잖아?"

"됐습니다. 똥인지 된장인지 굳이 찍어 먹어 봐야 압니까? 더 말씀 안 하셔도 압니다."

"뭘 알아?"

"심심하다면서요? 얼쩡얼쩡하라면서요?"

동그랗게 뜬 그녀의 눈이 영리한 척을 하고 있었다. 이렇게까지 말을 했는데 그걸 못 알아듣고 답답하게. 결은 꿀밤이라도 놓을 듯 주먹을 꾹 쥐었다.

"이익!"

그러나 차마 이행할 수는 없었다. 이 쪼끄만 머리통 어디를 때리라고! 결은 주먹을 거두는 대신 녹조의 머리꼭지에 툭 턱을 얹었다. 답답한 마음을 대변하듯 긴 한숨이 잇새를 떠났다.

"귀찮은 데다 둔하기까지 한 놈."

"지금 남의 머리통에 대고 뭐라 하시는 겁니까?"

"이 멍청아. 달리 보인단 말이다, 네 녀석이."

"어어? 지금 또 멍청하다 하셨지요?"

"대체 넌… 귓구멍이 반만 뚫렸느냐? 정작 들어야 할 건 못 듣고……."

결은 포기한 듯 고개를 저으며 그녀의 손을 찾아 쥐었다. 화들 짝 놀란 그녀가 손을 빼려고 했다. 결이 마음먹고 잡은 악력을 이길 수는 없었다.

"대, 대군."

"가만히! 그냥 따라와. 해가 지기 전에 다녀와야 하니까."

"놓고 가십시오. 놀아 드린다니까요. 얼쩡얼쩡."

"일단 다녀와서 다시 하자. 때가 안 좋았어. 때가."

"뭘 합니까?"

"처음부터 싹 다."

종종거리며 그를 따라가는 녹조는 순간 눈을 흡떴다. 또 허락 없이 끌어안으면 가만두지 않겠다는 듯 눈썹이 송충이처럼 꿈틀거렸고 바라보는 눈망울엔 온통 그에 대한 불신이 가득했다.

"어렵군. 너무 어려워."

결은 거푸 한숨을 흘렸다. 대체 어디서부터 바로잡아야 할지. 갑갑한 결에 비해 딸려 가는 녹조의 마음은 조금 편안했다.

'후, 다행이다.'

불편했었다. 그와의 접촉이 그리 싫지 않았던 것도, 정신을 차리면 그를 따르고 있던 시선도, 다. 그런데 이제야 그 이유를 알 것 같았다.

'그래. 이건, 꼭 두솔이와 처음 친해졌을 때 같잖아.'

겁먹고 경계심 많던 어린 그녀에게 처음으로 두솔이라는 친구가 생기던 날, 얼마나 우왕좌왕 당황했던가. 물론 결은 그보다 더 급작스럽게 가까워졌지만.

일전의 밤. 과거의 이야기까지 할 수 있었던 건, 그만큼 가까워졌기 때문일 것이다.

'그래, 그거야.'

훈김이 모락모락 올라오는 커다란 목욕통 안에 한 사내가 앉아 있었다. 경화 대군 이서덕. 현 임금의 형이 되는 자였다.

참방, 물소리가 나며 살이 오른 흰 손 하나가 그의 어깨에 더운 물을 끼얹었다.

"물은 따뜻하십니까?"

조용하고 나붓나붓한 목소리는 이서덕의 처, 부부인 신 씨의 것이었다.

"흡족합니다. 부인께서도 들어오시렵니까?"

"망측한 소리 마십시오. 다 늙고 추레한 몸으로 어찌 대감을 모시겠습니까."

이서덕도 진심으로 권한 것이 아니지만, 신 씨 역시 지아비의 말에 딱히 상기되지 않았다. 노할 법도 하건만 그의 몸을 닦아 내는 손길은 변함없이 지극정성이었다.

"시중들 아이를 준비해 놓았습니다. 목욕이 끝나면 그리로 가십시오."

"아아, 오늘이 그날인가?"

"예. 제가 잊지 않고 준비했어요."

이서덕은 달리 첩이 없었다. 조강지처와 두 딸이 죽은 후, 새로 얻은 신 씨가 얼마나 그를 극진히 모시는지는 근방에 사는 사람이라면 다 아는 이야기였다.

"고맙소. 내 늘 부인 덕분에 하루의 피로를 잘 풉니다."

"무슨 말씀을요. 그런 말씀을 하시면 섭섭합니다. 제가 아무것도 바라는 것이 없다는 것 아시지 않습니까."

조심스럽게 어깨를 닦아 내는 그녀의 손을 이서덕은 다정하게 잡았다.

"그래도 고마운 것은 고맙다고 해야 하지 않겠소. 참으로 고맙소, 부인."

그의 첫째 부인은 특히나 덕이 없던 사람이었다. 그녀 때문에 이서덕은 왕위와 두 딸과 그가 가졌던 모든 것을 한순간에 잃어버렸다. 하지만 두 번째 부인인 신 씨를 만난 이후론 모든 것이 좋았다.

그녀는 사내를 들볶는 여인이 아니었다. 오히려 받쳐 주며 기쁨을 얻는 여인이었다.

"아, 참! 서산의 대군이 인왕산으로 가셨다 합니다."

"쯧, 기어이 갔군."

이서덕이 감았던 눈을 뜨지 않았다. 착호갑사들이 실패를 했을 때부터 어차피 예견했던 일이니까. 신 씨 부인이 그런 그를 달랬다.

"호랑이는 잡을 수 없을 겁니다."

"그거야 모를 일이지."

순간 화가 난 듯 이서덕의 어깨가 굳어지자 신 씨는 얼른 그 위로 더운물을 부었다.

"제가 괜한 말을 꺼냈습니다. 그저 알고 계셔야 할 것 같아서 드린 말씀인데, 신경 쓰지 마십시오. 그 아이가 목숨을 함부로 내돌린 것이 어디 어제오늘 일입니까."

"쯧! 부정한 놈."

"대감, 저 때문에 역정이 나셨습니까?"

"덕 없는 어미 덕분에 목숨을 건졌으면 얌전히 있을 것이지. 어째서 자꾸 날뛰어 신경에 거슬리나."

"제가 내일이라도 알아서 언질을 넣겠습니다. 심려 마세요."

달래는 신 씨의 말에 이서덕은 다시 눈을 감았다.

"부인이 아니었으면 내 어찌 살았을까 싶소."

"가장 고마운 말씀입니다."

잠시 후 목욕을 마치자, 신 씨는 그를 사랑채까지 직접 모셨다. 방 안엔 이미 준비된 처녀가 앉아 있었다.

"드십시오, 밤바람이 찹니다."

"고맙소, 부인."

문까지 직접 열어서 이서덕이 안으로 들어서는 것을 본 후에야 신 씨는 몸을 돌렸다. 지아비가 젊은 처녀를 희롱하러 들어갔는데도 그녀의 얼굴은 온화함 그 자체였다. 그녀에게 이서덕은 지아비이기 이전에 주인이고 생명의 은인이기 때문이었다.

사랑채에서 돌아서는 신 씨의 뒤로 날렵한 그림자 하나가 조용히 따라붙었다. 뒤를 따르는 기척이 익숙한 듯 그녀가 목소리를 낮췄다.

"근방에 몇이나 붙였느냐?"

"다섯입니다. 사랑채 옆과 뒤. 가장 정예의 아이들입니다."

"대감의 안위에 실오라기만큼의 위험도 있어서는 안 된다."

"명심하겠습니다."

"그리고!"

"말씀하십시오."

느리게 걷던 신 씨의 발이 멈춘 순간 따르던 그림자는 얼른 허리를 숙였다.

"서산의 그 아이 말인데."

"주시하고 있습니다."

"괜히 냄새 맡지 못하게 해야 할 것이다. 그 집에 사는 개도 신경이 쓰이고. 요즘 귀찮은 일이 너무 많구나."

"대감께는 아뢰지 않으십니까?"

"이런 잡일까지 아셔야겠느냐?"

순간 높아진 그녀의 목소리에 수하는 얼른 고개를 숙였다.

"송구합니다."

"가서 잘 지켜보아라. 놈이 깊이 묻은 것을 건드리거든 차라리 그냥 죽여."

"그 일로 드릴 말씀이 있습니다. 서산 대군에게 묘한 것이 붙어 있습니다."

"묘한 것?"

"사냥꾼으로 위장은 하였지만 아무래도 계집인 것 같습니다."

앞을 보던 신 씨의 몸이 느루 뒤로 돌아섰다.

"계집?"

씰룩이던 입술이 곡선을 그리며 위로 솟았다.

"틀림없습니다."

"호오, 이게 얼마 만이지? 그놈이 계집에게 눈길을 준 게?"

스승인 연유립과 함께 그 식솔을 쓸어버린 후 몇 년이나 계집 근처엔 얼씬도 않던 그 녀석이 무려 새것을 달고 갔다? 또다시 대신 죽어 줄 아이를 고른 건가? 거참, 사내 망신시키는 고얀 녀석이네.

"확실하더냐?"

"예. 대군이 데려가기 전 송첨교 건너 주막에서 머물렀던 모양인데, 그곳 주모에게 확인했습니다."

"어찌?"

"행색이 남루했는데 굳이 방을 혼자 쓰겠다고 했답니다. 그 일로 거기 머물던 사냥꾼들과 시비도 붙었고요."

"저런!"

신 씨는 자꾸만 웃음이 나는 입술을 가까스로 붙잡았다.

"어찌할까요?"

"참으로 고맙지 않으냐? 시뻘건 대군께서 스스로 약점을 줘셨으니 응당 이용해 드려야지. 어떤 아이인지 소상히 알아 오너라."

"알겠습니다."

등 뒤의 그림자는 나타났을 때처럼 소리 없이 그녀의 뒤에서 사라졌다. 신 씨는 아무 일도 없다는 듯 다시 느리게 앞으로 걸었다. 반듯한 그녀의 걸음걸이를 따라 비단 치마 끝이 사락사락 땅을 쓸었다.

※

"두솔아."
"왜?"
자다 말고 벌떡 일어나 앉은 녹조의 그림자를 따라 두솔도 몸을 일으켰다.

내내 대군에게 끌려 숲을 헤집고 다니더니 해정(亥正, 오후 열시) 무렵에나 그에게 돌아온 그녀였다. 두고 가 버릴까? 몇 번이나 고민했지만 두솔의 결론은 결국 녹조의 곁이었다.

돌아오지 않을 마음인 걸 알면서도 왜 포길 못 하니.
"불렀으면 말을 해!"
대꾸가 없는 녹조를 이번엔 두솔이 다시 불렀다. 그제야 옴지락거리며 녹조가 몸을 돌렸다.

"있잖아, 두솔아."
"뭔데 이렇게 뜸을 들여?"
"그거 기억나? 예전에 우리 마을 뒷산에서 엄청 큰 야저(野猪) 한테 막 쫓겼을 때."

녹조가 들춘 옛 기억을 떠올리며 두솔은 두 손으로 머리를 받치고 다시 누웠다. 둘이서 함께해 왔던 지난날을 돌이키면 언제나 묘한 따스함이 가슴 한쪽을 채우는 기분이었다. 벙싯 떠오른 미소를 감추지 않고 대답했다.

"당연히 기억나지. 너도 나도 그땐 아직 어릴 때라 그깟 멧돼지 한 마릴 어찌 못하고 얼마나 울었냐."

"맞아. 먹을 줄만 알았지 잡아 보길 했나, 뭐."

"그래도 기어이 잡았었다, 그놈."

"그래. 우리 둘이서."

두솔의 말에 작게 들리던 웃음소리는 금세 잦아들었다.

"그때 우리 둘이 길이 갈려서 헤어졌을 때 말이야. 내가 너 찾으려고 나무에 마른 흙 발랐던 것도 기억나?"

"그럼! 당연하지. 이후로 그게 우리의 표식이 되었으니까."

"그랬지. 그 이후."

"그때 너 어떻게 됐을까 싶어서 내가 얼마나 산을 헤매고 다녔게. 덕분에 어디에 있어도 네가 남긴 표식은 다 알아볼 수 있어."

두솔의 말에 녹조는 고개를 끄덕이더니 무릎을 모아 끌어안았다. 그래, 그런 특별하고 긴박한 상황이 만든 우연한 결과였다. 그런 걸 또 누가 알아보리란 생각조차 단 한 번도 해 본 적 없었다. 결이라는 저 묘한 사내가 그걸 발견하기 전까지는.

풀벌레 소리가 공연히 소란하게 들렸다. 두근두근 가슴 뛰는 소리가 거기 마구 섞였다.

"근데 그게 왜?"

"너랑 나 말고, 그걸 알아볼 수 있는 사람 또 있을까?"

"당연히 없지. 잘 붙어 있지도 않고, 실바람만 불어도 다 떨어지는 그런 걸 누가 알아봐."

한껏 너스레를 떨고 웃으면서도 두솔은 불안한 얼굴이었다.

"그래도 알아보는 사람이 있으면? 그럼?"

다음 날, 아침부터 본격적인 수색이 시작됐다. 그러나 잠시라도 마을에서 나가 있는 것이 좋겠다는 선규의 의견에 동의하는 사람들은 없었다.

"우린 못 나가오."

사람들은 꽤 강경했다.

마을은 인왕산의 북서쪽 끝에 위치했다. 한마디로 도성과 가까우면서도 먼 마을이었다. 선규는 나가지 않겠다는 사람들을 둘러보고 그 이유를 짐작했다. 다들 나이가 너무 많거나 몸이 성치 않은 자들뿐이었다. 나가지 않는 것이 아니라 스스로의 힘으로 나갈 수가 없는 것이다.

"그럼 이렇게 합시다. 대책을 세울 때까지는 가능한 한 이 근방을 벗어나지 마십시오."

"언제까지 말이요?"

"이제부터 산을 들추고 다닐 겁니다. 만약 호랑이가 위협을 느낀다면 마을로 뛰어들 수도 있지 않겠습니까?"

선규의 말에 멀찍이 섰던 한 아낙이 코웃음을 쳤다.

"모르는 소리. 그놈은 원래도 대낮에 마을을 활보하던 놈이요. 모여 있다고 무슨 수가 나나?"

"적어도 누군가 물려 가는 순간을 다른 사람이 볼 수는 있겠지요."

선규의 말에 일순 아무도 말을 꺼내지 못했다. 지금껏 호랑이에게 물려 죽은 사람이 한두 명이 아닌데, 아무도 결정적인 순간을 보지 못했기 때문이었다.

"그냥 모여만 있으면 되겠소?"

"예. 일단은 그리합시다."

한참 만에야 눈썹을 누그러뜨린 사람들은 주섬주섬 자리를 떴다. 각자 며칠을 버틸 물건들을 챙겨 오기 위해서였다.

결은 녹조와 함께 산에 있었다. 부득불 따라오겠다는 두솔과 변 서방까지, 일행은 넷이었다.

"저쪽입니다. 가장 처음 놈의 흔적을 발견한 곳."

벌써 여러 번 이곳에 다녀갔는지 변 서방은 단 한 차례도 길을 헤매지 않았다. 희생자의 옷가지가 남아 있었다는 자리는 이미 비와 바람으로 훼손되어 아무런 흔적도 찾을 수 없었다.

"여기서 죽은 자는 누구인가?"

"둘입니다. 마을 끝에 살던 형제였는데 노모만 남기고는……."

변 서방은 분한지 말끝을 씹었다.

"과연. 큰 짐승이 있었던 모양인데?"

그때 멀찍이 서 있던 두솔이 나섰다. 결이 바라보자 그는 슬쩍 손짓하여 옷가지가 있었다는 나무 근처를 가리켰다.

"저기 털이 있소."

"털이요?"

그 말에 가장 놀란 것은 변 서방이었다. 열 번이 넘게 다녀가고 샅샅이 뒤졌어도 그동안은 발견하지 못했던 것이었다. 후다닥 달려와 두솔의 뻗은 손끝에 선 변 서방은 나무줄기에 끼어 있는 누런 털을 발견하고 소스라치게 놀랐다.

"이럴 수가. 착호갑사들도 못 본 것인데?"

어느새 다가온 녹조도 변 서방의 옆에 쪼그리고 앉아 호랑이가 남긴 터럭을 구경했다. 얼른 그녀의 곁에 자리를 잡은 결이 물었다.

"이게 호랑이 털이라고?"

"…그런가?"

녹조는 나무줄기에서 조심스럽게 털을 걷어 냈다. 그러고는 그대로 들고 두솔에게 쪼르르 걸어갔다.

"이것 봐, 두솔아. 이상하지?"

"그렇네."

"뭐가 이상하단 거지?"

결이 심기 불편한 소리를 냈다. 옆에 있는 저를 두고 굳이 두솔에게 가는 녹조를 빤히 보면서.

그런 것을 알 리 없는 녹조는 두솔과 붙어 서서 호랑이 털에 집중하고 있었다.

"저 나무 말이에요."

"나무가 왜?"

"변 서방 아저씨, 희생자의 옷이 어디서 발견됐다고 하셨죠?"

녹조가 묻자 변 서방이 얼른 발끝으로 자리를 표시했다.

"여기 이 자리요."

워낙에 험하기로 이름난 산이었다. 나무가 많은 것은 당연하지만, 변 서방이 짚은 곳은 더했다. 다 큰 사내가 혼자서 빠듯하게 누울 정도의 공간 외엔 온통 나무가 섰다.

"너무 좁잖아요."

"그럼 안 돼?"

"사람을 물어 갈 정도로 큰 호랑이가 그런 곳에 들어가는 일은 잘 없거든요."

"그럼 그건 호랑이 털이 아니라는 건가?"

결의 말에 녹조는 또 고개를 저었다.

"호랑이 털은 맞아요. 그런데 이상하죠? 이건 오래된 털이 아니에요."

결은 이마를 잡았다. 사람이 죽었다. 그것도 여러 명. 호랑이가 물어 갔을 것이 거의 틀림없었다. 그 사실을 증명하듯 그곳에서 털이 나왔다. 그런데 그 털이 그때의 것이 아니다?

"그럼 그놈이 아직도 이 근처에 있다는 뜻 아니요?"

허연 얼굴로 중얼거리는 변 서방을 모두 굳은 얼굴로 돌아보았다. 어쨌거나 근방에 호랑이가 있다는 사실만은 틀림없는 일이 되었으니까.

"다른 곳도 보고 싶어요."

"해가 지기 전에 둘러보는 것이 좋겠군."

"예. 그럼 안내하겠습니다."

털을 찾아낸 이후 변 서방의 태도는 전보다 더 적극적이었다. 처음엔 못 미덥게 생각했던 녹조에 대한 시각도 바뀐 듯했다.

희생자들의 물건이 발견된 장소를 모두 돌아보고 산에서 내려왔을 땐 해가 뉘엿뉘엿 지고 있었다. 먼저 수색을 마친 다른 사냥꾼들은 한참 저녁을 먹고 있었다.

"아우, 배고파. 우리도 빨리 밥 먹자."

두솔이 녹조의 손을 덥석 잡았다. 아니, 잡으려고 했으나 먼저 채 간 이가 있었다. 결이었다.

"뭐 하는 짓입니까? 아무리 그래도 사람 밥은 먹여야지?"

두솔은 불편한 속내를 굳이 감추지 않았다. 어제저녁, 녹조가 둘만 아는 표식에 대한 이야기를 할 때부터 내내 조바심이 나던 차였다.

"장녹조는 나와 할 이야기가 있으니 먼저 가서 먹거라."

"무슨 이야기가 밥보다 급해? 뭔지 모르겠지만 밥 먹인 다음에 하십시오."

결이 녹조를 당기자 두솔도 지지 않고 그녀의 다른 팔을 잡았다. 졸지에 줄다리기의 줄 신세가 된 녹조의 옆을 변 서방이 얼른 비켜 지나갔다.

"그럼 저는 먼저 가겠습니다. 또 필요한 일이 있으면 기별하십시오."

의외로 남의 일에는 신경 쓰지 않는 시원한 성격인 모양이었다. 변 서방이 사라진 후에도 남아 있는 두 명의 사내는 녹조를 사이에 두고 신경전을 벌였다.

한쪽이 힘을 쓰면 다른 한쪽도 지지 않고 힘을 썼다. 그럴 때마다 녹조의 몸은 지푸라기 인형처럼 흔들렸다. 이쪽저쪽으로 마구 딸려 갔다가 또 마구 딸려 왔다.

"놔라, 이러다 녹조가 다치겠다."

"대군께서 놓으십시오. 저는 우리 녹조 밥을 먹여야겠습니다."

"그깟 밥, 내가 먹일 테니 놓으래도."

"대군께서 왜 우리 녹조 밥을 챙기십니까?"

결은 이마에 힘줄을 세웠다. 두솔이 말끝마다 우리 녹조, 우리 녹조 하는 것이 상당히 거슬렸다.

"어허, 명이다. 놔라."

"산에서 할 일을 다 하고 내려왔습니다. 더 시키실 일이 있거든 내일 하십시오."

다 큰 사내들이 유치하기 짝이 없는 말씨름이라니. 참다못한 녹조가 먼저 둘의 손을 뿌리쳤다.

"둘 다 놔요. 아파 죽겠네."

그 말에 또 쪼르르 인상을 굳힌 사내들이 앞다투어 물었다.

"아팠느냐?"

"미안해. 아팠어?"

녹조는 쏟아지는 한숨을 솔직하게 내뱉었다. 그러고는 결에게 돌아서서 물었다.

"말씀하십시오. 긴히 해야 한다는 그 말, 지금 하세요."

"여기선 곤란해."

"그럼 나중에 하십시오."

녹조가 결에게서 돌아서자 승리의 기운을 감지한 두솔이 한 걸음 떨어진 곳에서 씨익 웃었다. 그때였다. 돌아서는 녹조의 손을 덥석 잡은 결이 다급하게 속삭였다.
"내가 잠을 못 잔다."
그 말에 그녀의 눈썹이 살짝 들썩였다.
"예?"
"잠을… 못 잔단 말이다. 그러니 좀."
결이 잠을 자지 못하는 이유에 대해 선규에게 언질을 받은 적이 있었다. 악몽에 시달리는 그를 목격한 적도 있고 말이다. 따라간다고 해서 딱히 도움이 될는지는 모르겠지만 모른 척할 수 없었다.
"얼마나 못 주무셨습니까?"
"며칠째."
입술을 잘근거리며 고민하던 녹조는 결국 두솔에게 돌아섰다.
"미안해, 두솔아."
"녹조야."
"먼저 밥 먹어. 잠시만 대군마마와 이야기하고 갈게."
다음 차례는 마치 번개같이 진행되었다.
"이리 오너라."
녹조가 다시 마음을 바꿀세라 손목을 잡은 결이 그녀를 거의 제 옆구리로 챙겨 넣었다. 그러고는 그대로 발을 떼었다.
"천천히 좀 가십시오, 이러다 엎어지겠습니다."
"걱정 마라. 잡고 있으니까."
두솔은 서운한 눈으로 그 자리에 서 있었다. 결의 손에 딸려 가는 녹조가 붕어 배때기에 매달린 똥처럼 펄럭였다.
"연녹조, 저 바보."

◇

"언제부터 그런 꿈을 꾸셨습니까?"
"꿈이 아니다."
"꿈이 아니면요?"
만하(晚霞)가 가득 들어찬 하늘엔 바람이 없었다. 흔한 구름도 한 점 없이 그저 붉은 빛깔만 물에 번진 안료처럼 뭉근했다. 녹조의 얼굴에도 노을이 넘실거렸다. 결은 그것을 홀린 듯 보고 있었다.
"꿈이 아니면 뭡니까?"
작고 예쁜 입술이 재차 같은 것을 묻는다.
"그런 건 지금 말하고 싶지 않은데?"
"그럼 왜 부르셨습니까? 잠이 오지 않아서 제게 도움을 청하려던 것이 아닙니까?"
그건 그저 핑계였지만 그랬다고 솔직히 말을 해 버리면 녹조는 당장 자리를 박찰지도 몰랐다.
"이런 걸 두고 자기 꾀에 자기가 빠졌다고 하지."
"자꾸 뜻 모를 말씀만 하실 겁니까?"
점점 사나워지는 그녀의 눈썹은 거의 가운데로 모여 있었다. 조금만 더 찡그리면 닿지 않을까? 결은 그 순간 그런 엉뚱한 생각을 했다.

그래도 대답은 착실했다.

"오래되었다. 잠을 제대로 자지 못한 건."

"이유는 아십니까?"

"알지."

"그럼 해결하시면 되잖아요."

결은 고개를 저었다. 그렇게 쉽게 해결할 수 있는 문제였다면 이리 오래 끌어안고 있었을까. 참고, 버티고. 이제는 누가 등 뒤에서 검으로 찔러도 이해할 것 같았다.

"잠시 네 무릎을 좀 빌리자."

"왜요?"

"일전에 네 무릎에서 잠을 잤을 땐 아무런 방해도 없었거든."

"그저 우연이면 어쩌시게요. 실망하실 텐데요?"

"실망해도 내가 할 것이니 넌 그냥 무릎이나 내놔."

"생각 좀 해 보고요."

일렁이는 결의 시선을 피하며 녹조는 뒤를 돌아보았다. 조금 멀리 떨어져 있는 일행의 말소리가 아주 가끔 들려왔다.

마음속에서 두 가지 생각이 부딪쳤다. 거절과 승낙. 나름 치열한 그 다툼 속에서 녹조는 내내 우유부단했다. 결국 어떤 쪽으로도 마음을 기울이지 못했는데 결은 이미 그녀의 무릎을 당겨 베고 있었다.

"대, 대군마마!"

"딱딱해. 살은 좀 올라야겠다. 다리가 너무 낮아."

"없어서 빌려 쓰는 마당에 상길, 핫길 따지십니까? 그냥 베십쇼."

부루퉁한 그녀의 대답에 결은 눈을 가리고 웃었다. 아아, 이런 면 때문이다. 생선 장수가 손에 쥔 소금처럼 어디로 튈지 모르는 그녀의 성정이 시도 때도 없이 그를 웃게 했다.

"부탁 하나 더 하자."

"뭔데요?"

"들어주겠다고 약속부터 해."

"알지도 못하는 일에 약속부터 하라고요? 저를 무슨 바보 천치로 아십니까?"

"녹조야."

"왜요?"

결은 손을 뻗어 녹조의 자그만 턱을 쥐어 잡았다. 얼결에 고개를 숙이며 딸려 온 얼굴이 바로 그의 눈 위에 자리 잡았다. 필사적으로 눈동자를 굴리며 그를 보지 않으려던 그녀의 노력은 낮게 부르는 이름 한 번에 또 무너졌다.

"장녹조."

"왜… 자꾸 부르십니까?"

"지금 네게 입 맞추면 화를 낼 테냐?"

11. 가락지 한 개의 대가

 왜 하필 그때 바람이 불었을까. 내내 잠잠하던 바람이 왜 그때 불어서 시야를 가렸을까.

 모든 것은 그 탓이었다. 바람 때문에 대답이 늦은 탓.

 득돌같이 몸을 일으킨 결이 머리 뒤를 받칠 때 저항하지 못한 것도, 그대로 잡아당겨 입술이 닿았을 때도, 그저 딸려 가 눈을 감아 버린 건 모두 바람 탓이었다. 그 바람에 실려 온 티가 눈에 들어간 탓.

 "녹조야."

 아직 닿아 있는 입새로 그는 다시 그녀의 이름을 불렀다. 아아, 하필 그 틈에. 사악하다.

 "예."

대답은 왜 또 이리 넙죽 나와 버리는 거지. 녹조는 밀어내듯 결의 허리를 잡았다. 본심을 의심하기 전에 더 질끈 눈을 감았다. 아무래도 싫지 않은 것 같았다. 저항할 틈이 없었던 것이 아니라, 저항할 의지가 없는 건가.

"장녹조. 이름이 입술에 감겨."

홀리는 말을 붙여 또, 또 부른다.

하마터면 대답할 뻔했다. 장이 아니라 연이라고. 연녹조라고. 바람이 지나는 길처럼 가늘게 떨어졌던 입술이 다시 서로에게 다가섰을 때 녹조는 결의 품에 안겨 있었다. 부드럽게 등에 닿은 손길이 달래듯 아슬아슬하게 그녀를 쓸어내렸다.

감았던 눈은 진작에 떴다. 하지만 녹조는 밀어내는 대신 결의 가슴에 슬쩍 뺨을 얹었다. 너무 크고 안락한 사내의 품. 조금쯤은 기대서 의지해도 될 것 같았다.

아주 조금쯤은.

마을에서의 두 번째 날이 밝았다.

다행히도 마을 사람들은 별다른 충돌 없이 서궁의 지시에 따라 주었다. 사냥꾼들도 바빴다. 두솔이 터럭을 발견했던 지점부터 근방을 샅샅이 뒤지고, 뭐라도 의심스러운 것을 찾으면 곧장 결에게 달려왔다.

그러나 종일 거듭된 노력에도 불구하고 이렇다 할 만한 것은 건지지 못했다. 고작 이틀이 지났을 뿐인데 사람들은 쉽게 조바심을 부렸다. 이렇게 지지부진 지내다가 서궁이 철수할까 봐, 실은 그것을 가장 겁내는 것 같았다.

이따금 눈을 돌려 녹조는 결을 살폈다.

지난밤, 그는 결국 그녀의 무릎을 베고 잠이 들었다. 우려와 달리 밤새 사기에 시달리는 기척은 느끼지 못했다. 그리고 아침에 눈을 떴을 때, 결은 무릎을 벤 채로 그녀를 보고 있었다.

'잘 잤느냐?'

흔한 그 인사에 어째서 얼굴이 타는 것 같았는지. 꼭 밤새 한 이불을 덮었던 사이처럼 그렇게 묘하게.

"아우, 더워."

녹조는 결에게서 시선을 치우고 얼굴에 손으로 부채질을 했다. 괜히 몸이 더웠다.

'네 덕분에 나는 잘 잤는데?'

눈길을 돌려도 머릿속에서 결의 목소리가 울렸다.

'장녹조!'

녹조는 눈에 보이는 물건을 아무거나 집어 들었다. 조금 후에

세 번째 희생자가 발견된 장소를 수색할 예정이라기에 합류를 기다리고 있었는데, 이대로 가만히 있다간 비명이라도 지를 것 같았다.

"그건 뭐 하려고 챙겨?"

우왕좌왕하는 녹조의 곁으로 소리 없이 나타난 두솔이 한심한 눈으로 물었다.

"뭐?"

"너 지금 손에 든 거, 설마 들고 가게?"

"응, 왜?"

붓털 같은 녹조의 긴 속눈썹이 의아함을 담아서 깜박였다. 긴 한숨과 함께 그녀의 턱을 잡은 두솔이 시선을 아래로 돌렸다. 그녀의 양손에는 주먹보다 더 큰 돌이 하나씩 들려 있었다. 그런 걸 들고 산에 갔다간 열 걸음도 못 가 어깨가 나가 버릴지도 모른다.

"왜? 호랑이라도 때려잡으려고?"

"아!"

그제야 자신의 멍청함을 깨달은 녹조는 화들짝 돌을 내려놓았다. 크기만큼 둔탁한 소리를 내며 떨어진 돌은 하필 결이 있는 방향으로 굴렀다.

그가 돌아보기 전에 녹조는 재바르게 움직여 두솔의 등으로 숨어 버렸다. 스치는 결의 그림자만 봐도 가슴 언저리가 굉음을 내며 뛰었다.

"두솔아."

"응."

"혹시 말이야. 너, 입… 아니다."

녹조는 헛웃음을 지었다. 질문도 상대를 가려 가며 해야지. 곰한테 입맞춤 같은 걸 해 봤냐고 물어봐야 무슨 소용이람.

"뭔데 말꼬리를 잘라?"

"아무것도 아니야. 가자, 얼른."

가끔 진짜 곰이 아닐까 생각할 정도로 두꺼운 두솔의 손을 잡고 녹조는 결과 반대 방향으로 걸었다. 꽤 멀리 서 있던 결의 시선이 등으로 느껴졌다. 실성했나? 그런 게 느껴질 리가 없는데 너무 선명했다.

저녁이 되자, 사냥꾼들은 다시 마을의 한복판으로 모였다. 다들 피로한 얼굴이었지만 역시나 조그만 실마리도 없었다.

"이래서야 더는 안 되겠습니다. 몰아 보시죠."

"흔적이라도 있어야 어디서부터 몰든가 하지."

성과가 미미하자 다들 의견이 분분했다. 사냥이라면 도가 튼 자들인데 종일 보이지도 않는 짐승의 흔적만 따라다녔으니 자존심이 많이 상했던 모양이었다.

"그럼 미끼를 놓죠."

우렁차게 의견을 내놓은 사람은 정가운데 자리를 잡았던 두솔이었다. 그 역시 지금 상황이 마땅치 않기는 마찬가지라 목소리엔 은근한 짜증까지 실려 있었다.

"인육에 맛이 든 놈인데 걸릴까?"

"결국은 짐승입니다. 아무것도 시작하지 못하는 것보다야 낫겠지."

"그건 그렇지."

다들 두솔의 말에 수긍하는 분위기였다.

"영민한 놈이니 수상한 기색이 느껴지면 수염 한 터럭도 드밀지 않을 거요."

"일단은 미끼를 잃더라도 놈을 출현하게 만드는 게 우선이겠지."

"너무 작은 미끼는 소용없을 테고, 염소나 돼지 정도가 좋겠군."

"그건 제가 준비하죠."

지켜보고 있던 선규까지 합류하자 이야기는 확실히 길어질 조짐을 보였다. 녹조는 슬그머니 뒤로 몸을 뺐다. 그녀의 움직임에 반응한 두솔이 따라나서려 하자 선규가 막아섰다.

"자네 어딜 가나? 미끼 이야긴 마무리해야지."

"아, 그래야죠."

두솔은 고개를 끄덕이면서도 녹조와 시선을 맞추려고 애를 썼다. 그러나 그녀는 뒤를 돌아보지 않은 채 여유롭게 걸으며 시끄러운 곳에서 벗어났다.

얼마간을 걷다 멈춰서 보니 더 이상 목소리들도 들리지 않았다. 주막에서 걸어 놓은 등롱의 불빛만 보일 정도의 거리였다. 여기저기 뻗은 고샅들이 고요하게 달빛을 받았다. 괜히 너무 멀리까지 가지 않도록 녹조는 골목의 이 끝과 저 끝을 계속 왕복하며 걸었다.

그때였다.

"혼자 뭐 하세요."

누군가 말을 걸어왔다. 돌아보니 아직 젊은 청년이 서 있었다. 조금 느린 말투, 선하고 수줍은 듯한 눈동자는 얼굴이 눈에 익었다.
"아아, 촌장님 아들?"
"변목이입니다. 아, 아버지는 초, 촌장이 아니고요."
 걸음을 멈춘 녹조에게 목이는 느릿느릿 다가왔다. 답답하게 느껴질 만큼 느려서 혹 발을 저는 건가 싶어 유심히 살폈지만 그건 아니었다. 그냥 성정이 느릴 뿐이었다.
"모여 있으라고 서, 선규 나리께서 그러셨는데?"
"알아요. 그래서 보이는 곳까지만 왔죠."
"그렇구나."
 목이는 멋쩍게 뒷목을 긁었다. 그러다가 불쑥 목소리를 낮춰 물었다.
"사내가 아니죠? 누이는?"
 순간 웃고 있던 녹조의 입술이 얼어붙었다.
"뭐라고요?"
"누이도 사냥꾼인 건가요?"
 착각인가? 달빛을 등지고 선 목이의 얼굴이 흉흉한 검은색으로 보였다. 검은 그림자 속 반짝이는 두 눈. 분명 조금 전까지는 순진하고 착하게만 보이던 눈이었다.
"무, 무슨 말인지 모르겠네."
"아, 혹시 비밀이었어요?"
"이봐요, 촌장님 아들."
"촌장 아니라니까요. 그, 그리고 내 이름은 목이예요, 누이."

그는 웃고 있었다. 차라리 웃지 말았으면 싶을 정도로 묘한 미소였다. 바짝 마른 입술에 녹조는 침을 발랐다. 조금 뒤로 물러났지만 여전히 목이와는 한 걸음 정도의 거리였다.

"추워요?"

목이가 고개를 갸웃거리며 물었다. 녹조는 춥지 않다고 대답하려고 했다. 분명 머리는 그렇게 생각했는데 입술은 달랐다.

"조금."

"역시 누이도 그래요."

"그게 누군데?"

녹조의 말에 목이는 손을 들어 한 곳을 가리켰다.

"저쪽에 살아요, 할머니랑 같이. 역시 누이도 자주 추, 춥다고 해요. 바람만 불어도 춥다고. 난 괜찮은데."

목이는 다시 녹조를 보며 빙그레 웃었다. 달빛을 가리던 구름이 서서히 걷혔다. 몸의 방향을 조금 돌려서 조금씩 그의 얼굴도 보였다. 무섭게 느꼈던 것이 무색할 만큼 순박한 미소였다.

"난 사내라서 잘 버티거든요."

"저기요, 왜 그런 생각을 하는지 모르겠는데 난……."

"냄새가 달라요. 사내들한테는 사내 냄새만 나요. 하지만 누이한테는 사내 냄새가 안 나는걸."

"그런 걸 냄새로 어떻게 알아요."

"걱정 마세요. 말 안 할게요."

그는 발뒤축으로 땅을 긁어 그림인지 글자인지를 그렸다. 얌전히 뒷짐을 지고 약간 고개 숙인 어깨가 왜소해 보였다.

"나도 비밀이 있어요. 천 씨 아저씨도 비밀이 있고. 그러니까 누이도 비밀이 있어도 돼요."

"그럼 불공평하네."

"뭐가요?"

목이의 눈이 의문을 담으며 조금 커졌다.

"내 비밀은 들켰는데, 그쪽 비밀은 모르잖아요."

그 순간 목이는 정말 깜짝 놀란 듯 입술을 벌리고 당황했다. 잘 익은 밤송이를 건드려서 탁 터뜨린 것처럼 안에 든 감정을 미처 감추지 못한 얼굴이었다.

"그 생각은… 못 했어요. 정말 못 했어요."

특유의 느린 말투로 목이는 크게 고개를 주억거렸다.

진심으로 뭔가를 뉘우치는 듯한 표정과 말투에 녹조도 그에게서 느껴졌던 한기를 조금 더 지웠다.

"공평해져 볼래요?"

"어떻게요?"

"나한테 비밀을 하나 말해 주면 되죠."

빙긋 웃는 녹조에게 목이는 밝은 얼굴을 보였다. 그러고는 가까이 다가와 한참이나 곰곰이 생각을 하더니 속삭였다.

"내 비밀은 연시 누이가 걱정이라는 거예요. 그날에도 혼자 나올까 봐."

"그날이라니? 어떤 날?"

녹조의 질문에 목이는 눈을 가늘게 뜨고 물러났다.

"에이, 또 물으면 안 되죠. 하나씩만 알아야 공평하니까."

약간 누런 이를 드러내며 웃다가 빤히 녹조를 응시했다.

"혼자 있지 마세요, 누이."

"다들 보이니까 괜찮아요. 저기 불빛도 보이고."

"그래도 꽤 멀어요. 그, 그러니까 얼른 사람들한테 가세요."

녹조를 바라보는 얇은 눈매가 조금 떨리는 것 같았다. 엷은 바람이 그를 스쳐 녹조에게까지 불어왔다.

"그럴게요. 조금만 더 걷다가."

목이는 곤란한 표정으로 턱과 이마를 만지작거렸다. 콧등에도 미미한 주름이 앉았다.

"지금요. 지금 가세요. 불빛은 보이지만 소리는 안 들리잖아요."

"왜요? 연시라는 아가씨를 걱정하는 것처럼 내가 사내가 아니라서?"

"아니요, 그런 건 상관없어요."

"그럼 상관있는 건 뭔데요?"

"그냥……."

무언가 더 말할 듯하던 목이는 뒷말을 목구멍으로 꿀꺽 넘겼다. 이미 필요 이상으로 말을 했다고 느꼈는지 아예 뒤로 더 물러나 버렸다.

"다행이네요. 누이는 찾으러 오는 사람이 있어서."

"잠깐. 뭐라고요?"

그 말에 녹조가 몸을 돌린 순간 목이는 어둠 속으로 사라져 버렸다. 그토록 느리게 움직였었던 것이 무색하게 눈에 보이지도 않을 만큼 재바른 속도였다.

"장녹조!"

"대군."

"혼자 뭘 하는 거냐?"

그녀를 찾으러 나온 사람은 결이었다. 어두운 골목에 홀로 서 있는 녹조를 발견하자마자 빠르게 달려온 결이 어깨를 짚을 때까지 녹조는 어둠을 응시하고 있었다.

"어허, 날씨 한번 고약하게 뜨겁다."

"그러게. 뭐 가을볕이 이리 세대? 대가리 다 벗어지겠어."

"예끼, 이 사람아. 자네 머리에 벗어질 터럭이나 있는가?"

"이거 왜 이래? 성성해서 그렇지 아직 많아. 요기 봐, 요기."

한낮 뜨거운 햇살이 주막집 마당으로 거침없이 쏟아졌다. 패랭이를 벗어 놓고 시원한 술 한 병을 받은 장사치들의 대화는 소박하고 시원했다.

모두 셋이었는데, 두 사람은 나이가 제법 들었고 나머지 하나는 이제 막 스물을 넘겼을까 싶은 젊은 사내였다.

연이어 시끌시끌한 두 사내와 달리 젊은 사내는 듣기만 하는 쪽인지 말이 없었다. 주거니 받거니 술잔이 이어질수록 걸걸한 말본새도 걸어졌다. 그래도 찰랑거리는 술잔처럼 정이 넘쳤다.

"그나저나 자넨 어디서 오는 겐가?"

오른쪽 장사치가 가운데 앉은 젊은이에게 말을 걸었다. 세 사람은 언뜻 일행인 듯 보였지만 사실 두 사내와 젊은 사내는 처음 만난 사이였다.

장사를 시작한 지 얼마 안 되었다며 요령을 알려 주면 술을 사겠다기에 두말없이 합석을 한 터다. 제의는 먼저 해 놓고 주로 듣고만 있는 것을 보니 조용한 성품인 모양이었다.

"저는 해주에서 넘어오는 길입니다. 한양은 처음이고요. 두 분 어르신들은 이곳을 잘 아십니까? 어이쿠, 잔이 비었네."

젊은이는 변죽 좋게 그들의 술잔을 채웠다.

"허허, 경우가 바르구만. 그래, 자네 이름은 뭔가?"

"천한 놈이 무슨 이름이 있겠습니까만, 예전엔 아우 놈이 불러 주던 아명은 있었습니다."

"그게 뭔데?"

"백입니다. 그리 불러 주십쇼."

"백? 무슨 이름이 거창하네그려?"

백이 채워 놓은 술잔을 단숨에 들이켜며 장사치들은 껄껄 웃었다. 깊은 가을이었다. 그러나 무거운 짐을 메고 오래 걸어온 그들에게 한낮은 아직 더웠다.

"조용하구먼."

"그러게."

날이 너무 좋아서 그런지 주막은 한산했다.

"다들 모꼬지라도 갔나?"

"팔자들 좋네."

술과 함께 왁자하게 떠들고 있는 장사치들 외엔 다른 손님이 하나도 없을 정도였다. 골마루 끄트머리에 펑퍼짐한 엉덩이를 대고 앉아 있던 주모는 오지 않는 손님을 기다리며 졸고 있었다.

"어이쿠, 취한다."

"한숨 잘까?"

술잔을 주고받던 두 장사치도 덩달아 웃으며 제 팔을 베개 삼아 평상에 누웠다. 햇살은 더워도 간간이 바람이 불어 낮잠을 자기엔 그만이었다.

"우리 마누라가 기다릴 건데, 물건이 너무 많이 남았으니 어찌 돌아갈꼬."

"우리 딸년도."

"나라님은 뭘 하시나. 우리 같은 것들은 구제할 가치도 없다 이건가?"

"나는 서산만 보고 사네, 서산만."

"서산이 아니라 혈랑이지."

누워서도 잠시 마누라와 딸아이를 언급하며 신세 한탄을 하던 그들은 이내 코를 골며 잠이 들었다. 두 사람 모두 잠들자 백은 남은 술을 병째로 한 모금 들이켜고 자리에서 일어났다.

"미안하네."

잠든 장사치들에게 남기는 그의 사죄는 어쩐지 어조부터가 상스럽지 않았다. 조심스럽게 고개를 들어 주변을 살피는 눈빛이 제법 날카롭기도 했다. 잠시 앉아서 장사치들이 코를 고는 소리를 듣고 있다가 백은 신을 챙겨 신었다.

장사치들에게선 원하는 정보를 들을 수 없었다. 그래서 내내 졸고 있는 주모를 눈여겨보던 참이었다.

"이보게, 주모."

잠이 꽤 깊게 들었나 보다. 쿵, 하고 나무 기둥에 머릴 박은 주모는 불러도 얼른 눈을 뜨지 못했다. 깨기는커녕 인상을 살짝 구기고 다른 쪽으로 머리를 돌려 버린다. 그래도 그는 포기하지 않고 다시 주모를 불렀다. 슬쩍 어깨를 쥐고 흔들어도 보았다.

"이보게, 좀 일어나 보게."

그제야 주모는 길게 하품을 하며 새우같이 작은 눈을 비죽 떴다. 눈앞의 사내를 보더니 놀라지도 않고 습관처럼 묻는다.

"왜요? 뭐가 더 필요하십니까? 술을 더 드릴까?"

무언가 신나게 먹는 꿈을 꾸고 있었는지 그녀는 사이사이 입맛을 다셨다.

"그건 아니고, 내 말 좀 묻겠네."

비몽사몽 눈을 끔뻑이는 주모에게 백은 한 걸음 가까이 다가갔다. 그러고는 그 손에 무언가를 쓱 쥐여 주었다. 동글동글하고 매끄럽고 값나가는 것. 여인네들이 환장하는 것. 주모의 눈이 삽시간에 화등잔만 해졌다.

"웬 가락지?"

아주 값나가는 것은 아니지만 꽤 영롱하게 반짝이는 옥반지였다. 뺏길세라 얼른 손가락에 끼우고 주모는 함박웃음을 지었다.

"워메……."

주저 없이 터진 탄성은 길었고, 백을 향한 살가운 미소는 뭐든 말할 준비가 완벽하게 되어 있다는 것을 보여 주었다. 물론 잠도 완전히 깼다.

"뭐가 알고 싶으십니까, 손님?"

"별건 아닐세. 요즘 근방에 해괴한 소문이 돈다기에, 내 궁금해서 말이야."

주모가 적극적으로 나서자 백은 은근히 허리를 굽혀 마루 끝에 엉덩이를 걸쳤다. 젊은 사내가 가까이 오는 것은 응당 반길 일이다. 주책없이 그녀가 슬쩍 얼굴을 붉혔다.

"소문이요?"

"그 있잖은가? 사내들 좋아하는 쫄깃쫄깃한 소문."

그는 자못 민망한 듯 목소리를 낮추고 어깨와 목을 수그렸다. 하품을 따라 하듯 그를 따라 어깨를 접던 주모가 다음 순간 짝, 하고 손뼉을 쳤다.

"쫄깃한 거? 아아, 북촌 소문?"

"아시는가?"

"아, 당연히 알지요. 이 근방에 그거 모르는 사람이 어딨나?"

주모는 가락지 낀 손을 행주치마에 감추고 두리번거리며 목소리를 낮췄다.

"그게 뭐냐면…. 이리 좀 가까이."

은근해진 그녀의 목소리에 귀를 기울이며 백은 간혹 고개를 끄덕였다.

주막은, 국밥이 맛있다고 가는 곳만은 아니다. 주모의 입담은 어떤지, 발은 얼마나 넓은지가 손님을 끄는 중요한 조건이기도 했다. 그것이 그가 굳이 이 주막을 골라 들어온 이유였는데, 아무래도 제대로 찾은 듯했다.

잠든 장사치들에게서도 가능한 한 많은 소문을 뽑았지만 그가 원하는 것은 없었다. 진짜는 주모가 지금부터 말할 이것인지 모른다.

백의 바람대로 주모는 알고 있는 모든 것을 그대로 한참이나 주절거렸다. 대부분은 이미 수집한 소문인데, 그중 하나가 제법 솔깃했다.

"그게 사실인가? 처녀만?"

"그렇다니까요. 헌것은 절대로 안 건드린다잖아?"

"그렇다고 처녀만 그게 어찌 가능해?"

그의 반문에 주모는 샐쭉하니 눈을 홉떴다.

"안 될 건 뭡니까요? 막말로 이름만 양반이지 쥐뿔 가진 것도 없이 배곯는 인사들이 어디 한둘입니까? 그런 이들한테 적당히 좀 쥐여 주고 처녀 아일 사는 거죠. 얼마나 쉬워? 그러고는 그냥 밤새!"

주모는 굳이 자리에서 일어나 오입질하듯 씰룩씰룩 허리를 튕겼다. 그런 주모에게서 눈길을 돌리며 백은 짧은 숨을 여러 번 나누어 쉬었다.

차마 드러낼 수 없는 노기가 단전을 태웠다. 만약 사실이라면 좌시할 수 없다. 인두겁을 쓰고 어찌 그런 천벌 받을 짓을 한단 말인가.

"그럼, 그것 말고는 또 아는 게 없는가?"

주모는 이번에도 한참 고개를 갸우뚱거리다가 눈썹을 밀어 올렸다. 그러곤 불쑥 입을 열었다.

"그러지 마시고, 정 그리 궁금하면 만나 보시렵니까?"

"누구를?"

"그 집에 다녀온 아씨요. 먹을 걸 좀 사 가지고 가시면 아마 말 몇 마디쯤은 얻어 들을 수 있을 것 같은데?"

"먹을 것?"

"그 집에 철 안 든 사내아이가 둘이나 있거든. 그런 집엔 먹을 것이 최고지요."

그건 정말 놀라운 소식이었다. 경화 대군 이서덕에게 불려갔었는데도 아직 살아 있는 처녀가 있단 말이야? 그간 수소문했던 여인들은 모두 죽거나 사라졌었다. 그렇게 허술한 자가 아닌데, 실수였을까?

"거기가 어딘가?"

"그 전에 하나 확인합시다요."

"뭘?"

"나리 설마, 포도청에서 나오신 것은 아니지요?"

"예끼, 이 사람아. 내가 어딜 봐서 그런 인정머리 없는 작자들처럼 보이는가?"

순간, 백은 부러 더 과하게 역정을 부렸다. 퍽 하니 그녀에게서 물러나기까지 했다. 들키진 않을 터이지만 돌다리도 두드리라 하였으니 아직은 신분을 들킬 수 없었다.

"아니, 나리께서 그렇게 보인다는 것이 아니라."

"아니면 뭔가?"

"그냥 혹시나 해서 여쭸지요. 괜히 눈 밖에 나면 나만 물고가 날 것 아닙니까."

"정 의심스러우면 그것 도로 내놓게. 빈 입으로 물어보기 미안해서 내가 일부러 장에 들러서 집어 온 건데."

백이 손바닥을 내밀자 주모는 얼른 반지가 든 앞치마를 손으로 모아 쥐고 몸을 틀었다.

"그냥 혹시나, 해서. 혹시나."

"갖다 붙이지 말게. 내가 나라 녹 먹는 것들을 일각이라도 상종하면 몸에 두드러기가 나는 사람이야."

"아무렴요, 아무렴요. 이년이 괜한 것을 물었습니다."

손바닥으로 입을 가리고 선웃음 소릴 내는 주모의 머리 위, 백의 표정은 너스레를 떨며 은근하던 때와 사뭇 달랐다.

"아이고, 요 주둥이, 주둥이. 내 미안하니, 대신 한 가지 일러드릴까?"

"뭔가?"

"실은 그 아가씨 말이오. 그 댁 대감이 직접 점을 찍었답니다. 내 두 눈으로 직접 봤거든? 그 어르신이 넋을 잃고 영란 아가씨를 쳐다보는 걸."

"그게 왜 이상한 건데?"

"답답하네. 당연히 이상하지? 이렇게 대놓고 끌려간 적이 없었다니까, 글쎄?"

주모가 가슴을 치며 목소리를 낮췄다. 백은 입술을 깨물었다.

'이서덕에게 직접 선택을 받고 살아 있는 처녀라.'

말을 해 놓고 불안한지 주모는 주막 주변을 두루 살피며 눈을 굴리고 있었다. 그녀가 백의 신분을 확인한 이유는 이서덕의 눈치를 보고 있기 때문이겠지.

그건 즉, 이곳이 여전히 이서덕의 세력 안이라는 뜻이다. 또한 기인처럼 굴고 있는 그의 행보에 가려진 부분이 그만큼 많다는 뜻이다.

술에 취해 잠든 장사치들을 봉놋방에 눕히고 주모가 알려 준 길을 따라 그 처녀를 만나러 나섰을 때는 해가 조금씩 서쪽으로 기울고 있었다.

"내 이리하면 너를 돕는 것이냐. 네게 도움이 되겠느냐."

뜻 모를 중얼거림을 남긴 그의 시선은 멀리 서산의 붉은 능선에 한참이나 걸려 있었다. 일 년 내내 붉은 꽃이 흐드러진 산. 짐작도 못 할 큰 짐을 어깨에 지고 소리 내어 울지도 못하는 가엾은 아우가 피를 흘리는 곳에.

모처럼 햇살이 따스했다. 목이 좋은 바위 위에 자리를 잡고 앉아 본격적으로 졸 준비를 하던 결은 그에게 향하는 발소리를 애써 무시하고 눈을 감았다. 어차피 자신을 방해할 놈은 뻔했다.

"대군마마."

"귀 찢어지겠다. 좀 살살 불러."

눈살을 찌푸린 결의 반응에 선규는 성큼성큼 곁으로 다가가 귓가에 입술을 바짝 붙였다. 그러고는 숨소리와 다를 바 없는 어조로 제법 요사하게 속삭였다.

"이렇게요?"

"이잇! 실성했느냐?"

결이 얼굴을 뒤로 빼며 비명을 질렀다.

"실성이라니요. 이리 부르라 하셔서 명대로 했는데."

아예 허리춤에 달라붙어 버린 선규는 펄떡거리는 결의 제지에도 쉽게 떨어져 줄 생각이 없어 보였다.

"놔라, 좀. 놔."

결은 선규의 멱살을 쥐고 흔들었다. 떨쳐 내려 발악을 하는 사이 가라앉았던 목소리는 한층 더 높아져 있었다. 선규는 그제야 한시름을 놓았다.

지난밤, 결이 또 한숨도 잠들지 못한 것을 알고 있었다. 평소보다 심했는지 일그러진 눈매가 펴지질 않기에 무작정 장난을 걸었다. 아직 그의 허리를 안은 채 선규가 물었다.

"탕약을 올릴까요?"

"됐다."

한숨에 섞인 대답은 평소처럼 귀찮은 기색이 다분했다. 그나마 다행이었다. 그래서 그만 허리를 놓으려는데, 자박자박 누군가 가까워지는 발소리가 들렸다.

"어라?"

그러고는 급하게 숨을 들이켜고 멈춰 선 인영. 하필 놀란 토끼 눈에 입을 반쯤 벌리고 선 녹조였다.

"녹조야!"

 반갑게 이름을 부르며 그녀에게 다가가려던 결은 뜻밖에도 화들짝 뒤로 물러나는 녹조의 모습에 눈을 가늘게 떴다.

"왜 그러는 거지?"

 한 걸음 물러난 녹조의 시선은 허리에 매달린 선규에게 있었다. 정확히는 선규의 얼굴이다. 결의 하체 쪽으로 묘하게 돌아선 선규의 얼굴, 구부린 등, 옥신각신하는 사이 벌겋게 달아오른 낯빛.

"잠깐. 오해 마라!"

"녹, 녹조 낭자! 아닙니다."

 다급하게 이름을 부르는 그들에게서 물러서며 녹조는 얼른 손을 내저었다.

"걱정 마세요. 못 본 걸로 할 테니."

"뭘?"

"어… 그러니까, 선규 나리께서 대군의 그런 욕구도 해결하신다는 거요."

 돌아서는 그녀가 웃고 있었다. 당황하는 두 사내를 보니 괜한 오해를 했다는 걸 알아서였다.

 녹조가 선규와 결을 찾아온 건 미끼로 쓸 짐승이 준비되었다는 것을 전하기 위해서였다. 아침나절, 선규는 돼지며 염소 등 크기가 알맞은 짐승 여러 마리를 사냥꾼들에게 보냈다.

 사냥꾼들이 그중 미끼로 정한 것은 성체가 덜 된 돼지였다. 피

냄새가 진하게 나는 것이 더 효과가 있기에 돼지의 몸에는 따로 구해 온 선지를 흠뻑 발라 두었다.

"맨 처음 희생자가 나온 곳이 좋지 않아?"

"거긴 나무가 너무 많아. 처음부터 말이 안 되는 곳이었소."

"하지만 범의 털은 거기서만 나왔잖소."

"시신과 상관없이 우연히 스쳤을 수도 있지."

미끼가 준비되자 이번엔 어디에 돼지를 묶어 둘 것인가, 의견이 분분했다. 결국 그들은 경험을 바탕으로 장소를 물색했고 완전히 다른 곳에 돼지를 묶었다.

본래 호랑이는 은신하고 있다가 사냥감이 방심을 하는 사이에 덤벼들기 때문에, 놈이 몸을 숨기기에도 충분한 곳으로 심사숙고해야 했다.

"자, 그럼 둘이나 셋씩 번을 섭시다."

"그럽시다. 돼지가 희생된다 해도 범이 달아나는 방향이 중요하니."

어차피 호랑이가 나타난다고 해서 바로 사냥할 수 있는 것은 아니었다. 미끼를 만든 첫 번째 목적은 범이 아직 이곳에 머물고 있는지 그것을 확인하는 것.

사냥 계획은 놈의 실체를 확인한 후였다.

"그럼 내가 이놈이랑 먼저 번을 서겠소."

두솔이 녹조의 손목을 그러쥐고 앞으로 나섰다. 얼결에 딸려 나온 녹조가 당황한 눈을 한껏 홉떴다.

"야, 너. 상의도 없이."

삐뚤어진 녹조의 눈매에도 두솔은 아랑곳없이 말을 이었다. 넓은 어깨를 이용해 슬쩍 녹조를 가리고 서서는, 부러 결을 견제하듯 바라보는 입술이 씰룩거렸다.

"우리 둘이면 충분하니 다들 좀 쉬시오."

"그래도 되겠소? 제비라도 뽑아야 하나 했지."

그렇지 않아도 다들 처음 차례는 꺼리는 눈치였다. 그래서 먼저 나선 두솔의 자원을 은근히 반겼다. 단 한 사람, 두솔이 채 간 녹조를 심란한 얼굴로 보고 있는 결만 빼고 말이다. 그러나 결의 속내야 어쨌든 사냥꾼들은 곧 마을로 내려가 버렸다.

사방이 고요해지자 두솔은 녹조의 팔을 잡았다.

"저기로 올라가자."

두솔이 가리킨 곳에는 꽤 널찍하고 야트막한 바위산이 있었다. 미끼가 있는 곳에서는 조금 멀지만 대신 지대가 높아서 아래쪽 상황이 잘 보일 듯했다. 능숙한 사냥꾼의 다리를 재게 놀리니 바위산까지는 금방이었다. 두솔은 가장 편평한 곳에 들고 온 거적자리를 깔았다.

"처음부터 이럴 작정이었구나?"

자리까지 준비해 온 치밀함이라니. 녹조는 두솔의 옆구리를 가볍게 가격했다.

"윽! 오랜만이잖아. 우리 둘이 산에 오는 건."

"미리 언질 정도는 했어야지."

"화났어, 우리 녹조?"

"누가 네놈의 녹조야!"

"화났네, 화났어."

눈으로는 눈치를 봐도 그는 싱글거리고 있었다.

"앓느니 죽지."

녹조는 한숨을 쉬며 두솔이 깔아 놓은 자리 위에 털썩 앉았다. 곰같이 미련한 그가 고집을 부리기 시작하면 또 얼마나 황소처럼 구는지, 함께 지나쳐 온 세월만큼 자세히 알고 있기에 입씨름은 소용없었다. 녹조가 자리에 앉자 두솔은 기다렸다는 듯 차갑게 식은 주먹밥 한 덩이를 내밀었다.

"자, 우선 먹어."

"어쭈, 밥까지?"

"우리 아부지 말씀이, 끼니도 못 챙기고 다닐 거면 차라리 마을로 돌아오라고 하셨다."

두솔의 말에 녹조가 어깨를 까닥이며 웃었다.

"맞아, 나 떠나던 날에도 그러셨어. 배곯으면 힘이 안 나니까, 뭘 하든 배부터 채우라고."

"기억나지? 마을에 홍수 나서 난리가 났을 때도 우리 아부진 곡식 창고부터 챙기셨었어."

"효자네, 한두솔. 아버지 말씀도 잘 듣고."

두솔의 등을 두어 번 토닥여 주고 녹조는 주먹밥을 크게 베어 물었다. 조금씩 어두워지는 하늘 위로 달이 흐리게 자리를 잡았.

둘은 말없이 밥을 해치웠다. 뿌듯해진 배를 두드리다가 고개를 들었을 때 달은 훨씬 더 선명해져 있었다. 어느덧 밤이었다.

"녹조야."

"응."

"그건 누구였어?"

"누구?"

두솔은 손톱을 뜯었다. 돌아보는 녹조의 시선이 느껴졌다. 그는 괜히 초조해져 주먹을 가볍게 쥐었다가 놓았다.

"그때 그랬잖아. 우리가 남긴 표식을 알아보는 사람이 있었다고."

나른하던 녹조의 눈이 커지는 것이 두솔은 착잡했다. 곧장 그를 보던 눈동자가 이리저리 휘둘리더니 기어이 먼 곳에 안착했다.

"설마 그거, 대군이야?"

이번엔 입술을 문다. 그게 진실이라고 말하듯. 초조함에 목이 빳빳했다.

"응."

마치 야단맞은 강아지 꼬리처럼 처진 그녀의 목소리. 그리고 이어지는 묘한 미소.

그녀의 의미심장한 행동은 두솔이 펼쳤던 주먹을 다시 쥐게 만들기 충분했다. 감았다가 다시 뜨길 반복하는 눈, 한숨을 불어 내다가 흐리게 웃는 예쁜 입술.

알 것 같았다. 그저 그 표식 때문이 아니라, 이미 대군에게로 움직여 버린 그녀의 마음이 얼마나 휘어졌는지.

"대군이… 그걸 알아봤다고?"

"응. 알아보더라."

"어, 어떻게?"

"그게 보였대. 거기 묻은 절실함이. 있잖아, 두솔아, 그런 게 원래 그렇게 막 보이고 그런 건가?"

"당연히… 가짓불일 거야. 그게 어떻게 보여."

두솔은 사납게 주변의 풀 이파리 하나를 잡아 뜯어 무심코 입에 넣고 질경질경 씹었다. 쌉쌀한 즙이 나왔지만 아무 맛도 느껴지지 않았다.

그냥 녹조의 주변을 맴돌던 결이 계속 떠올랐다. 연에 달린 꼬리처럼 그녀를 따라다니던 시선, 보란 듯 제멋대로 막 잡던 손, 은근한 미소.

실은 모든 순간이 불안했다. 녹조의 시선이 그를 따라다닐 때. 혈랑인지 대군인지, 제 어미에게서 버림받은 그놈이 자꾸만 녹조에게 관심을 가졌을 때. 그가 아무리 쫓겨난 왕족이라도, 저 같은 놈이랑은 비교도 안 되는 신분을 가졌다는 것이 참담했다.

"어쩌다 우연히라도 그럴 수 있지 않을까?"

"웃기지 마."

웬만한 일에는 큰 소리를 내는 법이 없는 두솔의 고함에 녹조가 고개를 들었다.

"왜 화를 내?"

"네가 말도 안 되는 소릴 하니까 그렇지. 그걸 알아볼 수 있는 건, 천하에 너랑 나밖에 없어. 다른 놈이 알아볼 리 없잖아."

"나도 알아. 그런데 그걸 따라왔단 말이야. 나 구하러."

"구했다니 그건 또 무슨 소리야? 너 무슨 일 있었어?"

녹조는 대답 대신 두솔을 따라 풀 이파리를 뜯었다. 분명 그날 그는 숨이 차도록 달려와 줬다.

"와 줬어. 확실하지도 않은 그 간절함 때문에."

한 나라의 대군이라는 대단한 사내가 알지도 못하는 계집 하나를 구하자고 그렇게 열심히. 어쩌면 그날부터였다. 그가 신경 쓰였던 건.

어머니의 기일 산 정상에서 갑자기 결이 나타났을 때도 다른 사람이 아니라 그 사람이어서 안심했었다. 심지어 반갑다는 것을 들킬까 봐 불안할 만큼 그랬다.

'자꾸 기억난단 말이야.'

손끝으로 입술을 쓸어 보았다.

'하아, 저질렀다.'

입맞춤.

처음엔 당황스럽고 약간은 두려웠지만 분명 싫지만은 않았었다. 그 어중간한 감정 때문에 더더욱 결의 옆에 있을 수가 없었다. 가까이 있으면 입술만 둥둥 보이는 걸 어쩌라고. 끌어안고 놓아 주지 않던 그 팔뚝만 보이는데 어떡해. 뜬구름처럼 머리도 가슴도 둥실둥실했다. 종일 뭘 했는지, 무슨 말을 했는지도 전혀 기억이 나질 않았다.

"녹조야!"

"…응?"

두솔의 부름에 건성으로 대답하며 녹조는 입술을 혀로 핥아 보았다. 다르다. 결이 핥던 느낌, 사내답게 끌어안고 누르던 그 느낌과. 그의 것은 좀 더 뜨겁고 더 미끄럽고, 또 엄청나게 가차 없었는데.

"아아, 정말."

너무 깊숙해진 생각에 얼굴에 열이 났다. 녹조는 기억을 지우듯 마구 머리를 털었다.

"녹조야아!"

"응."

"야, 연녹조."

"그렇게 부르지 말랬지? 밖에선 장녹조라고 하라고 내가……."

굳이 감춘 성을 붙여 부르는 이름이 짜증 나서 고개를 들었을 때, 두솔은 그녀에게 바짝 다가와 있었다. 이미 어두운 밤이었는데 두솔의 그림자 때문에 사위가 더 컴컴했다.

"뭐야? 왜 이래?"

"미안. 그런데 녹조야, 더는 못 참겠어."

너무 어두워서 얼굴이 잘 보이지는 않았다. 그렇지만 그녀의 이름을 부르는 두솔의 목소리는 단호하고 또 슬프게 들렸다.

"두, 두솔아."

무릎으로 선 두솔은 천천히 허리를 굽혀 그녀의 어깨를 잡았다. 이제 와 빼앗길 순 없다. 녹조가 누구건, 어떤 비밀을 가졌건 상관없었다. 얼마나 오래 기다렸는데. 더 많이 기다리라고 해도 자신 있었다. 언젠가 녹조가 그에게 와 주기만 한다면.

"내가 누구보다 널 잘 알아."

"뭐야, 이거 놔."

"나는 내내 너만 봤어. 알잖아."

두솔은 울 것처럼 중얼거렸다.

녹조를 처음 본 건 십 년도 넘은 일이다.

두솔이 열두 살이 되던 해 늦은 겨울. 아직 봄이 되기엔 이른 바람이 매섭게 불던 그날에 낯선 모녀가 그들의 마을로 들어섰다. 누구에게 쫓기는 것인지, 아니면 너무 오래 산을 헤맸는지 거지나 다름없는 꼴로 들어온 그녀들 중 하나는 어린 녹조였고, 나머지 하나는 해산이 가까운 임부였다. 한겨울의 바람은 매섭게 몰아쳤고 겉옷도 없이 떨던 그들은 갈 곳이 없었다.

이내 찾아온 봄, 비가 천둥처럼 쏟아지던 날. 임부는 수로를 낳았다. 그러나 무사히 낳았다는 안도감도 잠시, 수로 어미는 고작 일 년도 버티지 못하고 세상을 뜨고 말았다.

젖먹이와 함께 남겨진 녹조가 씩씩하게 젖동냥을 다니며 수로를 키웠고, 그 곁엔 늘 두솔이 있었다.

그로부터 또 한 해가 지났을 무렵, 녹조의 아비라는 사내가 나타났다. 입고 있던 무복(武服)이 온통 꺼멓게 보일 만큼 피투성이가 된 채였다. 마을은 또 기꺼이 그를 받아 주었다.

'뭐 하는 자인가?'
'불 다루는 철장입니다. 그러니 그냥 연 씨라고 불러 주십시오.'

연 씨는 스스로를 대장장이라고 했지만 두솔은 그것을 믿지 않았다. 커다랗고 번쩍이는 장검을 뒤꼍에 묻는 것을 두 눈으로 직접 보았기 때문이었다.

뒷산엔 수로의 어미와 녹조의 어머니 무덤이 나란히 있었다. 연 씨가 마을로 들어왔을 때 품속에 넣어 왔다는 작은 토기에 녹조를 낳아 준 어머니의 유골이 들어 있었다고 했다.

촌장인 아버진, 그들 부녀에게 아무것도 묻지 말라고 하셨다. 두솔도 그래야 한다고 생각했었다. 본능적으로 알았던 것 같다. 묻지 않아야 녹조 옆에 있을 수 있다는 것을.

하지만 때로는 묻지 않아도 알아 버리는 일도 있는 법이다. 두솔이 목격한 그날 밤처럼.

12. 오라버니 한두솔

'오랜만에 인사드립니다.'
'선규 자네가 여길 어찌 알고 왔는가?'
'저는 장사치입니다. 세상 모든 뜬소문을 얻어듣지요.'

보름이 가득 찼던 밤, 두솔은 아주 우연히 연 씨가 누군가와 이야기하는 것을 들었다. 연 씨를 찾아온 손님은 사내라 부르기엔 아직 앳된 소년이었다.

'무사하셔서 다행입니다.'
'죄인이지. 내 왕비마마를 뵐 낯이 없네.'
'아무도 영감을 원망하지 않습니다. 자책하지 마십시오.'

'내 자식 살리겠다고 주군을 버린 날세.'
'왕비마마의 유지였다는 것을 알고 있습니다.'

그들의 대화에선 감히 두솔이 상상하지도 못했던 인물들이 거론되었다.

'제가 찾아온 이유는 하나입니다. 누구입니까? 영감과 아가씨를 이리 만든 자. 제가 짐작하는 그자가 맞습니까?'
'맞네. 경화 대군 이서덕!'

그 이름을 말할 때 연 씨는 숨소리처럼 가는 속삭임을 냈다. 오히려 그래서 두솔은 그 이름을 더 오래 기억했다.

'역시 그렇군요.'
'방법이 없었네. 녹조를 지키려면 도망치는 것 외엔.'
'알고 있습니다. 그러니 이대로 더 숨어 계십시오.'
'날 찾아온 이유가 정말 그것 하나뿐인가?'
'그것뿐입니다. 제게 대군마마가 그 누구보다 소중하듯, 영감께선 아직 어린 아가씨를 지키셔야지요.'

연 씨는 차마 대화를 잇지 못했다. 아마도 녹조 때문일 것이라고 두솔은 생각했었다.

'당분간 대군마마는 제가 모시겠습니다. 다시 기별을 드릴 땐, 웃으며 뵐 수 있기를 소원하겠습니다.'

그들에게 험하고 구구절절한 사연이 있다는 것을 알아 버린 그 밤, 두솔은 밤새 잠을 이루지 못했다.

녹조가 어쩌면 신분 높은 아가씨일지도 모른다는 것은 이해했다. 연 씨라 부르던 사내가 나라님 곁을 지키던 장수일지 모른다는 것도 모두 다. 그래서 저 같은 무지렁이가 넘보면 안 되는 사람인 것도 알겠는데. 그래도 마음이 변하질 않았다. 포기가 되질 않았다.

차라리 아무것도 모르자 생각했다. 지금도 그랬다. 녹조에 대한 감정은 전혀 슬지 않고 시간을 입을수록 오히려 윤을 냈다. 다 모른 척하고 아무것도 묻지 않으면 잊을 수 있는 거 아닌가? 어차피 그들이 포기한 신분이니까 상관없잖아.

그렇게 십 년이 넘도록 그녀를 색시로 맞고 싶다는 생각이 전혀 흔들리지 않았는데, 이제 와 다른 놈을 보는 것을 어떻게 참으란 거지?

그때 연 씨를 만나던 소년이 지금의 최선규란 것도, 그들이 언급하며 걱정하던 대군이 이결이라는 것도 짐작했다.

그런데 그게 뭐? 스스로 버린 인연. 어떤 사연이 있었든 알 게 뭔가. 두솔은 바드득 어금니를 물었다.

"그 소문 내가 낸 거야."

"무슨 소문?"

"너한테 장가간다고, 너는 나한테 시집올 거라는 소문. 그거 내가 냈어. 사실이 될 거니까."

"두솔아."

"넌 아니야?

녹조는 마른침을 삼키며 두솔의 성난 눈을 올려다보았다. 지금껏 그에게 말할 수 없는 비밀은 없었다. 그는 하나뿐인 벗이고, 오라비이고 또 신의를 다해 믿을 수 있는 동료이기 때문이었다.

하지만 그건 동시에 그가 녹조에게 사내일 수 없고, 그녀 또한 두솔의 계집이 될 수는 없다는 말과 같았다. 동료 그 이상의 마음으로 커지질 않았다.

"두솔아, 난."

"오라비라고 안 불러도 상관없었어. 나중엔 분명 서방이라고 부르게 될 테니까."

"……."

"그런데 네가 자꾸만 딴 길로 가려고 하면, 안 기다려."

두솔은 두 손에 바짝 힘을 주고 녹조의 몸을 뒤로 밀었다. 그러고는 단박에 그 위로 올라탔다.

"지금 내가 가져 버릴 거야. 까짓것 몸 주면 마음도 따라오겠지. 오래 걸리면 기다리면 돼."

"뭐?"

"난 사내고, 넌 계집이고. 안 될 게 뭐야."

"뭐라는 거야. 저리 안 비켜?"

"안 비켜. 못 비켜."

씩씩거리는 두솔은 금방이라도 이성을 잃을 것 같았다. 무슨 생각을 하는지 모르겠지만 안쓰러울 만큼 다급하게 굴었다. 녹조는 그의 손에 잡힌 어깨를 빼려 힘껏 발을 굴렀다.

"놔, 한두솔."

"싫어!"

곰 같은 놈이 무식하게 힘만 세서는 그녀의 발버둥에 꿈쩍을 하지 않았다.

"당장 안 비키면 진짜 화낸다!"

"어차피 여긴 아무도 없어. 소리 질러도 모를걸?"

"너 정말 치사하게 이럴래?"

"다른 놈한테 널 뺏기느니 이게 나아. 미움받더라도 빼앗기진 않을 거잖아."

바르작거리는 그녀의 두 손을 한 손으로 모아 쥐고 두솔은 결심한 듯 녹조의 입술로 다가갔다.

"이익!"

녹조는 이를 악물고 얼굴을 비틀었다. 비명을 지르면 정말로 두솔은 몹쓸 짓을 한 나쁜 놈이 된다. 그건 싫었다.

그녀의 마음도 모르고 두솔은 점점 더 센 콧김을 불어 내고 있었다. 더 세게 손목을 쥐고 그녀의 턱을 잡았다. 미처 삼키지 못한 침 한 방울까지 녹조의 얼굴 옆으로 떨어뜨렸다. 너무 열중하면 생기는 두솔의 버릇이었다.

"마지막 경고야. 당장 비켜."

녹조는 버둥거리던 몸을 차분하게 늘어뜨렸다. 지금 두솔에게 아무리 입 아프게 말을 해도 들리지 않는다는 것을 알기 때문이었다. 이럴 땐 차라리 매가 약이었다.

"난 분명 말했다. 마지막이라고?"

손은 제압당해 쓸 수 없지만 다리는 비교적 자유로웠다. 두솔의 입술이 다시 다가올 때 녹조는 이를 악물고 무릎을 세워 두솔의 낭심을 걷어찼다. 세게! 또 한 번 더 세게!

"끄에, 윽!"

산돼지 같은 비명을 지르며 커다란 덩치를 반으로 접은 두솔이 그녀의 옆으로 떼굴떼굴 몸을 굴렀다. 그 틈에 발딱 일어난 녹조가 씩씩거리며 뒤로 물러나는 사이에도 두솔은 바위 위를 굴렀다.

"이게 죽으려고! 어디서 쓰지도 못할 걸 들이밀어?"

바닥에 엎드려 발발 떨고 있는 두솔의 엉덩이에 녹조는 힘껏 발길질을 했다.

"으악! 노, 녹조야."

"아프냐?"

"아, 아파."

"난 더 아파, 이 나쁜 놈아. 그러니까 더 맞아!"

그는 이미 제정신을 차린 듯했다. 그래도 녹조는 발로 차고 마구 주먹질하는 것을 멈추지 않았다. 그제야 정신이 들었는지 두솔도 반항하지 않았.

"그냥 날 죽여. 아니면 손가락이라도 잘라."

하얗게 질린 얼굴로 머리를 바닥에 쿵쿵 찧는 두솔의 눈빛에 거짓은 없었다. 아마도 조급함에 눈이 멀어 이성을 잃었겠지. 방금 전의 일은 두솔의 잘못이다. 그러나 그간 받아 왔던 도움들을 생각하며 녹조는 마음이 편할 수 없었다.

"오라버니."

"…노, 녹조야."

"나더러 오라버니…라고 불러 달랬지?"

"미안."

"이젠 정말 글렀다."

"노, 녹조야."

"한 번만 더 헛수작 부리기만 해 봐. 그땐 사내구실 못 하게 만들어 줄 거니까."

"미안. 잘못했어."

두솔은 순순히 고개를 끄덕였다. 어차피 포기한 것 아닌가? 오라버니라 불리는 건. 이렇게 어마어마한 짓을 저질러 버렸으니 이젠 정말 그녀 앞에서 사내가 되는 것도 포기해야 할지 모른다.

아픔도 잊고 피식 웃어 버린 두솔은 눈으로 한숨을 쉬는 듯 보였다. 녹조는 못 본 척 그 눈길을 피해 몸을 돌렸다.

"먼저 자. 한번 돌아보고 올게."

"너 혼자?"

"그럼 이 판국에 너랑 가리?"

"…그래. 너무 멀리 가진 마. 호랑이 나올라."

"그깟 호랑이, 잡아 버리지."

녹조는 씩씩하게 주먹을 쥐어 보였다. 눈물의 흔적 같은 건 없었다.

그때 같았다. 젖먹이 수로를 안고 당차게 울지도 않던 꼬맹이였을 때. 주변에서 도사리던 온갖 불운이 한꺼번에 덮쳤는데 불안하리만큼 씩씩하던 그때. 어쩌면 그때부터였을지 모른다. 녹조의 그 담담함에 속절없이 빠져 버린 건. 그녀를 지켜야겠다고 결심한 건.

저만치 바위산 아래로 훌쩍훌쩍 뛰어 내려가는 그녀를 두솔은 막지 못했다.

"이건 널 지키는 방법이 아니었어. 발길질이 너무 아프다, 녹조야."

얻어맞은 곳은 사타구니인데 가슴이 너무 아팠다. 꼭 쇠꼬챙이로 관통당한 것 같았다.

두솔을 두고 바위산을 내려온 녹조는 아무 데로나 발걸음을 뗐다.

"나쁜 놈, 한두솔."

결국 이렇게 되었다. 두솔은 사내가 되고, 자신은 계집이 되고. 막연히 미뤄 놓았던 숙제를 당장 떠안은 것처럼 어깨가 무거웠다. 다시는 이전처럼 편히 웃지 못할 것이다.

"이제 어쩔 거야."

다시는 두솔의 곁에 같은 방식으로 머물 수 없다는 사실이 슬펐다. 너무 착해 빠진 그의 마음을 받아 주지 못하는 자신도 싫었다.

온갖 기억들이 약 올리듯 한꺼번에 떠올랐다. 함께 사냥하고, 함께 수련하고, 또 함께 더러워졌던 시간들.

'돼지 간다, 녹조야. 그쪽으로.'
'걱정 마. 이번엔 틀림없이 명중이야.'
'잘해. 지난번엔 내 쪽으로 되돌아왔잖아.'
'알아. 그날 너 고자 될 뻔한 거.'

아버지가 만들어 주신 활로 처음 멧돼지를 잡았을 때도 두솔은 기꺼이 사냥감 몰이를 자청해 주었었다. 결국 온 산을 헤맨 사투 끝에 놈을 잡고 자주 노숙하던 계곡 옆에서 놈을 통으로 구워 먹었을 때, 온 얼굴에 묻은 검댕도 스스럼없이 닦아 주었었다.

'얼굴이 이게 뭐야, 사내도 아닌 놈이. 이리 와. 닦아 줄게.'

두솔은 늘 제 소매에 침을 발라서 녹조의 얼굴을 닦아 주곤 했다. 바로 옆에 계곡이 있어도 어김없이 침이었다. 때때로 더럽다는 생각도 했지만 녹조는 그 소매를 거절한 적이 없었다.

눈을 감고 그에게 얼굴을 내밀면, 쓱쓱 얼굴을 닦아 주는 투박한 손길에 기대면 꼭 그의 누이동생이 된 것 같아서. 항상 곁을 지켜 주는 오라비가 있어서 마음을 놓을 수 있었다. 밤도, 낮도,

수로를 지켜야 한다는 막막함도 두렵지 않았다.

"바보 한두솔. 이 바보 오라버니야."

기어이 덜덜 떨리는 입술로 녹조는 끅끅 그의 이름을 뇌까렸다. 어두운 밤이라 다행이었다. 혼자 어디 처박혀 훌쩍거려도 쉽게 들키지 않을 테니까. 다만 아직 은신하기 좋은 장소를 찾지 못했는데도 야속한 눈물이 벌써 떨어지려고 했다.

아아, 산속이라 상관없나? 어차피 주변엔 아무도 없는데.

"이잇, 정말."

팔뚝으로 대충 눈물을 훔치고 녹조는 마구 걸었다. 더 이상 눈물을 닦아 줄 듬직한 오라비는 그녀에게 없었다. 그때 기척도 없이 누군가가 쓱 그녀의 앞을 막아섰다.

"쫏! 또 우느냐?"

이제는 홀연히 나타나는 것마저 익숙해진 목소리. 어째서 하필 여기에 그가 서 있는지는 모르겠지만, 이런 걸 두고 곰 피하려다가 늑대 만난다고 하는 건가?

눈치 없이 흘러 버린 눈물을 또다시 그의 앞에서 들켜 버렸다. 그의 앞에서만 들킨다. 떨리는 입술을 누르며 물었다.

"여기서 뭐 하십니까?"

"네 녀석이 혼자 우는 꼴 보기 싫어서 서둘렀지."

"누가, 누가 혼자 운다고."

"그 눈에 매달린 건 콧물인가?"

"눈치도 없습니다, 대군은."

"알았으니 그냥 울어라."

허리를 잡아당기는 손길에 녹조는 힘없이 허물어졌다. 참으려던 눈물이 다시 서럽게 흘렀다. 커다란 손가락에 끌려 그에게로 다가서는 발걸음이 답지 않게 급했다. 손을 뻗어서 아무렇게나 그의 옷자락을 잡고 울먹였다.

"왜 이럴 때만 나타나는 건데요?"

단단한 가슴에 기댄 머리통 위로 결의 커다란 손바닥이 찾아왔다.

"말해 봐라. 내가 어찌해 줄까?"

"뭘요?"

"가서 그놈을 죽일까? 아니면 사지를 잘라 줄까?"

13. 입장 정리

 깊은 밤이 만들어 낸 그림자는 밤보다 더 어두웠다. 울음을 그친 녹조와 결은 그 어둠 속을 묵묵히 함께 걸었다.
 "다 울었느냐?"
 "묻지 마십시오. 창피하니까."
 "더 창피할 것도 없을 텐데?"
 "제게도 최소한의 낯짝이라는 게 있습니다. 벌써 몇 번입니까."
 열심히 운 탓에 코가 막혀 녹조의 목소리는 조금 맹맹했다. 그러나 그 와중에도 참 부지런히 툭툭거렸다.
 어깨가 추워 보여 감싸 안으려다 결은 손을 거두었다. 지금의 그녀에겐 그 어떤 위로도 소용없을 테니. 다만 그깟 한두솔 때문에 우는 건 마음에 들지 않았다. 조금 전의 그건 아까운 눈물을 낭비할 가치도 없는 일이었다.

"주고받았다고 치자."

"예? 대군이 제게 창피할 일이 뭡니까?"

불쑥 눈길을 든 그녀는 턱 언저리에 남은 눈물을 닦고 있었다. 분주한 그 손을 결이 당겨 잡았다. 밤바람 때문일까. 아니면 울어서? 손끝이 찼다.

"사내 체면에 잠 좀 못 잔다며 징징거렸잖아."

차가운 손가락을 모아 쥐고 입가로 당겨 입김을 불었다. 녹조의 얼굴에 당황한 기색이 떠올랐다.

"그건 좀 다르잖아요. 사람이 잠을 못 자면 몸이 망가지는데?"

발길을 세운 녹조가 발끈하며 이의를 제기했다. 손가락을 꼼지락거렸지만 결은 놓아주지 않았다.

"편들어 주는 건가?"

"그, 그게 아니라."

녹조는 아까부터 결의 눈길을 피하고 있었다. 하지만 나쁘지 않았다. 의식하고 있는 것 같아서.

"네가 그토록 나를 걱정하는 줄은 몰랐는데?"

"누군가에겐 죽도록 힘든 일일 수도 있으니까요."

기어이 잡힌 손을 빼내며 녹조는 시선을 피했다. 속내를 들킨 것 같아 얼굴이 화끈했다. 그래도 방금 한 말은 진심이었다. 그녀의 간절함이 보였다는 그처럼. 도움의 손길을 부탁한 결의 눈빛에도 간절함은 분명 있었다.

"모, 모르는 사이도 아니고."

"그것이 이유의 전부이냐?"

"예?"

"네가 나를 가엾이 여기는 이유 말이다."

결의 말투는 유난히 또박또박했다. 손을 놓아준 대신 귀밑머리를 넘겨주는 손가락에 힘이 들어가서 뻣뻣하게 느껴졌다. 일부러 뺨을 스치고 여린 목덜미를 건드린 손등이 귓불에 닿았다. 이렇게 뜨거운 게 정상인가?

녹조는 벌게진 얼굴을 틀었다. 목소리가 또박또박 들렸던 건 그가 너무 가까이 있었기 때문이었다.

"가엾이 여기는 것이 아니라, 도울 일이 있으면 서로 돕고 사는 것이 마, 마땅하고 그러니까……."

"그럼 매일 밤, 지키거라."

"예?"

"매일 밤, 내 곁에 있어. 그럼 다시는 그딴 놈 때문에 울지 않게 해 주지."

"대군."

하릴없이 시선이 마주쳤다. 녹조는 소리 없이 비명을 지르며 입술을 깨물었다. 두솔이네 할머니께서 그러셨다. 잘난 사내는 반드시 인물값을 하는 법이라고. 물론 할머니의 기준에서 가장 잘난 놈은 한두솔이었지만, 만약 그 기준이 모두에게 통하는 거라면.

이 사낸 도대체 어디쯤에 놓아야 적당한 건가?

유난히 젖은 듯한 그의 눈동자에 사로잡힌 시선이 그대로 굳어 버렸다. 입술이 마르고 침도 말랐다.

"장녹조!"

"…예?"

녹조는 저도 모르게 입술에 침을 발랐다. 집요하게 그 자리를 바라보는 결은 이름만 불러 놓고 뒷말이 없었다. 맥이 뛰는 목덜미에 그의 엄지가 닿았다. 조그맣게 원을 그리며 만지작거렸다.

"사, 사람을 불렀으면 말을……."

"너뿐이다. 나를 잠들게 하는 것도, 화나게 하는 것도. 그러니까 말해."

"뭘?"

"한두솔 그놈, 죽일까?"

뺨을 받쳐 드는 결의 손길 때문에 힘겹게 침을 삼켜야 했다.

"언제부터 보고 계셨습니까?"

가슴이 쿵쿵 뛰었다. 긴장한 소리가 혹 그에게 들리지 않을까 걱정은 되는데 물러나고 싶지도 않았다. 어차피 목 뒤를 감싼 그의 손가락 때문에 달아날 수도 없었지만.

"전부 다."

"…할 일이 그렇게 없으십니까?"

"눈을 떼는 게 더 어렵지 않나? 보통은?"

결은 크게 심호흡을 했다. 담담하게 눈을 내리까는 녹조를 보니 애써 참았던 화가 끓어올랐다.

"내 것이 남의 손을 탔는데?"

그런 놈과 단둘이 남겨 놓았던 건 그의 불찰이다. 기어이 그녀의 몸을 타고 앉은 놈을 보았을 때 바로 목을 자르지 못한 것도.

녹조가 스스로 빠져나와 두솔의 엉덩이를 걷어차지 않았다면 지금쯤 이미 피를 봤을지도 모르지. 하긴, 지금도 늦지 않았다.

"역시 죽여야겠어."

녹조의 가는 목에 바짝 입술을 대고 결은 으르렁거렸다. 가감 없는 진심이라 녹조의 온몸에 솜털이 곤두섰다.

"안 됩니다."

"왜?"

가라앉은 목소리로 그가 물었다. 녹조를 당겨서 빈틈없이 제 허벅지에 붙여 놓고 살점을 베어 물듯이 고개를 숙였다.

"왜? 그놈이 또 무슨 짓을 할 줄 알고!"

"제 몸은 제가 알아서 할 수 있습니다."

"그건 네 곁에 내가 없을 때지."

"……?"

"나는 내 것을 남의 손에 두는 그런 사내가 아니다."

"저는 대군의 것이 아닙니다."

"누구 마음대로."

씩 웃는 입술이 위험해 보였다. 그 사이로 드러난 치아는 더더욱 그랬다. 더운 숨결도, 여름밤 같은 습한 열기도 모조리 전해져서 오히려 한기가 돌았다.

녹조는 눈을 질끈 감았다. 하지만 닿을 것 같았던 그의 입술은 다음 순간 오히려 멀어졌다. 살그머니 눈을 뜬 녹조는 자신이 여전히 이글거리는 결의 시선 속에 있다는 것을 깨달았다.

"눈은 왜 감지?"

"제, 제가 언제요?"

결은 금세 새침해진 녹조를 품에서 놓아주었다. 마음 같아서는 당장 입술이라도 취해야 숨이 트일 것 같지만, 그랬다간 도중에 멈출 수 없을지도 몰랐다. 그러니 여기까지. 더군다나 한두솔 때문에 놀란 그녀를 더 힘들게 하고 싶진 않았다.

"너 때문에 요즘 너무 피곤하다."

덜 자란 사내아이 같았던 녹조가 여인으로 자리를 잡은 후 머릿속에 생각이 너무 많아진 탓이었다.

"그건 정말 송구하게 되었습니다. 그래도 제가 남들 발목을 잡을 만큼 맹추는 아니잖습니까."

지금도 이렇게 눈앞에 서서 사람을 홀리고, 그리고 그는 그게 싫지 않고.

"더 해 봐라, 변명."

"활도 잘 다루고, 아마 뜀박질은 대군보다 더 빠를걸요? 그리고."

"그리고 또?"

"제가 목숨도 구해 드렸잖아요. 멧돼지한테 막 쫓기는 걸 제가."

"쯧, 요 돌머리."

"돌머리?"

미간을 모은 녹조가 주먹을 틀어쥐는 것을 보며 결은 시원하게 웃었다.

"하긴, 돌머리도 예쁘게만 보이는 내 눈도 정상이 아니군."

"이것 봐라, 강에서 잡았어."

"우와, 맛있겠다."

"배 속에 거지새끼가 들어앉았냐? 눈독 들이지 마. 이건 우리 누이 오면 같이 먹을 거니까. 휘이!"

강에서 잡은 물고기 두 마리를 자랑스럽게 들고 달리는 수로의 앞니는 하나가 빠져 있었다.

"같이 가, 장수로!"

휑한 이를 훤히 내보인 녀석은 행여나 빼앗길세라 제 몸보다 물고기를 앞세우고 달렸다. 그 뒤로 물고기에 침을 흘리는 또래 두엇이 달렸지만 아무도 수로를 따라잡지 못했다.

"아부지, 이것 좀 보소."

결국 친구들을 다 뿌리치고 혼자 달려온 수로는 마을에 하나뿐인 대장간으로 뛰어들었다. 꽤 무거워 보이는 물고기를 굳이 한 손으로 들고 온 채였다.

한 사내가 뒤를 돌아보았다. 이마에 땀방울이 흥건했는데, 상당히 건장한 사내였다.

"수로냐?"

"응, 나요. 아부지 이것 좀 보라니까. 내가 잡았소."

한창 풀무질 중이던 아비가 풀무를 내려놓자, 수로는 그 곁에 턱 하니 잡은 물고기를 올려놓았다. 그러곤 한껏 솟은 어깨를 펴고 칭찬을 기다렸다.

"이야! 이건 꽤 크구나! 이걸 혼자 잡았단 말이야?"

"그치? 크지? 이건 누이가 잡은 것보다 더 크지 않소?"

"글쎄다. 네 것도 크긴 하다만, 네 누이가 잡은 건 이보다 훨씬 컸지?"

대장장이 연 씨는 대장간 한쪽 벽에 붙은 탁본을 가리키며 아들의 뒤통수를 쓰다듬었다. 벽에 척 붙은 탁본은 꽤 오래된 것이라 벌써 끝이 누렇게 닳아 있었다.

몇 년 전, 녹조가 잡은 물고기를 떠 놓은 것이었다. 오늘 수로가 잡은 물고기보다 갑절은 컸던 그놈은 그날 세 식구의 두 끼를 든든히 채울 정도였다.

"치이!"

"너무 실망하지 말거라. 저 때 네 누이는 벌써 열여섯이었어. 너는 이제 열두 살이잖니."

아비의 위로에도 수로의 입술은 마구 삐죽거렸다. 언젠가는 누이보다 큰 물고기를 보란 듯 잡아 주리라. 반드시 누이보다 크고 강해져서, 혼자 떠돌게 하지 않고 지켜 주리라. 그것이 속으로만 되뇌는 어린 수로의 소원이었다.

해가 뉘엿뉘엿 지고 있었다. 수로는 대장간의 문간에 턱을 괴고 앉아 누이를 기다렸다.

아침에 눈을 뜨자마자 강으로 달려가 종일 낚시를 했었다. 곧 온다고 소식을 보내온 누이에게 맛난 고기반찬을 해 주고 싶어서 배가 고픈 것도 꾹 참았다.

"얼른 와라, 얼른 와."

꼬르륵! 수로는 소리가 나는 배를 얼른 감싸 안았다. 배고픈 것쯤 괜찮다. 누이는 이보다 더 힘들게 돈을 벌고 있으니. 누이의 것에 비하면 턱없이 작지만 거둬 온 성과를 얼른 누이에게 자랑하고 싶었다.

"가끔 심통을 부리긴 해도 말이야."

분명 기뻐해 줄 것이다. 누이는 착하니까. 그런데 아무리 기다려도 오질 않는다.

"오늘도 안 오려나."

문간에 쪼그리고 앉아 있는 수로를 슬며시 돌아본 연 씨는 다시 풀무질을 시작했다. 건장한 팔뚝에 금세 굵은 땀이 맺혔.

결국 밤이 되도록 녹조는 돌아오지 않았다.

"수로야."

"아직, 아직 해가 남았소."

"다 넘어갔는데 뭐가 남아."

"남았소, 남았다니까."

옆에 앉아 수로를 다독이던 연 씨가 할 수 없다는 듯 먼저 몸을 일으켰다. 두꺼운 팔로 어린 아들을 번쩍 들어 올렸다.

"이제 그만 들어가자. 아무래도 오늘 못 올 모양이니."

"싫소, 아부지나 먼저 들어가소."

"고집부리지 말고. 누이가 떠나기 전에 뭐랬냐? 아부지 말 잘 들으랬잖아!"

"치이!"

연 씨가 누이를 들먹인 다음에야 수로는 고집스럽게 버둥거리던 다리를 축 늘어뜨렸다. 그러고는 마지못해 고개를 끄덕였다.

"알겠소."

아비의 넓은 목덜미에 실망 가득한 이마를 기대고 녀석은 깊게 한숨을 쉬었다.

"온다고 해 놓고."

누이가 떠난 지는 벌써 일 년이 다 되었다. 돈 많이 벌어서 수로의 팔을 고쳐 준다며 호기롭게 뛰쳐나가더니, 정말 꼬박꼬박 돈을 보내왔다.

"아부지, 누이가 너무 보고 싶소."

"아부지도 그래."

"누이는 눈이 밝으니까, 어두워도 올 수 있겠지?"

아비의 두꺼운 어깨에 얹혀 수로가 작게 중얼거렸다.

"그래. 그러니 일단 집으로 가자."

하나뿐인 누이고, 수로가 이 세상에서 가장 좋아하는 두 사람 중 하나였다.

여인인 주제에 얼마나 천방지축인지, 어떤 때는 촌장님의 아들 두솔 형보다 더 많은 돈을 보낼 때도 있었다. 그럴 때면 수로의 어깨는 하늘 높은 줄 모르고 번쩍 솟았다.

"온다고 했으니까 내일은 올 거요."

아비의 어깨에 업혀 대장간 뒤에 있는 작은 방으로 옮겨지면서도 수로의 눈길은 아쉬운 듯 언덕 아래 길을 향했다.

한쪽이 비어 펄럭이는 소매가 안쓰러웠다.

"휴우."

벌써 몇 번째 한숨인지. 두솔이 길게 불어 낸 호흡은 금세 어둠 속으로 사라졌다.

새벽 무렵 호랑이 미끼를 지키던 자들과 번을 바꿨다. 일부러 혼자 나왔는데 그편이 나았다. 눈으로는 아래 묶인 미끼를 보고 머릿속으론 녹조의 얼굴을 떠올렸다.

'나더러 오라버니…라고 불러 달랬지?'
'이젠 정말 글렀다.'
'한 번만 더 헛수작 부리기만 해 봐. 그땐 사내구실 못 하게 만들어 줄 거니까.'

거칠게 씩씩거리던 그 녀석의 눈은 슬펐다. 가족을 잃은 듯 허망하게 텅 비어 있었다. 계속 그 생각만 났다. 그 눈이, 덜덜 떨던 그 손이.

"제대로 실성했지."

두솔은 입술을 깊이 물고 그날을 자책했다. 겁먹고 놀라서 차마 어떻게 화를 내야 할지 갈피도 잡지 못하던 녹조였다.

한 번도 본 적 없었다. 수로가 호랑이에게 물려서 사색이 되었던 날, 그날을 제외하면 그렇게 무너진 녹조는. 그런 얼굴을 만든 것이 자신이란 사실이 점점 더 끔찍했다. 두솔은 두 손으로 머리를 쥐어뜯었다. 수상한 발소리가 들린 건 그때였다.

날쌔게 무기를 챙겨 쥔 두솔은 소리가 나는 쪽을 노려보았다. 어둠을 뚫고 서서히 나타난 인물은 혈랑이었다.

"허."

긴장했던 탓에 헛바람이 샜다.

"여긴 어쩐 일이십니까?"

무기를 내린 두솔이 귀찮다는 듯 발끝으로 바닥을 차다가 슬쩍 허리를 숙였다.

"괜한 인사치레는 그만두지. 그따위 것을 받으려고 온 게 아니다."

두솔은 손에 쥐고 있던 쇠붙이에 더욱 힘을 줬다. 누가 위고, 누가 아래인지 확실하게 일깨우는 듯 당당한 결의 태도 때문이었다.

"녹조에게 무슨 말이라도 들으셨습니까?"

"아니."

짧은 대답이었지만 잘 벼려진 칼날보다 날카로웠다. 그 이유를 두솔은 이미 알고 있었다. 늘 녹조를 따라다니던 대군의 시선을 생각하면 눈치채지 못하는 게 더 이상했다.

"보셨군요."

차마 발이 떨어지지 않아서 지면에 댄 채 움직인 덕분에 흙먼지가 피어올랐다. 뿌옇게 잠시 두 사내의 앞을 가렸다. 결의 입술이 싸늘한 호선을 그렸다.

"자, 그럼 내가 지금 네놈을 살려 둬야 하는 이유를 말해 봐라."

두솔은 체념한 듯 고개를 저었다. 내내 괴로운 마음을 어쩌지 못했다. 녹조에게 찾아가 무릎이라도 꿇고 머리를 찧을까? 그럼 용서받을 수 있을까? 아니, 그 아이가 용서한다 해도 스스로 떳떳할 수 있나? 결론은 없었고 그럴수록 가슴은 탔다.

그런데 이제 알 것 같았다. 해결책이 뭔지. 다시는 녹조에게 손을 댈 수 없도록 완벽하게 사라져야 한다는 걸.

"없습니다."

두솔은 털썩 그 자리에 주저앉았다. 세차게 박은 무릎이 얼얼했지만 녹조가 받은 상처에 비할 바는 아닐 것이다.

"죽여 주십시오."

그 순간 결이 검자루에서 검을 뽑아 두솔에게 던졌다. 바짝 날이 선 검은 꿇어앉은 두솔의 앞에 정확하게 박혔다. 검신이 달빛을 가득 받아서 요사하게 빛났다.

"굳이 내 손을 더럽힐 이유가 없지. 자결해라."

서슬 퍼런 결의 말에 두솔은 오래 고민하지 않았다. 늘어뜨렸던 허리를 펴고 천천히 제 앞의 검을 집어 들었다. 주저 없이 목에 댄 날을 타고 붉은 피가 방울방울 떨어졌다.

결의 검은 스승님이 주신 명검이었다. 조금만 힘을 주어도 두솔의 목이 날아갈 수 있었다. 아무리 사냥꾼이라고 해도 쇠붙이를 다루는 자니 두솔도 그 정도는 알았다.

그만큼 진심이라는 뜻이겠지만 결은 더 기다렸다. 겨우 그 정도의 피로 녹조가 입은 상처를 상쇄할 수는 없었다.

"왜 망설이지?"

결의 말에 두솔은 기다렸다는 듯 머리를 쿵 바닥에 찧었다.

"부탁이 하나 있습니다."

"왜? 이제 와 살고 싶으냐?"

"그게 아닙니다. 혹시라도 내가 이렇게 죽었다는 말은 그 녀석에게 하지 말아 주십시오. 쓸데없이 정이 많은 놈이라 제가 죽은 걸 알면 또 끙끙 앓을 겁니다."

눈물을 가득 머금은 두솔의 눈은 간절해 보였다. 삶에 대한 의지보다 남아 있는 녹조를 더 걱정하는 눈이었다. 이제 곧 죽을 것이라는 자각도 잊은 듯했다.

"싫다면?"

"녹조를 위해 제 말대로 해 주실 것을 압니다. 대군께서도 그 애가 또 우는 걸 보고 싶지 않으실 테니."

두솔은 다 안다는 듯 슬프게 미소 지었다. 결은 아직도 그러겠노라 대답하지 않았다. 하지만 때로는 굳이 소리로 듣지 않아도 전해지는 것이 있는 법이었다.

"그럼."

두솔은 두 눈을 질끈 감고 검자루를 쥔 손에 힘을 주었다. 마지막으로 웃고 있는 녹조의 얼굴 한 번이 간절했지만 그 역시 욕심일 것이다.

'미안하다, 녹조야.'

두솔은 입술을 질근 물고 검자루를 휙 꺾었다. 목을 그었는데 묘하게도 이마빡에서 화끈한 고통이 느껴졌지만, 상관없었다. 이렇게 죽는다고 녹조에게 지은 죄가 씻어지지는 않겠지. 그렇지만 적어도 다시는 그 녀석에게 접근할 수는 없게 되겠지. 눈앞이 캄캄하고 정신은 점점 아득해졌다. 이게 죽음이로구나 생각한 순간, 촤악! 차가운 물이 머리에서부터 쏟아져 내렸다.

"으헉!"

소스라치게 떨며 다시 눈을 떴을 때 가장 먼저 본 것은 물바가지를 든 결의 얼굴이었다. 두솔은 그제야 깨달았다. 죽지 않고 살았다는 것을.

"대군?"

두솔은 눈을 크게 뜨고 결을 올려다보았다. 컸다. 신체가 그렇다는 것이 아니라, 결 자체가 엄청나게 커 보였다.

황망한 두솔을 거기 두고 결은 검만 회수해서 돌아섰다. 날을 타고 흐른 피가 뚝뚝 바닥으로 떨어졌다. 손을 쓰는 것이 조금만 늦었어도 두솔의 목은 바닥을 뒹굴었을 것이다.

"독한 놈."

결은 검신을 적신 두솔의 피를 빤히 보았다. 적어도 지금 여기 묻어 있는 두솔의 피는 진심이었을 것이다.

그게 일단은 그놈을 살려 둔 이유였다.

"아침부터 또 청승이냐?"

결은 저만치 등을 돌리고 앉아 있던 녹조의 곁으로 성큼성큼 다가갔다. 밤새 혼자 울지는 않았는지 걱정했는데 다행히도 그런 기색은 없었다. 다만 잠들지 못했는지 까칠해진 얼굴빛은 좋지 않았다.

"그러는 대군은 아침부터 시비십니까."

씩씩하게 대들기는 하는데 기운은 없었다. 쨍쨍하지 않는 그녀가 마음에 들지 않아 결은 눈매를 찡그렸다.

사방으로 밥 짓는 냄새가 고소하게 풍겼다. 선규가 가져온 쌀로 모두가 나눠 먹을 밥을 하는 중이라 마을 아낙네들은 모처럼 바빴다. 축 처져 있는 녹조의 어깨만 아니면 다들 들뜬 것이, 딱히 나쁠 것은 없는 광경이었다.

"일어나라. 어제도 호랑이가 미끼를 건드리지 않았으니 오늘도 누군가 번을 서야 해."

"그럼 제가 가겠습니다."

녹조가 두말없이 자리에서 일어났다. 꽤 한참이나 같은 자세로 앉아 있었는지 몸을 일으키는 순간 끙 소리가 났다.

매가리 없는 몸이 휘청거렸다. 듣자 하니 어제도 종일 곡기라고는 전혀 입에 넣지 않았다고. 당연히 괜찮을 리가 없었다. 어제까지 붙어 다니던 놈에게 그런 배신을 당했는데 멀쩡한 것이 더 이상하겠지만.

자리를 벗어나려는 녹조의 손목을 결이 탁 붙잡았다. 예견했다는 듯 녹조가 목소리에 한숨을 섞었다.

"걱정 마십쇼. 두솔이는 떼 놓고 갈 테니까."

"누가 너 혼자 보낸다더냐?"

"대군도 가시게요?"

"말했잖아. 내 것을 남에게 맡기는 건 싫어한다고."

손목을 잡았던 커다란 손이 그대로 녹조의 머리를 눌렀다. 그녀의 키에 맞춰 고개를 숙인 그가 속삭였다.

"가서 일단 밥이나 든든하게 먹어라. 날이 찰 것 같으니."

뭐라고 대꾸를 하려다 녹조는 입을 다물었다. 저 멀리서 두솔이 그녀를 보고 있었다. 녹조는 결의 손길을 뿌리쳤다.

"알겠으니 따라오지 마십시오."

결도 두솔을 보았기에 굳이 말을 덧대지 않았다. 녹조는 금방이라도 고꾸라질 듯이 불안했다. 하지만 그녀가 그만큼 나약하지 않다는 것쯤은 알고 있었다. 그래서 눈길이 가던 녹조였으니까.

결의 손길에서 벗어난 녹조는 똑바로 앞으로 걸었다. 결이 따라오지 않는 것이 조금은 고마웠다.

"앞으로 계속 이렇게 지낼 수는 없어."

앞니로 입술을 씹으며 녹조는 결심한 듯 어깨를 폈다. 그러고는 곧장 두솔을 불러 세웠다.

"한두솔!"

부르는 소리에 멈칫, 두솔은 발을 멈췄다. 도망치기엔 늦었다. 더는 도망치는 비겁한 짓을 해서도 안 되고 말이다.

멀리서 결이 이쪽을 보고 있었다. 두솔도 자연히 시선을 맞췄다. 녹조를 사이에 두고 두 사내의 눈길이 잠시 엉켰다. 간밤의 경고를 기억하라는 듯 결의 동공은 깊었다. 두솔은 보일 듯 말 듯 그를 향해 고개를 숙였다. 같은 실수를 반복할 생각은 전혀 없었다.

"나랑 얘기 좀 해."

그 사이 녹조와의 거리는 충분히 좁아졌다. 마음에 쌓였던 이야기를 나눌 만큼.

"그래."

녹조가 할 이야기는 뻔했다. 착해 빠진 녀석이니 필경 한심했던 자신의 실수를 용서한다고 하겠지. 차라리 욕을 하고 발길질을 하는 편이 훨씬 마음 편할 텐데. 제 마음 편하자고 녹조를 힘들게 할 수는 없었다.

"난 너 용서 안 해. 그런데……."

차분히 본론을 꺼내는 녹조의 앞에서 두솔은 담담했다. 하는 말과는 다르게 그녀는 결국 두솔을 용서하겠지만, 이제 전과 같을 수는 없다. 평생 씻을 수 없는 병신 같은 그 짓이 지워지지 않을 것이고, 그에게 녹조는 여인이 될 수 없었다.

해는 금세 졌다. 녹조와 결은 번을 서고 있었다. 어째서인지 아무도 교대를 해 주러 오지 않아서 산에 머문 지 꽤 되었는데도 내려가질 못했다. 호랑이가 다니는 산이라서 그런지 짐승들의 기척도 별로 없었다. 풀벌레 소리, 날짐승의 날갯짓 소리가 가끔 들릴 뿐 사방은 고요했다.

"춥지 않으냐?"

"추우십니까?"

"곤하면 눈 좀 붙여. 내 어깨도 빌려 주지."

오히려 되묻는 그녀에게 어깨를 내밀며 결이 권했다.

"저는 멀쩡합니다. 대군이나 주무십시오."

건성으로 대답하는 것이 여실했다. 낮에 두솔과 무슨 이야길 나눴는지 모르겠지만 그녀가 이렇게 맹해진 건 분명 그 탓이었다.

물어볼까 하다가 다른 이야길 꺼냈다. 굳이 심란해질 그런 것 말고, 녹조가 신이 나서 떠들 만한 걸로.

"동생 이야길 해 봐라."

"우리 수로요?"

"이름이 수로라는 건 알고, 또 다른 거."

녹조는 잠시 입을 다물었다가 곧 희미하게 웃었다. 수로를 생각하면 떠오르는 것이 너무 많았다.

"울보입니다, 그 녀석은."

"누가 남매 아니랄까 봐 닮았군."

"그렇죠, 혈육이니까."

녹조는 희미하게 웃었다. 그리고 그 미소를 결은 빤히 보았다. 며칠 새 수척해진 볼에 오랜만에 핀 미소라 더 귀했다.

"자기가 더 울보인 주제에 수로는 제가 울까 봐 늘 전전긍긍해요. 어렸을 때부터 그랬어요. 누가 울면 꼭 따라서 같이 울고."

"쌍으로 울고 다닌 건가?"

"쌍으로 순진했죠."

어둠을 응시하며 피식 웃던 녹조는 문득 자리에서 일어났다. 가슴속이 시끄러운 건 맞지만 마을을 나와 사냥꾼이 된 목적을 떠올리니 괜히 마음이 급해졌다. 두솔의 일도 어차피 시간이 해

결할 것이고. 용서하기로 했으면 이제 비우는 게 옳다는 생각이 들었다.
"왜?"
"호랑이가 왜 안 나타날까요? 미끼가 마음에 안 드나?"
"동생 이야긴 끝났나 보군."
"…빨리 돈을 벌어야 수로 팔도 고치고 마을로 돌아갈 수 있을 텐데. 이놈의 호랑이, 대체 어디 박혀 있는 거야."

14. 입맞춤

"아부지, 잠들었소?"

뒤척이다가 넌지시 아비를 부른 수로가 대답을 기다리며 눈을 끔뻑거렸다. 뒷산에서 부엉이 우는 소리가 들렸다. 쥐라도 잡았는지 퍼덕이던 날개 소리도 곧 잠잠해졌다.

"아부지?"

다시 불러도 아비는 대답이 없었다. 너른 등이 꼼짝도 하지 않고 고른 숨소리만 들렸다. 수로는 하나밖에 없는 팔을 머리 아래 받치고 애써 눈을 감았다. 밤이 깊었는데 잠은 오지 않고 눈이 말똥말똥해졌다.

일전에 잡은 고기는 탁본을 떠서 누이의 것 옆에 붙였다. 보여주고 싶은데 녹조는 소식이 없었다.

"두솔이 형도 없고, 누이도 없고."
수로는 길게 한숨을 내쉬었다.
녹조가 사냥꾼이 되어 마을을 떠나기 전날, 둘은 크게 싸웠었다. 여인의 몸으로 험한 일을 하겠다는 녹조의 다짐이 모두 저 때문인 것을 알기에, 어떻게든 잡고 싶었지만 누이의 고집을 꺾을 수는 없었다.

'그럼 나도 데려가오.'
'뭐?'
'그게 안 되면 누이도 못 가.'

하나뿐인 팔을 벌리고 마당 한가운데 서서 서럽게 고집을 부리는 수로를 처음엔 녹조도 달랬다. 원래 고집이 센 아이가 아니었으니까.

'걱정 말고 기다려. 곧 올게.'
'절대 누이 혼자는 못 보내오. 정 가야 한다면 나도 따라갈래.'
'말도 안 되는 소리 하지 마. 위험하단 말이야.'
'그건 누이도 마찬가지잖소!'

그러나 녹조가 아무리 달래도 수로는 한사코 그녀에게 매달렸다. 그래도 녹조가 고집을 꺾지 않았다. 그래서 그만 입 밖으로 내서는 안 되는 말을 뱉어 버렸다.

'왜? 왜 나는 따라가면 안 되는 거요? 나는… 장 씨이고 누이는 연 씨라서?'

그 순간 새파랗게 질려 버렸던 녹조의 얼굴을 수로는 똑똑히 기억했다. 크게 뜬 눈을 차마 깜박이지도 못하고 금방이라도 주저앉을 듯 떨고 있었다.

'뭐? 누구야. 누가 너한테 그런 못된 말 가르쳤어?'

그쯤에서 멈춰야 한다는 것을 아는데도 수로는 심술을 부렸다.

'맞잖소. 아부진 내 아버지가 아니고, 뭐.'
'야! 장수로!'

그날 처음으로 수로는 녹조에게 뺨을 맞았다. 화끈한 통증에 얼굴이 휙 돌아가도록 매몰찬 손속이었다. 하지만 다음 순간 수로는 덜컥 가슴이 내려앉았다. 누이가 울먹이고 있었기 때문이었다.
아무리 힘이 들어도 그의 앞에선 웃던 누이였다.

'너, 정말 그렇게 생각하는 거야?'
'틀린 말은 아니잖소.'
'그래서, 정말 그렇게 생각한다는 거지?'
'아, 아니.'

눈물을 참고 있는 녹조를 차마 끝까지 보지 못하고 수로는 우물쭈물 시선을 발끝으로 모았다. 그러다가 결국 같이 울고 말았다. 온 집 안이 떠나갈 법한 대성통곡이었다.

'잘못했소.'
'넌 내 동생이야.'
'나도 아오. 잘못했소. 누이도 절대 내 누이인걸. 내가 헛말을 했소. 그러니 누이, 울지 마오. 응?'

두 사람은 서로를 부둥켜안고 정말 오래 울었다. 어쩌면 내내 속으로만 품고 전전긍긍하던 실금이 그날 완전히 깨져 버렸는지도 모른다. 얼마 후 한두솔이 나타나 오열하는 둘을 갈라놓기 전까지 울음은 그치지 않았다.
그리고 그다음 날에 녹조는 마을을 떠났다.
"그때, 그런 말은 하지 말걸."
수로는 슬프게 중얼거렸다. 제가 아버지의 아들이 아니라는 건 어차피 알고 있었다. 녹조도 굳이 감추려고 하지 않았고. 구박을 받은 것도 아니었다. 그래도 일부러 입 밖에 꺼낸 일은 없었다.
딱히 싫어서가 아니라, 그게 아무런 문제도 되지 않기 때문이었다. 혈육이 아니어도 둘은 진심으로 서로를 위했고, 진짜보다 더 진한 남매였으니까.
수로를 향한 녹조의 말과 모든 행동은 한 번도 거짓이었던 적이 없었으니까. 그렇기에 그렇게 결연하게 마을에서 떠날 수 있었을 것이다. 정말 있을지 없을지도 모를 치료법을 찾겠다고 말이다.

"누이."

바람이 문을 흔들었다. 그래서 수로는 또 녹조를 떠올렸다. 바람 불고 비가 오는 날엔 반드시 꼭 안아 주던 누이였다. 겁내지 말라고, 옆에 있을 테니 얼른 자라고.

"괜히 바깥 잠이나 자고 있는 건 아니지? 누이?"

위험한 일을 자처하고 있거나 그런 것도 아니지?

잠이 오지 않았다. 이제는 누이가 안아 주지 않아도 바람 소리 같은 건 겁나지 않는데도.

내일도 마을 아이들과 낚시를 하려면 새벽부터 서둘러야 할 것이다. 지금 잠들어야 수월할 텐데 좀처럼 눈이 감기지 않았다.

다행히도 새벽이 오기 전에 교대자 둘이 올라왔다.

"이제부터 저희가 있을 테니 내려가십시오."

그들의 말에 결은 머뭇거리다가 자리에서 일어섰다. 마지못해 일어선 녹조가 엉덩이에서 먼지를 털었다.

"가자."

"예."

남겠다고 할까 봐 걱정했는데 그녀는 의외로 순순히 결을 따라나섰다. 둘은 조용한 산길을 침묵하며 걸어 내려왔다. 간혹 어깨가 부딪치기도 했지만 어느 한쪽도 먼저 입을 열지 않았다. 그러다가 한참 후, 멀리 마을 어귀가 보이자 결이 참고 있던 것을 물었다.

"한두솔은 용서한 건가?"

"음…. 네."

녹조의 대답은 차분하고 확실했다. 뒤이어 들린 설명도 그랬다.

"저도 그렇지만 우리 수로에게, 한두솔은 큰형 같은 존재라서요. 그 애한텐 한두솔이 필요하니까요."

예견했던 결과지만 결은 기분이 좋지 않았다. 좀 더 굴려 먹을 줄 알았는데. 괜히 혼자 심술을 부리며 앞서가기 위해 보폭을 크게 벌렸다. 그때 그녀가 슬쩍 손을 내밀어 결의 소매 끝을 잡고 속삭였다.

"대군, 만약에 말입니다."

운을 떼고 잠시 머뭇거리던 입술이 다시 열렸다.

"만약 나중에 제 마음이 바뀌면 그때 부탁 하나 드려도 되겠습니까? 한두솔 그놈, 죽여 달라고."

"진심도 아니면서?"

"진심인데요?"

"되었다, 내 기분 맞추려고 하는 말이면."

결은 눈썹을 구겼다. 그가 아는 장녹조는 절대 그런 부탁을 할 여인이 아니었다.

"그런 이유가 없진 않지만, 진심인 것도 맞습니다. 그래서, 제 부탁 안 들어주십니까?"

끙. 결은 문득 엄습한 불안감을 밀어내지 못했다. 앞으로도 내내 장녹조가 하는 부탁은 거절하지 못할 것 같은 그런 느낌이 들었다. 결국 손을 내밀어 그녀의 머리에 얹고 결은 한숨을 쉬었다.

"이 번거롭고 약은 녀석. 어차피 그런 날은 오지 않겠지만, 네 부탁이라면 어찌 거절하겠어."

쓱쓱 머리를 만지는 손길에 의지해 녹조는 배시시 웃었다.

물론 그는 반드시 검을 긋고도 남을 사람이었다. 소문 속의 혈랑은 피가 묻는 것이 당연한 사람이었으니까. 그러나 지금은 그게 다가 아니라는 걸 알기에 그저 이렇게 이야기를 나누는 것만으로도 마음이 차분해졌다. 자기중심적이고 거칠던 이 사내의 이면에서 매끈하고 반질반질한 진짜 마음을 찾았으니까.

"그렇게 웃지 마라. 참기 힘드니."

"참다니요?"

"정말 몰라서 묻느냐?"

녹조는 멍하니 눈만 끔뻑이고 있었다. 명백하게, 아무것도 모른다는 얼굴이었다.

'젠장, 한두솔 그놈.'

결은 마음속으로 한두솔을 떠올렸다. 정말 동감하기 싫지만 문득 그놈이 왜 그런 짓을 했는지 새끼발가락의 때만큼 이해가 갔다. 둔해 빠진 장녹조 때문에 참고, 참고 또 참다가 발정이 났겠지.

"뭘 참고 계신데요?"

"알고 싶으냐?"

결은 녹조에게 한 걸음을 다가섰다. 얼결에 물러난 그녀가 쥐고 있던 소매를 놓았다. 그대로 달아날세라 팔을 뻗은 결이 녹조의 허리를 안아 당겼다.

"대군!"

"너를 보면 나는 가슴 언저리가 곰질거리거든."

결은 손가락으로 제 가슴 언저리를 꾹 눌렀다. 그러고 물었다.

"넌? 아무 감정이 없어?"

"모르겠습니다, 저는."

"그럼, 시험해 보겠느냐?"

"어떻게요?"

"그야 간단하지."

녹조는 다가오는 그의 입술을 하릴없이 바라보며 낮아진 목소리를 들었다.

"불편하거든 밀어내. 잠시라면 너그러이 기다려 줄 테니."

뒤통수는 이미 커다란 손바닥에 감싸였다. 허리가 더욱 당겨지고 너른 품이 그녀의 몸을 버텨 안았다. 곧장 뒤를 따라온 더운 숨결이 코끝에 닿았을 때, 녹조는 저도 모르게 눈을 감고 숨을 멈췄다.

"흡!"

기다려 준다는 잠시가 얼마나 짧은지 가늠할 길은 없지만, 아마도 이미 늦지 않았을까? 지금이라도 밀어야 하나?

망설이는 사이에 잇새가 열리고 그가 부드럽게 아랫입술을 물어 왔다. 녹조는 저도 모르게 힘을 빼고 결에게 몸을 맡겼다. 혼자서 핥을 땐 들지 않던 감각. 축축하고 야살스런 온기.

'미쳤어, 또.'

그렇게 생각하면서도, 밀어내야 한다는 것을 알면서도, 결의 단단한 팔에 매달렸고 발끝을 들어 올렸다. 기다렸다는 듯 그는 녹조를 향해 머리를 더 비틀었다. 자연히 더 깊이 머금어진 입술을 물고 그녀를 들어 올리듯 한 팔로 안았다.

"녹조야."

"부르지 마십시오. 정신없으니까."

색색거리면서도 곧잘 따라오는 다디단 숨결이 새는 것이 아까워 결은 기꺼이 다시 고개를 숙였다. 밀어낼 줄 알았던 녹조는 오히려 솔직하게 반응하며 매달렸다.

한참 후에야 입술이 떨어지고, 누가 먼저랄 것도 없이 거칠어진 숨소리로 서로를 바라보았을 때, 결이 물었다.

"어때, 고동 소리가 나더냐? 네 가슴에서도?"

녹조는 손바닥으로 제 가슴을 누르고 그의 입술을 멀거니 바라보았다. 뭔가 소리가 나긴 했는데 제대로 들은 건지 알 수가 없었다.

"모, 모르겠어요. 이게 여기서 나는 소린지."

"아직 모르겠다면, 조금 더 나와 함께 있자."

구애와도 같은 물음을 던지며 결은 속으로 떨었다. 처음으로 누군가의 목을 베었던 날보다, 그놈이 쓰러지며 바닥에 뿜은 피를 보고 놀랐던 가슴보다 더 떨었다.

평소처럼 둔한 녹조라면 거절할 것이 당연하기에 각오도 했다. 당장 그녀의 몸을 더 깊이 끌어안고 아직 닿지 못한 입술의 안쪽을 모조리 핥고 싶어도 녹조의 대답이 거절이라면.

"얼마나 조금인데요?"

"응?"

결은 눈을 크게 떴다. 생각지도 못한 대답이었다.

"조금 더 같이 있자 하셨잖습니까? 얼마나 조금입니까? 그건?"

기대하지 않던 그에게 녹조가 던진 질문은 거의 허락이었다. 겁도 없이 사내의 가슴에 손을 올려서 주저 없이 잡아당기며 속삭였다.

"잠깐이라면, 더 알고 싶습니다."

"진심인가?"

"진심입니다."

"그럼, 여기선 안 돼."

결은 다시 입 맞추는 대신 그녀의 몸을 두 팔로 들어 올렸다. 함께 걸어 내려오는 사이 어느새 마을 어귀에 닿아 있었기에, 계속 머물다가는 누군가에게 들킬 수도 있었다. 들키는 것은 겁나지 않았다. 다만 방해를 받을지 모른다는 생각에 조급했다. 목에 팔을 감고 답삭 매달린 녹조가 물었다.

"어, 어디로요?"

"아무도 없는 곳."

대답을 덧붙이지 않는 그녀는 결의 어깨에 이마를 묻어 버렸다. 결은 황급히 주변을 살폈다. 좀 더 어둡고 조용한 곳이 당장 필요했다. 밤새 아무도 오지 않을 곳. 호랑이 때문에 사람이 떠난 마을은 두 사람이 숨을 곳을 얼마든지 제공했다.

얼마나 걸었을까. 거의 허물어진 작은 초가 안, 잡초가 무성하게 자란 마당으로 성큼성큼 들어간 결은 그녀를 거기 내려놓고 다시 허리를 끌어당겼다.

"앗!"

작은 비명을 참지 못한 녹조의 몸이 그 다급한 손속에 가볍게 딸려 왔다.

"정말 괜찮으냐?"

"모르겠습니다. 그래도 어중간한 건 싫어요."

그녀의 말은 진심이었다. 십 년 넘게 함께한 두솔에게는 느끼지 못했던 낯선 감정이었다. 고작 한 달 남짓 함께한 이 사내는 두솔과 뭐가 다른지, 왜 자꾸만 지고 싶은 기분이 드는지 알고 싶었다. 그가 해 보라는 시험의 끝엔 뭐가 있는지, 괜찮다고 말하면 어찌 되는 건지, 그것도 알고 싶었다.

"못된 이야기를 허다하게 들어서 겁은 납니다."

"못된 이야기?"

"높으신 양반님들이 가엾은 계집아이들의 마음을 등쳐 먹고 도망친 이야기요."

"하? 등을 치다니?"

"뻔하지요."

"그래서, 그 뻔한 게 뭔데?"

"너만 은애한다, 너만 보고 있다, 요렇게 간을 보고는 목적을 이루면 날름 내빼는 거 말씀입니다."

결은 심란한 얼굴로 눈썹 언저리를 만지작거렸다. 이 녀석, 맹한 듯싶다가도 가끔 똑 부러지는 면이 있었다. 하필 어디서 들어도 그런 이야기를.

그런 이야길 들었다고 해서 이런 순간에 불쑥 꺼내 확인하는 배짱은 또 뭔가? 겁도 없이. 하긴 뭉그러뜨리고 이리저리 돌리지 않는 그런 점이 녹조답긴 하지만. 그래서 또 이렇게 속절없이 홀리고 말지만.

"내가 그런 작자들처럼 너를 이용하고 버릴까 봐?"

달보다 더 동그란 눈이 빤히 결을 보고 있었다. 그 대답은 그쪽이 더 잘 알지 않겠느냐. 대충 그런 얼굴이었다.

"대군께서 제 등을 치시면 저는 가만히 있지 않을 겁니다."

"아무렴. 너는 그리 흐리멍덩한 아이가 아니지."

결연한 그녀의 눈은 상처를 입을까 봐 웅크린 어린 짐승 같았다. 겁먹은 제 안쪽을 들키기 싫어서 미리 사납게 송곳니를 드러낸 귀여운 짐승.

"만약 내가 네 등을 칠 것 같거든, 조금이라도 의심이 들거든, 네가 먼저 나를 버려라."

"그게 무슨 의미가 있습니까. 그래도 버려지는 건 똑같은데?"

"달라. 나는 절대 네 작은 등에 비수를 꽂지 않을 거니까. 그런 자신이 없었다면 결코 시작하지 않았을 거야."

"또, 또. 사람 홀리는 재주 좋은 말."

볼멘소리를 내며 눈을 굴리는 녹조가 너무 예뻐서 결은 점점 더 초조해졌다. 사내를 이렇게 덥게 만들고 이제 와서 발을 뺄까 봐.

"그래서 언제 날 받아 줄 건데?"

녹조는 대답을 망설였다. 어제, 그리고 오늘 고작 그 이틀 사이에 각각 다른 사내에게서 두 번이나 구애를 받았다. 한쪽은 너무 잘 알아서 슬펐고, 또 다른 한쪽은 아무것도 모르겠어서 두려운.

자신의 마음이 어디로 기울어 있는지도 모르는 답답이는 아니기에, 결의 진심이 보일수록 더 망설여졌다.

"제발 허락해."

녹조의 귓불에 결의 입술이 닿았다. 더운 숨결만큼 뜨거운 목소리가 속삭였다.

"그, 저는……."

녹조는 어깨를 떨었다. 그러고는 간절한 그의 채근에 대답하려 했다. 그때였다. 예민해진 귀에 누군가의 발소리가 들렸다.

"조용히!"

녹조는 단박에 결의 어깨를 눌러 그 자리에 주저앉혔다. 인적이 없는 골목을 타고 온 바람이 그들의 주위를 둥그렇게 맴돌고 비켜 갔다.

"왜……."

"쉿!"

갑작스러움에 항의하려는 그의 입을 막고 슬며시 뒤쪽으로 고개를 든 그녀는 진지해져 있었다. 그제야 결도 숨을 죽이고 녹조의 시선을 따랐다.

인기척이었다. 분명 사방이 빈집이고 빈 골목인데 누군가 담을 따라 지나가고 있었다. 이 한밤에, 언제 호랑이가 튀어나올지 모르는 위험한 곳을 혼자서, 발소리도 감추지 않고. 흔한 호롱도 하나 들지 않았고, 두리번거리지도 않던 인영은 두 사람이 숨죽인

곳을 지나 곧 저쪽 골목 어귀로 사라졌다.

"내 사냥꾼 중 하나인가?"

더는 인기척이 들리지 않게 되었을 때 몸을 일으킨 결이 녹조를 잡아 주며 자문했다.

"아니요."

"어째서 그렇게 자신하지?"

"산에 미끼를 두었잖습니까. 혈향이 온통 낭자한데 어떤 실성한 자가 홀로 돌아다닌답니까."

수긍하는지 결은 아무 말도 없었다. 녹조는 입술 안쪽을 잘근거렸다. 비단 미끼 때문이 아니라도 확실한 점은 또 있었다.

"방향이 초짜입니다."

"방향?"

녹조는 손을 뻗어 골목의 끝을 가리켰다. 바람이 가라앉지 않고 계속 불어와 스산한 소리를 냈다.

"바람이 저쪽에서 불잖습니까. 사냥꾼이라면 저렇게 바람을 등지고 걷지 않습니다. 더구나 호랑이가 나오는 마을입니다. 잠결이라도 그런 실수는 안 해요."

"그렇겠군."

수백의 지원자 중에서 고르고 고른 사냥꾼들이었다. 녹조의 말대로 그 정도의 습관은 지닌 자들이 굳이 한밤에 홀로 돌아다닐 이유는 없다. 심지어 불빛도 없이, 마치 아는 길처럼 저리 담담하게.

"뒤를 밟아 볼까요?"

겁 없이 나서는 그녀의 손을 결은 재빨리 잡아 돌려세웠다.

"아니."

"하지만 이상하잖습니까. 지금이라면 그리 멀리 가지 못했을 겁니다."

"알아. 그래도 지금은 안 돼."

"왜요? 수상한 자가 아니라면 위험합니다. 저렇게 다니다가 호랑이를 만날 수도 있어요."

호랑이에게 수로의 팔을 빼앗긴 기억이 있는 녹조는 망설이는 결을 이해할 수 없었다. 호랑이를 잡으려고 왔는데, 어째서 저렇게 위험한 짓을 방관하려는 거지?

"대군!"

"함부로 나서지 마. 그러다가 너까지 위험해질 수 있으니까."

"그럼 저 사람은요? 저자는 호랑이에게 물려도 됩니까?"

"그런 뜻이 아니다. 단지 먼저 확인할 것이 있으니 참으란 뜻이야."

첫날 산에서 호랑이의 털을 찾았지만 결은 혹 짐승의 짓이 아닐 경우도 생각하고 있었다.

"뭘요?"

결은 답답해하는 녹조의 머리를 부드럽게 쓸어내렸다.

"걱정하지 마라. 오늘 밤엔 호랑이가 나타나지 않을 테니."

"그걸 어찌 아십니까?"

"그냥, 알아. 이만 돌아가자. 여기 있어 봐야 더는 얻는 것이 없을 것 같으니까. 아니면 아까 하던 것을 마저 해도 되고."

은근히 입술을 만지며 웃는 그의 손을 단박에 뿌리치고 녹조는 몸을 돌렸다.

"돌아가겠습니다."

"그럴 줄 알았다."

허탈해진 그는 약간의 한숨에 포기를 섞었다. 그러나 의외로 쉽게 그녀를 놓아준 결의 눈길은 그림자가 사라진 곳을 향하고 있었다.

조금 전, 그림자는 거침없이 길을 짚어 갔다. 그건 그림자에게 이곳이 익숙하다는 뜻.

'놈은 호랑이를 겁내지 않고 있었다.'

일견 차분하게 보이던 결의 눈빛엔 첨예한 의문이 가득했다. 호랑이를 겁내지 않거나, 혹은 그것보다 더 두려운 뭔가가 있거나. 그도 아니면 두려움을 잊을 만큼 급하게 뭔가를 해야 하거나.

그게 뭘까? 결이 잠시 서서 생각에 잠긴 사이, 녹조는 저만치 걱실거리며 걸어가고 있었다.

"같이 가자, 녹조야."

"어물거리지 말고 빨리 오십시오."

그녀의 손짓을 따라 결은 빠르게 뛰었다. 수상하고 가풀막진 바람이 불어오려는 모양이었다. 온몸의 터럭이 곤두설 만큼 유난한 바람이었다.

"녹조야, 녹조야. 일어나."

"으응."

깊이 잠든 그녀를 흔들어 깨우는 두솔의 얼굴과 몸은 땀으로 흥건했다.

"너 여기서 뭐 해?"

비록 용서하기는 했으나 당분간은 가까이 있고 싶지 않았기에 녹조는 대번 미간을 찡그렸다. 그러나 불편해하는 녹조를 보면서도 두솔은 채근을 멈추지 않았다.

"일단 일어나, 얼른."

결국 두솔의 손에 의지해 녹조는 자리에서 일어났다. 어젯밤 늦게 마을로 돌아와, 그녀는 분명 결의 옆에서 잠이 들었다.

'주무십시오. 옆에 있을 테니.'
'내가 널 덮칠까 봐 두렵지 않으냐?'
'굳이 제 발길질이 얼마나 센지 체험하시겠다면 말리진 않겠습니다.'
'마음을 받아 준다며?'
'저를 지켜 주신다면서요? 역시 빈말을 새살거린 겁니까?'
'차라리 고문을 해라.'

그 말에 투덜거리며 그녀의 옆에 털썩 눕던 결이 선명한데. 어째서 한두솔이 여기 있는 거지?

함께 있어 달라며 낮게 속삭이던 결의 목소리. 그의 입술이 닿았던 자리가 제 것이 아닌 것처럼 어색해서 결국 새벽이 오기까지 잠을 이루지 못했었다. 그 탓에 잠이 쉽게 깨지 않아 꿈틀거리며 녹조는 두솔에게 한껏 인상을 썼다.

"아침부터 무슨 땀을 그렇게 흘려? 호랑이가 미끼라도 물어 갔어?"

"아니. 그보다 더한 일이 생겼어. 그러니까 얼른 정신 차려."

순간 정신이 번쩍 났다. 더한 일이면 설마.

"그놈을 잡았어?"

"사람이, 사람이 죽었어."

"지금 뭐랬어?"

온몸이 굳었다.

"간밤에 또 범이 내려왔다고. 미끼를 두고 사람을 물었어."

두솔의 말에 송진처럼 붙어 있던 잠이 미련 없이 날아갔다. 불현듯 지난밤 결과 함께 보았던 그림자가 머리를 스쳤다. 설마 그 사람이 당한 건가?

"어디에서?"

"가 보게?"

"어디냐니까?"

"가지 않는 게 좋겠어, 넌."

두솔이 아무리 미적거려도 녹조는 어쩐지 그 장소를 알 것만 같았다.

'걱정하지 마라. 오늘 밤엔 호랑이가 나타나지 않을 테니.'

그는 호랑이가 나타나지 않을 것이라고 했다. 걱정 말라고. 손바닥에 땀이 찼다. 녹조는 기억을 따라 어제 그 장소로 달렸다. 그러나 거리가 가까워질수록 확신했다. 그림자가 사라졌던 그곳에서 일이 벌어졌을 것이라는 확신.

"제발 아니기를……."

숨이 차도록 달려간 그곳엔 이미 대다수의 마을 사람이 모여 울고 있었다. 녹조는 그들을 마구 헤치고 안으로 들어섰다. 진한 혈향. 사방으로 붉게 튄 피가 가장 먼저 시야에 들어왔다. 사람의 것인지 짐승의 것인지 모를 피 묻은 살점들은 본래의 모습을 확인할 수 없었다.

"우욱!"

저도 모르게 치밀어 오르는 구역감에 녹조는 허리를 접었다. 그때 소리 없이 다가온 결이 그녀의 시야를 가로막았다.

"보지 말아라."

녹조는 필사적으로 결의 앞섶을 잡았다.

"정말 사람이 죽었습니까?"

"그래."

"나타나지 않을 거라고 하셨잖아요? 어제 분명 제게 그렇게 말씀하셨잖습니까?"

금방이라도 울어 버릴 것 같은 녹조의 말에 결은 입술을 씹었다. 멀리서 선규가 무언의 고갯짓을 하는 것이 보였다. 뭔가를 알아낸 모양이었다.

"미안하다."

"어제 따라갔어야 했습니다. 그랬으면 죽지 않았을 겁니다. 살렸을 거예요."

결은 아무런 대답도 할 수 없었다. 울먹이는 녹조의 말이 아프게 명치를 때렸다.

"녹조야!"

녹조보다 한걸음 늦게 당도한 두솔이 그녀를 부르며 걸어오다가 결을 보고 멈춰 섰다. 검을 던져 주며 자결을 말하던 결의 경고가 떠올라서였다.

두 사내는 한참이나 대치하듯 서 있었다. 먼저 움직인 것은 결이었다.

"할 수 없군."

다른 사람도 아닌 두솔에게 지금 녹조를 맡기고 싶지 않지만 한두솔보다 더 그녀를 잘 지킬 사람도 없었다. 녹조를 위해서라면 서슴없이 제 목을 그을 수 있는 놈이니까. 결은 천천히 다가오는 두솔에게 녹조를 밀어 맡겼다.

"이 아이, 여기서 데리고 나가거라. 네놈을 믿어도 되겠지?"

"말 안 해도 할 겁니다."

"험한 건 절대 못 보게 해."

"압니다. 나도 그런 건 싫으니까요."

두솔은 바득 이를 갈았지만 더는 반박하지 않았다. 당연하다는 듯 녹조의 사내처럼 구는 결에게 화가 난 것이 아니었다. 이제 녹조의 결정에 아무런 영향력도 행사할 수 없다는 것이 괴로워서였다.

버젓이 대군의 잠자리에 잠들어 있던 녹조를 깨울 때 이미 짐작했다. 분하지만 대군이 나왔다. 상처 많은 녹조를 충분히 품어 줄 수 있는 사내였다, 혈랑은. 분명 저 같은 놈보다 그가 더 녹조에게 필요한 사람이었다.

"더 깊이 들어서지 말거라. 금방 오마."

걱정스럽게 머리를 기울이는 결을 녹조는 보지 않았다. 휘청거리는 몸을 가누기 위해 두솔의 팔을 잡고 떨리는 손을 진정하려 애쓸 뿐이었다. 그녀는 흡사 흘러내릴 듯 격동하고 있었다.

결도 이해했다. 호랑이에게 동생의 팔을 잃은 그녀였다. 동생에 대한 자책으로 삶의 대부분을 소진하던.

'우리 수로, 저 때문에 팔을 잃었습니다. 호랑이가 떼어 갔거든요.'
'돈을 벌어서 머리털이 노란 사람에게 갈 거예요. 그 사람들은 잃은 팔도 고칠 수 있다고 하니까.'

그런 그녀이기에, 자신이 아무런 조치도 취하지 않은 사이 또 누군가 호환을 당했다는 것을 감당하기 어려울 것이다.

"가십시오. 녹조는 제가 챙기겠습니다."

다시금 두솔이 녹조를 돌아보며 말했다. 그러나 결은 녹조의 머리를 여러 번 쓰다듬은 후에도 발길을 돌리지 못했다. 종잇장보다 더 창백해진 녹조를 두고 발길이 떨어지지 않았다.

멀리서 선규가 의미심장한 눈으로 이쪽을 보고 있었다.

'호랑이는 없는데, 또다시 시신이 생겼다는 건가?'

어젯밤엔 그도 어쩌면 짐승이 아닐 수도 있다고 생각했었다.

하지만 오늘은 조금 달랐다. 상관없어져 버린 것이다. 사람의 짓이든, 호랑이의 짓이든. 무언가 묘하게 그의 신경을 건드리고 있는 것만은 분명했다.

두 손을 의지해 간신히 서 있는 녹조를 한 번 더 살피고 결은 선규를 향해 걸었다. 느른히 지면을 보던 눈빛에 짙은 살기가 어렸다.

"관계가 없어야 할 것이야. 사람이라면 그 누구도."

만약 익숙한 이름 중 그 누구라도 얽혀 있다면, 이제는 정말 사냥을 시작해야 하니까.

"마을에 남아 있던 자들은 모두 스물 남짓입니다. 아직 젊은 사내는 그중 넷. 노인은 일곱이고. 나머지는 여인들과 아이들입니다."

"그래서, 없어진 수는?"

결의 질문에 선규는 먼저 서늘해진 눈빛을 은밀하게 갈무리했다. 멀지 않은 곳에 주저앉은 노파가 울고 있었다. 숨죽인 그 울음소리는 주변 모든 사람의 가슴을 먹먹하게 했다. 성성하게 백발이 앉은 그녀의 몸은 참담할 정도로 말라 있었다. 지난밤 없어진 이는 노파의 손녀, 연시였다.

"제길."

결은 주먹 쥔 손으로 아무렇게나 벽을 내려쳤다. 빗맞은 손등의 뼈가 엄청난 소리를 내며 흙벽에 박혔다. 꽤 고통이 있었을 터인데도 벽에 닿은 주먹을 그대로 짓이기며 그는 한참이나 힘을 주었다.

세게 다물린 어금니 위 하악골에 바짝 힘줄이 섰다. 모여든 근육들이 규칙 없이 움찔거린다. 그 외엔 어떤 표정도 없었다.

"대군."

"잠시만. 잔소리라면 꺼내지 마."

손에 상처가 날까 말리려는 선규에게 결은 들리지도 않을 낮은 소리로 경고하고 눈을 감아 버렸다.

"짐승 주제에 굳이 미끼를 버리고 사람을 노린 건가? 아니면 미끼에는 관심이 없는 사람의 짓인 건가."

지난밤, 짐승이 남긴 자국은 피와 부스러기 같은 약간의 살점뿐이었다. 그건 놈이 아주 용의주도하거나, 사냥을 한 장소가 그곳이 아닐지도 모른다는 뜻이다. 그 살육의 현장에 있었던 것이 노파의 어린 손녀라는 증좌는 없었다. 그러나 아니라고 말할 근거도 없었다.

"뼛조각과 살점은 분명 어젯밤에 남겨진 것이더냐?"

"사냥꾼들의 말로는 그렇다고 합니다. 혈흔이 아직……."

선규가 들은 것을 보고하는 사이 결은 살며시 눈을 뜨고 노파를 보았다. 손녀를 잃고 울고 있는 노파에게 과연 살고 싶은 의지가 남았을까?

아직 굳지 않은 혈흔, 억세게 잘린 뼈와 규칙 없이 씹힌 피부의 조각들. 정황은 누가 뭐래도 호랑이의 짓이었다. 그런데 왜일까? 어째서 안개 낀 산속에 홀로 고립된 것처럼 불안하고 갑갑한 거지? 결은 입술을 씹었다. 너무 세게 물고 있던 입술이 터져 피 맛이 났다.

"어찌할까요?"

"북촌의 그 늙은이는 어찌하고 있느냐?"

"호랑이 짓이 아니라 생각하시는 겁니까?"

"모든 가능성을 보는 것이다."

"가장 먼저 북촌을 의심하시는 이유를 여쭈어도 되겠습니까?"

"동궁께선 백성을 죽여 이득을 보실 일이 없지. 그건 대전께서도 마찬가지고. 나를 경계하기 위해서라고 생각해도 앞뒤가 맞지 않아."

"하면, 궐과 상관없는 자의 소행이다 생각하시는 겁니까?"

"…그냥 범의 짓이길 바란다만, 혹시 모를 일이지."

결은 목구멍에 고여 있던 헛숨을 뱉었다. 우습지 않은가? 이제와 차라리 호랑이의 짓이길 바라는 이기적인 마음이.

갑자기 든 생각은 아니었다. 적이 너무 많기에 이미 오래전 의심의 범위를 넓혀 놓았었다. 그러나 어젯밤 목격한 그자의 걸음에서 호랑이에 대한 두려움이 느껴지지 않았을 때 그중 가장 유력한 의심이 고개를 들었다. 이상하리만큼 조용하던 백부에 대한 괴소문이 다시 번지기 시작한 것이 떠올랐던 것이다.

"…그때와 흡사해."

처음부터 호랑이 따위는 없었던 것은 아닐까. 고작 미물이 이렇듯 완벽하게 흔적을 지우는 게 정말 가능한가.

"북촌엔 이미 사람을 붙여 두었습니다. 하지만 아직 큰 움직임은 없었습니다."

"큰 것은 없었다?"

"소문이 돌기 시작했으니 뭔가를 사부작대는 것은 확실합니다. 사 년 전 일도 그렇고, 묘하게 시기가 겹치는 것은 간과할 수 없습니다."

"그래. 나도 그게 불안해."

결은 다시 생각에 잠겼다. 사 년 전, 백부 이서덕은 새로운 부인 신 씨를 맞아들였다.

오래전에 처와 자식을 모두 잃은 그는 첩도 없이 살아왔기에 다들 그가 새 부인을 맞는 것을 이상하게 여기지 않았다. 오히려 반기는 이들도 적지 않았다. 오직 집안에서만 두문불출 칩거하고 있던 이서덕이 이제야 과거의 상처를 잊고 노력을 하는구나 싶었다.

그러나 정작 혼례를 치르던 날, 사람들은 그간 가졌던 생각을 모두 잊었다. 새로 맞아들인 신 씨가 아주 특이한 여인이었기 때문이었다. 그녀는 한쪽 다리를 절었고, 외모 또한 일반적이지 않았다. 비단 용모가 곱지 못한 것만이 문제는 아니었다. 아무 생기도 찾을 수 없는 눈동자가 섬찟했다. 죽은 생선처럼 탁하고 흐린 눈.

'눈이 왜 저래?'

'안 보이는 것 아니야?'

'다리도 병신이라며?'

'그래? 저번 날에는 멀쩡히 잘 걷던데?'
'에이, 잘못 봤겠지? 저 봐. 절잖아.'

혼례가 끝나도 한동안 소문은 무성했다. 그러나 그들은 여러 가지 기우들을 다 잊게 할 만큼 서로를 살뜰하게 보살폈다.

사건이 일어난 건 그때쯤이었다. 지곡현에서 갑자기 수십의 젊은 사내들이 실종되었는데, 아무도 그 배후를 밝혀내지 못한 것이다.

왕의 명령을 받은 결과 선규는 끝까지 그 사건의 배후를 팠다. 그리고 그들이 모두 죽었다는 것과 그 죽음의 뒤에 백부 이서덕의 흔적이 있다는 것을 알아냈다. 그러나 거기까지였다. 그 외엔 어떤 증좌도 발견하지 못했으니까.

범인이 백부라는 증좌는 하나도 없었다. 흔한 시신이나 피 묻은 옷자락도, 흘려진 소문도, 아무것도. 하지만 결은 지금까지도 의심의 끈을 놓은 적이 없었다.

이번에도 그랬다. 호랑이에게 당했다는 이들은 모두 젊은 사내이거나 여인들이다.

"선규야."
"예, 대군마마."
"혹 다른 곳에서도 비슷한 사건이 있었는지 알아볼 수 있겠느냐?"
"그때에 비해 희생자의 수가 너무 적은 것이 마음에 걸리시는 것이지요?"

선규는 곧장 결의 의중을 알아차렸다.

"알아볼 수 있겠느냐?"

"즉시 소식을 올리라 하겠습니다."

"어떤 자잘한 사건도 거르지 마라."

"예. 신중을 기하겠습니다. 그러나 워낙 속내를 알 수 없는 자니까요."

"…본래 독버섯은 사람이 많은 곳에서 자라는 법이지. 백부처럼."

"하나도 거르지 않고 제가 직접 확인하겠습니다."

담담히 오가던 대화는 거기서 잠시 맥이 끊어졌다.

잠시 감고 있던 눈을 떴을 때, 뭔가를 갈무리한 듯 결의 눈빛은 날카로웠다. 미동 없이 서서 주인의 움직임을 기다리던 선규의 이마에 송골송골 땀이 앉았다.

"결정하셨습니까?"

"그래."

"그럼 명을 내려 주십시오."

선규의 말에 결은 멀리 마을 사람들을 바라보았다.

"우선 저들부터."

"안전이 걱정되십니까?"

"짐승의 짓이 아니라면 더더욱 저들은 위험하다. 특히 아직 기운이 있는 젊은 자들."

결의 생각에 선규도 동의하는 바였다. 그간 마을에서 호랑이에 물려 죽은 자들은 모두 열 명. 하나같이 젊은 사내들이거나 처자들이었다.

"저들은 어째서 마을을 떠나지 않은 것이냐? 호랑이가 나오는 마을이면 당장 떠났어야지."

"노파가 걷질 못한답니다."

"하! 점입가경이군."

"연시 처자는 노파를 돌봐 주는 유일한 식구였고요. 여기 남은 사람들은 다 제각각 비슷한 연유가 있습니다. 나가지 않은 것이 아니라, 그리하지 못한 거죠."

"나가지 못했다……. 어렵구나. 나도, 저들도."

사라진 처녀 아이는 압도적으로 강한 놈의 힘에 대항하지 못했을 것이다. 본성을 드러낸 그 짐승에게 물리며 어쩌면 꽤 오래 고통과 공포를 느꼈을 수도 있다. 짐승이 아니라 사람의 손에 당했어도 마찬가지다.

얼마나 두려웠을까? 얼마나.

상황이 이렇게 고약한데, 나흘이니 사흘이니 기간을 재고 있었던 그간의 핑계는 너무나 너절했다. 당장 내일부터, 아니 당장 오늘 밤부터 살길을 찾아야 하는 저들에 비해 자신의 고민은 얼마나 치기 어린가.

"선규야."

"명하십시오."

"저들에게 살 자리를 마련해 주려면 내가 뭘 내놓아야 하겠느냐?"

"평소대로 하시면 되지요."

오늘도 역시 기대를 저버리지 않는 결의 선택에 선규는 가만히 웃었다.

 벌써 십오 년이다. 선규가 혈랑이라 불리는 이 고집 센 사내를 주군으로 모시며 곁에 있었던 것이. 작지 않은 고비도 수없이 있었다. 대부분의 시간을 전장에서 보내야 하는 건 기본이었다. 끝없이 누군가를 경계해야 하는 피로감. 눈이 뻘겋게 핏발 서도록 잠들지 못했던 밤들이 계속되면 아주 가끔씩 오만한 자신의 선택을 후회하기도 했다. 그러나 그럼에도 결의 곁을 떠나지 못하는 이유는 한 가지였다.

"내가 살릴 수 있겠느냐? 저들을?"

 항상 이렇게 나약한 질문을 하는 결 때문이다. 누군가를 죽여야만 본인이 살아남을 수 있는 운명을 쥐었으면서도, 실은 벌레 하나조차 함부로 죽이지 못하는 숨겨진 결의 본성이 선규의 마음을 움직이기 때문이다.

 그러니 아무리 힘이 들어도 아쉬운 것은 그였다. 이후로도 결을 주인으로 섬기고 싶으니 계속 똥을 치울 수밖에.

"그저 제게 명을 내리시면 됩니다."

"또 너를 이용하란 것이냐?"

"어쩌겠습니까? 툭하면 이렇게 사고를 치셔도 제 주군은 대군이신걸요."

"후회하는 말본샌데?"

 선규는 한 걸음을 뒤로 물러나며 어깨를 들어 웃었다.

"후회야 이미 수도 없이 했지요."

"어쭈?"

"이승에서 덕을 많이 쌓은 혼은 후에 저승에 갈 때 저승사자들도 곱게 다뤄 준다고 합니다. 이렇게라도 덕을 쌓으면 좀 편히 죽지 않겠습니까? 자고로 주인을 잘 만나야 신발짝도 고생을 덜 하는 법인데, 저는 아무래도 이번 생엔 포기해야 할 듯싶습니다."

오늘도 한번 터진 입을 다물 생각을 안 하는 선규를 결은 짜증과 고마움을 섞어서 바라보았다.

이쯤 되면 애증의 관계 아닌가?

"윤회하여 다시 생을 얻으면 그때는 좀 매실매실하고 덜 고약한 주인을 만나, 한평생… 읍."

결은 음흉하게 웃으며 선규의 곁으로 다가갔다. 넓은 손바닥을 펴, 그의 코와 입까지 그대로 틀어막았다.

"읍, 으읍! 읍!"

그 탓에 숨도 쉬지 못하게 된 선규의 얼굴이 벌겋게 변하는 것을 보며 사악하게 속삭였다.

"포기하거라."

"으읍, 읍읍!"

"다른 주인을 만날 생각은 초저녁에 버려. 그냥 다음 생에도 네가 나를 돌봐다오. 그땐 네놈의 잔소리도 조금은 들어주마."

뜻밖의 고백이었다.

결이 손을 떼고 나서야 터진 숨을 급하게 들이쉬며 컥컥거리던 선규의 눈이 일순 커다랗게 열렸다. 아직 가쁜 숨을 붙잡고 선규는 결에게 공손히 허리를 숙였다.

"삼가 고려해 보겠습니다."

"고려해 준다니 고맙다. 그럼 이제 가서 저들부터 처리하거라. 저리 두기엔 내 마음이 편치를 않다."

"예, 주군."

오랜 고민 끝, 그제야 떨어진 명령에 실린 무게는 가볍지 않았다. 그 무게에 맞추어 선규도 가만히 눈빛을 바꾸었다. 장난도 너스레도 딱 거기까지다. 언제 장난을 쳤냐는 듯 그는 다시 반듯하게 예를 갖췄다.

"그럼, 다녀오겠습니다."

"서둘러 오너라."

결은 고개를 끄덕였다. 선규는 몸을 돌렸다. 울고 있던 노파가 그런 선규를 향해 주섬주섬 몸을 일으켰다. 그 느릿하고 아둔한 몸짓이 자꾸만 결의 시선을 잡았다.

"달아나지 않은 것이 아니라, 그럴 수 없었던 것이라. 피에 굶주린 놈에게 이 얼마나 쉬운 먹잇감인가."

이제 노파에게는 하나뿐이던 손녀도 남지 않았다. 혼자서는 거동도 어려운 노인에게 그 손녀는 마지막 희망 같은 존재였을 것인데.

15. 호랑이 사냥꾼, 장녹조

"접니다. 잠시 들어가겠습니다."

밖에서 들리는 인기척에 이서덕은 들고 있던 붓을 놓았다.

"들어오세요, 부인."

곧장 문이 열리고 신 씨의 비단 치마가 안으로 들어섰다.

"제가 방해를 한 것은 아닌지 모르겠습니다. 긴히 드릴 말씀이 있어서요."

"부인께서 방해할 일이 무엇이겠습니까. 이 몸은 그저 방에서 놀고 난이나 치는 것이 일과인 것을요. 무슨 일입니까?"

이서덕의 너그러운 대답에 신 씨는 먼저 손에 들고 있던 서신을 서안 위에 내려놓았다. 자리에 앉기도 전이었다.

"무장에서 온 것입니다."

"무장?"

서신을 받아 든 이서덕의 눈에 약간의 이채가 돌았다. 무장에는 이서덕의 땅이 있었다. 세자였던 그가 아우에게 보위를 양보하였을 때 상왕께서 내리신 땅이다.

"그곳의 일은 부인께서 모두 관리하고 있던 것이 아닙니까. 무슨 탈이라도 났습니까?"

"별일은 아닙니다. 그래도 알고 계셔야 할 것 같아서요."

신 씨는 곱게 웃었다. 그러나 서신을 펴고 있는 이서덕을 주시하는 눈빛은 예사롭지 않았다. 천천히 읽었지만 워낙에 내용이 간략했던 것이라 그는 금방 서신을 내려놓았다.

"별일이군. 그 땅에 또 사람이 늘었다니."

"그러게 말입니다. 워낙 산새가 험한 땅이라서, 짐승이 늘었다면 몰라도 사람이 늘었다니 희한하지요."

"뭐, 좋은 일이 아니겠소. 짐승보다는 사람이 늘어야지."

이서덕은 잘 접은 서신을 다시 신 씨에게 내밀었다.

"부인께서 관리를 잘해 주시니 점점 사람도 살 만한 땅이 되나 봅니다."

이서덕은 밝게 웃었다. 상왕께서 하사하신 땅이었다. 적어도 사 년 전까지는 쓸모가 하나도 없던 척박한 땅. 그대로 방치했던 그 땅을 신 씨와 혼례를 올리며 그녀의 손에 관리를 넘겼다.

야무지고 꼼꼼한 그녀가 그 땅에 농사를 지어 보면 어떻겠느냐 했을 때도 웃었을 뿐이다. 그녀가 그것을 어떻게 이용하든, 그건 그에게 아무런 해가 되지 않으니.

이서덕은 더없이 부드러운 눈길로 신 씨에게 물었다.

"그래서, 내게 볼일은 이게 다요?"

"송구합니다. 별일도 아닌데 제가 수선을 떨었습니다."

"별일이 아니라니, 부인의 노고가 얼마나 큰지 이제라도 알았으니 다행이지요."

바라보는 지아비의 시선이 따뜻하여 신 씨는 얼굴을 붉혔다. 문득 자리에서 일어나 다가온 이서덕이 다정하게 팔을 벌려 그녀를 안아 주었다.

"내 오늘은 부인을 품을까?"

한없이 나긋하지만 어차피 빈말인 것을 신 씨는 알고 있었다. 이서덕은 병을 앓고 있었다. 오직 새것만 탐하는 병. 옷이든 신이든, 종이며 붓, 하물며 계집까지. 다를 것은 없었다. 그런 그에게 깨끗하고 흠 없는 새 계집을 대령하는 것도 신 씨가 하는 수많은 일과 중 하나였다.

"어찌 저같이 더러운 것을요. 새 아이를 준비할까요?"

"아니, 다음에. 오늘은 되었소."

그는 오늘도 완벽한 거절은 하지 않았다. 다음이라는 여지를 남긴다. 그래도 신 씨는 웃었다. 지난밤에도 데려다 놓은 새 아이가 있기에 그가 원하면 곧장 준비할 수 있었다.

"언제든 필요하시면 말씀만 하시면 됩니다."

이서덕이 흡족하게 고개를 끄덕였다. 그러면 되었다. 그를 즐겁게 했으면. 그는 그녀의 꿈이었고, 하나뿐인 동아줄이었다. 오랜 소원대로 그의 부인이 되었을 때 다짐했었다. 더는 이 사내에게 아무것도 원하지 않겠노라고.

 부덕한 것들 때문에 세자의 자리를 빼앗긴 지아비에게 그보다 더한 영화를 안겨 주겠노라고. 그것이 그녀가 아직 이승에서 흉한 얼굴을 들고 있는 이유였다.

"대군마마를 모시는 것만이 제 오랜 희원이었습니다."

"항상 고맙소, 부인."

 얼마 후 사랑채에서 물러나 나온 신 씨의 얼굴엔 방 안에서 보았던 미소는 없었다. 풀어진 얼굴은 오직 이서덕에게만 보이는 것이었다. 감정 없는 투명한 눈동자, 감출 생각이 없는 흉한 얼굴.

"조금만 기다리십시오. 제가 나라를 다시 세워서라도 서방님께 용의 자리를 돌려 드릴 것입니다."

 조그맣게 속삭이는 그녀의 목소리는 때마침 불어온 바람에 흔적도 없이 사라졌다. 사랑채 마당을 가로지른 그녀가 한쪽에 터진 협문을 막 넘었을 무렵, 소리 없이 다가온 그림자가 그녀의 뒤를 지키며 따랐다.

"귀석이냐."

 그 존재를 느낀 신 씨 부인이 이름을 부르자 그자가 곧 앞으로 나서서 머리와 허리를 함께 숙였다.

"예."

"데려온 아이는?"

"잘 정리하여 보관하였습니다."

"조만간 대군께서 찾으실 것 같으니 깨끗하게 관리하여라."

"예, 알겠습니다."

신 씨가 다시 걸음을 떼자 귀석도 조용히 곁에서 걸었다.

"그놈이 또 서신을 보냈습니다."

뜻밖의 소식에 신 씨는 소리 내어 웃었다. 이서덕의 앞이 아니면 여간해선 감정 표현을 하지 않는 그녀이기에 꽤 유난한 일이었다. 그러나 귀석은 내색하지 않았다.

"맹랑한 놈이구나. 천한 것이 글을 쓸 줄 안다는 것도 놀랄 일이거늘. 뭐라 하든?"

"이번에 데려온 아이 중 하나가 그놈의 정인이었던 모양입니다."

"저런, 딱하구나."

"다른 이를 준비할 테니 그 아일 돌려 달라는 요청입니다."

귀석의 어조는 주인을 닮아 시종일관 높낮이가 없었다.

"다른 아이? 조악한 그 바닷가 마을에 또 누가 있었던가?"

"알 수 없습니다. 그래도 대안 없이 그런 말을 했겠습니까?"

"그러니 맹랑하지 않으냐?"

신 씨는 비스듬히 웃었다. 이서덕을 위해 준비하는 아이들은 각별히 흠이 없고 보암직한 것들로 준비하고 있었다. 어제 들어온 아이도 인왕산을 비롯해 셋이나 되고, 요즘은 전국에서 보내지는 아이들의 상태가 좋아서 이서덕도 흡족해하고 있었다. 하나쯤 다시 내주어도 당분간은 부족하지 않을 것이다.

"돌려보내 주어라."

"예?"

"가끔은 그런 덕도 베풀어야 대드는 법을 잊지."

"알겠습니다. 인왕산의 혈랑은 어찌할까요? 계획은 진행하고 있으나 들킬 수도 있습니다."

"아 참, 그랬지. 그 아이가 거길 갔다 하였지?"

신 씨 부인은 무표정한 눈으로 귀석을 돌아보았다. 늘 그녀의 곁에 있었던 귀석조차 눈길을 피할 정도로 차가운 얼굴이었다.

"그래, 지켜보니 어떻더냐? 그 아이, 기어이 치워야 하겠더냐?"

"부지런히 움직이고 있습니다. 오늘 낮에는 마을에 남은 사람들을 추려 다른 곳으로 옮겼습니다."

"제법이구나. 하긴, 그 집의 젊은 개가 일은 똑 부러지게 한다지? 그래서 그 계집아이는?"

"분부하신 대로 계집을 조사하였습니다. 촌로에 사는 철장의 딸년이고 호환을 당한 동생이 있을 뿐 별다른 것은 없었습니다."

신 씨의 걸음이 다시 멈췄다. 담담하던 눈빛이 아주 조금 위험한 빛으로 반짝였다.

"철장?"

"어찌 그러십니까?"

"예전의 기억이 나서. 어찌 생긴 놈이더냐? 체격이 크고 왼팔에 상처가 있더냐?"

"소매가 길어 팔은 살피지 못했습니다만 체격은 작지 않은 사내였습니다."

귀석의 말에 신 씨는 묘한 얼굴로 침음을 뱉었다.

"설마……."

그녀가 떠올린 것은 오래전에 불에 타서 죽은 연유립이었다. 과거를 떠올리는 신 씨의 눈빛은 점점 험악해졌다.

연유립이란 사내는 이서덕의 앞길에 아주 위험한 존재였다. 부러질지언정 구부러지지 않는 절개도 그랬지만, 조선 땅에서 검을 가장 잘 다루는 그를 동경하는 자들이 적지 않았기 때문이었다. 따르는 자들을 이용해 이서덕을 치려 하면 낭패였다. 그러니 반드시 제거해야 했다. 그리고 그 생각은 연유립도 같았던 모양이었다.

 돌이켜 보면 십 년도 넘은 일이다. 서궁의 어린 곁에게 자객을 보냈던 밤, 연유립이 그녀를 찾아왔다. 이서덕을 주인으로 모신 지 사 년째 되던 해였다. 딱히 정체가 드러나지 않았다고 생각했는데 놈은 곧장 그녀를 찾아왔었다.

 '더는 서궁을 건드리지 마십시오. 계속 일을 벌인다면 더는 좌시하지 않겠소.'
 '좌시하지 않으면? 계집의 몸에 상처라도 내시겠다는 겁니까?'
 '필요하다면.'

 연유립은 즉시 검을 뽑았다. 하지만 신 씨는 그가 절대 검을 휘두르지 못할 것을 알고 있었다. 자신보다 약한 존재에게는 결코 검을 대지 않는 것이 그의 신조였으니까.
 그래서 먼저 덤벼들었다. 연유립은 즉시 그녀를 피했다. 여의치 않자 신 씨는 사병을 불러들였고 곧 방 안은 난장이 되었다.

마지막 하나 남은 사병의 목이 떨어졌을 땐 연유립도 많이 지쳐 있었다. 신 씨에겐 기회였다.

'죽어!'

악을 쓰고 달려들던 그녀의 검을 피하기 위해 어쩔 수 없이 뻗은 연유립의 날 끝이 신 씨의 머리에 드리워진 댕기를 끊고 턱에 닿았다.

'미안하오. 대신 나도.'

아직 어린 여인의 얼굴에 상처를 냈다는 죄책감에 연유립은 즉시 자신의 왼팔에 검을 꽂아 그어 버렸다. 그러고는 피를 흘리며 바닥에 떨어진 붉은 댕기를 주워 신 씨에게 내밀었다.

신 씨는 그날을 기억하고 있었다. 진심으로 그녀에게 미안해하던 그 사내의 얼굴을.
이서덕을 제외하면 처음이었다. 그녀를 여인으로 인정했던 사내는. 만약 이서덕보다 연유립을 먼저 만났다면, 어쩌면 정을 주었을지도.
그날의 연유립은 사내다웠다. 잠시나마 어린 처녀의 가슴을 울렁이게 할 만큼. 그래서 가능하면 죽이고 싶지는 않았는데, 고집을 꺾지 않아서 어쩔 수 없었다. 이서덕의 앞길에 방해가 되는 것은 모조리 치우는 게 그녀가 할 일이었으니까.

"철장이라 했느냐, 그자가?"

"예."

연유립도 그랬었지. 그도 자신의 검을 손수 단련해서 만들 정도로 솜씨가 좋았으니까. 아직 어렸던 대군 이결에게도 손수 만든 검을 선물했다고 들었다.

"살아 있을 리가 없어. 내가 그 딸년의 시신까지 확인했는데."

"다시 확인할까요? 놈의 팔을 베어서 상처가 있는지 보고 오겠습니다."

주인이 불안한 기색을 띠자 귀석이 나섰다. 신 씨 부인은 한참이나 말이 없다가 조용히 고개를 흔들었다.

"그놈에게 아들이 있다고?"

"예. 호랑이에게 한 팔을 잃은 아직 어린놈입니다."

"그놈에게 물어볼까? 제 아비 팔에 상흔이 있는지?"

"가서 잡아 올까요?"

신 씨는 또 고개를 저었다.

"고작 팔 병신을 데려다가 어디 쓰겠느냐. 그냥 조용히 물어보고 오너라. 괜한 기우일지 모르지만 절대, 철장이라는 아비와 얼굴을 대면해서는 안 돼."

"예. 유념하여 다녀오겠습니다."

귀석이 소리 없이 사라지자, 신 씨는 거기 서서 자신의 입술 언저리를 더듬었다. 정확히는 입술 아래에서 턱으로 이어지는 자리엔 연유립이 그날 밤에 만든 흉터가 남아 있었다.

"연유립이라. 여인의 얼굴에 흉한 칼자국을 내놓고 살아 있으면 안 되지."

그녀는 다시 걸음을 내디뎠다. 이상하게도 다리를 절지 않았다. 그걸 발견한 귀석이 문득 물었다.

"…그런데, 마님."

"왜?"

"다리가 괜찮으십니까?"

"뭐?"

"아닙니다. 소인이 헛것을 보았나 봅니다."

깊이 허리를 숙인 귀석을 두고 신 씨는 몸을 돌렸다. 다시 걷기 시작한 그녀는 다리를 절뚝거리고 있었다.

결이 사건의 현장으로 다시 되돌아갔을 때 가장 먼저 본 것은, 아직까지 그곳에 남아 있는 녹조였다. 주변엔 아직 현장을 서성이는 다른 사람들도 있었다. 목이와 변 서방, 천 씨 그리고 한두솔. 모두 다 그를 기다리고 있었지만 결은 곧장 녹조를 향해 걸었다.

"한두솔, 이 쓸모없는 놈."

저 쪼끄만 녀석 하나를 어찌 못해서 아직 저런 피밭에 그냥 두

다니. 강제로 들어서라도 옮겨 놨어야지.

결이 다가오자 고개를 든 녹조도 그를 보았다. 새하얗게 바랜 얼굴에 그를 향한 원망이 가득했다. 만약 그녀의 말대로 어젯밤 그 그림자의 뒤를 밟았으면 뭔가 다른 결말이 생겼을까? 누군가가 희생되는 대신 범인을 잡았을까?

늦은 후회는 모두에게 절망을 안겼다.

"어째서 아직 여기 있느냐?"

"드릴 말씀이 있어요."

"여기서 데리고 나가라는 내 말 못 들었어?"

으르렁거리는 듯 낮은 호통은 두솔을 향한 것이었다. 애꿎은 두솔에게 던져진 결의 거친 언사를 녹조가 제 몸으로 막아섰다.

"드릴 말씀이 있다니까요?"

결은 그제야 마뜩잖은지 눈썹을 문지르고 그녀를 내려다보았다.

"여기서 나가라고 했을 텐데?"

"대군."

"네가 나설 일이 아니다."

"왜 안 됩니까?"

"그야, 너는……."

"제가 계집이라서요?"

노기가 가득한 그녀의 목소리는 거기 남은 모든 사람이 듣기에 충분히 컸다. 결은 녹조의 어깨를 잡고 눈을 크게 떴다.

"실성했느냐?"

"제게 마음을 받아 달라 하셨지요?"

"그래."

"제 등을 치지 않겠다고 약속하셨습니다."

"너를 보호하겠다는 말도 했지."

결은 한마디도 물러나지 않았다. 그녀가 여인이라서? 어쩌면 그 이유도 맞았다. 녹조가 얼마나 뛰어난 사냥꾼인지 알고 있다. 여기 있는 누구보다 빠르고 강인한 것도 알았다. 그래도 그에겐 품에 넣어 보호하고 싶은 연인일 뿐이었다.

"몸만 지키는 건 소용없습니다. 마음도, 제 능력도 다 지켜 주십시오."

"그러다 네가 다치면?"

"그것도 있는 그대로 받아 주셔야죠. 저는 사냥꾼이고, 사내의 보호 아래서 웅크릴 생각은 없습니다."

"나더러 네가 다치는 꼴을 보고 있으란 말이냐?"

"그런 각오도 없이 사냥꾼에게 연정을 품으셨습니까?"

녹조는 귀가 빨개지도록 소리쳤다.

"어쩌려고 이래? 다들 듣잖아."

보다 못한 두솔이 그들의 사이를 막았다. 그러나 이번엔 결이 그런 두솔의 어깨를 밀어냈다.

"방해 마라."

여간해선 누구에게 밀리는 몸이 아닌데, 사납고 단호한 결의 손속에 두솔의 커다란 덩치는 허무하게 밀려났다. 녹조가 눈매를 누그러뜨리고 결의 팔을 잡았다.

"제발요. 호랑이는 잡아야 할 것이 아닙니까?"

"굳이 네가 아니어도, 사지육신 멀쩡한 사내가 저렇게 많아."

"그게 무슨 소용입니까? 그들 중 누구도 저보다 못합니다. 그래서 데려오셨잖아요, 직접!"

녹조의 당당함에 말문이 막혀 버린 결은 그저 답답한 주먹만 부르르 들어 올렸다. 호랑이인지 사람인지 모를 놈이 젊은 처자를 죽였다. 사방에 스산한 핏자국이 낭자하고, 아끼고자 하는 여인은 고집불통이라 말을 듣지 않았다.

"뭐 하나 뜻대로 되는 것이 없군."

물론 그녀는 뛰어난 사람이었다. 하지만 아무리 그렇다 하여 제 여인을 위험한 곳으로 보내고 싶어 하는 사내가 어디 있단 말인가.

"그래도 안 돼."

결국 타당하지 않은 고집을 부리는 결을 향해 녹조가 소리쳤다.

"그럼 그 둔한 귓구멍 잘 열고 들으십쇼! 아무리 봐도 저건 호랑이 짓이 아닌 것 같습니다."

"…뭐?"

"호랑이가 한 짓이 아닌 것 같단 말입니다!"

마치 발악 같았던 녹조의 고함은 거기 남은 모든 사람의 시선을 단번에 잡았다. 아연실색한 결의 커다란 눈. 입을 틀어막은 목이는 거의 주저앉았다.

"맙소사!"

놀라서 입을 벌린 변 서방은 웃어야 할지 말아야 할지 눈치를 보고 있었다. 마지막으로 두솔은 그냥 혼이 나간 것 같았다. 아까부터 녹조가 계속 이곳저곳을 조사하고 다니며 몇 번이나 그런 말을 했지만 한 귀로 듣고 한 귀로 흘리던 장본인이기 때문이었다.

"노, 녹조야!"

물론 지금도 어린애 떼쓰듯 발을 구르는 녹조의 그 말이 잘못 들은 것이길 바랐다. 하지만 가장 놀란 것은 역시 결이었다. 지난밤의 살인이 차라리 범의 짓이길 바라던.

"다시, 다시 말해 봐."

"확실하진 않아요. 하지만 생각을 해 보십시오. 어젠 분명 바람이 불었습니다."

"그게 어째서?"

"기억 안 나십니까? 어제 인기척을 따라갔을 때. 내내 불었잖습니까?"

결은 거의 뒤돌았던 몸을 다시 반쯤 그녀에게로 돌려 섰다. 바람이 불었던 것은 기억하고 있었다.

먼저 잠들어 버린 녹조를 토닥이다가 잠시 달을 보러 나왔을 때도 바람은 계속 불고 있었다. 비라도 오려는 건가 싶을 만큼 제법 강한 바람이라, 한데서 잠을 자는 사냥꾼들을 걱정했을 정도였다.

그런데 그게 왜? 그게 무슨 증거가 되지?

"범은 절대 바람 속에서 사냥하지 않습니다."

모두 땅바닥에 발이 붙은 것처럼 미동 없이 그녀를 바라보았다. 결도 마찬가지였다. 뼈마디가 불거지도록 주먹 쥔 손이 덜덜 떨렸다.

"자세히 말해 봐."

즉시 머리를 끄덕인 녹조는 망설이지 않았다.

"호랑이란 놈은 원래 은신하였다가 단숨에 먹잇감을 덮치는 것을 좋아합니다. 그건 미끼로 쓸 돼지를 묶어 둔 장소만 보아도 설명이 되죠."

"그래서?"

"빈집이 많은 이 골목은 범이 은신하기에 부족함이 없어요. 겁을 먹은 사람들이 낮에도 함부로 돌아다니지 않았으니 더 좋았겠죠. 하지만 바람이 분다면 다릅니다."

그녀는 여전히 새하얀 낯빛을 하고 있었다. 여전히 손을 떨었고, 두려움과 허탈감으로 가득한 눈망울을 감추지 못했다. 하지만 거기 남은 사람 중 누구도 녹조가 여인이라는 것을 의식하지 않았다.

"수염이 날릴 만큼의 바람이 불었다면 놈은 절대 은신처에서 나오지 않았을 테니까."

결은 커진 눈을 가늘게 떴다. 그런 건가? 바람을 등지고 걷지 않는다는 사냥꾼들처럼?

"지금 그 말, 책임질 수 있느냐?"

"동생이 호랑이에게 팔을 잃었습니다. 그간 제가 어찌 살았을 것 같으십니까?"

"하아, 빌어먹을……."

결은 붉어진 눈을 꾹 감았다가 다시 떴다. 실낱같은 의심이었는데, 이제는 의심이 아니게 되었다. 이건 인재(人災)였다. 범이 아니라.

황망하여 입술만 곱씹고 서 있는 결에게 녹조가 자박자박 다가갔다. 바짝 다가서서는 주먹 쥔 그의 팔을 부드럽게 잡아당겼다.

"그러니 제발 봐주십시오."

"뭘?"

"확실하게 범이 한 짓이 아니란 걸 증명해 주세요."

녹조는 결이 들고 있는 검을 내려다보고 있었다. 사냥꾼은 사냥을 위한 도구를 쓴다. 그러나 결이 든 것은 짐승을 베기 위한 것이 아니었다.

"저는 사냥꾼입니다. 어떻게 다른지 비교할 수 없어요. 하지만 대군이라면."

"나라면?"

"짐승의 잇자국인지 사람이 쓰는 쇠붙이가 낸 흔적인지, 그 차이를 아시겠지요."

"사람을 많이 베어 보았으니 알 것이다?"

만약 사람이 저지른 짓이면. 이곳에 널린 핏덩이들도 사람이 아닐 가능성이 있다? 녹조가 말하려는 것은 아마도 그것이었다. 천에 하나, 만에 하나라도 포기하지 않으려고.

결은 녹조의 머리에 툭, 손바닥을 올렸다.

"가만 보면 네 녀석은 선규보다 더 나를 부려 먹어."

"많이 해 보셨으니까."

사람을 베어 본 것도 경험으로 친다면 결은 그간 지독하게 많고 많은 경험을 쌓은 셈이었다. 베어 낼 때마다 똑같은 상처를 가슴에 새기고, 똑같이 고통을 느끼며 쌓은.

"사람들이 왜 나를 혈랑이라 부르는지 아느냐?"

"알아야 하나요?"

그녀의 대답은 결의 말문을 막았다.

늘 타인의 피에 익숙했다. 온몸을 적의 피로 적신 채 홀로 살아 돌아오곤 했다. 세월이 지나며 그는 자연스럽게 혈랑이 되어 있었다. 도성을 지키는 늑대! 그러나 가까이하고 싶지는 않은 존재.

"제게는 그저 밤이 무서워 잠도 혼자 못 자는 평범한 사내일 뿐입니다."

녹조의 반듯한 눈동자를 보며 결은 크게 웃어 버렸다. 그녀는 사건의 현장에 남은 흔적이 사람인지 짐승인지를 판가름해 주길 원했다. 빤질빤질 고운 얼굴로 사람을 한순간에 살인귀로 만들어 놓고도 이리 대찬 그녀를 보니 헛웃음만 나왔다.

"나도 저 시신 조각들이 사람이 아니길 바란다."

"범인이 호랑이가 아니라면 그 또한 가능하지 않겠습니까? 확인해서 나쁠 것은 없죠."

그녀를 보는 그의 얼굴은 웃는 것인지, 아니면 화를 내는 것인지 가늠할 수 없었다. 짙게 기울어진 눈동자와 낮아진 음성은 슬픔을 먹었고, 머리꼭지를 가만히 쓰다듬는 손길엔 한껏 물오른 연모가 있었지만 말이다.

"너는 정말……."

신기해.

그녀가 던진 강력한 한 방은 그에게 차라리 저주와 같은 것이었다. 사람을 많이 베어 보았다는 것, 그만큼 남의 목숨을 희생하여 살아남아야 하는 지독한 운명이 씌운 저주.

그 저주를 사용해 달라는 말을 하는데 어째서 이리 예쁘게 보일까?

'대군이라면, 짐승의 잇자국인지 사람이 쓰는 쇠붙이가 낸 흔적인지, 그 차이를 아시겠지요.'

곪아 터진 자리를 오려서 몸 밖으로 꺼낸 것처럼 후련한 기분이 들었다. 모두 쉬쉬하며 껍질 얇은 홍시처럼 다루던 그를 아무렇게나 베어 물어서 터뜨려 버린 그런 기분. 흘러내린 무른 과육을 핥으며 달다고 말하는 것 같았다.

"확인할 수 없는 건가요? 대군의 능력으로도?"

그런 것도 능력이라 할 수 있을까? 너무 많은 목숨을 빼앗으며 저절로 익혀 버린 그런 사악한 기교도?

"예? 안 됩니까?"

간절한 얼굴로 바라보는 그녀에게 결은 머리를 가로저었다. 모를 리가 있나. 아주 조금만 살점에 난 상흔이라도 사람의 것과 짐승의 것은 엄연히 다르거늘.

또다시 일어난 살육에 분노하는 바람에 겨를이 없어 자세히 살피지 못했을 뿐이다. 아니, 실은 두려워하느라 보지 못했다. 그것이 사람의 흔적일까 싶어서.

"그 전에 하나 묻자."

"예."

"참을 수 있겠느냐? 저 안엔 네게 보이고 싶지 않은 험한 것이 너무 많은데?"

"말씀드렸잖아요. 사냥꾼일 때의 저는 계집이 아닙니다."

결에게 그녀의 대답은 더 이상의 부연이 필요 없는 당당함처럼 들렸다.

"그래도 내 눈엔 그저 부서질 듯 연약한 여인인걸."

결은 검지 끝으로 녹조의 턱을 슬며시 건드렸다. 붉어지는 조그만 귓바퀴가 우편으로 조금 기운다. 손등에 닿은 귓불이 따스했다.

"조그만 새처럼."

"대군의 눈앞에선 부서지지 않겠습니다. 약조할까요?"

보는 이가 없었다면 그녀의 작은 얼굴을 끌어 잡았을 것이다. 웃고 있는 입술에 흔적을 새기고 놓아 달라고 청할 때까지 품에 가두고. 그리고 오직 저만 보게 하고 싶었다. 가능한 감정인가? 이토록 맹목적인 흐름이?

가슴이 간지러웠다. 긁어서 시원해질 수도 없는 곳인데. 커다란 외침으로 그녀를 원했다.

"가자꾸나."

결은 녹조의 작은 손을 단단히 끌어 잡았다. 지금 이 순간에도 차라리 그 흔적들이 호랑이가 한 짓이길 간절히 바란다고 말하면 화를 낼까? 초조했다. 너무나 초조해서 견딜 수가 없었다.

겨우 잠재웠다고 생각했는데 조그맣게 남은 불안감이 선명한 불씨를 쏘삭댔다. 우연이 아닐 가능성. 녹조의 말대로 사람이 한 짓일 가능성. 혈랑이란 이름을 겁내는 누군가가 또다시 손을 썼을 그 빌어먹을 모든 가능성 말이다.

"녹조야."

"왜요?"

결은 녹조를 잡은 손에 힘을 주었다. 잃고 싶지 않다. 이 손의 온기. 대답하는 목소리. 더는 사람도 마음도 그의 눈앞에 스러지는 것을 보고 싶지 않았다.

"부탁이니 너는 내 앞을 가로막지 말아라."

"예?"

"그냥 약조하거라. 무슨 일이 있어도 절대 내 앞에 서지 않겠다고."

그 눈빛이, 그 목소리가 평소와 달리 너무 연약해서 녹조는 고개를 끄덕이고 말았다.

"예, 약조하겠습니다."

"어떤 일이 있어도. 절대."

"어떤 일이 있어도 대군의 앞에는 서지 않을게요."

무슨 말을 하는지, 지금 어떤 약속을 하고 있는지. 그런 것을 아는 것은 중요하지 않았다. 그보다 금방이라도 닳아 없어질 듯 위축된 그의 걸음걸이가 더 눈에 밟혔다. 꼭 소금쟁이 같았다. 가라앉지 않으려고 안간힘을 써서 물 위에 선.

"그럼 되었다."

너무 힘주어 잡힌 손끝이 조금씩 얼얼해졌다. 목구멍까지 나온 놓아 달라는 그 말을 꿀꺽 삼키고 녹조는 그의 손을 마주 잡았다.

16. 보부상, 백의 정체

"그림을 그리셨습니다."
"그림?"
백이 손에 쥐여 준 계란 한 개를 이리저리 만지작거리는 처녀의 얼굴은 감정이 없는 듯 무감했다. 그녀는 무계동 김 진사의 맏딸 김영란이었다. 얼마 전 이서덕의 안채에서 가엾은 몸뚱이를 팔았던.

꼬끼오! 부엌문에 걸린 닭둥우리에서 암탉 한 마리가 길게 울었다.

"에구머니."
퍼뜩 정신을 차렸는지 소리가 나는 곳으로 목을 비트는 영란의 눈엔 변명을 찾는 겁이 가득했다.

"그림을 그렸다는 것이 무슨 말입니까?"
"말 그대로입니다. 그분은 저를… 저를 그리셨습니다."

떨리는 목소리가 차마 그날의 상황을 세세하게 이야기하지 못했다. 말이 끊어질 때마다 영란은 손에 쥔 계란을 치마폭에 자꾸 감싸 넣었다. 아녀자의 입으로 꺼내기엔 너무 수치스러운 그런 이야기였다. 잠시 되새기는 것만도 몸이 얼었다.

"이제 그만 가세요. 죄송하지만 닭은 받겠습니다."
"달리 생각할 수는 없겠습니까? 아가씨도, 아가씨의 동생들도 너무 위험합니다."
"그러니까, 그냥 가시라고요. 이러다가 그 댁 사람들에게 들키면 저희는 정말 죽어요."
"제가 돌봐 드리겠습니다. 그러니……."

영란은 달달 떨며 한사코 백을 밀었다.

"이런 말도 하면 안 됩니다. 이미 언약을 했단 말입니다."
"언약? 그 말을 믿는 겁니까?"
"그게 처음 약속이었어요. 한 번만 말을 잘 들으면 동생들 먹고 입는 것 어렵지 않게 해 주신다고, 처음부터 그렇게."

그날 밤, 그녀는 깨끗한 옷으로 갈아 입혀진 후 안채로 끌려갔다. 처음엔 혼자였지만 그 시간은 길지 않았다. 곧 문이 열리고 그 사내가 들어왔으니까. 겁먹은 그녀에게 다가온 사내가 누구인지 영란은 이미 알고 있었다.

경화 대군 이서덕.

'아가, 네 이름이 무어냐?'

온몸에 소름이 돋도록 차가운 손으로 뺨을 만지며 그가 그렇게 물었을 때, 영란은 알았다. 그들이 그녀에게 했던 약속들이 지켜지지 않을 것임을.

영란은 다시 한번 더 힘주어 백의 어깨를 밀어냈다. 그 집에서 약속받은 모든 것들이 지켜지지 않았다. 벌써 오래전에 끌려간 아비는 돌아오지 않았고, 동생들은 감시를 받았다.

이제 열둘, 열셋. 그들은 그녀의 동생들마저 노리고 있었다. 아이들이 조금이라도 사내구실을 할 수 있게 되면 반드시 아비와 같은 꼴이 될 것이다.

"그 아이들까지 빼앗길 수는 없어요. 그러니 제발 그냥 좀 내버려 두세요."

그녀는 간절했다. 겨우 얻은 소소한 평화가 또 나락으로 떨어지면 다시 주울 도리가 없다.

"동생들에게 해가 갈까 저어하는 것이라면 염려 말아요. 내가 지켜 드릴 수 있습니다."

"말도 안 되는 소리 마세요."

"어째서 들어 보지도 않는 겁니까?"

"그쪽이 뭐 하는 자인지 몰라도 왕실을 어찌 상대한단 말입니까? 그자는 종친입니다. 전하의 형이라고요."

말라 가는 입술에 침을 바르고 영란은 자리에서 일어났다. 치마폭에 넣어 두었던 계란이 바닥으로 떨어져 노란 덩어리를 왈칵 쏟아 냈다.

"안 돼!"

얕은 비명을 지른 그녀가 얼른 허리를 굽혔다. 하지만 이미 늦은 일이다. 마른 흙과 함께 질게 번져 버린 계란은 영란의 야윈 손가락 사이로 흘러내려 버렸다.

이서덕 대감의 그림 도구로 쓰인 바로 다음 날, 그녀의 집엔 쌀이 생겼다. 동생들은 뛸 듯이 기뻐했다.

처음 하루는 배가 터지도록 밥을 먹었다. 그러나 쌀은 점점 줄었고, 영란은 다시 손톱을 씹어야 했다. 바느질거리라도 꾸준히 있으면 좋을 텐데 이서덕에게 다녀온 이후론 그마저도 끊어졌다. 다들 그 집의 눈치를 보며 그녀에게 일감을 주지 않는 탓이었다. 이제 쌀도 거의 떨어져 가고 있었다. 어쩌면 내일은 다 같이 굶어야 할지도 몰랐다.

"으흑!"

계란과 흙으로 엉망이 된 손에 영란은 얼굴을 묻었다. 동생들이 볼까 두려워 마음껏 울어 보지도 못한 그녀였다.

"거칠게 굴어서 미안합니다."

영란의 어깨에 백은 가만히 손을 얹었다. 멀리 산을 돌아온 바람에 그녀의 울음소리가 섞였다. 들썩이는 설움이 점점 소리를 높였다. 그저 옆에 서 있을 뿐 울지 말라는 말도, 마음껏 울라는 말도 할 수 없는 백은 자꾸만 서산을 바라보았다.

"얼른 가세요. 여기 있다가 그쪽마저 경을 치지 말고."

"낭자."

"어서요."

"하면 이리합시다. 이서덕 그자가 종친이라 두렵다면, 다른 종친의 보호는 어떻습니까?"

"또 웃기는 소리. 어떤 미친 작자가 그놈을 대적하고 저를 보호하려 하겠습니까?"

마른 가루처럼 버석버석한 영란의 헛웃음이 가볍게 흩어졌다. 아무런 의지도 없는 가엾은 웃음이었다. 그런 영란의 어깨에 백은 다시 손을 얹었다.

"만약 서산의 늑대가 낭자를 지켜 주겠다 한다면, 그땐 알고 있는 것들을 꺼내 놓으시겠습니까?"

커다랗게 벌어지는 영란의 눈이 흔들리며 백을 보았다.

"서산의 혈랑?"

백은 고개를 끄덕였다. 결의 이름을 꺼냈으니 백으로선 마지막 패를 꺼낸 것이나 다름없었다.

"그래요, 만약 그가 나서겠다고 하면?"

"그런 게 가능할 리가 없습니다. 그분, 혈랑께서 고작 이런 일에 나서실 리가……."

"내가 그걸 가능하게 하겠습니다."

"그쪽이 뭔데요? 임금이라도 되나요?"

아직은 아니지만! 백은 차마 영란에게는 하지 못하는 그 말을 속으로 되뇌었다. 아직 그는 왕이 아니었다. 그렇다고 힘이 있는 왕세자도 아니다. 그래도 이번만은 약속을 지키고 싶었다. 이번 단 한 번만이라도. 백은 진심을 담아 영란에게 허리를 숙였다.

"제발 부탁합니다. 이서덕 그자를 구석으로 몰아 죗값을 치르게, 낭자께서 도와주십시오."

한마디 한마디를 끊어 읽듯 힘주어 내뱉는 장사치의 눈빛에서 영란은 언뜻 이서덕을 본 것 같았다. 닮았다는 것이 아니라 비슷한 느낌. 다른 점이 있다면 그가 이서덕보다는 인물이 잘났다는 것과 훨씬 젊다는 것뿐이었다.

"대체 뉘십니까? 그쪽, 보부 장수가 맞소?"

영란의 말에 그는 희미하게 웃고 고개를 저었다.

"보부 장수는 아닙니다. 그저 마음 둘 곳이 없어 방랑하는 신세이긴 하지만."

"그럼 대체 왜?"

"나도 내 아우를 구하고 싶거든. 그놈에게 지은 죄가 너무 많아 어찌해도 용서해 주지 않겠지만, 이 정도 애는 써야 형으로서 면이 설 것 같습니다."

결을 떠올리는 백의 눈은 웃고 있었다. 그러나 그 외는 모두 굳어 있었다. 파르르 떨리는 주먹, 좁지 않은 어깨, 장사치라 하기엔 흰 낯빛. 아마도 그는 화를 참고 있는 것처럼 보였다.

"저는 무섭습니다. 이서덕이 가만히 보고만 있겠습니까?"

"내 목숨을 걸어서라도 낭자를 보호해 드리리다."

영란은 입술을 물었다. 백의 진심에 흔들렸지만, 어린 동생들의 안위까지 걸어야 하기에 더욱 망설여졌다.

"영란 낭자!"

아무도 믿을 수는 없었다. 정체도 모르고, 이름조차 확실하지 않은 이 사내 역시 그녀에게 수많은 불안함 중 하나일 뿐이다. 그런데도 다시 거절하는 게 쉽지 않았다. 세상 어딘가 단 한 명이라도 의지할 사람이 있다면, 그게 이 사람은 아닐까?

"그자가… 제 그림을 가지고 있습니다."

"그림?"

백이 되묻자 영란은 결연한 표정으로 고개를 끄덕였다. 눈빛이 사뭇 달라져 있었다.

그 순간 백은 깨달았다. 겁에 질려 달달 떨던 이 어린 처녀가 용기를 낸 건 자신의 회유 때문이 아니라 결의 이름 덕분이라는 것을.

다들 저를 감시한다는 변명하에 백은 그저 동궁에만 틀어박혀 있었다. 우유부단하게 저들의 눈치나 보며 구차한 목숨을 연명했다. 그러나 그사이 그의 아우는 자라고 있었다. 홀로 살아남은 결이 백성들에게 어떤 의미가 되었는지 이제 알 것 같았다.

백성들이 의지하고 따르는 실질적인 왕은 결이었다. 강하고 또 강하게 그들을 지킨 서궁의 늑대. 그 어떤 위협에서도 그들의 편에 설, 외로운 왕자. 훌쩍 자란 아우는 어쩌면 나약한 형의 도움 따위 필요 없을지도 모른다. 하지만!

백은 침착하게 마음을 다스리고 다시 물었다.

"어떤 그림입니까?"

영란은 눈을 감고 두 손을 가슴으로 모아 끌어안았다. 그렇게라도 하지 않으면 필경 사지를 벌벌 떨어 버릴 것 같았다.

"그날 그놈이 밤새 제 벗은 몸을 그렸어요."

이서덕은 그녀의 몸을 취하지 않았다. 다만 차마 입으로 담지 못할 수치스러운 자세를 요구하며 영란의 치부를 들추고 그림을 그렸다.

"그 그림을 그 댁 마님께서 제게 보여 주셨습니다."

"부부인 말이요?"

이서덕에게서 풀려난 그다음 날 밤, 그 댁 부인이 다시 그녀를 찾아왔었다.

'대감께서 낭자를 다시 보고 싶답니다.'

'어째서요? 한 번뿐이라고 약조하셨잖습니까?'

'걱정 마세요. 아가씨의 몸을 내 달라는 말이 아니니까.'

'그럼?'

'닮아서?'

'그게 무슨 뜻입니까?'

'공교롭게 닮았답니다. 아가씨와 이미 죽어 귀신이 된 그 여자가.'

'죽다니요? 누가?'

'신경 쓸 것 없습니다. 그보다 기억하려나, 이 그림?'

부부인은 영란의 앞에 둘둘 말린 족자 하나를 끌어 놓았다. 안에는 벌거벗은 남녀가 해괴하게 엉킨 그림이 들어 있었다.

'앗!'

민망함에 재빨리 얼굴을 돌려 버린 영란의 턱은 부부인의 손에 다시 제자리로 돌려졌다.

'그림으로 보니 더 닮았군요, 그 계집과. 대감께서 연연하시는 이유를 알겠습니다.'
'이, 이러지 마세요.'
'내 생각 같아선 눈앞에서 치우고 싶지만 어쩌겠습니까. 대감께서 원하시니.'

그녀의 잔인함에 영란은 그만 울고 말았다. 춘화 속에서 헐떡이는 여인은 영란이었다. 누굴 닮았다는 건지 몰라도, 그 때문에 부부인이 더 화를 내는 건 분명했다.

'제발요, 마님.'
'대감께서는 아가씨를 살리고 싶으신가 봅니다. 아가씨에게서 다른 이를 보려 하시는 모양이지만.'
'거절하면요?'

이를 악물고 물은 말에 신 씨 부인은 큰 소리로 웃었다. 손가락마다 가락지를 낀 손이 눈꼬리에 맺힌 눈물을 걷어 낼 때까지 내내 영란을 조롱하면서.

'거절하면 당연히 이 모든 것들은 돌려받아야지. 그리고 아가씨의 어

여쁜 이 몸도 다! 몸을 대가로 준 것인데 벌써 저렇게 먹어 버리셨잖아?'

그녀가 잔인한 손가락을 뻗어 입구가 터진 쌀섬을 가리킬 때, 영란은 이서덕의 앞에서 옷을 벗던 그 순간보다 더 지독한 한기를 느끼고 말았다.

'곧 다시 기별할 테니 기다려요. 어여쁜 주둥이는 부디 단속하셔야 할 겁니다.'

부부인은 심하게 다리를 절뚝거리며 돌아갔다.
다행히도 하루, 이틀, 사흘. 날이 지나도 보낸다는 사람은 아직 오지 않았다. 실은 그날이 올까 봐 너무 두려웠다. 어쩌면 마지막 기회일지 모른다. 뱀 같던 그 사내와 그 뱀의 혀 같던 부부인에게서 벗어날 수 있는. 영란은 백의 팔에 매달리며 거의 무릎을 꿇었다.
"정말 저를 보호해 주시렵니까? 제 동생들이 다치지 않게 감춰 주시렵니까?"
백은 무너지는 영란을 부축했다. 신 씨가 말하는 영란과 닮은 여인이란, 이서덕의 전처가 분명했다. 백도 느꼈으니까. 영란을 처음 보았을 때 죽은 이와 무척 닮았다고 말이다. 주모의 말이 떠올랐다. 영란을 본 순간 이서덕이 눈길을 떼지 못했다고..
반해서가 아니다. 죽은 전처와 딸들이 떠올라서였겠지. 같은 얼굴을 두 번 죽일 만큼 파렴치는 아니었던 걸까.

"그리하겠소. 당장 거처부터 옮깁시다."
"다시는… 다시는 그자 앞에서 수치를 당하고 싶지 않습니다. 도와주세요. 그대가 날 도울 수 있다면 제발 혈랑 대군을 만나게 해 주십시오."

'범은 절대 바람 속에서 사냥하지 않습니다.'
'말씀드렸잖아요. 사냥꾼일 때의 저는 계집이 아닙니다.'

녹조는 거침없이 돌아다니며 부서진 살점들을 주워 날랐다.
"쯧!"
그녀를 바라보는 결이 저절로 혀를 찼다.
"저럴까 봐 말린 것인데."
이미 그녀의 손과 팔목까지 붉고 검은 피가 잔뜩 묻었다.

'가만히 보고 있는 것이 더 힘듭니다.'

가능한 한 험한 것을 보고 만져야 하는 일에는 나서지 말라 하였더니 그녀가 했던 대답이었다. 조그맣고 날랜 몸을 누구보다 빠르게 움직이며 그녀는 부지런히 움직였다. 가끔씩 돌이라도 잘못 밟고 비틀거리기라도 하면 결의 몸도 함께 들썩였다.
"조심 좀! 하거라."

못 참고 결이 잔소리를 하면 그만큼 미간을 찡그리고 못마땅한 표정을 지었다.

"이래서야 사내 체면이 서질 않겠어."

결은 피식 미소를 지었다. 해망쩍은 꼴을 보이며 우왕좌왕하는 그를 단숨에 잡아 준 녹조가 더없이 고마웠다. 대체 누가 사내고 누가 여인인지.

"하긴, 그런 잣대로 저 아이를 재는 것은 불가능하지."

가볍게 중얼거리며 잠시 멈췄던 시선을 돌리려 할 때였다.

"뭐 하십니까? 설마, 놀고 계신 겁니까?"

공중에서 마주친 동그란 시선이 따끔 명치를 찔렀다.

"한다, 지금 해."

결은 휘휘 손을 털고 반대 방향으로 걸어갔다.

처참하게 잘린 살점들은 상흔조차 확인하기 어려울 만큼 조각이 작은 것도 많았다. 그러나 남은 자들은 누구 하나 포기하지 않고 그것들을 모았고, 차분하게 맞춰 나갔다.

반듯한 이마에 땀이 맺히고, 도무지 자리를 찾을 수 없는 일부분의 것들을 제외한 후. 흩어졌던 살점들은 드디어 하나의 덩어리로 모양을 갖춰 갔다.

결과는 참혹했다.

"아아, 이럴 수가."

두 손의 탄식 뒤로 녹조가 입을 틀어막았다.

"이게… 무슨 짐승이냐?"

묻고 있는 결의 목소리엔 호흡조차 없었다.

그건 다른 사람들도 마찬가지였다. 너무도 어처구니없는 결과에 차마 소리 내지 못하는 분노가 가라앉았다. 언제부터였을까. 이 대단하고 과감한 사기 행각은. 입을 틀어막고 대답하지 못하는 녹조를 대신해 두솔이 자세를 낮추고 이를 갈았다.

"이건 돼지요. 뼈를 보니 모가지 뒷부분."

"굳이 이렇게 잘게 잘라 버린 이유가 이건가?"

"누가 이걸 맞춰 보리라 생각했겠소? 호랑이가 나오는 마을이니 당연히 호환이라 여겼을 테지."

"검은 아니군."

조각을 맞춰 본 후에야 어렴풋이 짐작되는 상흔은 위가 넓고 아래가 좁았다. 도끼의 날로 찍은 것이다.

"짐승의 이빨은 이렇게 말끔하게 살점을 자를 수 없어요."

녹조의 말에 결이 고개를 끄덕였다.

"들킬 것이라는 전제가 아예 없었기에 마음 놓고 잘라서 뿌렸겠지."

최소한 호랑이가 먹다 남긴 흔적처럼 찢거나 씹는 정도의 수고도 필요 없다고 생각했을 것이다. 그들의 손바닥에서 놀아났다는 것이 결은 더욱 분했다.

"대체 어떤 미친놈이 이런 짓을!"

두솔이 나직하게 욕을 뱉었다. 모두 충격에 입을 다물었다. 저 험한 살덩이가 사람이 아니라는 안도감과 함께 의문도 더해졌다.

"그럼 대체 누가 호랑이를 흉내 낸 거요?"

변 서방이 물었다. 놀람과 분노가 공존하는 규칙 없는 숨소리와 함께였다. 아무도 대답하지 못하는 사이 질문은 계속 쏟아졌다.

"저게 사람이 아니면, 그럼 연시는 어찌 되었다는 것이고. 그간 사라진 사람은 또 모두 어디로 갔다는 거고? 이보십시오, 혈랑 나리. 거기 사냥꾼 나리들. 누가 대답을 좀 해 보시오."

변 서방은 금방이라도 주저앉아 울 것 같았다. 오히려 그게 정상이라면 정상일까? 울지 않고 버티는 것이 너무나 힘이 들었.

고작 일부분인 돼지의 목뼈로는 범인이 누구인지 전혀 짐작할 수가 없었다. 그러나 어쩐지 녹조는 결의 슬픈 표정이 마음에 걸렸다.

"잠깐 좀 볼게요."

그녀는 주위를 상기시키듯 일부러 결의 팔을 건드렸다. 그제야 퍼뜩 드러난 표정을 갈무리한 결이 옆으로 물러났.

"뭘 보려느냐?"

"기다려 보세요."

녹조는 기어이 허리를 굽히고 앉아 적당히 큰 살점 하나를 집어 들었다. 손가락에 힘을 주어 꾸욱 누르니 피가 아니라 붉고 묽은 물이 떨어졌다.

"어어?"

두솔이 동요하며 가까이 다가왔다. 결이 이를 악물고 말했.

"근래에 잡은 돼지가 아니군."

"사흘쯤? 예, 피가 나오지 않는 것을 보니, 그쯤 된 것입니다."

"그럼 저기 뿌려진 피들은? 다른 사냥꾼들은 저 피가 어젯밤의 것이라고 했었다."

"돼지를 잡을 때 나온 피가 아니겠죠. 따로 준비했을 겁니다."

두솔의 말에 결은 곧장 목이를 손짓으로 가까이 불렀다.

"목이야!"

생각지도 못한 상황에 놀랐는지 핏기라고는 없는 얼굴로 목이는 한걸음 떨어져 멀찍이 서 있었다. 결이 부르자 펄쩍 뛰기까지 하며 놀랐는데, 보는 이가 안쓰러울 정도였다.

"부, 부르셨습니까?"

목이는 평소보다 더 느리게 다가왔다.

"너 괜찮으냐? 심부름을 좀 해야 하는데 달릴 수 있겠어?"

"할 수 있습니다."

쓰러질 듯 아슬아슬한 낯빛을 하고도 목이는 열심히 고개를 끄덕였다.

"지금 당장 선규에게 다녀오너라."

"어디로 가야 하는데요?"

"무원상단!"

"가서 뭐라 합니까?"

"산 아래 근방의 푸줏간을 뒤져 근자에 돼지 목뼈를 끊어 간 자를 찾으라 해. 내 말을 모두 기억할 수 있겠느냐?"

"할 수 있습니다. 잡은 지 사나흘 된 돼지 모가지를 사 간 자를 찾으라고 전하면 되는 거지요?"

정신을 차렸는지, 아니면 그러기 위해 발버둥을 친 건지. 목이는 꽤 또박또박하게 내용을 기억했다.

"그럼 다녀오너라."

"예."

목이는 정말 힘차게 달렸다. 뭐든 느릿느릿하던 어린 청년의 변화는 놀라웠다. 말도 더듬지 않고 발도 빨랐다. 그러나 거기 모인 누구도, 심지어 아비인 변 서방도 목이의 변화에 신경 쓸 여력이 없었다. 그보다는 이제 이다음엔 무얼 해야 할지, 그걸 정할 수가 없어서 모두 조금씩 멍청해져 있었다.

"아이고, 이게 대체 무슨 일인지."

다리에 힘이 풀려 버린 변 서방이 가장 먼저 땅으로 주저앉았다. 사건의 실마리가 보이는 것을 기뻐해야 하는 걸까? 아니면 그동안 바보같이 속고 있었던 것에 노해야 하나. 지금 이들에겐 사람 하나가 사라졌고, 그 행방이 묘연하단 사실만 남아 있을 뿐이다.

"좀 쉬자."

두솔이 녹조의 팔을 끌어 그늘로 밀었다.

"괜찮아. 너나 쉬어."

"까불지 말고. 너 낯빛이 허옇잖아. 오라비로서 하는 말이야. 그냥 말 들어."

호랑이에게 사람이 죽었다는 소식을 들었을 때 삽시간에 창백해진 녹조의 얼굴은 아직 그대로였다.

수로를 떠올리며 두솔도 고집을 부렸다. 대부분의 마을 사람들은 잊었지만 두솔은 기억하고 있었다. 호랑이가 마을을 덮쳤던 그날, 다친 수로만큼이나 녹조도 위험했었다는 것을.

수로가 깨어날 때까지 녹조는 물 한 모금도 제대로 삼키지 못했다. 어디서 이상한 소리를 듣고 와서는 제 손을 베어 내서 그 피를 수로의 입에 넣어 주려는 이상한 짓을 간신히 말렸던 것도 두솔이었다. 거의 이성을 잃었었고, 다들 녹조가 쓰러질 것을 염려했었다.

그래서 걱정이었다. 전혀 다른 이 사건에 그녀가 너무 깊숙이 이입할까 봐.

"괜찮다니까!"

"내 말 안 들으면 마을에 가서 연 씨 아재한테 다 이른다?"

연 씨를 들먹이며 엄포를 놓자 그제야 녹조는 입술을 삐죽거리며 걸었다. 녹조의 등을 그늘로 밀어내고, 두솔은 변 서방을 돌아보았다.

"거기, 아재!"

"나 말이요?"

"쓸데없이 우리 녹조에 대해 나불거리지 말고 입 닫읍시다."

"아!"

굳이 험하게 확인을 받는 두솔에게 변 서방은 고개를 끄덕였다. 녹조가 여인이라는 것을 알고 놀라지 않은 것은 아니었다. 하지만 그게 다였다. 호랑이 짓이 아니란 것을 알아낸 것도, 혈랑을 움직여 고깃점들을 살펴보자 한 것도 그녀였다. 그런 은인에게 헛생각을 품을 만큼 삿되게 살지 않았다.

"걱정 마시오. 입 닫을 터이니."

아직도 눈을 부라리고 서 있는 두솔에게 큰 소리로 대답하고 변 서방도 그늘을 찾아 몸을 움직였다. 그러나 아직도 한복판에 덩그러니 선 결은 미동도 없었다.

"혈랑 나리도 쉬셔야 하지 않겠습니까?"

힘없이 몇 발짝을 떼던 변 서방이 그런 그를 챙겼다. 은연중 고개를 들던 결은 저를 보고 있는 변 서방의 눈빛을 마주하고 엷게 숨을 내뱉었다.

그에게 의지하는 맹목적인 눈. 갈 길을 잃은 방랑자처럼 혼란하고 익숙한 감정. 한때는 저런 눈과 마주할까 봐 무척이나 겁을 냈던 적도 있었다.

'사람은 누구나 죽습니다. 그것을 모두 대군의 탓인 것처럼 말씀하시면 안 됩니다. 사람의 힘이 아무리 세도 다른 이의 목숨을 좌지우지할 수는 없는 법입니다. 모든 것이 대군의 탓일 수는 없다는 말씀입니다.'

불현듯 스승께서 해 주신 말씀이 떠올라 결은 어깨를 폈다. 그들의 죽음은 안타까웠다. 지키지 못했으나 그의 탓은 아니었다. 아무리 가엾어도 그들의 인생 모두를 책임질 수 없고 일거수일투족을 지킬 수도 없다. 다만, 외면하지 않을 수는 있었다. 그것이 지금의 결을 서 있게 만드는 힘이었다.

"고맙네."

한참 후에 들려온 짧은 인사에도 변 서방은 아이처럼 얼굴을 붉혔다.

'그래, 이 정도면 되는 것을. 지킨다는 것은 어쩌면 결코 버리지

않겠다는 것과 같은 뜻인데.'

아직도 자신을 보고 있는 변 서방의 걱정을 덜기 위해 결은 그늘로 걸었다. 호랑이의 짓이 아니라는 사실이 밝혀졌다. 막연한 희망이지만 사라진 사람들이 죽지 않았을 수도 있다는 뜻이다.

그런데 기껍지 않았다. 일이 더 복잡해졌다는 생각이 더 강했다. 하지만 저쪽이 어찌 나오든, 그는 이제 물러서지 않고 상대할 준비가 되어 있었다.

감고 있던 두 눈을 뜬 연시는 소스라치게 놀라며 몸을 일으켰다.

"쉿, 소리는 지르지 마."

누군가가 그런 그녀의 팔을 잡고 조용히 말을 건넸다. 연시는 겁을 내며 그 손을 밀어냈다.

"누구세요?"

"그러는 넌 누군데?"

천장에 뚫린 틈으로 가는 빛줄기가 새어 들어왔다. 그 외에는 온통 컴컴한 어둠이라 앞이 제대로 보이지 않았다.

"마실래?"

투박한 그릇의 주둥이가 입술에 닿았다. 무의식적으로 고개를 젓던 연시는 목소리에서 적대감이 느껴지지 않는다는 것을 깨달은 후 고분고분 손을 내밀었다.

"주세요. 마실게요."

"너 생각보다 적응 빠른 애구나? 다행이네."

그릇은 정확하게 연시의 손으로 되돌아왔다. 그 안에 든 물에선 약간의 비린내가 났지만 더러운 느낌은 없었다. 두 손으로 그릇을 받은 연시는 안에 든 물을 모두 마셨다. 곧바로 어둠 속의 손이 찾아와 그릇을 가져갔다.

"다 마셨으면 이리 줘!"

"아! 네."

"서운하게 생각하지 마. 몇 개 안 되는 거라서 깨지면 곤란하거든."

어둠 속이라 보이지 않겠지만 연시는 이해한다는 듯 고개를 끄덕였다. 그녀의 부엌에도 깨지면 안 되는 아까운 그릇들이 몇 개 있으니까. 어쨌거나 물이라도 마시니 확실히 조금 전보다 더 기운이 났다.

"여긴 어디죠?"

"난들 알겠니? 난 솔이야. 일단은 양반이고. 넌?"

"연시입니다. 양반은 아니에요."

축축하게 습한 바닥에서 한기가 올라오기도 하고 어쩐지 주눅이 들어 연시는 어깨를 움츠렸다.

"위축될 거 없어. 양반이고 아닌 게 여기서 무슨 소용이겠니. 너나 나나 갇힌 건 매한가진데."

"갇혀요?"

"기억 안 나?"

연시는 가만히 어둠을 응시하였다. 분명 기억 속에서 그녀는 마을 안의 골목에 있었다. 다른 사람들은 혈랑 대군의 지시에 따라 마을 한복판에 모여 있었다. 그녀 역시 할머니 때문에라도 그곳에서 벗어날 생각은 없었다.

"그런데 목이가 한사코……."

"목이? 그게 누군데?"

저도 모르게 내뱉은 이름에 솔이가 끼어들었다. 대화가 하고 싶은 모양이었다. 그러나 간절한 솔이의 간섭에도 불구하고 연시는 다시 홀로 생각에 잠겼다. 기억은 목이가 했던 말부터였다.

'할 말이 있으니 누이네 집 앞 골목에서 봐.'

'그냥 지금 해.'

'안 돼, 누가 들으면.'

목이는 한사코 그녀에게만 따로 이야기를 해야 한다고 했다. 그래서 집으로 가던 참이었다. 길이 어두웠다. 그래도 호롱은 부러 준비하지 않았다.

'호롱은 켜지 마. 호랑이가 보고 덤빌라.'

목이의 언질도 있었지만 어차피 눈을 감고도 마을 길은 훤했다. 집으로 가는 길은 더더욱 익숙하다. 태어나서 쭉 마을에서 살아온 연시에겐 어려울 것이 없었다.

"그런데 오지 않았어."

"누가? 목이라는 그 사내?"

솔이가 대뜸 또 끼어들었다. 이번엔 연시도 생각으로만 그치지 않았다.

"네. 만나기로 했었는데 나오지 않았어요, 목이가."

"배신이네."

솔이는 대번에 비아냥거렸다. 하지만 연시는 목이를 믿고 싶었다.

"그럴 애는 아니에요."

"아니긴 뭐가 아니야. 너더러 나오라고 하고 저는 안 나왔다며. 그래서 넌 이곳으로 끌려오고."

솔이의 말투는 계속 차가웠다. 마치 그녀도 같은 일을 당한 적이 있는 것 같았다.

"나도 너와 같아. 심지어 오라비에게 속았어."

"그럴 수가……."

"정신 바짝 차려. 다들 너처럼 왔다가 하나씩 끌려 나갔으니까."

솔이는 연시의 팔을 잡고 작게 목소리를 낮췄다.

"너처럼 반반한 아이는 나중에 백발백중 끌려가. 그러고는 다시 돌아오질 않아. 어제도 너 말고 같이 온 애들이 둘 더 있었는데 좀 전에 데려갔다고."

솔이가 여기 온 것은 보름쯤 전이었다. 그 밤에 함께 끌려온 아이는 셋. 한미한 집안이었지만 솔이를 포함한 그중 둘은 양반의 딸들이었다. 다들 아무것도 몰라 떨고 있을 때, 한 사내가 나타났다. 온통 검은 옷을 입은 마른 사내였는데, 그는 그녀들을 나란히 세워 놓고 용모를 비교했다.
 한참이나 신중하게 살피던 사내는 세 명의 처자들 중 가장 용모가 고운 아이를 지목했다.

 '너부터. 이리 나와.'

 그 밤 사내와 함께 간 아이는 되돌아오지 않았다. 두 번째 아이가 끌려 나간 것은 열흘 전이었다. 그리고 오늘 연시가 이곳에 던져졌다. 그러니까 꼬박 열흘을 솔이 혼자 이 어둠 속에 있었다는 말이었다.
"살고 싶으면 내 말 잘 들어."
 솔이는 연시의 손을 더 세게 끌어 잡고 제게로 바짝 당겼다.
"그놈에게 끌려가면 어떻게 되는지 나는 몰라. 하지만 죽거나 욕을 당하거나 그 두 가지밖에 떠오르는 게 없어."
"그래서요? 살고 싶으면 어찌해야 하는데요? 저는 돌아가야 해요. 할머니가 혼자 계신단 말이에요."
"…얼굴을 버리자!"
"예?"
"말 그대로, 얼굴을 뭉개자고."

17. 또 도망가실 겁니까?

 꼬박 하루가 지났다. 미끼는 이미 치웠고, 사냥꾼들은 매일 근방의 숲을 돌았다.
 오늘 근방을 살피러 나갔던 사냥꾼들도 모두 돌아왔다. 지친 몸을 쉬기 위해 무리 지어 흩어졌지만 멀리 가지는 않았다. 그들은 되도록 대군 이결이 보이는 곳에 자리를 잡고 다음 명을 기다렸다.
 "목이는?"
 "아직입니다."
 선규에게 심부름을 보냈던 목이의 소식은 늦었다.
 물론 상단이 있는 창동천까지는 하룻길이 넘었다. 목이는 걸음도 느리니까. 그러나 이제나저제나 기다리는 마음은 이미 목적지에 닿고도 남았다.

　다음 날에도 사냥꾼들은 주변을 경계하러 나섰다. 아무도 시키지 않았지만 누가 쫓아오기라도 하듯 그들은 부리나케 움직였다. 남아 있는 사람들은 묵묵히 밥을 챙겨 먹으며 마음을 다잡았다.

　딱히 끼니를 챙겨 줄 식구가 없는 사내와 노인들뿐이라 주막에서 해결했다. 할 일 없는 녹조도 주막에서 주모의 일을 거들었다.

"대군 나리는 어쩔까?"

　기다리던 변 서방들에게 밥과 국을 내주며 주모가 물었다.

"필요 없다 하십니다."

"에구, 또? 그러다 병나지."

"그깟 두 끼니 굶었다고 병날 몸뚱이는 아닐걸요?"

"찬이 성치 않아 그런가?"

　주모가 한숨을 쉬며 걱정을 했다.

"겁먹은 거 아니냐?"

　녹조의 옆을 서성이던 두솔이 그녀들의 대화에 끼어들었다.

"시끄러워, 한두솔!"

"어제부터 방에 틀어박혀서 나오질 않잖아, 저 정도면 완전 겁보지."

　입으로 방정을 떨며 두솔은 몇 번이나 결의 방문을 곁눈질했다. 영문을 모르겠지만 결은 주막 뒤쪽의 작은방에 틀어박혀 있었다. 심부름 간 목이도 오지 않고, 대군은 방에서 나오질 않고. 말은 하지 않지만 다들 그가 이대로 모두 포기할까 봐 두려운 기색이었다.

"글쎄, 시끄럽대도?"

"왜 화를 내냐?"

"그깟 일로 겁먹을 요량이면 호랑이는 어떻게 잡아!"

녹조는 결의 분노가 안쓰러우면서도 화가 났다. 사람이 아닌 것을 알았으니 끝인가? 아니, 오히려 시작이다. 그런데 대체 무슨 생각인지.

싫든 좋든 이 많은 사람들의 앞에 섰으면 책임을 져야 했다. 적어도 뭔가 하는 시늉이라도 보여야 다들 안도감을 가질 것 아냐.

"더는 못 참아."

녹조는 들고 있던 주걱을 두솔에게 건넸다.

"자, 이제 두솔이 네가 밥 퍼."

"응? 내가?"

"난 저 양반 좀 꺼내 와야겠어."

당황하던 두솔이 고분고분 주걱을 받아 들었다. 그사이 녹조는 빠르게 걸음을 놓았다.

결의 방문 앞은 조용했다. 바람에 날려 온 이파리 서너 개가 그의 신발 위에서 걸리적거렸다. 신에 낙엽이 쌓이도록 밖엘 나오지 않았다는 뜻이다.

"좀 나와 보십시오."

녹조는 부러 거칠게 방문을 두드렸다. 애간장을 태우며 대답이 없던 결은 소리를 내는 대신 잠시 후 문을 열었다.

얼굴이 꺼멓다. 굳이 말을 하지 않아도 녹조는 지난밤 그가 얼마나 고단했을지 알 것 같았다.

"또 밤새 시달리셨습니까?"

결은 멋쩍은 듯 웃었다. 그 얼굴을 보니 아주 조금 화가 가라앉았지만 그렇다고 도로 들여보낼 생각은 없었다.

"할 말이 있으면 들어오련?"

결이 문을 더 활짝 열고 그녀를 안으로 불렀다. 녹조는 단박에 고개를 저었다.

"대군께서 나오십시오."

"소식은 왔느냐? 목이나, 선규나?"

"아직 아무도 안 왔습니다."

"그럼 좀 더 기다려야겠다."

남은 속이 타 죽겠는데 한가롭게 대답하는 그가 얄미웠다. 녹조는 결의 앞으로 더 바짝 다가섰다.

"토끼몰이 연기라도 피울까요?"

"응?"

"정녕 그렇게 해야 그 굴에서 나오시겠낟 말씀입니다."

녹조의 말뜻을 이해 못 한 결은 여전히 엉거주춤 문을 잡고 서 있었다.

"일단 이것부터 놓으시고!"

녹조는 손을 뻗어 결의 손가락을 잡았다. 얼결에 문고리를 놓은 결이 그녀의 손에 이끌려 댓돌을 밟았다. 아주 좁은 툇마루에서 고작 한 걸음을 나왔을 뿐인데 한낮의 햇살이 그의 얼굴로 쏟아졌다.

"윽!"

결은 얼른 손 갓을 만들어 해를 가렸다. 그때야 그의 손을 놓아준 녹조는 가만히 그가 적응하기를 기다렸다.

"봄이 되면 말입니다. 사람들은 기다렸다는 듯 모꼬지를 가잖습니까?"

얼마간 햇살을 만끽하였을까. 문득 들려온 목소리로 그녀가 아직 곁에 있다는 것을 깨달았을 때 녹조가 이어 물었다.

"왜 하필 그때 가는지 아십니까?"

"너는 답을 아느냐?"

"먼저 대답해 보십시오."

"그야 봄이 제일 놀기 좋아서?"

결은 녹조를 향해 조금 몸을 돌렸다. 햇살 속에 선 그녀의 선한 눈이 그를 빤히 보고 있었다.

"꽃이 피니까 갔겠죠."

녹조가 다시 손을 내밀었다. 이번엔 결도 순순히 그 위에 자기 손을 올렸다. 그러고는 조심스럽게 걸음을 떼는 그녀를 따라 걸었다.

"그래서, 지금 모꼬지라도 가자고?"

"어릴 적에 아버지랑 수로랑 뒷산으로 꽃놀이를 간 적이 있었습니다."

"또 네 식구 이야기냐?"

"뒷산에 정말 물고기가 많은 개울이 있는데, 저는 거기서 낚시를 하고 아버진 나물을 캐셨죠."

어느새 주막을 빠져나온 그들은 한적한 골목으로 접어들었다.

"그럼 수로는 뭘 했느냐?"

결이 묻자 녹조는 짧게 소리 내어 웃었다. 꾸며 낸 웃음이 아니었다. 아마도 단란했던 날의 편린이 기억났겠지.

"그 녀석은 겁이 많아서 근처 바위 위에서 내려올 생각을 안 했습니다. 물이 너무 무섭다나요?"

"저런!"

"한참 후에, 제가 큰 고기를 잡아서 구우며 냄새를 솔솔 풍길 때까지도 정말 꼼짝도 안 했습니다."

결도 가볍게 따라 웃었다. 그가 가지지 못했던 녹조의 추억은 어딘가 간지러운 기분이 들어서 좋았다.

"그런데 그 겁쟁이가 그날 결국은 개울에 들어갔습니다."

"결국 배가 고파서 내려왔군."

"그게 아닙니다. 제가 물에 빠졌었거든요."

예상치 못한 그녀의 대답에 결이 발을 세웠다.

"제가 물에 빠진 것을 보더니 수로는 한 치도 망설이지 않고 물속으로 들어왔습니다."

그녀의 까만 눈동자는 그 어느 때보다 또렷하게 결을 응시했다. 마음속에 있는 무언가를 전하기 위해 필사적인 눈이었다.

"혹, 내가 저들을 두고 도망칠까 봐 걱정하는 것이냐?"

결은 작게 한숨을 쉬며 그녀의 머리에 손을 얹었다. 이걸 말하고 싶어서 모꼬지니, 꽃이 피는 때니, 하는 수선한 것들을 꺼내 놓은 건가.

뺨을 쓰다듬어도 녹조는 시선을 피하지 않았다. 고집과 확신이 가득한 그녀의 눈에서 결은 자신의 어린 시절을 보았다.

숱하게 겪었던 죽음의 냄새. 그 지독한 악취. 세상은 쫓겨난 대군에게 선의를 베풀 만큼 인자하지 않았고, 그 속에서 살아남기 위해서 그는 누구보다 강해야 했다.

지금 그는 강했다. 싸우지 않으면 이길 수 없는 잔혹한 세상에서 홀로 버텨 얻은 승리를 발판 삼아 우뚝 서 있다.

"도망가실 겁니까?"

"하여간 돌머리지, 장녹조!"

녹조는 눈썹을 찡그렸고 결은 웃었다.

"전에 말했을 텐데? 내게 지병이 있다고. 기억 안 나느냐?"

순간 오래되지 않은 기억이 녹조의 머릿속을 울렸다.

'내 지병이다. 그냥 지나치질 못해. 아는 놈의 간절함은 더더욱.'

그 순간 결이 녹조의 손을 잡고 방향을 돌렸다. 조금 전 그를 끌고 나왔던 방으로 돌아가는 것이었다. 빠른 걸음에 속절없이 딸려 간 그녀에게 결은 방문을 활짝 열어 안을 보여 주었다.

"아!"

녹조는 입술을 활짝 벌렸다. 방 안엔 고뇌의 흔적들이 널려 있었다. 펼쳐진 책들과 어수선한 그림들.

그가 방 밖으로 나오지 않은 건 두솔의 말처럼 겁을 먹어서도 아니고, 앞으로의 일이 막막해서도 아니었다. 그간의 일들을 모두 기록하고, 또 앞으로의 일을 도모하고 있었다. 무엇 하나도 놓치지 않기 위해서. 잊지 않기 위해서.

"내가 통제력을 잃었을까 걱정했느냐?"

"그러게 누가 갑갑하게 구시랍니까? 다들 얼마나, 얼마나……."

녹조는 결의 발을 콱 밟고 뒷말을 삼켰다. 모두들 그를 의지하고 있었다. 고작 하루 대군이 보이지 않았던 것뿐인데 불안해하며. 이제나저제나 그가 얼굴을 보이고 안심시켜 주길 바랐다.

"말을 하지 않으면 모르잖아요. 이런 건."

커졌다가 안도감에 화를 내는 녹조의 눈을 보며 결이 성그레 웃었다. 밟힌 발등이 아팠지만 녹조가 준 고통이라면 참을 수 있었다.

"나밖에 없잖으냐. 이 모든 일들을 기억해 줄 이가."

"다행입니다."

"응?"

"토끼몰이 연기를 피울 일이 없어졌잖아요. 그게 생각보다 고되거든요."

고개를 기울이며 웃는 그녀의 미소는 요사스럽기 짝이 없었다. 입성이며 꾸밈새며 어디 하나 해사한 구석이라고는 없는데 눈부신 광색을 온통 차지한 것 같았다.

"나도 참 별수 없다."

"예?"

녹조를 향한 마음이 너무 커서 깊이를 가늠할 수조차 없었다.

"너 때문에 점점 화내는 법을 잊으니."

방문 앞이 아니라 방 안이었다면 참지 못했을 것이다. 곧바로 누가 나타나도 이상하지 않은 이런 터진 곳이 아니었다면 당장 그녀를 끌어안았겠지. 결은 도를 닦는 심정으로 지나치리만큼 예쁘게 벌어진 녹조의 입술에 기꺼이 넋을 잃었다.

   무원상단의 한가운데.

  홀로 방 안에 앉은 선규는 그야말로 눈코 뜰 새 없이 바빴다. 다른 지방에도 미심쩍은 호환(虎患)이 있었는지 알아보라던 결의 명 때문이었다. 각 지방으로 전서구를 날렸는데 이제야 되돌아오고 있었다.

  "서쪽에서 또 한 마리가 돌아왔습니다."

  쉴 새 없이 문이 열리면 작게 접힌 서신들이 어김없이 쌓였다. 내내 쪽잠으로 버티고 있는 선규를 염려하며 다들 눈치를 보았지만 정작 선규는 고도의 집중력을 보이며 모든 소식을 소화해 냈다.

  "달리 천재란 소리를 들었겠어?"

  "가끔 좀 무섭다니까."

  말로는 그렇게 수군거려도 선규의 상단에서 일하는 자들은 모두 그를 동경했다. 비단 같은 상단 사람이 아니어도 마찬가지였다. 이제 고작 서른. 아직 젊은 나이에 선규는 한양에서 가장 큰 상단을 거느리고 있었다.

  몇 해 전, 그를 동경한 어떤 글쟁이가 그의 이야기를 책으로 엮어 놓은 적이 있었다.

'여기 적힌 것이 모두 사실입니까?'

그가 어떻게 성공했는지 궁금했던 사람들이 책을 들고 와서 물었을 때, 선규는 대수롭지 않다는 듯 고개를 끄덕였다.

'사실이오.'

그날 이후, 그 책은 도성 안에서 가장 불티나게 팔려 나갔다. 전방을 운영하거나 등짐을 메고 다니며 팔거나, 하물며 방물장수에 이르기까지 상인이라면 그 책을 읽기를 원했다.
 그 덕에 책을 읽어 주고 셈을 치러 받던 전기수들도 짭짤하게 돈을 벌었다. 글을 모르는 상인들이 책을 들고 와서 너도나도 읽어 달라 청을 해 대는데, 자리가 비기가 무서울 만큼 빠르게 채워졌었다.
"조금 쉬십시오. 꿀물입니다."
 선규에게 물잔을 건넨 이는 낯이 익었다. 장거리에서 추노꾼에게 속아 당하려는 것을 결과 녹조가 구해서 상단으로 보냈던 사내다.
"고맙네, 봉천이."
"무슨 그런 말씀을 하십니까. 소인을 갈아서 마신다고 하셔도 기꺼이 행수님께 목을 내놓을 수 있습니다."
"굳이 맛도 없는 자네를 왜 갈아 마시겠는가? 세상에 진미가 얼마나 많은데."

우스갯소리를 하며 잠시나마 서신에서 눈을 뗐던 선규는 이내 다음 종이를 집어 들었다. 집중하는 선규를 방해하지 않으려고 봉천은 되도록 조용히 자리에서 일어났다. 그러고는 소리 없이 문을 닫고 나갔다.

서쪽으로 조금씩 노을이 가라앉고 있었다.

"오늘도 하루가 다 갔네."

그는 지는 노을을 한참이나 보고 서 있었다. 이곳에서 자리를 잡은 지 아직 두 달도 채 안 된다. 그간 머무르고 숨어 지내던 곳들에 비하면 여긴 정말 극락 같았다.

그래도 문득문득 불안했다. 그 도깨비 같은 놈들이 또 여길 찾아낼까 봐.

"행수님께 피해를 줄 수는 없지."

만약 그때가 오면 다들 원래 없었던 것처럼 이곳을 비우자고 약속이 되어 있다. 사람이 짐승보다 나은 이유는 그래도 약속하고 지킬 의지가 있기 때문이니까. 그걸 잊으면 정말 개나 돼지가 되는 것이다.

그때, 또 전서구가 날아왔는지 관리하는 하인 놈이 부지런히 뛰어왔다.

"이번엔 어디서 온 건가?"

"남해요."

"이리 내시게. 내가 전할 테니."

아직 툇마루에 머물렀던 봉천이 얼른 손을 내밀었다. 여기 있는 동안 무엇이든 선규에게 도움이 될 일이라면 마음을 다할 생각이었다.

"남해에서 전서구가 돌아왔답니다, 행수님."

"이리 주게."

봉천이 임무를 다하고 방에서 물러나려던 그때였다. 서신에 적힌 짧지 않은 글을 한참 읽던 선규가 갑자기 한쪽에 따로 모아 두었던 서신들을 부산하게 뒤적이더니 뭔가를 비교하기 시작했다. 그러고는 벌떡 자리에서 일어났다.

"당장 대군께 가야겠다."

부산하게 외출 준비를 하는 선규의 곁에서 봉천은 소리 없이 외출 준비를 도왔다.

'대군마마!'

부르는 소리에 몸을 돌리면 기억이 날 듯 말 듯, 어린 계집아이가 웃고 있다. 아이는 노란 비단 치마를 입고 팔랑거리며 달려왔다. 붉은 댕기엔 연두색 나비가 수로 놓이고, 해사한 남색 비단신이 부지런히 치맛단 안에서 고개를 내밀었다.

'대군마마.'

'오냐.'

결은 아이의 작은 손을 덥석 잡았다. 그래야만 할 것 같았다. 방울 같은 웃음소리를 흘리며 그를 향해 기울어지는 작은 머리가 간들간들 춤을 추었다. 손을 잡은 것은 옳은 선택이었나 보다, 결은 생각했다.

아이는 여전히 머리를 흔들며 그를 보았다. 이리 흔들리고, 또 저리 흔들리고. 그러다가 흐려지고, 더 흐려지고.

'아이야!'

점차 뿌옇게 변하는 아이의 손을 놓지 않으려고 결은 안간힘을 썼다.

'아파요, 대군마마.'

울부짖는 어린 비명에 머리가 혼란했다. 그가 갈피를 잡지 못하는 사이 비명은 더 크고 선명해졌다. 이윽고 번져 오르는 커다란 불길. 반복되는 공포.

'안 돼!'

결은 필사적으로 손을 내저었다. 이미 그의 손안에 아이의 손은 없었다. 그게 가장 끔찍했다.

뜨거운 화마가 모두를 삼킬 듯 바짝 다가왔다.

'어디 있느냐? 제발 대답하거라.'

그 순간 울음소리가 멈추고 아이의 목소리가 들려왔다.

'저를 죽이실 겁니까?'

'그럴 리가. 어디 있니, 내가 잡아 주마.'

'하지만 이미 죽이셨잖아요.'

형체가 보이지 않아도 섬뜩함이 느껴졌다. 아마도 아이는 이미 피를 흘리고 있으리라. 아니, 흐르는 것은 피가 아니라 살점인가? 그도 아니면 아직도 불길 속에서 타고 있는 건가? 떨어져 있어도 전달되는 뜨거움에 결은 소스라치게 놀라며 뒤로 물러났다. 아이가 슬프게 물었다.

'또 도망가시려고요?'

'그게 아니라 난…….'

'또 저만 여기 남기고 멀리 가십니까?'

눈물이 뚝뚝 떨어져 그의 발등을 적셨다. 불길 속에서 흘린 눈물인데 너무 차가웠다. 정신이 번쩍 났다. 두려워할 이유가 없는데, 왜 망설이는 거지? 울고 있는 아이가 있는데 어째서 그저 보고만 있는가. 결은 물러났던 걸음을 다시 앞으로 내디뎠다.

'아직 거기 있느냐?'

뿌옇게 앞을 가린 것들이 더 고약하게 시야를 가리며 엉겨들었다. 그럴수록 결은 아이의 목소리에만 집중했다.

'어디 있느냐? 답을 해다오.'

피를 흘리고 있다면 닦아 주어야 했다. 살점이 타고 있으면 불을 꺼 줘야 마땅한 일이다.

'여기요. 여깁니다.'

미약한 목소리는 유독 더 뿌연 시야 너머에서 들렸다. 결은 왼손에 들었던 검을 꺼냈다. 스승님이 주신 검은 주인의 목적을 이해한 듯 그 순간 더없이 첨예한 빛을 띠었다.

'조금 물러나거라.'

아이에게 충고한 후 머뭇거리지 않고 검을 그었다. 무언가가 잘려 나가는 느낌은 없었다. 그러나 보였다. 아직 노란 치마를 입고 있는 아이의 동그란 얼굴이, 잘린 틈새로 뻗은 고 작은 손이, 눈물에 젖은 눈빛이. 기억이 날 듯했다.

'이리 오렴.'

결은 아이의 손을 강하게 잡아끌어 품에 안았다. 혹여 떨어질세라 안겨 드는 조그만 몸뚱이를 완벽히 품고 안도의 한숨을 내쉬었다.

'또 도망가면 이번엔 진짜 잡아먹으려 했는데.'

목을 끌어안은 아이가 뜨거운 혀를 내밀고 킬킬 웃었다.

'뭐?'

'이번엔 봐줄게요. 제법 좋은 대답을 했으니까.'

'누구냐, 넌?'

'이미 알잖아? 내가 누군지. 난 그들 중 하나야. 스스로 모두 기억해 낸다면 그땐 더 좋은 상을 줄게.'

아이는 길게 빼문 혀로 결의 뺨을 핥았다. 뺨에 닿는 축축한 느낌에 번쩍 눈을 뜬 결은 젖은 신음을 뱉었다.

"헉!"

마치 물이라도 뒤집어쓴 것처럼 온몸이 땀으로 젖어 있었다. 설마 아직 꿈속인 건가? 긴장하며 확인한 그는 크게 가슴을 들썩였다. 누군가의 손에서 전해진 온기 덕분이었다. 곤히 잠든 녹조의 손.

"하아."

이마에 흥건한 땀을 소매로 닦아 내고 그녀를 돌아보았다. 고른 숨을 내쉬는 뺨이 보드라웠다.

기억이 났다. 또 잠을 설친 그를 위해 함께 있겠다는 그녀의 제

안을 거절하지 않았던 일.

'별수 없으니, 오늘은 저를 이용하게 해 드리겠습니다.'
'그러다 내 너를 덮치기라도 하면?'
'거참, 왜 자꾸 똑같은 말을 하게 하십니까? 사내구실 못 하고 싶다면 뜻대로 하시라니까요.'

너덜너덜 찢어진 문창호지 틈으로 샌 빛이 그녀의 이마로 떨어졌다. 그토록 걱실걱실 드센 말투와는 어울리지 않는 반듯하고 둥그런 예쁜 이마. 얼마나 다디단지 알아 버린 입술.

조금만 움직여도 빛이 눈꺼풀을 건드릴 것 같아서 결은 손등으로 그 빛을 막았다. 다른 손으로는 그녀의 손목을 들어 올렸다.

"이런 팔로 어찌 활을 쏘았을까."

비단 활만 잘 쏘는 것이 아니다. 어느새 결의 행보에 깊숙이 개입한 그녀는 험한 꿈도 걷어 내는 이적을 보였다. 돌아도, 돌아도 끝이 보이지 않는 그의 업보 한복판에 뜬금없이 나타난 샘터 같았다. 그녀의 손을 놓지만 않으면 어떻게든 헤쳐 나갈 수 있을 것 같은 배짱을 솟게 하는.

"묘한 녀석."

어쩌면 오늘 그에게 꿈속의 아이를 구할 답을 준 것도 그녀가 아닐까? 방 안에 웅크렸던 그를 밖으로 불러내 정신 차릴 것을 종용했던 것처럼 말이다. 결은 녹조의 손가락 끝에 닿을 듯 말 듯 입을 맞췄다.

'고맙다.'

녹조가 곁에 있으니 그는 더 이상 어둠과 잠이 두렵지 않았다.

오후의 석식은 여느 때보다 시끌벅적했다. 내내 틀어박혀 있던 혈랑이 얼굴을 내밀었는데, 무려 그들과 겸상하겠다고 했기 때문이었다.

"지금 뭐라 하셨습니까?"

끔뻑끔뻑 눈꺼풀을 열었다가 닫는 변 서방이 웃지 않으려 제 허벅지를 꼬집는 것을 녹조가 보고 피식 웃었다. 무뚝뚝한 사람인 줄 알았는데 순박한 구석이 있었던 모양이다.

어쨌거나 변 서방을 포함한 사람들의 초조함은 혈랑이 멀쩡한 얼굴을 내밀자 금세 종식되었다.

"저도 밥 주세요. 아우, 배고파라."

"그래. 많이 먹게."

커다란 사발 하나를 챙겨 들고 주모에게서 제 몫의 밥과 찬을 받은 녹조는 적당한 곳에 자리를 잡았다. 그걸 보고 있던 두 남정네의 걸음도 덩달아 바빠졌다. 서로 그녀의 옆자리를 노리고 재게 발을 놀리더니 거의 동시에 양옆을 차지하고 앉았다.

"뭣들 하는 겁니까?"

커다란 그들의 어깨에 눌린 녹조가 인상을 썼다. 심지어 두 손은 밥도 없이 빈손이었다. 곁에게 좋은 자리를 뺏길까 봐 챙길 겨를이 없었던 것이다.

"넌 밥 안 먹어?"

포기하고 다시 수저를 들던 녹조가 물었다.

"어. 안 먹어."

"그럼 저리 비켜. 자리 좁잖아."

"싫어. 내가 왜?"

"밥 안 먹는다며?"

"그래도 여기 있을 거야."

두솔은 어깨를 밀어내는 녹조를 고집스럽게 버텼다. 동시에 결이 들고 온 밥상을 노려보는 것도 잊지 않았다. 찬과 밥은 다를 것 없으나 그는 떡하니 상을 앞에 두고 있었다. 높은 분께 어디 사발을 드리겠냐며 주모가 따로 챙겨 준 개다리소반이었.

낡은 소반은 여기저기 칠도 벗겨지고 금방이라도 주저앉을 듯했다. 그래도 두솔에게는 그 밥상이 결과 자신 사이 넘을 수 없는 문지방처럼 보였다.

두솔은 사내로서, 모셔야 할 사람으로서의 결을 인정하고 있었다. 하지만 누이를 맡길 사내로서는 글쎄. 아직 확인할 것이 너무 많았다. 보란 듯 수저를 들어 밥을 떠 넣는 결이 아니꼬워 두솔은 혀를 찼다.

"쳇! 깨작거리는 꼴하고는."

"나 들으라고 하는 소린가?"

결이 참지 않고 응수하자 두솔이 부엉이처럼 머리를 갸웃거렸다.

"제가 어찌 감히요. 녹조더러 한 소립니다."

두솔이 손가락질을 했을 때, 녹조는 막 소담하게 밥을 퍼 담은 숟가락을 입에 가득 넣고 있었다. 도저히 깨작거림과는 거리가 멀었다. 결이 얼른 제 물그릇을 그녀에게 건넸다.

"그러다 체할라."

녹조는 결의 호의를 거절하지 않았다. 그 모습에 두솔의 부아가 끓었다. 다시는 녹조에게 사내로서 다가갈 수 없지만, 저리 친근하게 구는 꼴은 봐주기가 힘들었다.

일부러 먼 산을 보고 있는 두솔에게 결이 물었다.

"자네는 끼니를 굶고 오늘 산을 탈 수 있겠는가?"

"제가 누구처럼 허약한 체질이 아니라서 까딱없습니다."

물론 거짓말이다. 평소엔 한 끼만 굶어도 죽는다고 야단법석을 부리는 것이 두솔의 특기였으니까. 녹조는 두 사내의 사이에 끼어서 눈동자를 살살 굴렸다.

부러 밥을 꼭꼭 씹으며 맞불이 꺼지기를 기다렸지만 유치하기 짝이 없는 이 수컷들의 영역 다툼은 어째 쉽게 끝날 것 같지 않았다.

"허어, 누가 그리 허약해? 나도 아는 자인가?"

"굳이 멀리서 찾으실 필요도 없습니다."

두솔은 은근히 배짱을 부리며 결의 시선을 피하지 않았다. 대놓고 그게 너다! 하는 눈빛이었다. 가만히 두고 보던 녹조가 두솔에게 눈을 흡떴다.

'실성했니? 한두솔?'

결이 방 안에 틀어박혀 무얼 했는지 굳이 두솔에게 말할 생각은 물론 없었다. 하지만 결이 얼마나 강한 사내인지는 두솔도 알 텐데?

이렇게 두었다가는 끝이 없을 것 같아서 이제 그만 중재를 하려는데 결이 또 나섰다.

"설마 그게 나는 아니겠지?"

또다시 두솔은 뻔뻔하게 녹조를 지목했다.

"그럴 리가요. 이놈입니다, 장녹조!"

"내가 언제?"

듣다못해 바락 나서는 그녀의 입을 두꺼운 두솔의 손이 막아 버렸다. 동그란 뒤통수를 받친 손, 오물거리는 예쁜 입을 막은 그 손. 결은 눈썹을 추켜올렸다.

'감히 어디다가 손을.'

상황이 썩 마음에 들지 않았다. 어물전에서 아주 흡족한 생선을 보았는데, 딱 사려고 하니 어떤 놈이 끼어들어선 더러운 손으로 콕 찍어 손자국을 남긴 느낌이랄까? 아니, 그보다 더 찝찝하고 불쾌하다. 결은 들고 있던 수저를 내려놓고 두솔의 팔뚝을 잡았다.

"밥 먹을 땐 개도 안 건드리는 법일세. 이 손은 치우지."

"지금 우리 녹조가 개라는 말씀이십니까?"

"개 취급은 방금 자네가 한 것 같은데?"

"대군께서 먼저 언급하셨습니다."

"구체적으로 녹조에게 가져다 붙인 것은 자네야."

두 사람은 정말 한 치도 물러서질 않았다. 오랜만의 재미난 구경에 마을 사람들도 밥보다 그들에게 집중했다. 고래 싸움에 새우 등 터진다고, 둘 사이에 끼어서 밥도 편히 못 먹은 녹조가 발을 굴렀다.

"저리 가서 하십시오, 좀!"

그때였다. 두 사내의 옥신각신에 버티지 못한 그녀가 격하게 몸을 버둥거린 그 순간, 누군가의 손길에 툭 날아오른 밥그릇이 허공으로 떠올랐다.

"어어!"

날아오른 밥그릇은 곧 아주 처참한 꼴이 되어 흙바닥에 엎어졌다. 녹조도 비명을 질렀다.

"내 밥!"

억울한 그녀의 시선은 엎어진 밥그릇을 향했다가 두 사내를 돌아보았다.

"내가 분명 그만하라고 했지!"

곧 울 것 같은 얼굴로 타박타박 걸어가 나뒹구는 그릇을 먼저 집어 올리고 흙과 함께 못 먹게 된 음식들도 모두 주워 담았다.

"노, 녹조야."

두솔이 말리려 나서다가 걸음을 멈췄다.

"저게 어떤 밥인데. 새벽부터 주모 할머니가 땀 흘리며 지어 놓은 밥인데."

"잘못했어, 내가."

두솔이 상황을 인지하고 땀을 흘렸다. 어릴 적 젖동냥으로 수로를 키우고 아비도 없이 몇 년을 홀로 버틴 녹조는 유독 밥에 애착이 많았다. 식탐이 많다는 뜻이 아니라, 그저 버리는 것들에 대한 생각이 남다르다 할까. 그것을 알기에 그는 지금 녹조의 분노를 정확하게 이해했다.

"두솔이, 너!"

"웅."

"할머니 밥하시는 데 장작이라도 날라 드려 봤어? 힘세다고 자랑만 했지, 장작 한번 패 드려 봤냐고."

"아, 아니."

그녀의 말에 두솔이 뒷머리를 긁었다. 새벽 나절 주모가 장작을 두 개, 세 개씩 나르는 것을 보고도 대수롭지 않게 지나쳤던 것이 사실이기 때문이었다. 응당 주모가 할 일이라 여겼기에 녹조의 말대로 도와줄 생각은 못 했다.

"미, 미안."

"그리고 대군마마!"

"나, 나도?"

"그러시는 거 아닙니다. 대체 초츤도 아니고, 유치하게 뭐 하시는 겁니까?"

무안해진 그도 괜한 눈알만 굴렸다. 초츤 취급을 받았는데도 반박의 여지가 없다.

"다들 대군만 보고 있습니다. 지금 한가하게 입씨름이나 하실 땝니까?"

발을 구르다가 잠깐 숨을 고르던 그녀는 곧 다시 입을 열었다.

"저들의 고단함을 모두 기억하겠다 하신 말씀은 거짓입니까?"
"아니다! 그럴 리가 있느냐."

결이 빠르게 손을 내저었다. 다른 건 몰라도 그 말은 모두 그의 진심이었다.

"차라리 사내답게 주먹으로 치고받든가 하십시오. 아이들 소꿉놀이하듯 옹알거리지 마시고들."

아무도 번듯한 대답을 하지 못하는 사이 녹조는 발을 쿵쿵거리며 마당에서 나가 버렸다. 차마 따라가지도 못하고 덩그러니 남은 두 사내만 두고 다른 사람들도 하나둘씩 빠져나갔다. 마지막으로 그들의 곁을 지나가던 주모도 녹조를 거들며 쐐기를 박았다.

"저 처자뿐이었습니다."
"예?"
"새벽에 같이 일어나 물도 길어다 주고, 무거운 것도 죄 날라다 주고. 오늘 새벽엔 무슨 일이 있는지 안 보였지만, 하나도 서운치가 않았지요."

결과 두솔이 고개만 주억거리고 서 있자 천천히 걸어서 나가던 주모가 안쓰러운지 혼잣말을 덧붙였다.

"살살 달래야지, 그렇게 밤나무 털듯 미련하게 흔든다고 여인네 마음이 기우나……."

쿵! 머리에 뭐라도 맞은 듯 두 사내의 얼굴이 벌겋게 달아올랐다.

빠르게 주막에서 걸어 나온 녹조는 그저 앞으로 계속 움직였다. 걷다가 모퉁이가 나오면 꺾어서 또 걷고, 그러다 막다른 길에 다다르면 뒤돌아서 다시 걸었다.

"힘을 합해도 모자랄 판국에."

두솔이야 앞뒤 분간 못하고 덤비는 곰 같은 놈이라지만, 대군은 왜 저러는데?

"답답해."

기다란 한숨이 연달아 터져 나왔다.

걷다 보니 어느새 산으로 접어들었나 보다. 발아래서 바스락 소리가 나고 미약한 바람에 실려 나무 냄새가 났다. 익숙한 마른 풀잎 향까지. 끓어올랐던 머리가 가라앉았다. 걷다 지쳐 산길 한쪽 커다란 바위 위에 기대듯 앉아 눈을 감았다.

"너무 화를 냈나."

하긴, 두솔이의 과보호는 어릴 때부터 쭉 있었던 일이었다. 평소엔 곰같이 굴다가도 그녀가 얽힌 일에는 무작정 달려들었다. 눈치도 더디고 가끔 미련할 정도로 답답한데, 녹조의 이름만 언급되면 없던 버릇도 튀어나오곤 했다.

어떤 일이 있어도 두솔은 늘 녹조의 편이었다. 그런 그의 등에 숨어서 녹조도 때로는 귀찮은 일을 피하기도 했었다. 누구든 녹조에게 뭔가를 부탁하고 싶으면 두솔을 먼저 상대해서 납득받아야 했다.

"멍청이 한두솔."

두 사람 모두 아직 머리꼭지에 피도 안 말랐던 시절, 고작 멧돼지 두 마리인가를 잡아 놓고 사냥꾼입네 으스대던 때가 있었다.

마을에 유독 쟁퉁이같이 굴던 석석이라는 놈이 있었는데, 두솔보다 두 살이 많았다. 그놈이 녹조에게 연심을 품고 한동안 따라다녔다.

이미 키도 체력도 힘도 두솔이 석석이보다는 위였다. 그래도 두솔은 꼬박꼬박 형이라며 석석을 대접했지만 녹조에게 수작을 거는 꼴은 보아 넘기질 못했다.

'석석이 형, 좋아하면 좋아한다고 할 것이지 왜 몽니를 부려?'
'누가 몽니를 부렸다고 그래?'

얼굴이 시뻘게진 석석이가 발끈하자 두솔은 뒤춤에서 꼬리 잘린 쥐 두 마리를 꺼내 석석이 앞으로 툭 던졌다.

'이래 놓고 아니라고?'
'이, 이게 뭔데?'
'발뺌하지 마. 다 봤어, 형이 하는 짓.'

두솔은 커다란 어깨를 쉬지 않고 씩씩거렸다.
녹조는 유독 쥐를 싫어했다. 싫어하는 정도가 아니라 보기 딱할 정도로 무서워했다. 어릴 적 도망치던 시절 적들을 피해 숨어 있었는데, 하필 들쥐가 많은 동굴이었다고 말이다.

어둠 속에서 찍찍거리는 소리를 내며 눈에 불을 밝힌 자그만 짐승들이 이제나저제나 그녀들이 죽기를 기다리며 웅크려 있었다고. 그때, 여기서 죽으면 쥐 밥이 되겠구나 싶었다고 했다.

석석이 놈이 어찌 녹조가 쥐를 싫어한다는 사실을 알아낸 모양이었다. 일부러 녹조가 놀라며 겁먹는 것을 보려고 쥐덫에 잡힌 쥐를 가져와서는 녹조네 마당에 던져 놓는 것을 두솔이 본 것이었다.

'내가 미리 치웠으니 다행이지, 이런 못된 짓을 해 놓고 모른 체하기야?'
'흥, 그년이 먼저 나를 갈궜어.'
'뭐?'
'꽃도 가져다주고, 산짐승도 몇 마리 해다 줬는데 홀랑 받아 놓고 모른 체를 하잖아.'
'그건 싫다는 걸 형이 억지로 안긴 거잖아. 마을 사람들도 다 봤어.'

말도 안 되는 억지를 부리며 석석은 꼬인 속내를 드러냈다.

'어쨌든, 사람 꼴 우습게 만든 건 맞잖아. 제까짓 년이 뭔데. 하여튼 내가 가만히 안 둬, 녹조 그년.'

자신의 마음을 받아 주지 않는 녹조가 분한 듯 석석은 이를 갈았다.

그리고 그날 밤, 두솔은 쥐도 새도 모르게 석석을 마을 뒷산으로 끌고 올라가 담판을 지었다. 그때까지 마을에서 제일 잘나가는 사냥꾼은 누가 뭐래도 석석이었는데, 그날 이후로 뭔가 위치가 바뀌고 말았다.

아무도 석석이 그날 두솔에게 무릎을 꿇었다고 떠들고 다니지는 않았지만 암암리에 다들 알았다. 두솔이가 더 이상 석석을 형 대접 하지 않기로 했다는 걸. 녹조는 바보같이 실실 웃고만 다니던 두솔의 그 배려를 아주 나중에야 들었다.

그 이후 둘은 더더욱 붙어 다녔다. 녹조가 사냥을 나서면, 늘 두솔이 그녀의 뒤를 지켰다. 반대도 마찬가지였다. 두솔에게 큰일이 생기면 가장 먼저 달려가는 것은 녹조였다.

그래서 균형이 맞았는지도 모른다. 누구보다 서로에 대해 잘 알기에. 불편한 것들은 미연에 피하면서.

"이번에도 내가 한 번만 봐준다, 한두솔!"

다시금 바람이 불었다. 바람은 바로 옆의 나무를 흔들어 아직 덜 마른 잎사귀 몇 장을 떨어뜨렸다. 그중 하나는 녹조가 손을 짚은 곳에 내려앉았다. 그때 문득, 바람 소리에 섞여 미약한 발걸음 소리가 들려왔다.

'두솔이구나?'

녹조는 그만 뜨려던 눈을 다시 감았다.

'칫, 결국 왔네.'

녹조가 화를 내고 자리를 뜰 때면 언제나 야단맞은 강아지처럼 꼬리를 말고 달려오던 두솔이었다. 그래서 그녀는 당연한 수순처럼 두솔을 떠올렸다.

그런데.

'어?'

발소리가 두솔의 것이 아니란 것을 녹조가 깨달은 것은 아주 짧은 찰나였다.

'두솔이가 아니야. 누구지?'

그러나 너무 늦어 버렸다. 무언가 둔탁하고 강한 것이 그녀의 뒷목을 친 다음이었으니까.

"윽!"

대비나 경계할 틈도 없이 벌어진 일에 의식을 잃어 가며 녹조는 기대앉았던 바위 위에서 추락했다. 흙바닥에 너부러진 그녀의 앞에 나타난 인영은 녹조의 몸을 가뿐히 들어 어깨에 멨다.

"일이 쉬워졌네. 고마워라."

일이 쉬워졌다는 건, 처음부터 녹조를 납치하려 했다는 말과 같았다.

어쨌든 그는 망설이지 않았다. 침착하게 서서 주변에 아무도 없다는 것을 재차 확인하는 치밀함까지 보였다. 그러고는 곧 그 자리에서 자취를 감췄다.

18. 녹조가 사라졌다

 마당엔 아직 우두커니 두 사내가 서 있었다. 그러기를 한참, 둘 중 하나가 먼저 움직였다. 결이었다.
 "따라와."
 곁눈질로 그의 동선을 좇던 두솔에게 결이 턱짓을 했다.
 "어디 가는데요?"
 두솔이 미적미적 움직이며 물었다.
 "소 잃고 외양간 고치러."
 "예?"
 "패는 쪽이 좋은가? 아니면 나르는 쪽?"
 아주 잠깐 아둔한 얼굴로 섰던 두솔은 그제야 결의 말뜻을 이해했는지 터덜터덜 걸어왔다.

"뭐든 상관없습니다."

이제 와 그게 무슨 상관인가. 마음을 전했는데 궁둥이를 걷어차였고 그래도 포기를 못 해서 질척거렸더니 화를 내며 사라져 버렸다. 평소처럼 따라가는 것도 차마 할 수 없었다. 그랬다간 정말 영영 녹조를 잃을 것 같았다.

"그럼 날라."

"그럽시다."

두 사람은 커다란 어깨를 앞서거니 뒤서거니 함께 뒷마당으로 들어섰다. 뒷마당의 한쪽엔 변 서방과 목이가 틈나는 대로 해다 놓았다는 나무가 가득 있었다.

결이 먼저 나서서 도낏자루를 집어 들었다. 뻘겋게 녹이 앉은 도끼의 사정을 보니 아마도 자주 사용하지 않았거나 근래엔 쓴 적이 없는 모양이었다.

"날이 무뎌서 되겠습니까?"

두솔이 도끼를 보며 눈살을 찌푸렸다.

"너무 쉬운 일은 재미가 없지."

"하긴 그도 그렇네."

사실 그들에게 장작 패기 정도는 일도 아니었다. 도끼날이 너무 상한 것이 변수이지만 고수가 도구를 가릴까. 처음으로 의견이 일치한 것이 고작 장작 패기라니 좀 우습기도 했다. 그러나 둘은 곧 열중해서 나무들을 가르고 날랐다.

아지작! 소리가 경쾌했다. 결이 쪼개고 두솔이 신속하게 부엌 옆으로 날랐다.

오래된 지기들처럼 합이 좋았다. 굵은 땀이 뚝뚝 떨어지도록 둘은 잡담도 하지 않았다. 어느덧 부엌 옆에는 자잘한 나무 산이 높게 쌓였다.

"이야, 덥다!"

땀으로 흠뻑 젖은 저고리를 벗어 버린 두솔이 벗은 옷으로 얼굴의 땀을 훔쳐 낼 때 다급한 발걸음 소리가 났다. 선규였다.

"대군마마."

"별일이구나. 네가 그렇게 젖어서 오다니."

대수롭지 않은 듯 그를 맞았지만 결은 이미 짙어진 눈빛으로 손에서 도끼를 내려놓고 있었다. 땀에 젖은 선규의 모습만으로 심상치 않은 일이 생겼다는 것을 알아 버린 것이다.

"보셔야 할 것이 있습니다."

"당장?"

"예. 한시라도 빨리 보셔야 합니다."

잠시 후 한데 모여 앉은 결의 방 안에서 두솔은 경악으로 벌어진 입을 다물지 못했다.

"진정, 이게 다?"

"그렇소."

"이게 다 사라진 자들의 명부라고?"

재차 확인하던 두솔은 이미 식은땀을 흘리며 입술 안쪽을 씹었다. 조그만 주막의 구석방에 선규가 펼쳐 놓은 서신들은 한두 장이 아니었다. 비록 비둘기 다리에 매달려 온 전서들이라 손바닥만큼 작았지만, 거기 적힌 글자들은 모두를 경악시키기에 충분했다.

"대충 헤아린 것만도 족히 오십이 넘습니다."

"파악된 것만 그 정도면 더 있을 수도 있지."

생각보다 담담한 결과 반대로 두솔은 점점 더 과하게 입술을 씹었다. 흡사 그대로 뜯어 먹기라도 할 기세였다.

"그러니까 이게 뭐야. 이만큼 잡아 먹혔다는 겁니까?"

"확신할 수 없습니다."

"그럼, 어찌 되었다는 건데요?"

두솔은 차라리 그들이 호환을 당했다는 대답을 듣고 싶었다. 모두 연시와 같은 형태로, 그리 기묘하게 없어졌다면 오금이 저릴 것 같았다. 아마도 그 순간 셋은 모두 같은 생각을 하고 있었을 것이다.

"목이는 만났느냐?"

"예?"

"설마 엇갈렸어?"

초조하게 흔들리던 결의 눈이 커졌다. 당황하는 선규의 표정만으로도 이미 답이 되고도 남았다. 목이는 아마도 선규에게 가지 않았을 것이다. 그래도 확실하게 해 두려 물었다.

"상단에서 이곳으로 출발한 것이 언제냐?"

"왜 그러십니까?"

"답을 하거라. 언제냐?"

"어제저녁 무렵입니다. 말을 타고 쉬지 않고 달렸으니 반나절은 넘게 걸렸……."

선규의 대답을 듣자마자 결은 주먹으로 방바닥을 내려쳤다.

"왜 그러십니까? 목이가 왜요?"

목이가 떠난 건 이틀하고도 반나절 전. 아무리 늦어도 어제는 상단에 당도했어야 했다. 마을로 오는 길은 하나이니 선규와 엇갈렸을 가능성도 적다.

"목이에게 전언을 보냈다. 현장에 남아 있던 살덩이가 돼지의 것이니 알아보라고."

"사람이 아니라 돼지라고요?"

"돼지의 목뼈 부분이었소."

선규는 결을 한번 바라보고 두솔을 바라보기를 반복했다. 갑갑한 목소리가 갈라져 나왔다.

"그럼?"

"근자에 그 부위의 고기를 끊어 간 자가 있는지를 알아 오라 했는데."

"맙소사."

선규는 침음을 뱉었다. 초조하게 무릎을 문질러 땀을 닦던 손이 이마를 꾹 짚었다.

"목이는 제게 오지 않았습니다. 그럼?"

결은 고개를 끄덕였다.

"사라진 것 같군."

마을에서 사라진 사람은 한둘이 아니었다. 더러는 흔적도 없이 사라졌다지만 개중엔 험한 핏자국을 남긴 것도 있었다.

그런데 그 소식을 전했어야 할 목이가 사라졌다. 초행길이니 엇갈렸을 가능성이 아주 없지는 않지만, 만약 그 범행에 사용한 고기를 끊어 간 자가 목이라면? 목이가 연시 처자를 빼돌리고 그곳에 돼지 살점을 뿌렸다면? 하여 정체를 들킬 위험에 처하자 자취를 감춰 버린 것이라면?

"그놈이 마을 길을 제일 잘 안다고 안 했습니까?"

"내내 우리 옆에 붙어서 정보를 캔 건가?"

"그리고 연시 처자를 불러내는 것도 쉬웠겠죠."

결은 주먹을 틀어쥐었다. 진정 목이 그놈의 짓이란 말인가? 마을을 위해 할 일이 생겼다며 수줍게 좋아하던 놈이었다. 그런 놈이 진정? 결은 마음을 다스리며 주먹을 쥐었다 펴기를 반복했다.

"선규야."

"예, 마마."

"너는 지금 다시 마을을 내려가 방금 말한 것들을 알아봐라."

"알겠습니다."

"단정할 수는 없지만 적어도 그놈 혼자서 저지른 짓이 아닐 것이다. 마을 안에 또 누가 가담했는지 알 수 없으니 은밀히 하거라."

"알고 있습니다."

여러모로 믿음직스러운 선규지만 어쩐지 결은 마음이 놓이지 않았다. 이토록 거대한 음모를 태연하게 저지르고 있는 자의 속내는 무엇이란 말인가. 그 많은 사람을 데려다가 대체 뭘 하고 있는 것이지?

"그리고 한두솔."

"나요? 나는 왜?"

"나가서 녹조를 찾아와."

"칫!"

두솔은 콧방귀를 뀌었으나 곧장 몸을 일으켰다. 아무리 곰 같은 그지만 지금 방바닥에 궁둥이 붙이고 앉아 있을 틈이 없다는 것은 충분히 인지했으니까.

"그리고 당분간 목이가 사라졌다는 것을 함구해라. 누가 조력자인지 알 수 없으니."

"예. 다녀오겠습니다, 대군마마."

먼저 고개를 숙이고 방을 나선 선규를 따라 두솔도 신을 챙겨 신고 사라졌다.

홀로 남은 결은 눈을 감고 있었다. 끝없이 단단할 것 같은 비밀에 드디어 균열이 생겼다. 그 틈으로 보일 어둠이 과연 얼마나 짙을지 추측이 되지 않아서 가슴이 답답했다.

"혹시 녹조 못 봤소?"

녹조를 찾아 나선 두솔은 곧장 변 서방부터 찾아갔다. 두솔이 마당으로 들어섰을 때 변 서방은 툇마루 한쪽에 앉아 새끼를 꼬고 있었다. 멀쩡하게 잘 꼬인 것을 풀었다가 다시 꼬았다가 하는 것을 보아, 일이 손에 잡히지 않는 모양이었다. 하긴, 이런 상황에 누군들 멀쩡할까.

"녹조? 사냥꾼 처자 말이요?"

"봤소?"

"석반을 먹을 때 보곤 못 봤는데?"

그리 더운 날도 아닌데 땀을 뻘뻘 흘리며 들어선 두솔에게 변 서방은 고개를 흔들었다.

"왜? 무슨 일 있소?"

"통 보이지가 않아서요. 혹시 보거든 주막으로 오라고 전해 주시오."

"그러겠소."

사람 좋은 얼굴로 그러겠노라 대답하는 변 서방이 안쓰러워 두솔은 뭔가를 더 이야기하려다가 입을 다물었다.

심부름을 보낸 목이가 상단으로 가지 않았다.

이 마을뿐 아니라 다른 곳에서도 호환을 핑계 삼은 실종이 이루어지고 있다. 그러니 어쩌면 마을 사람들은 죽은 것이 아니라, 모두 어딘가에 살아 있을 수도 있다.

그리고, 그 사람들을 빼돌린 것이 목이일 수도 있다.

'당분간 목이가 사라졌다는 것을 함구해라.'

그러나 방을 나서기 전 결은 그렇게 명을 내렸다. 더 확실한 증좌를 얻어야 한다는 이유도 있지만, 이제는 정말 누구도 믿을 수 없다는 이유가 더 컸다. 믿을 수 없는 사람들 명부엔 변 서방도 분명 포함되어 있었다.

'괜히 나불거려선 안 되지.'

두솔은 입술을 꾹 물고 변 서방에게서 돌아섰다. 내내 녹조를 찾아 마을 안팎을 뒤지고 다닌 탓에 이마에선 땀이 흘렀다.

"그나저나, 이 녀석은 어딜 간 거야?"

변 서방의 집에서 나온 두솔은 소매로 대충 땀을 훔쳐 내고는 산 쪽을 보았다. 단단히 삐쳐서 숨었으니, 그 녀석의 성격대로라면 아마도 한나절은 뚱해 있다가 턱하니 나타날 것이다. 그러나 그걸 기다려 줄 시간이 없었다.

"조금 있으면 날이 어두워질 것 같은데."

해는 서쪽으로 바짝 기울어 있었다. 아직은 사방 하늘이 누릿하지만 산중의 마을이니 금방일 것이다. 멀쩡하게 낯을 내밀고 있다가 어느 순간 고꾸라지듯 떨어지겠지.

"산으로 간 건가?"

호랑이가 아니라 사람의 짓이라 판명이 났으니 더는 산을 헤매고 다닐 필요는 없었다. 그러나 녹조라면 다르다. 가끔 수로가 속을 썩이거나, 심란한 일이 있을 때 녹조는 버릇처럼 산에 올라 웅크리고 앉아 있곤 했다.

"때 되면 좀 내려올 것이지."

그녀가 틀림없이 산에 있을 것이라 직감한 두솔은 귀찮은 듯 한숨을 내쉬었다. 그러나 걸음은 뛰는 듯 부지런히 산을 향했다.

눈을 떴을 때 본 것은 온통 컴컴한 어둠이었다. 녹조는 화들짝 놀라서 다리를 오므렸다. 불안한 눈동자가 어둠 속을 빠르게 훑었다.

"뭐야, 어디야?"

겁을 덜기 위해 홀로 중얼거리다가 화급히 입을 다물었다. 방금 뱉은 소리가 없어지지 않고 되돌아왔다. 아무래도 동굴 같았다.

'동굴은 질색인데.'

어릴 때의 쓴 기억 때문에 녹조는 인상을 썼다. 때마침 어둠 속에서 바스락거리는 소리가 들렸다.

"흐윽!"

녹조는 눈을 감고 어깨를 움츠렸다. 곧 죽을 먹잇감을 노리며 빨갛게 빛나던 들쥐의 눈도 떠올라 버렸다.

"미안, 놀랐어?"

그러나 다행히도 들려온 것은 사람의 목소리였다. 그것도 귀에 익숙한.

"누구?"

"미안해, 누이. 아팠지? 나야, 목이."

"목이?"

상단으로 심부름 간 목이가 어째서 이런 곳에 있는 거지? 자그만 의심을 품고 고개를 든 그녀에게 목이는 천천히 다가왔.

희미하게 새어 드는 빛에 목이의 얼굴이 스윽 나타났다. 녹조는 불쑥 한기를 느꼈다. 기분 탓인가? 지나치게 말갛고 담담한 그의 표정은 마치 순진한 어린아이 같았다.

"에구, 또 놀랐네. 미안. 불을 피우면 들킬 것 같아서. 어둡죠?"

"뭐 하는 거야, 너. 설마 날 여기로 잡아 온 거야?"

"방법이 없었어요."

"미친놈, 이거부터 풀어."

뒤로 결박된 몸을 흔들며 노려보았지만 목이는 고개를 흔들었다.

"안 돼요. 일단 내 얘기부터 들어 줘요."

"먼저 풀라니까."

"풀면 도망갈 거잖아. 그럼 또 누이를 때려야 해요. 그건 싫어."

"누가 맞아 준대? 너 같은 놈은 한주먹감도 안 돼."

녹조는 눈을 홉뜨고 목이를 노려보았다. 산에서 의식을 잃기 전 버릇처럼 흙 한 줌을 얼른 쥐기는 했는데, 그걸 근방의 나무나 바위에 발랐는지는 기억이 나질 않았다. 하지만 지금 의지할 것은 그것뿐이었다.

대군이든 두솔이든, 누군가 그 흔적을 발견해 주었길.

'칫, 어쩌지?'

목이의 얼굴을 보며 녹조는 입술을 물었다. 불현듯 사라진 연시 처자가 떠올랐다. 연시 처자의 이름을 언급하며 웃던 목이의 얼굴도.

'나도 비밀이 있어요.'

'내 비밀은 연시 누이가 걱정이라는 거예요.'

'혼자 있지 마세요, 누이.'

스윽, 몸을 일으키며 목이가 만든 그림자가 녹조의 머리 위를 어른거렸다.

"역시 화가 많이 났네요."

"화? 이게 지금 고작 화내는 걸로 보여? 당장 이거 안 풀어? 반쯤 죽여 줄 테니까, 풀어!"

"아무래도 안 되겠다. 누이가 너무 화가 나서."

"야, 변목이!"

"미안해요. 마음이 진정되면 다시 올게요."

목이가 만든 그림자는 점점 더 위를 덮었다. 녹조는 위를 올려다보며 차마 너무 끔찍해서 눌러 담고 있던 한마디를 뱉었다.

"하나만 물을게. 혹시 네가 연시를 죽였니?"

목이는 즉시 반응했다.

"아니요."

"네가 다른 사람들도 다 죽였어?"

"아니라니까!"

그 순간, 새파란 안광을 흘리며 그가 녹조의 목을 틀어잡았다. 숨통을 잡힌 채 녹조는 목이를 비웃었다.

"행동은 다른데?"

"쉿! 그런 못된 상상은 하면 안 돼요."

"어떻게… 그럴 수가 있……."

점점 숨이 찼다. 시야도 흐렸다. 결국 하고 싶은 말을 다 하기도 전에 녹조는 발버둥 치던 다리를 스륵 멈췄다. 털썩 고개가 왼편으로 꺾였다. 험하게 바닥으로 쓰러지기 전, 목이가 손을 뻗어 녹조의 머리를 받고 한숨을 쉬었다.

"하마터면 죽일 뻔했잖아요."

조심스럽게 그녀를 눕히고 일어난 목이는 몹시 슬픈 눈을 하고 있었다.

"더는… 죽이기 싫은데. 내 말 좀 들어 주지."

가느다란 체념이 그의 입술 언저리에 맴돌았다.

"녹조가 없습니다."

흥건하게 땀에 젖은 두솔이 벌컥 방문을 열었을 때 결은 일어서 있었다.

"없다니?"

"없다고. 마을에도 산에도, 어디에도 없다고!"

두솔은 거의 역정을 내며 손에 쥐고 있던 무언가를 결의 앞에 후두둑 던졌다. 약간의 흙이었다.

"뭐 하는 짓이지?"

"녹조가 그러더이다. 대군이 이걸 알아본다고."

"이게 대체 뭐기에?"

질문과 동시에 결은 퍼뜩 고개를 들었다. 흙! 어디에나 흔히 볼 수 있는. 하지만 두솔이 들고 온 건 아마 다른 의미가 있을 것이다. 잠깐의 침묵이 방 안에 맴돌았다. 좁은 공간을 가득 메우고 무겁게 가라앉았다. 결은 한참 만에 입을 열었다.

"샅샅이 찾아본 것이 맞아?"

진흙처럼 어두워진 결의 어조는 낮았다. 그 말 한마디를 하기까지 수없이 끔찍한 결과들을 머릿속으로 떠올렸었다.

녹조가 사라졌다. 다시는, 다시는 잃을 수 없는 그 이름이 칼로 만든 파문처럼 가슴을 후벼 팠다.

"산을 이 잡듯 뒤졌소. 그런데 없어. 일이 생긴 게 분명합니다."

"흙은 어디서 가져온 거지?"

"뒷산!"

"조용히 마을에서 나갔을 가능성은?"

단지 믿을 수가 없어서 확인하려는 것이었다고 해도 결의 말은 두솔을 발끈하게 했다.

"대군의 눈엔 우리 녹조가 그리 책임감 없는 아이요?"

결은 대답 없이 주먹을 틀어쥐었다. 아니! 녹조는 그런 아이가 아니었다. 오히려 오지랖이 너무 넓어서 이 꼴 저 꼴 못 볼 꼴까지 다 참견하는 것이 더 어울리지.

그는 눈을 감고 호흡을 가다듬었다. 불나방처럼 굴다가 또다시 그 이름을 잃을 수는 없었다.

"흙을 남겼다면, 불의의 사고는 아닐 수도 있겠군."

"사고가 아니면 뭐란 겁니까?"

"글쎄, 그 외의 경우는 많겠지."

호랑이가 아니라 사람의 짓이라는 것을 마을 사람들은 모두 알고 있었다. 하지만 목이가 사라졌다는 것을 아는 사람은 없다. 그렇다고 해도 여전히 마을 사람들은 변수였다. 만약 목이가 정말 범인이라면 누가, 어떤 방법으로 그에게 가담했는지 모르기 때문이었다.

변 서방, 천 씨, 그리고 주막의 주모. 그 셋은 특히 목이와 가까우니 더 조심해야 하지만.

"경우라니, 어떤 경우?"

갑갑해진 두솔은 자꾸만 채근하며 발을 굴렀다.

"그 입 좀 다물어!"

그 낮은 경고의 순간에 두솔은 뒷목이 쭈뼛 서는 것을 느꼈다. 너무 담담해서 오히려 얼음 같았다. 녹조가 사라졌다는 말에 대군이 너무 침착하다고 생각했었다. 자꾸만 다른 얘기를 하며 바로 튀어 나가지 않는 것도.

하지만 이제야 그게 잘못된 생각인 것을 알았다. 두솔을 돌아본 결의 두 눈은 심연처럼 짙었고 오직 분노뿐이었다.

'혈랑인가? 이게?'

지금의 결은 짐승 그 자체였다. 온몸으로 뿜고 있는 살기가 날카로워서 시선만으로도 뚫릴 것 같았다. 언젠가 그에게 자결을 명했을 때와는 또 달랐다. 당장 뭐든 얼려 버릴 듯, 차가운 검이 심장에 박힌 듯 숨이 막혔다. 두솔은 저도 모르게 떨고 있던 손을 맞잡았다. 그러지 않았다가는 털썩 무릎이라도 꿇을 것 같아서.

두솔이 입을 다물자 결은 호흡을 가다듬었다. 녹조를 되찾기 위해 지금은 누구보다 침착해야 했다. 같은 실수를 반복하지 않으려면.

첫째, 호랑이는 없다. 그건 확인되었다. 그간의 사건은 모두 사람의 짓. 범인은 아직 모른다.

둘째, 조사에 깊숙이 관여하고 있던 목이가 갑자기 사라졌다.

사람의 짓이라는 것을 알게 된 그 순간에 말이다.

그리고 셋째, 녹조가 없어졌다.

마을에 공범이 있었을까? 그래서 사건의 실마리를 찾아낸 녹조에게 앙심을 품었다? 아니면 목이가 녹조를 데려갔을 수도 있다. 이 마을을 누구보다 잘 아는 자니까.

모든 가설이 가능성이 없지는 않지만, 만약 범인의 목적이 사건을 은폐하는 것이라면 녹조가 아니라 결, 대군인 그를 공격했어야 했다. 그편이 더 빠르게 사건을 덮을 수 있는 길일 테니까.

그렇다면 녹조를 데려간 이유는? 결은 탄식처럼 중얼거렸다.

"인질인가?"

"이, 인질? 우리 녹조가 인질이 되었단 말입니까?"

결의 중얼거림을 주워들은 두솔이 거의 고함을 지르며 펄쩍 뛰어올랐다.

"조용히 해."

누가 듣고 있을지 모를 일이다. 그럴수록 녹조는 위험해졌다. 구할 수 없게 될지도 모른다. 두솔은 얼른 입을 다물고 방 안으로 들어와 문을 닫았다.

"그럼, 누가 잡아간 겁니까?"

"내 짐작대로 인질이라면, 저들이 먼저 연락을 취할 것이다. 내게 원하는 것이 있을 테니."

"원하는 게 없으면요? 그냥 본보기로 삼을 요량이면?"

두솔은 바짝바짝 마르는 입 안에서 겨우 침을 모아 삼켰다. 그럼 녹조는 쥐도 새도 모르게 죽는 건가? 갑자기 손발이 덜덜 떨렸다.

"하, 하필 왜 녹조를. 차라리 날 잡아가지."

드르륵, 방바닥을 손톱으로 긁어내리며 두솔은 끙끙거렸다.

"안 그래도 가엾은 녀석인데."

"자네보다는 녹조가 쉬웠겠지."

납치를 했다면 혼절을 시켰거나 했을 텐데. 두솔의 덩치는 아무나 쉽게 옮길 수 있는 덩치가 아니었다.

"그래도 안 됩니다. 녹조는, 안 그래도 힘겹게 살아남은 놈인데, 또 이런 험한 일에 말려들면 안 되는 귀한······."

생각 없이 주절거리던 입을 틀어막으려 두솔은 앞니로 혀를 물었다. 하마터면 녹조가 신분 높은 아가씨라는 것을 주절거릴 뻔했다.

처음 마을에 들어왔던 그때, 녹조와 수로 어미는 누군가에게 쫓기고 있었다. 아마도 죄를 지었거나 해서 그랬겠지. 그의 짐작이 맞는다면 아직도 그녀를 쫓는 자들이 남아 있을 수도 있었다. 설마 잔당인가?

"왜 갑자기 말을 하다 말지?"

"아닙니다. 혀, 혀를 깨물어서."

다행히도 결은 녹조의 생각으로 가득 차 수상한 낌새를 채진 못한 듯했다. 두솔은 속으로 가슴을 쓸어내렸다.

"일단은 날이 밝으면 은밀하게 수색하지."

"범인이 마을 안에 있다면 의심하지 않겠습니까?"

"그러니 태연해야지. 우린 녹조가 사라진 것을 모르는 거야."

담담하게 두솔을 주의시켰지만 결은 이미 온몸을 덜덜 떨고 있었다. 그 아이가 위험하다는 생각만 해도 온몸의 피가 끓었다. 손끝 하나, 머리터럭 하나라도 건드렸다가는. 그는 손바닥이 뚫리도록 주먹을 쥐었다. 지금 이 순간에도 홀로 있을 녹조를 생각하니 소름이 돋았다.

결의 말에 두솔은 크게 고개를 끄덕였다.

"아, 알겠습니다."

어차피 사냥꾼들은 범인의 흔적을 찾는다는 핑계로 매일 산에 오르고 있었다. 그러니 평소대로 행동한다면 아무도 모를 일이었다.

"녹조는 강한 아이니까."

불안해하는 두솔을 다독이고 있지만 결은 속이 타들어 가는 것 같았다. 그녀가 얼마나 당차고 영리한지 알아도 소용없었다. 얼마나 활을 잘 다루는지, 몸은 또 얼마나 날쌔게 쓰는지. 그깟 것들이 다 무슨 소용인가. 결에게 녹조는 그저 손이 작고 고집 센 여인일 뿐이었다.

끼이익, 문이 열리는 소리에 소녀들은 감았던 눈을 번쩍 떴다. 어차피 사방은 어두워서 밤인지 낮인지 알아낼 방도가 없었다. 그래도 가급적 시간을 재며 잠을 자고 일어나고 하던 그녀들이었다.

누군가 안으로 들어온 것 같았다. 일정하게 들리는 발걸음 소리가 곧장 그녀들을 향했다.

"소, 솔이 언니."

연시가 바짝 겁을 먹고 솔이의 팔을 잡았다. 사내가 오면 누군가 이곳에서 나가야 할지 모른다. 솔이와 함께 들어온 소녀들이 하나씩 사라졌듯이 말이다.

"쉿, 조용히 해."

몸을 일으키려는 연시의 팔을 잡은 솔이가 주의를 주었다. 발소리는 길지 않았다. 그녀들은 되도록 조용히 일어나 한쪽에 웅크리고 앉았다. 그녀들을 흘끔 돌아보는 사내 역시 아무 말도 없었다.

"후우."

무거운 것을 들고 왔는지 그는 그저 약간 가쁘게 숨을 내쉬었다. 그러고는 이내 툭! 무언가 큰 덩어리 하나를 그녀들의 옆에 떨어뜨렸다. 이어 또 하나가 자신의 옆구리께로 떨어져 닿자, 연시는 무의식중에 비명을 지를 뻔하다 가까스로 소리를 삼켰다. 그때 사내가 무심하게 중얼거렸다.

"식량이다."

아마도 방금 던져 놓은 것을 말하는 것 같았다. 식량을 가져다준다는 건, 여기에 더 갇혀 있어야 한다는 뜻인가?

용기를 낸 연시가 그의 발을 잡았다. 어둠 속이라 잘 보이지 않아서 무작정 휘두른 손이 운 좋게 그의 발에 닿은 것이었다.

"나리!"

"왜?"

발길질이 돌아오지 않을까 겁을 먹었었는데, 그는 생각보다 순순히 걸음을 멈추고 연시의 부름에 답했다. 연시는 더욱 용기를 냈다.

"제발 보내 주십시오. 제게는 돌봐야 할 노조모가 계십니다."

"그런 사연 없는 계집이 어디 있겠느냐."

"제발, 제발요."

"살고 싶으면 잘 먹고 버텨라. 그럼 언젠가는 나갈 테니. 너는 그래도 얼굴이 반반하니 어쩌면 곧 나갈 수도 있겠다."

사내의 말투는 너무 무심하고 언뜻 다정하기까지 해서 오히려 소름이 돋았다. 연시는 파드득 떨며 잡았던 사내의 발을 놓았다.

"불쌍한 년."

"제발요."

"새로 온 아이를 잘 보살펴라."

자세를 낮췄는지 사내의 목소리는 더 가까운 곳에서 들렸다. 이어 투박하고 두꺼운 손이 연시의 뺨에 닿았다.

"잘 컸으면 너처럼 자랐을 텐데."

"누, 누가요?"

뿌리치고 싶은 것을 꾹 참고 연시가 물었을 때 그는 퍼뜩 몸을 일으켰다. 그러고는 뜻 모를 이야기를 남겼다.

"잘 먹고 기다려. 곧 다시 올 테니."

사내가 나가 버린 후 망연해진 연시는 망부석처럼 앉아 있었다. 여기서 나갈 수 있는 방법이란, 정말 그것뿐인 건가?

그때, 조용하던 구석에서 솔이의 목소리가 들렸다.

"연시야, 식량이 있어."

연시는 얼른 바닥을 더듬어 솔이의 목소리를 따라 방향을 잡았다. 언제 움직였는지, 솔이는 사내가 던져 놓은 짐 옆에 앉아 있었다.

"하나는 식량이야. 그런데 이쪽은 틀림없이 사람인 것 같아."

"잘 돌보라는 건 무슨 뜻일까요?"

"뻔하지, 기껏 데려왔는데 죽으면 송장을 치워야 하잖아."

솔이는 연신 부스럭거리며 이곳저곳을 더듬었다. 겁이 하나도 없어 보였다. 이곳에 오래 있으면 저렇게 담이 세지는 걸까? 어둠 때문에 아무것도 보이지 않으니 더욱 그랬겠지만 솔이는 정말 대담하게 이곳저곳을 더듬었다.

"왜요? 뭐가 이상해요?

"아니, 그게 아니라 이렇게 만져 보면 어떤 옷을 입었는지 대충 감이 오거든. 얜 비단옷은 아니네."

연시는 허탈하게 고개를 돌렸다. 뭔가 실마리라도 잡은 줄 알았는데. 비단옷을 입었는지 무명옷을 입었는지 그런 건 연시에게 하나도 중요하지 않았다.

중요한 건, 또 사람이 들어왔고, 사내가 식량을 가져다 놓았다는 것이었다. 오래 방치할 생각이 아니라면 굳이 식량을 가져다 주지 않았을 것이니.

'아아, 할머니.'

홀로 남은 할머니가 걱정이었다. 혼자서는 제대로 걷지도 못하는 분인데, 호랑이가 나오는 마을에 홀로 두고 왔다. 내가 없으면 아무도 돌보는 사람이 없는데.

목이 그놈이 할머니까지 해하려 들면 어쩌지?

날이 저무는지 해가 뜨는지 그런 것을 가늠할 수는 없지만 사내가 다녀간 이후 꽤 오랜 시간이 흘렀다. 그사이 눈을 뜬 아이는 다행히도 꽥꽥거리며 울지는 않았다. 다만 구석에 앉아 나올 생각을 안 했다.

또 얼마나 시간이 지났을까. 연시가 정말 얼굴을 뭉개야 하나 생각하고 있던 때, 그 사내가 다시 찾아왔다. 손에 횃불을 들고 있어서 눈이 부셨다. 다들 저만 끌려 나가게 될까 봐 몸을 움츠리고 있는데 그가 그랬다.

"모두 일어나. 걸을 수는 있지?"

"모, 모두요?"

솔이가 용감하게 물었다. 빛에 적응한 시야 너머로 조금씩 사내의 얼굴이 보였다. 마른 체격에 차가운 표정. 그는 신 씨의 그림자인 귀석이었다.

솔이의 말에 귀석은 빠르게 고개를 끄덕였다.

"모두 다. 빨리 나와. 시간 없으니."

소녀들은 귀석을 따라 밖으로 나왔다. 사방은 어두운 밤이었다. 그러나 달빛이 너무 훤해서 안에 갇혀 있을 때만큼 어둡지 않았다.

"우릴 어디로 데려갑니까?"

연시의 말에 귀석은 잠시 입술을 우물거렸다. 그러고는 뭔가 설명할 듯 한참을 망설였다.

"그냥 따라와. 도망치면 알지? 누구라도 도망치면 남은 계집들은 다 죽는 거야."

연시는 화들짝 놀라 솔이의 손을 잡았다. 내내 숨어 있던 소녀도 주춤거리며 다가와 그녀들의 소매를 잡고 떨었다.
"저쪽이야. 먼저 걸어가."
 귀석의 명에 따라 소녀들은 천천히 걸음을 내디뎠다. 무슨 일이 생기는 것인지 두렵기는 했지만 다시 갇히는 것보단 나을지도 모른다는 생각을 했다.

19. 철장! 연유립!

"귀석입니다."

조용하고 낮게 고하는 소리에 신 씨 부인은 감고 있던 눈을 떴다. 얇은 자리옷만 걸쳐 속살이 은은하게 비쳤지만 그녀는 개의치 않고 손을 내저었다.

그 바람에 촛불이 크게 일렁거렸다. 그것이 허락의 뜻이었는지 곧 문이 열리고 귀석이 안으로 들어왔다. 마르고 작은 몸. 상당한 무예를 지닌 그는 들어서는 내내 아무런 소리도 내지 않았다.

"보고드립니다."

서너 걸음 앞까지 다가와 고개를 숙이는 귀석을 신 씨 부인은 턱짓으로 불렀다.

"그 전에 이리 와서 다리를 좀 주물러라."

"예."

귀석은 곧 그녀의 다리 쪽으로 자리를 옮겼다. 익숙하게 무릎 언저리를 주무르는 손길이 이미 한두 번 해 온 일은 아닌 듯했다.

"종일 걸으셨습니까?"

"음, 네가 없으니 불편하더구나."

"송구합니다. 앞으론 되도록 제가 모시겠습니다."

고개를 숙이는 귀석의 등을 신 씨는 말없이 바라보았다. 볼품없을 정도로 마르고 왜소한 몸. 너무 평범해서 못나게 보이는 얼굴. 딱히 보기 좋은 꼴은 아니었다. 아무리 비단을 차려입어도 감출 수 없는 흉함이 그녀와 같다. 꼭 버러지 같았다.

"그만 되었어."

그녀의 말에 귀석은 다가앉았을 때보다 더 빠르게 뒤로 물러났다.

"보고드릴까요?"

"그래."

신 씨의 허락이 떨어졌지만 귀석은 그녀가 편히 자세를 잡을 때까지 조금 더 기다렸다. 그러고는 조용히 목소리를 낮췄다.

"아무래도 그를 찾은 것 같습니다."

"누구?"

"연유립 말씀입니다."

그 순간 나른하게 감겨 있던 신 씨의 눈이 살랑, 위로 들렸다.

연유립! 잊으려야 잊을 수도 없던 그 이름, 죽어서도 자꾸만 발뒤축에 걸리던 거추장스러운 놈. 죽은 그놈을 찾았다고?

"그자가 살아 있었더냐?"

"확인했습니다. 왼팔에 남은 상흔을 제 눈으로 직접."

"하!"

신 씨는 문득 욱신거리는 턱의 흉터를 만지작거렸다. 그냥 보아도 흉측한 그녀의 얼굴에 연유립이 검으로 남긴 자국이었다.

"그래서 자꾸 상처가 아픈 거였어. 그놈이 살아 있어서."

그렇다면 그놈의 딸년도? 설마 지금 서산 대군에게 붙어 있는 그 사냥꾼 계집이 그때 죽었어야 할 그 아이인가?

"이런, 이런."

신 씨는 방바닥을 손으로 연거푸 내려치며 커다랗게 웃었다. 웃고, 웃고 또 웃어도 쉽사리 여운이 가시질 않았다.

"빗물은 역시 구덩이로 모이는 법이라지. 결국은 서궁으로 다 모이는구나."

연유립의 사가에 불을 내던 날, 신 씨는 그 안에서 분명 연유립과 그 딸년의 시신을 보았었다. 보면서도 어쩐지 개운하지 못하더니.

"어떤 놈이 시신을 바꿔 놓았구나."

누군가 멀쩡하게 살아 있는 연유립의 식솔들을 보호하기 위해 다른 시신을 불 속에 가져다 둔 것이다. 새카맣게 타 버린 다음에야 누가 누군지 어찌 알아볼 수 있겠는가.

"누가 바꿔 놓았을까."

신 씨는 턱을 만지며 입술을 비틀었다. 그 정도로 기민하게 움직일 수 있었던 놈. 아무리 뒤적여도 딱 한 놈밖에는 떠오르는 자가 없었다. 최선규!

"역시 서궁의 상인 나부랭이 똥개가 한 짓이겠지?"

입술 사이로 나온 붉은 혀가 마른 입술을 축였다.

"더 자세히 말해 봐라. 그놈의 팔에 상흔이 어찌 생겼더냐? 아니, 어찌 확인을 했느냐?"

신 씨의 말에 귀석은 고개를 끄덕였다. 그러고는 산속 마을에서의 일을 떠올렸다. 촛불은 고요하게 방 안을 밝혔다.

"처음엔 쉽게 입을 열지 않았습니다."

"얘야, 혹시 이 마을에 사니?"

허리를 굽히고 묻는 귀석의 질문에 조그만 사내아이는 고개를 끄덕였다. 산중의 마을은 작지 않았다. 그렇다고 규모가 거대한 것도 아니었다.

"그럼 혹시 장녹조라는 사냥꾼도 아느냐?"

이름을 거론하자 아이는 이내 환한 얼굴이 되어 귀석의 손을 덥석 잡았다.

"알아요. 녹조 누이."

귀석은 따스하게 웃으며 무릎을 굽혔다. 운 좋게도 쉬운 상대를 꼬여 냈으니 이제 대충 물어보기만 하면 될 것이다.

그런데 그때였다.

"야, 여울이 너. 거기서 뭐 해?"

사내아이를 부르며 달려온 또 다른 소년이 그의 손에서 아이를 홱 채 갔다. 귀석은 소년이 누구인지 알고 있었다. 지난번에 왔을 때 이미 장녹조의 주변 인물들에 대한 조사는 끝이 났었기 때문이었다.

여울이를 채 간 소년은 장수로. 녹조의 동생이었다.

주인께서는 연유립과 장녹조의 아비가 연관이 있는지를 알아오라 하셨다.

'가서 잡아 올까요?'

'고작 팔 병신을 데려다가 어디 쓰겠느냐. 그냥 조용히 물어보고 오너라. 괜한 기우일지 모르지만 절대, 철장이라는 아비와 얼굴을 대면해서는 안 돼.'

아우를 어찌하라는 말씀은 없었다. 그러니 이 팔 병신 소년은 이후에도 딱히 쓸모가 없다는 뜻이다.

그럼 좀 쉬워지지. 귀석은 씩 웃으며 수로의 손을 잡고 있는 여울을 내려다보았다. 마침 인질도 있고, 더 정확한 대답을 해 줄 놈도 있고. 연달아 정말 운이 좋았다.

"너도 이 마을에 사느냐?"

귀석의 질문에 대답하는 대신 수로는 여울을 당겨 제 뒤로 밀어 넣었다.

"그리 경계할 것 없다. 나는 네 누이와 안면이 있는 사람이란다."

"칫! 거짓말!"

"어째서 그렇게 단정하느냐?"

"지금 누이라고 했잖아."

"아!"

귀석은 제가 뭘 실수했는지 금세 알아차렸다. 사내 옷을 입고 다니며 사냥꾼 노릇을 하는데 누이일 리가 없으니 말이다.

"제법 똘똘하구나."

웃고 있는 귀석을 노려본 수로는 초조하게 거리를 쟀다. 오늘 마을의 어른 사내들은 목책을 손보러 갔다. 남은 것은 아낙들과 아이들.

수로와 연령이 비슷한 사내아이들도 모두 목책을 고치는 곳에 동원되었다. 수로가 남아 있었던 이유는 팔이 하나뿐이기 때문이었다. 수로가 할 일은 어른들이 나가 있는 동안 아이들을 돌보는 것이었다.

눈앞의 이 사내는 느낌이 좋지 않았다. 깊은 산속에 있는 마을을 찾아왔는데 숨을 몰아쉬지 않았고, 허름하게 꾸며 입었지만 입성이 너무 깨끗했다.

'어떻게든 여울이를 도망가게 해야 하는데.'

수로는 여울이의 손을 꼭 잡았다. 눈치 빠른 녀석이 뭔가 낌새를 챘는지 조그만 눈알만 굴리며 떨고 있었다.

"형아."

다리에 바짝 붙어 수로를 올려다보는 눈에 겁이 가득했다. 수로는 여울이의 머리를 쓰다듬었다.

"걱정 마, 안 다치게 해 줄게."

"저런, 배짱 좋은 형이구나. 그러나 포기하거라."

"뭘 포기해요?"

겁먹은 여울이를 위해서라도 수로는 힘껏 대꾸할 수밖에 없었다.

"지금 그 꼬맹이를 도망시킬 작정이잖니? 그런데 안 돼."

귀석은 손을 뻗어 단번에 여울이의 목을 잡았다.

"윽, 끄윽."

허공에 들려 다리를 버둥거리며 여울이는 비명 소리조차 내지 못했다.

"그만해요, 놔줘!"

"그럼 네가 순순히 따라오겠니? 아니면 여기서 이 어린것의 목을 딸까?"

여울이의 팔에 검을 대고 자를 듯 겁박하니 그제야 수로는 눈물을 흘리며 더듬더듬 이야기를 했다. 아비와 어른들이 모두 목책을 수리하고 있다고. 귀석은 아이들을 혼절시킨 후 곧장 목책을 수리하는 곳으로 달려갔다.

거기서 볼 수 있었다. 가장 높은 곳에서 사람들을 움직이며 일을 지시하고 있는 한 사내. 걷어붙인 팔뚝에 길게 남은 상흔은 분명 검상이었다.

고작 조그만 마을의 목책 수리지만 그는 아주 훌륭하게 마을 사람들을 적재적소에 배치하고 있었다. 사람을 부려 본 자의 솜씨였다.

귀석은 한눈에 연유립을 알아보았다. 검을 쓰는 자이기에 더

더욱 알 수 있었다. 연유립의 팔과 손가락은 생각 없이 움직이는 듯했지만 걸음걸음이 모두 보법이었다. 목책을 수리하는 중에도 그는 끝없이 수련하고 있는 것이었다.

"강하다."

생각 없이 달려들었다가는 반드시 당할 것 같았던 귀석은 더 살피는 것을 포기하고 아이들을 혼절시킨 곳으로 되돌아갔다. 그러고는 수로와 여울의 몸을 달랑 들어 올려서 어디론가 사라졌다.

"범상한 자는 아니었습니다. 분명 연유립입니다."

신 씨 부인은 다시금 턱에 남은 상흔을 문질렀다. 비식비식, 입술에서 미소가 샜다.

"그래서 어린것들은 어찌했느냐?"

"버릴까 하다가 일단은 무장으로 보냈습니다."

"잘했다. 팔이 하나뿐이라도 돌멩이 하나는 주워 나르겠지."

어쩐지 그녀의 목소리는 들떠 있었다. 기쁜 듯 보였다. 예전에 죽었어야 하는 적수가 살아 있다는데 묘했다.

"이제 어찌하실 겁니까?"

"흐음, 너무 맛있는 게 나타났구나. 오랜만에 재밌겠어."

"그럼 두고 보십니까?"

"아들이 사라졌으니 놈도 가만히 있지 않겠지. 두고 보자꾸나."

"예, 알겠습니다."

"흙이 묻어 있던 나무는 저거 하나뿐이었습니다."

날이 밝자 결은 두솔과 함께 산에 올랐다.

"하나뿐이었다면 방향을 표시한 것이 아닐 수도 있겠군."

결은 두솔이 가리킨 나무 아래쪽으로 허리를 숙였다. 희미하지만 나무껍질 사이사이 마른 흙 몇 알이 아직 남아 있었다. 딱히 어느 방향으로 치우치지 않은 표식은 거의 나무 밑동 언저리에 있었다.

"방향을 표시한 게 아니면 뭐라는 거요?"

두솔이 그 옆으로 다가서며 물었다.

그들이 주고받던 표식의 방법은 간단했다. 흙 한 줌을 잡는다. 주변에 물이 있다면 그걸 이용하겠지만 만약 없다면 침을 뱉어 이긴다. 그러고는 주변의 나무껍질 사이에 바른다. 오른쪽으로 갔다면 나무의 오른쪽에 바르는 식으로 방향을 표시했다.

만약 침을 뱉어 이길 여유도 없다면 그냥 마른 흙을 껍질 사이로 비벼 넣었다. 대부분은 떨어지지만 인위적으로 발라 놓으면 약하게 흔적이 남으니까.

녹조가 사용한 것은 마지막 방법이었다. 아주 급할 때 쓰는.

그마저도 성실하지 못했다. 그래서 자주 표식을 주고받았던 두솔이 아니었다면 눈치채지도 못했을 흔적이었다.

"급히 도망을 쳤거나, 겨를이 없었거나. 둘 중 하나겠지."

"그럼 정말 누가 녹조를 쫓고 있다는 건데?"

"아니! 쫓기고 있었다면 어느 쪽으로 갔는지 방향을 남겼을 것이야."

결의 말에 두솔은 그저 주먹으로 나무를 쳤을 뿐 반박하지 않았다. 어쩌면 그는 이미 알고 있었을 것이다. 녹조가 남긴 이 흔적이 뭘 의미하는 것인지.

쫓기는 것이 아니다. 누군가 강제로 그녀를 데려간 것이다. 이렇게 열악한 표식밖에 하지 못할 정도로 급박했을 것이다. 그게 나았다. 의도가 있어 납치했다면 아직은 살아 있단 뜻일 테니. 일말의 가능성에 마음을 걸었다. 그래야 버틸 수 있었다.

"그럼 이제 어쩌겠단 거요?"

"찾아야지."

"그러니까 어떻게?"

"이미 범인을 짐작하고 있을 텐데? 아닌가?"

"그 범인이 사라졌잖소."

"그러니까 그놈부터 찾아야지."

결이 얼마나 분노하고 있는지 두솔도 알고 있었다. 어제 느낀 살기만으로도 이미 충분했다. 그래도 똥줄이 탔다. 지금 녹조가 어찌 되었는지도 모르는데 시종일관 담담한 결의 태도가.

두솔은 기어이 울화를 터뜨렸다.

"이보시오, 대군 양반. 대체 뭘 하자는 거요? 목인지 복인지 그놈은 당연히 잡아야지, 그걸 누가 몰라? 지금 녹조를 구할 방법을 묻잖아, 방법을?"

어디서 어떻게 고꾸라져 있을지. 혹시 동굴 같은 데 던져 놨다면 혼자 겁을 내고 있지는 않은지.

심장이 밖에 내놓은 듯 조여 왔다. 두솔은 늘 그녀의 곁에 있었다. 터무니없이 약해 빠진 주제에 뭐든 하려고 버둥거리는 꼴을 보다가 저도 모르게 손을 거들었다. 웃으며 고맙다던 그녀의 옆에 병신처럼 서 있기만 했었단 말이다.

사내가 안 되면 오라비로, 오라비도 귀찮으면 그저 같은 마을 사람이라도 좋았다.

그런데 생사도 모른다고? 죽었는지 살았는지 어디 가서 처박혀 있는지 그것도 모른다고? 그럼 이제 무슨 수로 지켜야 하지?

두솔은 팔을 뻗어 결의 멱살을 틀어쥐었다. 별다른 대항이 없는 그의 몸을 밀어 나무줄기에 박고 주먹에 힘을 준 그 순간, 내내 잠자코 있던 결이 두솔의 주먹 위에 제 손바닥을 얹으며 속삭였다.

"그 입 좀 닥쳐. 도무지 생각을 못 하겠으니까."

"윽!"

동시에 지독히도 강한 악력이 두솔의 손등을 압박했다. 어디서 힘자랑을 해도 지지 않던 두솔이었는데 손가락의 뼈가 모조리 뽑혀 나갈 듯 터무니없는 힘이었다.

그때야 두솔은 알았다. 결이 거의 숨을 쉬지 않고 있다는 것을. 잔잔한 눈동자에서 솟구치는 분노가 뜨거웠다.

"아, 알겠으니 손 좀."

휙 뿌리치는 손속에 두솔은 비틀거리던 몸을 간신히 세웠다. 두솔이 고통으로 얼굴을 일그러뜨리는 중에도 결은 나무줄기 앞에 앉아 흔적을 찾고 있었다.

 마치 아무 일도 없었다는 듯 금세 평온해진 그 모습이 두솔은 이제 두려웠다.

2권에 계속

내 손안의 달콤한 로맨스

MARONG ROMANCE STORY

여름의 캐럴

박영 장편소설

"여름의 어떤 날을 가장 좋아해?"
"캐럴 나올 때."

한철이고 한순간일 이 계절을
추억으로 남기려는 여자와
영원으로 끌고 가려는 남자의 이야기

마야마루 스토어 한정 판매!

〈여름의 캐럴〉양장본 + 엽서 3종 + 시크릿 특전 세트